杭州师范大学中文学科学术研究丛书

泽地文库
第一辑

主编 / 洪治纲

* 浙江省哲学社会科学重点研究基地文艺批评研究院成果

* 教育部人文社会科学研究青年基金项目"基于学术史梳理的当代文学史写作问题研究（18YJC751031）"研究成果

中国当代文学史写作问题研究

刘杨 著

时代出版传媒股份有限公司
安徽教育出版社

图书在版编目（CIP）数据

中国当代文学史写作问题研究 / 刘杨著. —合肥：安徽教育出版社,2021.12
 ISBN 978-7-5336-9543-9

Ⅰ.①中… Ⅱ.①刘… Ⅲ.①中国文学－当代文学－文学史 Ⅳ.①I209.7

中国版本图书馆 CIP 数据核字（2021）第 257082 号

中国当代文学史写作问题研究
ZHONGGUO DANGDAI WENXUESHI XIEZUO WENTI YANJIU

出 版 人：费世平
策划编辑：何　客
责任编辑：金　雯
装帧设计：王莉娟
美术编辑：张鑫坤
责任印制：陈善军

出版发行：安徽教育出版社
地　　址：合肥市经开区繁华大道西路 398 号　邮编:230601
网　　址:http://www.ahep.com.cn
营销电话:(0551)63683012,63683013
排　　版:安徽时代华印出版服务有限责任公司
印　　刷:安徽新华印刷股份有限公司

开　　本:650 mm×960 mm　1/16
印　　张:18
字　　数:258 千字
版　　次:2021 年 12 月第 1 版　2021 年 12 月第 1 次印刷
定　　价:68.00 元

（如发现印装质量问题,影响阅读,请与本社营销部联系调换）

总 序

洪治纲

大学之道，人文为先。没有坚实的人文底蕴，没有深厚的人文情怀，没有求真、创新、自由、平等、公正的现代社会理念，大学迟早会陷入实用主义和功利主义的泥淖，甚至会变成精致的利己主义滋生与蔓延的温床，教育也就很难确保学生获得全面而健康的发展。这是我们学科同仁多年来的思想共识和学术信念。

我们是大学教师，但我们也是学者，是恪守人文精神并且学有专攻的学者。因为我们深知，人不仅仅是一种物质生命的存在，还是一种精神、文化的存在。我们必须尊重每个个体的主体地位和个性差异，必须关心和理解不同个体多方面、多层次的内在需求，必须激发不同个体的能动性和创造性，促进人的个体价值与社会价值的统一，并最终使人获得自由全面的发展。

如果问，何谓"人文精神"？我想，这应该是其核心之旨。所以鲁迅先生对现代文明社会的审度标尺，就是"立人"。一个国家能不能"立"起来，在他看来，首先就是这个国家中的人是否"立"起来了，而不是看它的经济指标，或者人均拥有多少本房产证。

作为从事人文教育的学者，我们对人文精神当然并不陌生。但是，在物质主义和功利主义的强力冲击下，要坚持不懈地探究现代社会中的人文精神及其实践路径，并非易事。好在我们是地方性高校，没有"高处不胜寒"的压力，也没有必须实现"弯道超车"的预设目标。我们只是踏踏实实问学，认认真真做人。每天进步一点点，这是我们对自己学术的内心期许。所以，这些年来，我们学科的全体同仁，都在默默地躬身于各自的研究领域，勤思缅想，精耕细作。

我们因此而充实。无论春夏，无论秋冬。

或许我们的能力有限，眼界不高，学养不厚，但这并不影响我们求真和创新的勇气，也不影响我们对于人类悠久的人文主义传统的承继和弘扬。师者，传道，授业，解惑也。传道，是每一位大学教师的首要职责，也是彰显每位人文学者人格魅力的核心之所在。只有心中有了"道"，有了承担历史职责且顺应社会发展的"大道"，我们才能传出特有的生命之光，以及内在的精神高度。我们的学术，从某种程度上说，就是在求真的过程中，孕育和培植内心的生命之道。故章学诚云：学者，学于道也。

但学术毕竟是一项极为艰难的事业，因为它自始至终都是为了求真，不仅在理论上，还要在实践中。严复就曾明确地将"学术"理解为先求真理，而后付之实践的过程："学者考自然之理，立必然之例。术者据既知之理，求可成之功。学主知，术主行。"梁启超也说过类似的话："学也者，观察事物而发明其真理者也；术也者，取所发明之真理而致诸用者也。……学者术之体，术者学之用，二者如辅车相依而不可离。学而不足以应用于术者，无益之学也；术而不以科学上之真理为基础者，欺世误人之术也。"我们当然也希望通过自己的努力，在传道和授业的过程中，体用互动，生生不息，一起解答各种现代生存之惑，共同叩问人之为人的诸多本质。

这也是我们推出"泽地文库"的重要理由。"泽地"，取自《周易》第四十五卦《萃》卦，卦象为上坤上兑，坤为地，兑为泽，即为"下地上泽"之象，象征"荟萃"之意。这是我们中国语言文学学科全体同仁的美好意愿，也是我们孜孜以求的学术理想。

在人类智慧的天空中，我们希望以执着的姿态飞过，并留下自己的痕迹。

本套丛书将以开放的方式，逐步汇聚我们学科各位学者的优秀成果，既包括已出版多年并在学界产生一定反响、需要修订再版的专著，也包括近年来国家社科基金的最新成果、学术新著以及优秀的博士论文等，几乎涵盖了学科各二级研究方向，也囊括了不同代际的学者智慧，并大体上折射了我们学科的主要特色和优势。当然，鉴于各种原因，本套丛书的第一辑，尚有诸多本学科重要学者未能加盟，期待第二辑或第三辑陆续能够收录。

古人云："士不可以不弘毅，任重而道远。"学术是没有尽头的事业，真理也需要一代又一代人去不断探索和实践。唯因如此，我们渴望通过自己的顽强求索，能够成为人文精神最坚实的承传者，并在具体的教学过程中，将自己所秉持的学术信念力所能及地付诸实践，抑或在世界文化的交流中成为平等的对话者。

2021年冬于杭州

目 录

绪　论　当代文学史写作瓶颈与解释学循环的建立 / 001

上编　渊源流变

第一章　学术渊源与话语奠基 / 013

第一节　从林传甲到王瑶的学术经验 / 013

第二节　新学科的建立与当代文学史写作的肇兴 / 028

第三节　历史"新时期"与学术"旧话语" / 041

第二章　范式蝶变与走向多元 / 055

第一节　"整体观"与"20世纪中国文学"的学术张力 / 055

第二节　"重写文学史"的学术诉求与主要问题 / 065

第三节　理论革新与多元共生的新态势 / 076

中编　问题反思

第三章　客体对象问题 / 089

第一节　当代文学史的时间容量与分期问题 / 089

第二节　当代文学史的空间范围与雅俗之别 / 099

第三节　当代文学史的史料视域与版本辨析 / 112

第四章 治史主体问题 / 138

第一节 同代经验与可疑的知识生产 / 138
第二节 审美意识与历史意识如何平衡 / 156
第三节 海外汉学对国内学者的影响 / 173

下编 路径探索

第五章 20世纪80年代以来文学的谱系化 / 189

第一节 20世纪80年代文学的谱系重构 / 189
第二节 如何重塑20世纪90年代文学的脉络 / 200
第三节 如何打通20世纪90年代与21世纪文学 / 210

第六章 新现象与新热点的历史化路径 / 220

第一节 网络文学如何入史 / 220
第二节 "80后"文学如何入史 / 235
第三节 非虚构写作如何入史 / 252

结 语 从"守正创新"到守常思变 / 265

附 释 / 273

主要参考文献 / 278

后 记 / 280

绪　论

当代文学史写作瓶颈与解释学循环的建立

从20世纪50年代末至今，当代文学史写作已经有60余年的历史。在这60余年中，数代学者已经积累了丰富的经验。在20世纪80年代后期，"重写文学史"催生了当代文学史写作的范式革新，并产出了厚重成果。然而21世纪以来，特别是最近十年中，关于当代文学写作的研究虽然层出不穷，但在实践上有开拓性意义的文学史著作却较为罕见。

首先需要说明的是，"文学史"这个概念"在德语里至少有两种意义。其一，是指文学具有一种在历时性的范围内展开的内在联系；其二，是指我们的对这种联系的认识以及我们论述它的文本。从逻辑上讲，这两种含义是可以分得很清楚的。它们之间的关系就如同客体与客体的语言之间的关系一样。因此，最好从术语上也将它们区分开来。可以这样，如果是指对象，就用'文学的历史'来表述；反之，如果是为了表明研究和认识这一对象所遇到的问题，就用'文学史'来表征。另外，为了区别于这两者，用'文学史编纂'一词来表示文学史研究的成果"。[①] 基于此，本书倾向于用"文学史写作"而明确核心研究对象。在实际研究中本书固然要讨论文学史著作本身，但更侧重对编纂行为及其存在问题的研究。

[①] 瑙曼：《作品与文学史》，载范大灿编：《作品、文学史与读者》，文化艺术出版社，1997年，第180页。

一、当代文学史写作的瓶颈

1978年教育部重新调整高校学科体系,"中国现当代文学"作为二级学科一般以1949年为界分为两个方向。不过,在学术研究和文学史写作中,关于"当代文学"这个概念的争议由来已久。这里要说明的是,为保持前后整一,笔者在书中使用的"当代文学"的概念是指自第一次文代会以来的文学史时段,并以中国大陆的文学为主体。具体到文学史著作,笔者以为"当代文学史"也有广义和狭义之分。广义上的"当代文学史"除通史外,还包括断代史(如陶东风主编:《中国新时期文学30年》)、思潮史(如朱寨主编:《中国当代文学思潮史》)、文体史(如张学军著:《中国当代小说流派史》)、地域史(如毕光明等著:《海南当代文学史》),等等。为求研究问题时有较强的聚焦度,本书只从狭义的"当代文学史"(即通史)出发展开讨论,必要时会涉及其他著作。

从当代文学史写作的实际情况来看,关于20世纪50至80年代文学的叙事,可以说已经相对比较成熟。但著史者也面临着两个主要问题:其一,20世纪50至70年代文学与改革开放以后文学的知识谱系不连贯的问题。也就是说,不少编者试图承认那个时期有值得讨论的作品,也高度认同改革开放以后文学发展成就,而其评价标准和审美立场之间会出现错位。其二,20世纪80年代文学叙事的片面化问题。现在的文学史虽然对于80年代文学的处理略有差异,但所勾勒的文学发展线索高度一致,即以1985年为界将80年代文学视为一个突变与转向的过程。这种叙事越来越固化,从而遮蔽了1985年以后,在创作体量和报纸杂志上居于主流的现实主义文学,更忽略了在市场上居于主流的通俗文学,将80年代叙述为一个纯文学精神高扬的时代。我们还应注意到,思想界的分化也带来了这两个时段文学评价和历史叙事的分歧。20世纪80年代中后期,随着思想界的转向,当代文学史的"重写"声音一浪高过一浪,京沪学者遥相呼应,推动了以反思左翼文学为切入点,以现代性、启蒙、主体性为基本理论与旗帜,以人性和审美为中心的文学史写作转型;与此同时,在新知识谱系所建构的话语场中,原有的"工农兵"话语秩序也发生了动摇。进入20世纪90年代,知识分子退回"岗位",新左派、新自由主义的对立,后现代、后殖民、新文化保守主义和文化诗学的兴起,使得思想界呈现杂语共生的状态,而这也导致了学术界在认识和理解当代文学的过程中,时常难以达成共识。

而相较于此,20世纪90年代以后到当下的文学如何进入文学史,则存在着更为明显的问题。首先,文学史家在叙述当代文学发展的历史逻辑时一旦进入90年代,叙述便时常变得不够清晰。其次,在处理90年代文学史时,大部分文学史之前所建立起来的标准和原则也逐渐模糊,学术界往往以"人文精神讨论"中的二元对立作为理解90年代的榫眼,这其实无法有效解释许多问题。这样一来,文学史的知识谱系和学理逻辑并不完备,更无法有效地容纳许多新经验,而当代文学又在不断创新中发展,不断产生着新现象、新热点。但即便如此,我们依然坚持文学史写作和研究的必要性。如埃斯卡皮所言:"文学史也不能因此而死亡。它只是应该同意提出新的问题就行。摆脱掉叙述事件的枷锁,更加关注由自己造出来的语言和文本组成的现实,文学史应该找到比传统(所有的人都一致看到了这一传统已被超越了)遗留给它的方法更灵活也更严谨的陈述事实的方法。"① 但对于当代文学史写作而言,正是由于不同理论范式下的文学史,在宏观叙述和微观评价的角度均有所不同,反而能打开当代文学思潮、文学文本的理解空间。库恩认为"历史经验表明,通向一条坚实的研究共识的道路是格外艰巨的"②。改革开放以来,现当代文学学科发展经历了从政治化、自由化到消费化的不同语境,因而不同时期文学史写作的成就与不足,不仅能折射出社会思想的问题,也可以成为反观当代文学学科发展的一面镜子。

本书的研究基于这样的问题意识,遵循如下逻辑展开研究。首先回

---

① 罗贝尔·埃斯卡皮:《文学社会学》,于沛编选,浙江人民出版社,1987年,第244页。
② Thomas S. Kuhn, *The Structure of Scientific Revolution*, The University of Chicago Press (2012), p15.

到学术史中，立足解决当下问题的角度，梳理和发掘学术史上的重要经验。在此基础上，直面当下文学史写作的观念和操作的问题，从主客观两个角度展开分析与阐释。最后，对于更为棘手的问题展开讨论。这些问题包括文学史如何结构20世纪90年代文学，以及21世纪以来的许多新现象、新问题如何入史。在此基础上，拟就如何建立更为完整的当代文学历史逻辑，提出自己的建议。当然，本书所涉及的许多问题都不是孤立的，不可能没有任何关联度。因此，在尽可能避免重复的前提下，有些章节中涉及到的问题会一笔带过，而放在更为恰切的章节中详细展开分析。本书每节在讨论相关问题时，为求聚焦度强以及行文流畅，将一些需要展开解释的理论问题，放在文后的"附释"中。

本书既然属于学术史研究又侧重问题研究，难免会涉及到对前辈学者学术成果的分析。当年陈寅恪谈及治史时言道："对于古人之学说，应具了解之同情，方可下笔。"[①] 因此，"了解之同情"也就成为近年来当代文学研究中常被提及的一种学术态度，但人们时常忽略了陈寅恪的此种表达是有前提的。这个前提就是对这种"了解之同情"的思路要有充分的警惕："但此种同情之态度，最易流于穿凿傅（今作'附'）会之恶习。"[②] 因此，本书一方面充分肯定前辈成果的学术史贡献，另一方面，适当提出可继续讨论之处。为了行文简洁，本书不再使用尊称，在此向所有被引用的学者致以敬意。

在"了解之同情"中不"穿凿附会"，要有双重的历史眼光。第一重是学术史眼光，能相对全面、冷静地看待不同时期文学史著作的意义和局限；第二重是自己的"文学史"眼光，对于当代文学的作家作品、思潮现象要既有历史感，又不失审美判断。这里笔者想套用钱谷融的话："对作家在当时社会、历史、时代条件下的种种情况要予以充分的理解，但理解不是无原则的宽容。"[③] 这是笔者所讲的第二重历史眼光，而如果将其中的"作家"置换为"学者"，就是第一重历史眼光。这样

---

① 陈寅恪：《陈寅恪文集之三·金明馆丛稿二编》，上海古籍出版社，1980年，第247页。
② 陈寅恪：《陈寅恪文集之三·金明馆丛稿二编》，上海古籍出版社，1980年，第247页。
③ 钱谷融语，载《老教授三人谈》，《文艺报》，1989年5月27日。

的"双重眼光"当然离不开审美意识和历史意识,但若要使文学史写作中知识谱系更为完备,则需要学术界逐渐形成当代文学的解释学循环。

二、建立当代文学史的"解释学循环"

笔者提出建立当代文学史的"解释学循环",是借鉴和改造了伽达默尔对"解释学循环"〔汉译也作"理解的循环"、"诠(阐)释学循环"〕的定义,他的原初定义为:"我们必须从个别理解整体并以整体理解个别这一诠释学规则,来自于古代的修辞学并经由近代诠释学而从一种说话艺术转变为理解的艺术。不管在修辞学中还是在诠释学中,它都是一种循环的关系。整体得以被意指的对意义的预期是通过以下这点而达到清楚的理解,即从整体出发规定着自己的部分也从它这方面规定着该整体。"[①] 有鉴于此,笔者认为当代文学史的"解释学循环"的基本涵义是:当代文学史研究要立足于对个别作家作品的研究,生成整体性理解,而对个别作品的充分理解又需要借助文学史的既有叙事。阅读者(研究者)要理解一个作家、一部作品,必须把它放在整个文学史的脉络中考察,才能在比较与鉴别中看出其意义。孤立地理解和诠释一个作家、一个文本往往不准确。但是要充分理解文学史,又必须先理解个别作家和文本。这种循环正如狄尔泰所说:"一部作品的整体应由个别的语词及其组合来理解,可是对个别部分的完全理解却又以对整体的理解为前提。这种循环也重现于个别作品与其作者的精神气质及其发展之间的关系中,它同样也复现于这部个别作品对其所属文学类型的关系中。"[②] 这当然不是一个悖论,它最终要达成的目标是辨明每个文本在文学史中的艺术渊源与影响,理解并建构文学史语境和谱系,不断完善文学史的科学性。

这一循环是我们对文学史的时期、语境和具体创作进行解释时,需

---

① 伽达默尔:《诠释学Ⅱ·真理与方法》(修订译本),洪汉鼎译,商务印书馆,2013年,第70页。
② 洪汉鼎主编:《理解与解释:诠释学经典文选》,东方出版社,2001年,第90页。

要面对的一个普遍性的问题。其具体表现就是文学史的知识生成要依靠一个循环的过程。我们先对作家作品有所研判，然后再通过对这些学术判断本质的理解，确定文学史的特征。换句话说，文学史线索的结构和组合的工作，其实取决于对文学史细节的先期理解，这些理解折射出文学史叙事者自身先验的信念和立场。我认为，这是必要的。但这只是循环的一部分，即根据所掌握和理解的细部而建构整体。

另一方面，在整体性话语建构与知识谱系梳理的基础上，后来的学者可以以此为参照，返回个案研究，得出新的认识，再返回修正和完善谱系。这也就是从作家作品到文学史再到作家作品的反复循环。文学史与作家之间的关系，实际上是本雅明提出的"星座"关系，即文学史之于作家正如星座之于群星，文学史是"永恒的星座"①。而这也使文学史与史学意义上的史著有着明显的差别。在陈寅恪看来，真正的史学"材料大都完整而较备具，其解释已有所限制"②。但是文学史本身以作家作品为中心，而不以历史事件、思潮和思想为中心，因此，作品作为特殊的"史料"，其理解向度永远是开放而非限制性的。不同时期、不同学者对作家作品的不同理解，必然会使文学史的可阐释空间远大于一般的史学著作。这个特点在当代文学史写作中会表现得更为明显。

当代作家面对社会现实、社会生活乃至整个世界时的问题意识，实际上与学者的问题意识存在着通约性。在新中国 70 余年的文学发展中，作家的生命信息和价值选择不断汇聚，形成了中国当代文学的思想传统与诗学传统，这也使是同样生活在新中国的我们，面对当代作家作品会有一种切己感，我们很容易以此为中介表达对当下时代和所经历的历史的态度。正因如此，当代文学的学术活力才得以彰显。然而，文学史叙事不同于文学批评，若是在 3000 年的中国文学史语境中看当代文学，我们距离所建构和叙述的内容毕竟太近了。在这段波澜壮阔的历史进程中，我们试图匆匆忙忙地"历史化"他们，多少显得有些局促。

---

① 瓦尔特·本雅明：《德国悲剧的起源》，陈永国译，文化艺术出版社，2001 年，第 7—8 页。
② 陈寅恪：《陈寅恪文集之三·金明馆丛稿二编》，上海古籍出版社，1980 年，第 238 页。

在这个意义上,一代、两代、三代学者并不能给出稳定且可靠的文学史知识,因为每一代研究者只要不放弃主体性的文学审美,和对自我经验的信赖,便无法摆脱"当代性"和"个人化"的价值立场和美学感知。正因如此,我们尤其需要这种从个案理解文学史,再从文学史反观个案的"解释学循环"。借助它,我们的"洞见"有可能纠正以往的"盲视"或"偏见",而我们的"偏见"和"盲视"也会随着未来学术的发展而被修正。

三、解释学循环基础上的"历史化"

当代文学的研究与文学史写作需要建立"解释学循环",从而防止"历史化"演变为"史学化"。笔者以为,任何一种文学史研究方法都有其存在的合理性,但文学史研究如果不建立在对文本的艺术分析的基础上,而将之与其他诸种研究"同质化",那么对文学文本的政治诠释、历史诠释、文化诠释,必然无法看到文学文本在呈现政治、历史、文化问题时的独特路径。"解释学循环"则可以为当代文学"历史化"的进程提供一种兼具历史视野和审美意识的可能性路径。

要引起我们注意的是,文学研究的"历史性"维度并不等于把文学研究划归到历史研究。近来一个时期内,海登·怀特将文学与历史混淆的理论诠释引起了学术界诸多学者的"共鸣":"历史,无论是描写一个环境,分析一个历史进程,还是讲一个故事,它都是一种话语形式,都具有叙事性。作为叙事,历史与文学和神话一样都具有'虚构性'。"①我们必须认识到的是,海登·怀特是将历史看成一种叙事,认为历史本身的话语形式与文学叙事有异质同构之处,这在特定语境中是可以成立的。然而,这并不意味着文学研究的"历史化"是"历史学化",更不意味着这种理论可以被盲目横移到中国当代文学史写作中来。文学研究

---

① 海登·怀特:《后现代历史叙事学·前言》,陈永国等译,中国社会科学出版社,2003年,第10页。

的"历史化"和"历史学化"的逻辑基础截然不同,前者的核心任务依然是研究文学发展的历史路径、规律,是拉开一段时间之后对知识的一种整合;后者是历史研究,它不需要纳入也不建立在"文学性"的基础上。当然,这两者在某种理论框架下是可以调和的,比如将文学史定义为"体现于形象—诗意体验及其表现形式之中的社会思想史"。①

在这里笔者要进一步阐明的是"解释学循环"的作用路径,即个案研究在认识论上如何与文学史研究结合,或者说从现象学还原入手的作家个案研究,怎样对文学史的"历史化"构成理论上的可能。文学史写作需要回到作家的精神层面和作品的审美层面,这在一定程度上可以借助"现象学还原",也即是胡塞尔说的"我作为一个被现实实行的行为之旁观者,对在该行为中现实对我有效的存在客观、价值客观、价值形态等等,对此在、价值存在、行为存在和劳作存在,加括号一样,同样我现在也对'仿佛'——客观,对这个'仿佛'以及在这个'仿佛'下被改变了的法则,加括号"。② 笔者之所以说一定程度上,指的是文学史作者要从既定的文学史线索出发,但又不依赖在这种线索的元叙事中分析每一个个案,而是通过直观的方式去把握个体存在。如狄尔泰所言:"在这过程中,通过现存的语法的逻辑的和历史的知识的经常相互作用,一种整体关系可以由只是相对规定的个别符号里被认识。"③

在这个意义上,我们所秉持的"历史化"建立在"诠释学循环"的基础上,主要包含两层意义:一方面,我们不断梳理关于历史的宏大叙事,为理解生命个体提供一个可感、可通约的语境;另一方面,我们通过大历史下的小叙事,修正对于文学史的理解。这样一来,"理解"就不仅是纯粹的理性认识活动,而是建立在感性和直观基础上的学术活动。文学史写作的目的是要给出理性的判断和逻辑,不过每一位学者的思想观念、知识结构、人格修养、生活经历都不相同,终究无法完全摆脱自己熟悉的生活背景和学术经验。因此,没有一个文学史作者可以在

---

① 维谢洛夫斯基:《历史诗学》,刘宁译,百花文艺出版社,2002年,第30页。
② 胡塞尔:《第一哲学》,下卷,王炳文译,商务印书馆,2013年,第175页。
③ 洪汉鼎主编:《理解与解释:诠释学经典文选》,东方出版社,2001年,第90页。

文学史写作时，让全部思想出场而自己"不在场"。那么，任何一部文学史中的历史解释和审美判断难免带有解释者自己的理解。尽管我们在当代文学史研究与文学史写作中，不可避免地囿于自身的知识结构和思维观念，而无法对文学史有绝对全面、客观的诠释，但我们每一代、每个人的解释进入到"解释学循环"中，就是自身的历史化过程。如此一来，每一个解释主体所提供的"积极的可能性"，将不断修正作为通约性知识本身所含的解释的有效性。

这样来看，建立在"解释学循环"基础上的"历史化"，便类似于布迪厄曾提出的"双重的历史化"，即"只有对继承而来的思想模式及其产生的幻象进行分析，才能保证对沟通过程的理论把握（……）。这就涉及到同时重建可能性位置的空间（……）和可能性空间，需要解释的历史假定（文本、文献、图片等等）相对于可能性位置的空间而建立，相对于可能性空间而被解释"。① 这种可能性空间和可能性位置的出现，其实召唤的是研究者的理解层次与研究深度，同时，它也能促成研究者的历史意识、审美意识（观念）和历史存在（事实、诗学）间的对话结构。因此，这也是将当下和历史相勾连而获得的一个可能性的诠释空间。在这个空间里"循环运动就紧紧围绕文本进行并在对文本完成了的理解中被扬弃……并由此而消除掉文本所具有的一切陌生和疏异性"。②

当然，有了"解释学循环"，当代文学史研究与写作在"历史化"的过程中，就能不排斥个人经验和当代立场。生活经验和审美精神的当代性决定了我们和作家处在同质的大环境中，这决定了我们这个学科的"历史化"和中国古典文学以及海外汉学的不同之处在于，我们不能只做到对象化、知识化、客观化，而失去主体化、情感化、主观化。作家提供的审美经验和我们提供的审美阐释在当代文学发展的历史进程中同

---

① 布迪厄：《艺术的法则：文学场的生成和结构》，刘晖译，中央编译出版社，2001年，第367页。
② 伽达默尔：《诠释学Ⅱ·真理与方法》（修订译本），洪汉鼎译，商务印书馆，2013年，第76页。

步发生，我们必须面对并将长期面对文学批评和创作的互动相生。当代的作家他们所遇到的创作症候和同代人的文学批评，包含着丰富的艺术经验和生命经验，这些都十分宝贵。这些经验经过"解释学循环"进入文学史，既在时间之维上有了"历史化"的可能，又凭借"当代性"不断拓展空间维度，从而在历时性的视域之上叠加了共时性的经验。"解释学循环"将使其中的历时性和共时性的经验被不断删选成为"知识"。如此往复，当代文学"知识谱系"的完整性和审美判断的可靠性将不断提高，这便如别林斯基所言："时光总要战胜人们的偏见，在偏见的废墟上重新竖起真理的常胜的旗帜。"①

---

① 别林斯基：《别林斯基选集》，第4卷，满涛、辛未艾译，上海译文出版社，1991年，第409页。

上编 渊源流变

第一章

学术渊源与话语奠基

本章分为两节，具体讨论的学术时段为晚清到改革开放初期。当代文学史自然是现代文学史写作的延续，而现代文学史的写作又离不开晚清时期，文学史概念在现代大学教育体制内的确立。需要特别说明的是，书中所涉及到的许多文学史著作，如今已经因为学术范式的变革，而显得多少有些过时，但是它们在学术史上所贡献的奠基性意义是不容忽视的。本书是研究中国当代文学史写作问题的，因此在"辨章学术、考镜源流"的过程中，笔者侧重于分析以往文学史写作所蕴含的意义或其问题，而非对每一种文学史著作展开具体述评，这也是本书与已有成果之间的不同之处。如海登·怀特所言，"学术领域反思自身的一个方法是回顾自身的历史"[1]，及时而必要的学术史梳理与研究，无疑体现出一个学科清醒的自我认知与自我审视。每一位切实从事过中国当代文学史研究的人，都会觉得它矛盾重重，而这也加剧了当代文学史写作的难度。正是在这个意义上，重新审视现代学术发生以来文学史的写作历程，不仅是一次学术史的清理和反思，也可以总结必要的学术经验与教训。

第一节 从林传甲到王瑶的学术经验

现代意义上的"文学"和"文学史"严格来讲都是舶来的概念。在中国古代虽然也有我们现在追封的"文学理论"，但那些批评话语能称

---

[1] 海登·怀特：《作为文学虚构的历史文本》，载张京媛主编：《新历史主义与文学批评》，北京大学出版社，1993年，第160页。

之为"学"的则少之又少。现代意义上的学术研究往往既有学理性，又有逻辑性，而中国古代文学批评大多是由感性兴发而生的批评话语。不过，刘勰的《文心雕龙》是少有的、体大思精的著作，故而也有学者认为《文心雕龙》以及《诗薮》和《诗源辨体》就是中国古代"带有文学史雏形性质的著作"①，甚至有学者认为《文心雕龙》是国人写的第一部文学史②。但笔者以为刘勰本人并不具备自觉的、现代意义上的学科意识，"时序"篇虽然对上古至当时中国文学发展进行了历史扫描，但刘勰自己提出的"文变染乎世情，兴废系于时序"③的观念，在"时序"篇中其实并未得到详细而具有逻辑性的演绎。此外，古代史传中的文学记载也与现在的文学史大相径庭，"中国以前没有文学史专书，虽说《文苑传》有些近似文学史，其实《文苑传》不过简略记文人的姓名履历而已，于文学的变迁得失盖皆缺略，故不能当作文学史看"。④

一、清末至"五四"前文学史写作的意义

晚清时期，伴随着中国现代高等教育的兴起，"文学史"这个概念进入中国，戴燕的《文学史权力》（北京大学出版社，2002年）和陈国球的《文学史书写形态与文化政治》（北京大学出版社，2004年）中都有详尽的考察，笔者不再赘述。作为"文学史"的草创和探索时期，清末直至"五四"的文学史写作的范式仍处于建构之初，相关实践成果难免不够成熟。然而，这一时期的文学史著作，对百年来中国文学史写作实践，有着不可低估的影响。在文学史写作范式的探索期，不少学者开风气之先；而他们留下的经验与问题，则需要我们在今后的学术史中进行必要总结与探讨。如今，学术界一般认为文学史写作的肇兴，是以林传甲的《中国文学史》和黄人的《中国文学史》为标志。至于谁是首创

---

① 魏崇新、王同坤：《观念的演进：20世纪中国文学史观》，西苑出版社，2000年，第27页。
② 南志刚、于时：《中国文学史百年研究国际研讨会综述》，《文学评论》，2005年第2期。
③ 刘勰：《文心雕龙》，人民文学出版社，2006年，第675页。
④ 刘经庵：《中国纯文学史纲·序》，东方出版社，1996年，第5页。

者学术界尚有争议①，更多的意见认为林传甲的文学史是第一部。

笔者以为这个时期的文学史著作虽名曰"文学史"，却是并不成熟的文学史，甚至与后来人们习以为常的文学史著作有莫大差异。以现在的学术标准来看，从林传甲的《中国文学史》到胡适的《白话文学史》为界，期间出现的众多文学史著，大多存在着明显缺陷或观念模糊的问题；但放在历史语境中看，这一代学者的学术探索毕竟为后人建构文学史范式，提供了不少可资借鉴的经验与教训。正因如此，以学术史的眼光看待此时的文学史著作，我们应该认识到当时的学者在三个关乎文学史写作的根本问题上，承担了路径开创与话语奠基的学术任务。

第一，文学史是什么？伴随着现代大学教育开展而兴起的"文学史"，其学科归属在晚清时期尚没有明确的界定。有学者研究认为，1912年的临时政府教育部废除经学对文科的学科建制影响深远："大学废止经科之后对文科的冲击可谓最大，原本隶属于经学门之下的科目因此拆散纳入文科各门中，加助了文、史、哲等学门建立起明确的学科界域。此外，清末以来王国维等学人所力倡的学术平等之意，亦得以在制度面获得落实，对日后文科各门的独立发展产生了相当关键性的影响。"② 事实确乎如此，因为"文学史"成为一门独立的学问，并且进入到教育体制之中，所以才引起一批学者的学术思考与实践探索。乃至后来五四新文化运动的发动者，相比于晚清的文学改良者，也多了一重文学史意识。譬如胡适在谈到1916年自己对"文学史"的思考时说："从二月到三月，我在思想上起了一个根本的新觉悟。我曾彻底想过：一部中国文学史只是一部文字形式（工具）新陈代谢的历史，只是'活文学'随时起来替代了'死文学'的历史。"③ 这里要指出的是，胡适的观念现在看来也许有失偏颇，但是在当时这种带有鲜明文学史观的表述，亦可以看作是他推动新文学运动的一种话语策略。

---

① 王水照：《国人自撰中国文学史第一部之争及其学术史启示》，《中国文化》，2008年第1期。
② 刘龙心：《学科体制与近代中国史学的建立》，载《20世纪的中国：学术与社会（史学卷）》，山东人民出版社，2001年，第513页。
③ 胡适：《逼上梁山》，载《胡适全集》，第18卷，安徽教育出版社，2003年，第108页。

虽然从19世纪末到新文化运动前的二十余年间，国人所著文学史尚嫌粗陋，且未形成现代文学和学术意义上的文学史观，但他们毕竟已经开始有意识地结构出文学史发展脉络。及至胡适发展了王国维"一代有一代之文学"的观念，第一次真正从文学史中总结出规律，才为后来具有范式意义的文学史观形成，以及相关理论的发展奠定了基础。然而，胡适的文学史观念又是有"经"有"权"的，正如有学者指出："胡适强调的是旧文学的死与新文学的生之间有一种明显的界限，似乎有些绝对化，而王国维所说的'敝'与'衰'侧重点是在一代有一代'始盛'之文学，新旧文学之间并没有我活你死的对立关系。"①

可见，在二十年左右的学术实践中，文学史的内涵逐渐明晰，独立成"学"的学术逻辑也得以建构，而其"阿基米德点"便是文学史观。要说明的是，在那个王纲解纽的学术时代，学者们的文学史观是多样化的，这是家国乱离之时的学术常态。不过问题在于，从林传甲认为文学要"爱国保种"到胡适提倡"白话文学"观，国人的文学史观虽然有所发展，但仍未臻完备。前文说过，胡适的观念实则是一种提倡新文学的话语策略，因而他带着不容置疑的语气宣布，白话文学才是中国文学史发展的正宗，自然招来不少非议。不过学术争议归争议，自此以后，任何一个学者写作文学史都需要确立自身的文学史观。这也保证了文学史不至于被简单地视作文学与历史的"剪刀加糨糊"式的结合。

第二，文学史写什么？在这一时期的学术界，"文学"这个概念，既有别于中国传统"诗文之学"，也不完全同于西方近代以来的"文学"（Literature），其外延显得十分宽泛。当时王国维提出："世界学问，不出科学、史学、文学，故中国之学，西国类皆有之。西国之学，我国亦类皆有之，所异者，广狭疏密耳！"②但这"广狭疏密"体现在"文学史"中，便足见当时中西学术背景的不同，以及由此导致的学者们在学

---

① 徐雁平：《胡适与整理国故考论：以中国文学史研究为中心》，安徽教育出版社，2003年，第116页。
② 王国维：《国学丛刊序》，载《王国维文集》，第4卷，中国文史出版社，1997年，第367页。

科意识上的差异。在林传甲的《中国文学史》中，诗、文、小说、戏剧等当前的四大基本文体并不占主要内容，反倒是将古代许多"类文学"的内容纳入其中。如传统学术的四部"经、史、子、集"，在他这部"文学史"中均有所体现，乃至于音韵、训诂等曾经的"小学"，后来划入语言学、文字学的内容，也被他写入文学史①。尽管林传甲及同时代的人所著的文学史，因写了大量后来被认为"非文学"的内容，而被胡云翼视为"不幸都缺乏明确的文学观念，都误认文学的范畴可以概括一切学术"②，但在陈平原看来，林著是"大有来头的"，因为"林著共十六篇，对照《奏定大学堂章程》，不难发现，此十六章目，与'研究文学之要义'前十六款完全吻合"。③ 而这一时期来裕恂所著《中国文学史》则内容更为庞杂，不仅有经学、子学，还有玄学、心学，更兼天文地理，等等④。可见，此时中国从事文学史写作的人尚缺乏现代意义上的文学自律意识，因而对于文学边界的划分也不够明确。可以说，这些著作从非学科意义的"大杂烩"向现代的文学观念转变仅仅迈出了第一步。相较之下，黄人的《中国文学史》以"美"为中心，所涉内容虽然也有诰、敕、制艺等，但基本上以各时期的诗文等为主，其"文学观"比之林传甲有所收缩。

如果说前人的问题是写得"太多了"，那么到"五四"运动前的几年内，胡适在白话文学及进化史观的制约下，写入文学史的文类明显减少，文学本体意识有所增强，但又存在着如郑振铎所指出的弊病："胡适的《白话文学史》，乃舍文学的本质上的发展，而追逐于文学所使用的语言的那个狭窄异常的一方面的发展之后，以为中国文学的发展，只是'白话文学'的发展。执持着这样的'魔障'，难怪他不得不舍弃了许多不是用白话写的伟大的作品，而只是在'发掘'着许多不太重要的

---

① 林传甲等：《早期北大文学史讲义三种》，北京大学出版社，2005年。
② 胡云翼：《胡云翼重写文学史》，华东师范大学出版社，2004年，第3页。
③ 陈平原：《早期北大文学史讲义三种》，《博览群书》，2005年第10期。
④ 朱首献：《全球化语境中的文学史书写》，《中国社会科学院院报》，2008年7月8日。

古典著作。"① 但无论怎样,我们都应该承认胡适在学科发展上的贡献,甚至可以说,从胡适开始中国学者的文学史叙述才与西方通行的"文学史"观念实现了初步对接。至此,文学史写作在学术史意义上,初步完成了从古典学术范式到现代学术范式的转型。

第三,文学史怎么写?早期文学史写作实践与当下文学史写作体例大同小异的情况有明显不同。那一批文学史的章节编排、行文风格是各式各样的。当然,这些著作并非没有规律可循。一方面,那一代学者作为文学史写作的探路者,对当时的文学史编排大致可以归为两类:按时间发展线性叙述;按文体形式分类平行叙述。这两种体例也是之后数十年内被采用最多的,后来鲁迅将之概括为"史总须以时代为经,一般的文学史,则大抵以文章的形式为纬"。② 另一方面,从著作具体内容来看,由于这一时期的文学史是探索中新式大学的教材,因而通常具有知识传达多、审美分析少的写作特征。可以说,其史学观念之明晰远胜于文学观念,且有"述而不作"之风。这种"史"大于"文"的写作范式,一定程度上影响了后人文学史写作范式的形成与重构。

文学史怎么写历来都是一个理论与实践相结合的学术话题。从最表层来说,这是一个框架结构设置的问题;从更深的学术层次来看,文学史写作的叙事方式其实是决定文学史写作品质的另一个重要因素。编纂或撰写文学史不仅要言之有物,还要考虑用什么方式"言"。早期的文学史脱胎于中国传统学术,显示出了较强的"述而不作"的特性,然而这与现代学术意义上的"文学史"显然是有不同的。正如陈思和所言:"对文学史现象的描述当然要体现出描述者的当代立场,所谓客观性和历史性只能是当代立场阐释的研究前提、材料和资源,否则文学史只要是一部资料长编就可以一劳永逸了。"③ 因此我们可以说,现代学术背景下的文学史写作,强调的是"将文学(创作和评论)总结出规律加以

---

① 郑振铎:《郑振铎文集》,第7卷,人民文学出版社,1988年,第70页。
② 鲁迅:《致王冶秋》,载《鲁迅全集》,第13卷,人民文学出版社,1981年,第243页。
③ 陈思和:《思和文存》,第2卷,黄山书社,2013年,第301页。

说明"①，是学者主观的学术（审美）判断和客观的历史线索的有机统一。在这一方面，胡适的《白话文学史》，较之于林传甲们的文学史写作有了不小的进步。当然，每个学者的学术观点难免都有局限性，但也许这正是学者们不断进行文学史写作、重写的内驱力之一。

笔者初步清理出 19 世纪末到 20 世纪最初 20 年，诸多文学史所探索的学术路径，在学术史的视域中，分析了这一时期的文学史著作的经验与问题。现在来看，经历了近二十年"拓荒"之后，文学史写作虽然尚存在着不少问题，然其经验（学术层面与教学层面）为 20 世纪文学学术史上文学史写作的第一个高潮到来奠定了基础。

二、20 世纪 20 至 40 年代的新文学史写作

经过了 20 多年的探索，在 20 世纪 20 至 40 年代，文学史写作曾出现过一个热潮。1931 年胡云翼就意识到："至最近十余年来，文学史的专著乃风起云涌的出版。"② 如有学者所言："这跟当时许多大学的创办和教学的需求也有关，文学史越来越成为现代教育体制所规定的一种'知识体系'，成为满足学校教育需要的一种时兴的产物。"③

纵观这一时期文学史写作的重要成果，从文学史观上来看，进化的观念已经较为普及，郑振铎在《研究中国文学的新途径》中说："我们要走新路，先要经过接连着的两段大路；一段路叫做'归纳的考察'，一段路叫做'进化的观念'。这两段大路是无论什么人，只要他是一个研究者都要走的'必由之路'。"④ 尽管郑振铎谈的是文学研究法，但这种科学主义的思路对时人写作文学史亦产生了不小的影响。谭正璧更是断言："文学史所叙述的文学是进化的文学，所指示的途径是进化的的途径，能够

---

① 唐弢：《当代文学不宜写史》，载《唐弢文集》，第 9 卷，社会科学文献出版社，1995 年，第 495 页。
② 胡云翼：《胡云翼重写文学史》，华东师范大学出版社，2004 年，第 3 页。
③ 温儒敏等：《现代文学新传统及其当代阐释》，北京大学出版社，2010 年，第 18 页。
④ 郑振铎：《郑振铎文集》，第 6 卷，人民文学出版社，1988 年，第 280 页。

合于这原则的是好的文学史,否则便是违反定义……决非名实相符的佳作。"① 具体到新文学史的写作,自新文化运动发生后,新文学的地位屡受来自有着成熟的知识传统的其他学科的挑战,尽管《中国新文学大系(1917—1927)》的各卷主编写了具有文学史意义的导言,全面、立体地展示了新文学第一个十年的创作实绩、观念更新和重要意义,但到了20世纪30年代"大学中文系的课程还有着浓厚的尊古之风,所谓许(慎)郑(玄)之学仍然是学生入门的先导,文字、声韵、训诂之类课程充斥其间,而'新文学'是没有地位的"。② 因此,新文学史的写作除了配合教学之外,更是通过坚持文学进化观念以确立自身的合法性。当然笔者所说的是当时的学术主潮,其实也有一些学者并不持进化式的文学史观,这在周作人的《中国新文学的源流》中体现得就十分明显。

除去仍对旧文学念兹在兹的文化保守人士的文学史写作,这一时期的新文学史(现代文学史)写作在思想价值取向上呈现出两重路径。一路是非左翼学者的写作,相对淡化了物质决定论和阶级分析论,强调美学意义;另一路是唯物史观下的文学史写作,强调"社会的经济制度是一切社会组织及一切观念体系的基础。基础一动摇,则基础上面的各种建筑便随之而崩溃。"③ 从写作范式角度看,他们多数坚持进化史观,相较之下左翼文学界不仅仅谈文学的进化,更是把文学史发展纳入整个社会史的"进化"。也有学者认为:"进化论之外处于非主流地位的文学史观是唯物主义的文学史观,这种文学史观主要是以马克思主义的唯物史观阐释文学的历史。"④ 但其实,所谓"唯物主义"与"进化论"并不是对立的,也不是一个维度上的概念,不宜将马克思主义的唯物史观和进化论截然分裂。

---

① 谭正璧:《中国文学进化史》,光明书局,1929年,第10页。原书即为"进化的的途径",第二个"的"似为衍文。
② 王瑶:《先驱者的足迹——读朱自清先生遗稿〈中国新文学研究纲要〉》,载《朱自清全集》,第8卷,江苏教育出版社,1993年,第127页。
③ 麦克昂:《文学革命之回顾》,载《中国新文学大系1927—1937》(文学理论集一),上海文艺出版社,1987年,第216页。
④ 魏崇新、王同坤:《观念的演进:20世纪文学史观》,西苑出版社,2000年,第75页。

我们还要注意到的是，这一时期大多数学者的文学史观念都或多或少带有西学东渐的印记。勃兰兑斯、丹纳等人及其著作对于中国文学史学的影响是显而易见的，譬如鲁迅在给徐懋庸的信里说："文学史我说不出什么来，其实是 G. Brandes 的《十九世纪文学的主要潮流》虽是人道主义的立场，却还很可看的。"① 而刘大杰说给他影响最深的"是下列这几种：1. 泰纳的《艺术哲学》和《英国文学史》。2. 郎宋的《文学史方法论》。3. 佛里契的《艺术社会学》和《欧洲文学发达史》。4. 勃兰克斯的《十九世纪文学主潮》"。② 即便钱基博这样坚持"欧亚别俗"的学者也在文学史著中讲："欧西批评家尝言：'人种、环境、时代三者构成艺术之三要素也……'质而言之，即不可不先考证文学家之履历也。"③ 此言足见丹纳的影响。所不同的是，左翼的文学史著中不仅强调"从社会进化的过程上（笔者按：不是胡适所谓的文学进化）去观察文艺思潮的发展，不但根源最为正确，而且脉络也最分明"，而且评价文学的标准在 20 世纪 30 年代时就已经将思想内容置于艺术水准之上，并声称"决定一切艺术作品的思想内容的，是作家的世界观"。④

如果说文学史观主要决定了叙事的逻辑，那么文学观念主要决定了叙事的内容。在当时的文学史著作内容择取中，无论是持何种政治立场的学者，以诗歌、小说、散文、戏剧为主体的纯文学观念都占据了主流。且不说 1935 年刘经庵出版《中国纯文学史》，单是看各类《中国文学史》就可知"纯文学"已然成为文学史叙述的主体，胡云翼声称："我们认定只有诗歌、辞赋、词曲、小说及一部美的散文和游记等，才是纯粹的文学。"⑤ 此时，由于"纯文学"的观念初步确立，不仅"非文学"被排斥在文学史之外，即便是胡适一生引以为傲的"新贡献"也被

---

① 鲁迅：《331220 致徐懋庸》，载《鲁迅全集》，第 12 卷，人民文学出版社，1981 年，第 303 页。
② 刘大杰：《批判〈中国文学发展史〉中的资产阶级学术思想》，载《"中国文学发展史"批判》，中华书局，1958 年，第 275 页。
③ 钱基博：《现代中国文学史》，上海世纪出版集团，2007 年，第 5 页。
④ 徐懋庸：《文艺思潮小史》，生活书店，1936 年，第 11—13 页。
⑤ 胡云翼：《胡云翼重写文学史》，华东师范大学出版社，2004 年，第 6 页。

钱基博批评一番。胡适在口述自传中说:"那无数的男女,在千百年无穷无尽的岁月里,却发展出一种以催眠曲、民谣、民歌、民间故事、讽喻诗、讽喻故事、情诗、情歌、英雄文学、儿女文学等方式出现的活文学。……由民间兴起的生动的活文学,和一个僵化了的死文学,双线平行发展,这一在文学史上有其革命性的理论实是我首先倡导的,也是我个人(对研究中国文学史)的新贡献。我想讲了这一点,也就足够说明我治中国文学史的大略了。"[1] 然而钱基博在《现代中国文学史》中所表达的学术观点,在当时看来则是与新文学发展趋向相悖的,他认为"盖文学史者,文学作业之记载也,所重者,在综贯百家,博通古今文学之嬗变,洞流索源"[2],但是他自己在文学史中对于近代古体诗文大力推崇,秉承了诗文为正统而不屑"小道"之观念。他对于已经发展了十余年,且已有不少创作实绩的新文学更是不屑一顾。他的文学史不仅是文言文写作,而且从范式的角度而言,他不承认进化观,不接纳民间文学和白话文的根本原因在于"欧亚别俗,岂可强同"?[3] 当然,其学术观点和眼光并非毫无道理。他以为白话文学的根本问题在于"摹欧文以国语,比鹦鹉之学舌……效颦者乃至造抒志,亦竞欧化,《小说月报》盛扬其焰。然而佶屈聱牙,过于周诰,学士费解,何论民众"。[4] 这和瞿秋白在20世纪30年代文艺大众化过程中表达的观点有类似之处。

若说持钱基博那样文化保守主义观点的人是少数的,那么曾支持胡适的学者,也未按胡适曾预设的白话文学的思路发展文学史观念。例如,郑振铎在《插图本中国文学史》中虽对俗文学有所观照,但其文学史著的主体还是通常所讲的纯文学范畴内的作家作品,郑振铎在"绪论"中说:"文学乃是人类最崇高的最不朽的情思的产品,也便是人类的最可征情,最能被了解的'活的历史'。……文学史的主要目的,便在于将这个人类最崇高的创造物文学在某一个环境、时代、人种之下的

---

[1] 胡适:《胡适口述自传》,广西师范大学出版社,2005年,第252—253页。
[2] 钱基博:《现代中国文学史》,上海世纪出版集团,2007年,第5页。
[3] 钱基博:《现代中国文学史》,上海世纪出版集团,2007年,第7页。
[4] 钱基博:《现代中国文学史》,上海世纪出版集团,2007年,第392页。

一切变异与进展表示出来;并表示出:人类的最崇高的精神与情绪的表现,原是无古今中外的隔膜的。"并且他提出"盖文学史所叙述的并不是每一部文学的作品,而是每一部最崇高的不朽的名著"①。当然,这里要说明的是,新文化运动后的"纯文学"并不完全等同于中国古代的"雅文学",而是在诗文基础上增加了小说、戏剧,这与西方近代以来"文学"的概念是一致的。

从体例结构来看,这一时期的文学史因为进化史观和纯文学观的双重作用,大多呈现出两个鲜明的特征:其一,热衷于分期;其二,以四种基本文体为主。尽管他们分析的标准不同,但我们很明显可以看到,对于一个较短时段的文学发展过程,仍然进行更为细致的阶段性划分,已经成为文学史家建构历史逻辑的一种策略。也就是说,分期是为了使文学史家关于这个时段的叙述,呈现出一种历史演进的姿态,而不是简单的作家作品的堆积。从理论上说"被客观化、保持距离,像一个无法反向操控,但人们却能够看出可能的演变路径的未来,这些都是历史学家的时间的特征"。②

由此观之,西方文学观念及文学史著一定程度上影响了新文学家,使他们的创作在 20 世纪 20 年代之后展现出趋于精英化的文学理念。新文学虽然是借古代所谓"白话文学"及民间文学而建立起自身合法性的,但是在当时,绝大多数新文学家的创作并没有走民间文学、俗文学的道路,甚至很难说是"平民文学"。1947 年陈荒煤说的一段话正可以说明问题:"十五年前,赵树理同志就有过这样的思想,也曾做过这样的写作:要'夺取封建文化阵地'。他感到中国当时的'文坛太高了,群众攀不上去,最好折下来铺成小摊子'。他立志要把自己的作品先挤进'笑林广记'、'七侠五义'里边去,然后才能谈得到'夺取'。"③ 相反,新文学在 20 世纪 20 至 30 年代主要是在知识分子和学生间流传,其传播的广泛程度远不及为新文学家所批判的通俗文学以及与新文学一

---

① 郑振铎:《插图本中国文学史》,北京工业大学出版社,2009 年,第 3—4 页。
② 普罗斯特:《历史学十二讲》,王春华译,北京大学出版社,2012 年,第 100 页。
③ 陈荒煤:《向赵树理方向迈进》,《人民日报》,1947 年 8 月 10 日。

度渐行渐远的民间文学。因而在新文学史著中,占据主体的必然是新文学作家的纯文学创作。

在史观与文学观的作用下,这一时期的学者基于自身的学术观念和政治立场,在新文学发生的问题上即表现出较大的分歧,更不要说对具体作家作品的评论如何大相径庭。这种分歧,一方面使我们看到了在新文学发展过程中,许多尚在讨论的理论问题,在文学史中并没有一个固定的答案,因此,"历史化"的过程是一个动态的过程,需要不同的声音才能形成"历史的合力"。另一方面,新文学的同代人对正在发生和发展的文学进行"历史化",正与我们对当代文学"历史化"有诸多类似之处。他们的共时经验,包括政治信仰、理论资源、审美趣味、人际关系等诸多因素,既影响着他们的文学史观,也影响着他们的史料择取与文学判断。

比如文学革命的发生问题,在郭沫若看来"中国近年来的文学革命,一般人的认识以为是由文言文改变为白话文,有的更兢兢于在那儿做《白话文学史》,其实这是最肤浅最皮相的俗见"。[①] 因为"第一义是意识的革命,第二义才是形式的革命"。[②] 这便与胡适等所首倡的白话文学的观念有了明显的区别。相比于这种意识形态激进立场下的观点,那些偏于保守的学者,也对白话与新文学的关系提出过质疑,如王哲甫认为:"文言文的作品,也未必全是旧文学,死文学。我们能说林(林纾字琴南)译的茶花女遗事是旧文学,死文学吗?"[③] 因此他提出"新文学与旧文学的区别,决不是只在白话文言的不同,乃在它们所含的内容本质的不同"。[④] 这样来看,我们当下的中国现代文学史和当时人的观念,还是有明显的差异的。由此我们需进一步思考的是,当前我们在讨论的关于文学史写作的许多问题,比如说旧体诗词是否入史等,其实

[①] 麦克昂:《文学革命之回顾》,载《中国新文学大系 1927—1937》(文学理论集一),上海文艺出版社,1935年,第216页。
[②] 麦克昂:《文学革命之回顾》,载《中国新文学大系 1927—1937》(文学理论集一),上海文艺出版社,1935年,第218页。
[③] 王哲甫:《中国新文学运动史》,北平杰成印书居,1933年,第1页。
[④] 王哲甫:《中国新文学运动史》,北平杰成印书居,1933年,第2页。

在20世纪30年代的某些文学史家那里，因为语言不是新旧文学判别的本质性标准，而并非一个难题。当然，他的观点也只是他个人的观点，每一个文学史家可以基于自身对新文学的理解而作出限定。

总体来看，这一时期无论是古代文学史还是新文学史写作，大多数明显受到进化史观和纯文学观的影响，分期意识、分文体意识逐渐形成，这些都为后来文学史写作范式的建构提供了基本的叙述框架。这里特别要提出的是周扬的《新文学运动史讲义提纲》，其中关于新民主主义革命与新文学关系的论述在之后数十年内被沿用。此提纲是周扬在"鲁艺"讲课的讲稿，正式发表于《文学评论》1986年第1和2期。虽然这份发表的提纲并不完整，但是其引言中将新文学的发生发展纳入整个社会演进史和革命斗争史的阐述模式，体现了周扬基本的文学史思想，也成为新中国成立后"十七年"时期新文学史写作遵循的基本法则。

三、王瑶《中国新文学史稿》的学术史意义

在新中国成立之初的新文学史著作中，王瑶的《中国新文学史稿》（上、下）（以下简称"《史稿》"）显然是同时期最具学术含金量的著作。王瑶的《史稿》继承并改造了新中国成立前的文学史写作范式，并且影响到了20世纪50年代后期的当代文学史写作范式的建构[①]，可以说"他的《史稿》遭遇到的问题，写作过程中的矛盾与困惑，对后来的中国当代文学史写作也未尝不是一种警示"。[②] 而更为有意思的话题也许在于王瑶的这部文学史虽然受到当时学术话语形态的影响，但他尽力游走于政治与学术的夹缝中，从而相对客观地建立起现代文学的知识谱系和文学史写作的基本范式。

[①] 温儒敏等所著《中国现当代文学学科概要》中对于王瑶的著作有详尽的分析，笔者不再引述。
[②] 曾令存：《王瑶的〈中国新文学史稿〉与"当代文学"的诞生》，《嘉应学院学报》，2017年第3期。

首先是高屋建瓴的绪论。王瑶曾言："在写作中力求'稳妥'，办法之一就是多引用文艺界的一些著名批评家的意见，而少发表我个人的看法。"① 这种个人看法和学术语境之间的龃龉，尤其体现在"绪论"同具体内容表述的分离。在"绪论"中，王瑶以革命进化论的史观论述了新文学发展演变与新民主主义革命的同构关系，他在《初版自序》中也说明这是应当时教育部发布的课程草案之要求而作的。但是，在具体作家作品的择取上，除去必有的时代局限性，他尽可能以审美而非意识形态的眼光论述当时政治环境下允许入选的作家。当然，在初稿受到了批评后，王瑶"在'绪论'中强化了新文学的性质以及领导权外，也同样吸取权威理论，加大现实主义作为新文学主流的论述"。② 在处理史料上，王瑶也尽可能少地使用激烈的政治批判话语。比如有的在现在看来依然极为尖锐的材料，像徐志摩的《列宁忌日——谈革命》，他在引用后也没有对作者大肆批判，只是轻轻地说了一句"右翼的资产阶级思想"③，直到1954年修订版依然如此，亦可见其学术勇气。

其次是完备的体例结构。据有学者统计"全书计537000字，论及作家300多位，作品近千部（篇），引证资料873次，涉及著作、文章约700部（篇）。所述史实之全，作家数量之多，作品之丰，均属空前"。④ 除了内容完备和史料丰富，其基本体例也按三个十年纵向展开，每个十年为思潮运动加文体的四分法。正如有论者指出的"它确立了一种新的中国现代文学史的模式，这种模式在80年代以后一直为大多数的中国现代文学史教材所沿用"⑤。但我们还应该注意到，《中国新文学史稿》与后来的现代文学史不同之处在于，书中每一个十年中的文体排序是诗歌、小说、戏剧、散文，但王瑶都用了极为简单的限定词，概括

---

① 王瑶：《〈中国新文学史稿〉的自我批判》，载《文学研究与批判专刊》，第3辑，人民文学出版社，1958年，第119页。
② 陈改玲：《五十年代王瑶对〈中国新文学史稿〉的修改》，《新文学史料》，2009年第4期。
③ 王瑶：《中国新文学史稿》（上），新文艺出版社，1954年，第74页。
④ 陈希：《政治与学术话语的交织变奏——王瑶和他的〈中国新文学史稿〉》，《中山大学研究生学刊》，2001年第4期。
⑤ 高玉：《论王瑶〈中国新文学史稿〉的学术品格》，《天津社会科学》，2006年第6期。

了此阶段这一文体发展最明显的特质。如三个十年的诗歌的章标题分别为"觉醒了的歌唱"、"前夜的歌"、"为祖国而歌",而小说部分的标题则分别是"成长中的小说"、"多样的小说"、"战争与小说"。这样的概括虽然粗疏,但隐含着的是文学史作者对每一种文体在不同时期发展的基本定位,包含了审美演进的逻辑而非简单的罗列。

最后是令人敬佩的审美判断。同时代的文学史家"蔡仪和张毕来都充分注意文学史的阶级意识,将文学阵营划分为左中右,强调不同时期党对知识分子既团结又斗争的线索。在关心政治,强调文学史的论争甚至斗争线索这点上,他们的观点是一致的"。[①] 相比于此,王瑶的文学史除了比较明晰的革命史思维外,还包含着大量个人化的审美判断。在当时这被批评为"作者忽视作品的思想内容和社会意义,而对于文学形式却特别加以玩赏"[②],但现在来看则显示出王瑶的学术勇气。例如其对胡风及七月派部分诗人诗作的审美分析丝毫不亚于当下的现代文学史著作,不仅这一章的提名借用了胡风的诗题"为祖国而歌",而且在论述胡风时说:"他写的诗虽不多,但感情很丰富。而更重要的是他提倡和鼓励了诗底发展,排斥了一些单纯追求技巧的作品,而把生活在战斗中的诗人像田间、鲁藜他们的诗来介绍给读者;他对诗的扶植和培养是有功绩的。"[③] 也正因如此,在1955年被批评为"似乎影射进步文艺界当时对胡风思想的批判,生怕埋没了胡风的'功绩'"。[④]

由《中国新文学史稿》的上述三个特点,我们可以得出的重要历史经验主要有两个方面。

其一,文学史不是作家作品按年代的排列,还要有审美艺术演进的逻辑。一本好的文学史,不应该满足于按照时期对作家作品按重要性进行排列,而是要在排队的基础上,关注到各种文体在审美形式的艺术发

[①] 孙晓忠:《大学内外:建国初期王瑶的新文学史写作》,《现代中文学刊》,2014年第3期。
[②] 甘惜分:《清除胡风反动思想在文学史研究工作中的影响——评"中国新文学史稿"下册》,《文艺报》,1955年第19期。
[③] 王瑶:《中国新文学史稿》(下),新文艺出版社,1953年,第63—69页。
[④] 甘惜分:《清除胡风反动思想在文学史研究工作中的影响——评"中国新文学史稿"下册》,《文艺报》,1955年第19期。

展中，呈现出来的艺术规律和艺术逻辑。

其二，文学史不同于一般历史书之处，在于它除了要有历史的和审美的逻辑，还要有编者独立的价值判断。这种审美判断应该包含这两个方面，第一是对作家作品审美价值本身的判断，第二是对作家的审美活动，特别是其在文学史上意义的判断。

笔者从晚清时期文学史的写作开始，一直分析到王瑶的《中国新文学史稿》，对一些重要的文学史著作并没有展开细致的话语分析。限于篇幅，笔者侧重于在学术史中发掘那些具有奠基性意义的学术经验，以及对我们今天仍有启示之处。最后需要说明的是，由于历史语境不同，学术范式不同，过去的文学史在现在看来或多或少都有着不足之处，但我们现在的文学史也不是完美的。文学史写作，虽然说追求的是一种知识谱系的建立，但如果完全没有了个人的价值追求在其中，也会缺乏学术个性。在这个意义上讲，相比于当下一些仅仅为了编教材而编的文学史，王瑶及王瑶以前的文学史，仍然像一面镜子，能够照亮我们的不足，并引起我们的反思。

第二节　新学科的建立与当代文学史写作的肇兴

1950 年教育部颁布的《高等学校文法两学院各系课程草案》，使得"新文学"的学科地位得到了官方话语的强有力保障。"新文学"不仅作为一个学科和古代文学并列，更为重要的是，被纳入新民主主义革命的历史叙事后，其所蕴含的"反帝反封建"的"革命"色彩使得它与革命史实现了同构。相比于"新文学"，"当代文学"这个概念的出现显然要略迟一些。按照许志英的说法："'当代文学'的概念，解放初期还没有人提，直到 1958 年大学生大编教材时，于 1959 年（笔者按：该书正式出版是 1962 年）科学出版社推出华中师范大学中文系学生编的《中国当代文学》教材，才出现'当代文学'的概念。"[①] 此外，"大跃进"时

---

① 许志英：《给"当代文学"一个说法》，《文学评论》，2002 年第 3 期。

期，北京大学提出"为了坚决贯彻厚今薄古的原则，中文系准备增设现代文学的课程，今年暑假后，即开出《当代文学》、《民间文学》、《中国文学思想斗争史》和《文艺讲座》等四门新课程"①，但最终并没有形成公开出版的当代文学史。在"十七年"时期，公开出版的、以"当代文学史"命名的著作其实只有当时华中师范学院和山东大学的师生集体编写的两部，再加上中国科学院（即后来分离出的中国社会科学院）文学研究所集体编写的《十年来的新中国文学》，可以说"十七年"时期公开出版的当代文学史著一共有三部。

一、当代文学学科的"合法性"论证

在20世纪50年代后期，写作当代文学史首先要面临的问题是"当代文学"何以从新文学、现代文学这些概念下独立出来，成为一个学科并独立成"史"。因而，对于任何一部当代文学史的作者而言，其必须面对的基本问题是，"当代文学"独立成史的"合法性"如何自我确证（Self-confirmation），并且论述它较之从"新文学"概念分化出来的"现代文学"有何区别。然而，历史的吊诡之处在于，这些当代文学史的作者在论证"合法性"的历史渊源与现实基础时，与20世纪50年代中期学术界广为批判的胡适的《白话文学史》显示出某种相似性。

第一，胡适以"白话"作为新文学与古代文学的纽带，为新文学找到了历史和逻辑上的"阿基米德点"。新文学区别于旧文学的重要标志之一就是以现代白话取代文言，以"引车卖浆之徒所操之语"② 作为"文学的国语"来写作"国语的文学"。为了在自我确证的过程中展示自己的观念并未造成文学史的断裂，而是对古代"死文学"的遗弃和"活文学"的继承，胡适声称："一千八百年前的时候，就有人用白话做书了；一千年前，就有许多诗人用白话做诗词了；八九百年前，就有人用

---

① 纪延：《红旗插上了文艺教学阵地》，《文艺报》，1958年第12期。
② 林纾：《林琴南致蔡元培函》，载《蔡元培全集》，第3卷，中华书局，1984年，第274页。

白话讲学了……"① 如此将"白话"这一能指泛化的做法，显然使得"白话文学"成为一个空洞化的能指漂浮物，以至于它可以指称任何一个朝代的民间文学，必要时甚至可用以指涉杜甫、李白的部分诗作。在对历朝历代他所谓"白话文学"的推重中，胡适又赋予了"白话文学"语言之外的价值内涵："庙堂的文学终压不住田野的文学；贵族的文学终打不死平民的文学。"② 他进而断言："一切新文学都来源于民间。"③

反顾当代文学史的建构，修史者首先将"当代文学"的核心定位为以无产阶级为主体的"社会主义文学"，并以其前身"革命文学"为连接当代文学与现代文学的纽带。应该看到的是，这些文学史在建构文学史体系的同时加入了"革命"的话语"装置"，试图从根本理念上更新现代文学发展的"主潮"。而原来的"新文学"之所以被纳入"革命化"的叙述逻辑中，是因为其符合毛泽东的《新民主主义论》等若干文献中的历史阐释方式。在这种史观下，二者的关系如周扬所概括的那样："一九四二年毛泽东同志的《在延安文艺座谈会上的讲话》及其在文艺上所引起的变革，是'五四'文学革命在新的历史条件下的继续和发展。毛泽东同志根据马克思、列宁主义的理论，概括地、批判地总结了'五四'以来新文学运动的历史经验，促成我们的文学艺术运动进入了一个新的阶段。"④ 同样的话题在邵荃麟介绍当代文学成就的《文学十年历程》中，表述得更为直接，他将当时话语权力的统摄范围延伸向新文学的源头："我国革命民主主义文学，一开始就由无产阶级所领导，因此在当时的文学中就包含着社会主义思想的主导因素。"⑤ 现在看来，"权威"的论述虽然已经定下了基调，但只是一种高屋建瓴的、概括式的结论，而文学史作者要更为具体地对这一思想做"合理化"阐释：

---

① 胡适：《白话文学史》，安徽教育出版社，1999年，第2页。
② 胡适：《白话文学史》，安徽教育出版社，1999年，第18页。
③ 胡适：《白话文学史》，安徽教育出版社，1999年，第20页。
④ 周扬：《发扬"五四"文学革命的战斗传统》，《人民文学》，1954年5月号。
⑤ 邵荃麟：《文学十年历程》，《文艺报》，1959年第18期。

> 毛泽东同志指出:"五四"以后,包括新文学在内的整个中国的新文化,是新民主主义性质的文化,事实上已属于世界无产阶级的社会主义的文化革命的一部分,为无产阶级文化思想所领导。但是,当时参加这一运动的好多人,包括最杰出的战士如鲁迅等人,对这一点并不自觉。中国共产党成立之后,中国的革命文学一直在党的影响和领导之下成长和发展。[①]

在此逻辑下,后来的左翼文学、延安文艺是这一"革命文学"流脉的发展。由此可见,"革命"作为一个文学史逻辑的内在"装置",其作用在于要求修史者从革命的缘起、形成、发展、胜利的角度勾勒出一条文学史发展主线,即无产阶级文学—革命文学—左翼文学—社会主义文学。我们也要注意到,正如胡适把"白话"的概念扩大化一样,在"十七年"时期的当代文学史中,包括鲁迅在内的"进步作家"们在新文学之初的文学活动,都被叙述为"无产阶级文化"的一部分,而这事实上也有过度阐释之嫌。这种观念先导式的历史研究与叙事,和恩格斯对"唯物主义"的理解有明显差异。恩格斯认为:"我们的历史观首先是进行研究工作的指南,并不是按照黑格尔学派的方式构造体系的杠杆。必须重新研究全部历史,必须详细研究各种社会形态的存在条件,然后设法从这些条件中找出相应的政治、私法、美学、哲学、宗教等等的观点。"[②]

更进一步追溯的话,在文学史写作中以"革命化"的方式清晰地论证现代文学的发展历史,肇始于丁易的《中国现代文学史略》,这本书中已经不再有王瑶所未曾完全剥离的新民主主义时期的叙事话语。丁易的文学史言到"中国现代文学运动是无产阶级领导的,统一战线的,人民大众的,反对帝国主义,反对封建主义,反对官僚资本主义的文学运动",并且把陈独秀、胡适等人的影响尽可能略去,而坚称"共产主义知识分子李大钊以及革命民主主义者后来成为共产主义者的鲁迅在这个

---

① 中国科学院文学研究所编写组:《十年来的新中国文学》,作家出版社,1963年,第2页。
② 恩格斯:《致康·施米特》(1890年8月5日),载《马克思恩格斯选集》,第4卷,人民出版社,2012年,第599页。

运动中起了极大的影响和作用"。①

第二，胡适坚持进化式的文学观念，并据此划分文学的价值等级。胡适在他的《白话文学史》开篇就说："我要人人都知道国语文学乃是一千几百年历史进化的产儿。"② 并且"要大家都知道白话文学史就是中国文学史的中心部分，中国文学史若是去掉了白话文学的进化史，就不成中国文学史了，只可叫做'古文传统史'"③。而且这种进化观念催生了他对作家作品鲜明的价值判断，如"唐朝的文学的真价值，真生命，不在苦心学习阴铿、何逊，也不在什么师法苏李（笔者按：苏武、李陵），力追建安，而在它能继续这五六百年的白话文学的趋势"④。

回过头来看当代文学史写作，有学者将 20 世纪 50 至 70 年代的文学史著中的历史观定位在"以历史唯物主义史观为支撑"⑤，尽管可能有些简单化，但当时研究中国现当代文学史的人，无论是情愿还是不情愿，确实都一定程度上把"历史唯物主义"这个名词作为标签套用在文学史里。如果仔细辨析，我们不难发现当时"历史唯物主义"的治学方法在不同学者那里理解的程度不同，一部分论著对历史唯物主义的标榜，反倒如恩格斯所批评的那样："如果不把唯物主义方法当做研究历史的指南，而把它当做现成的公式，按照它来剪裁各种历史事实，那它就会转变为自己的对立物。"⑥ 可见在恩格斯心目中，如果沿用马克思主义的话语而未领会其精要，那么对这样的人而言"'唯物主义'这个词大体上只是一个套语，他们把这个套语当做标签贴到各种事物上去，再不作进一步的研究，就是说，他们一把这个标签贴上去，就以为问题已经解决了"⑦。因而笔者认为，"十七年"时期的当代文学史写作或多

---

① 丁易：《中国现代文学史略》，作家出版社，1956年，第4—5页。
② 胡适：《白话文学史》，安徽教育出版社，1999年，第1页。
③ 胡适：《白话文学史》，安徽教育出版社，1999年，第2页。
④ 胡适：《白话文学史》，安徽教育出版社，1999年，第128页。
⑤ 朱晓进：《二十世纪中国历史观反思》，《中国社会科学》，2006年第1期。
⑥ 恩格斯：《致保·恩斯特》（1890年6月5日），载《马克思恩格斯选集》，第4卷，人民出版社，2012年，第595页。
⑦ 恩格斯：《致康·施米特》（1890年8月5日），载《马克思恩格斯选集》，第4卷，人民出版社，2012年，第599页。

或少将"唯物主义"简单化,从本质上讲,他们秉持的唯物史观其实是一种"世道必进,后胜于今"的绝对进化观,而且这种进化以作为上层建筑的社会制度的"进化"为前提。这反映在文学史结构上,即是胡适书中"白话/文言"和"活文学/死文学"的二元对立被转化为现当代文学史中"无产阶级/资产阶级"、"进步/反动"的二元对立,日后又演化为"社会主义/封、资、修"的意识形态二元对立。当然,前者是文学语言与文学价值的二元对立,后者是阶级意识与思想价值的二元对立,尽管对立的内容不同,但是二者的思维模式是异质同构的。

这种"进步"如马尔库塞所言,"并不是一个中立的术语;它是有特定前进目标的,这些目标是根据改善人类处境的种种可能性来确定的"。[①]"进步"在当时文学史写作中的"目标",体现为无产阶级革命文学在"现代文学"传统中成为重要的线索,也获得了正统地位。于是,编者便在文学史中宣告:"在欧洲,资产阶级文学就早已过了它的向上发展的时期。追随没落的西欧资产阶级的中国资产阶级文学,和中国资产阶级的整个命运一样,不能有什么作为。它在新兴的无产阶级的文学运动面前,很快就和它的西欧的标本一起衰朽、没落了。"[②] 这段话,如同胡适宣告"古文学"在汉代就死了一般,宣告了资产阶级文学(自由主义、京海派文学、沦陷区文学等)的没落,也宣告了当代的"社会主义文学"走上独立发展之路的必然性。

从上述分析可以看出,当时的文学史的编者在论述当代文学独立成史的合法性方面时,与胡适曾经的话语策略有同构之处。但需要指出的是,一方面,"当代文学"的修史者在当时确实需要确证当代文学独立的意义与价值,从而将主流话语所提倡的历史观灌注于其中,而胡适的那种叙事与修辞策略在这个意义上是有效的。另一方面,胡适当年的论证方式是其发动文学革命的话语需要,他本人后来的学术研究并非如此激进;但与之不同的是,当代文学史的写作和研究不仅在当时是走向

---

① 马尔库塞:《单向度的人》,刘继译,上海译文出版社,2006年,第16页。
② 中国科学院文学研究所编写组:《十年来的新中国文学》,作家出版社,1963年,第2页。

"一体化"的,更是走向激进化的。那个时代的文学史写作者和研究者,在确立学科合法性的同时,把自身的源流论述得过为单一,既狭隘化了"现代文学",也狭隘化了"当代文学"。直至如今,将"十七年"文学视为解放区文学全国化的看法依然很有市场,而这种文学史认知并不完整的根源在于20世纪50至70年代的当代文学史所确立的知识谱系。

二、当代文学史写作的范式建构

现在来看,虽然"十七年"时期关于建构"当代文学"合法性的论证,在主流学术话语支撑下有些偏政治化的判断,但是毕竟只有完成了这一步,才能建构独立的文学史范式和话语体系。"反右"之后,对于要在"当代文学史阵地"插红旗的人来说,在批判地借鉴以往文学史合理性的基础上,建构一种新范式和新话语虽然显得有些操之过急,但也为后人留下了可供参照的经验与教训。概而言之,这一时期当代文学史写作范式的建构主要从以下四个方面展开。

第一,以社会进化论支配下的历史观统摄文学史叙事。这种历史观固然和中国共产党的意识形态指引有关,恐怕也有进化史观在中国的投射。顾颉刚曾言:"过去人认为历史是退步的,愈古的愈好,愈到后来愈不行;到了新史观输入以后,人们才知道历史是进化的,后世的文明远过于古代,这整个改变了国人对历史的观念。"[①] 可见在20世纪40年代,以顾颉刚为代表的一些非左翼的历史学家还支持着进化史观。这种社会进化论具体到当代文学史中,主要体现在文学史的叙述逻辑上,例如:"党领导全国人民,为了在我国建立历史上一个崭新的制度——社会主义,在艰苦斗争中取得了伟大的胜利。作为这个革命的一个组成部分的革命的文学事业,它的使命是要在我国建立历史上一种崭新的文学——社会主义文学。"[②] 在那些文学史的叙述中:"11年,在历史的长

[①] 顾颉刚:《当代中国史学》,胜利出版公司,1947年,第3页。
[②] 中国科学院文学研究所编写组:《十年来的新中国文学》,作家出版社,1963年,第16页。

河里,只是一瞬间,但新中国文学艺术事业的发展,却取得了巨大的成就。"① 而且在这一范式中,鲜明的进化观念是共通的:"十年来,特别是'大跃进'以来,在党的总路线和毛泽东思想的指引下,随着工农业'大跃进'和群众的冲天干劲,文学艺术工作取得了前所未有的巨大成绩,积累了丰富的经验。"②

不过我们还要指出的是,这些文学史著对当代文学成就的评价,并非空穴来风,也不全然是妄自尊大。从文学史发展的实际情况来看,当代文学的第一个十年尽管经历了几次批判运动,但还是有明显的成绩。据统计,文学读物"从1950年的156种增加到1958年的2600种……发行数从1950年的2147700册增加到39364094册"③。而且广播、连环画等艺术形式与文学媒介的融合发展,也带来了作家作品的普及。这样的叙事当然也有其问题,即直线型、激进化的进化思维直接遮蔽了当代文学史发展的复杂性,而当时的文学创作、学术研究的贸然"跃进",也导致了许多违反文学创作规律和学术规律的现象。这种强烈的"进化"意识,单纯以思想进步作为学术价值的判断标准,在学术"跃进"的过程中,确实造成了一些不必要的学术浪费,或者说降低了当时文学史写作的学术品质。特别是在进化的问题上,鲁迅早就说过:"许多历史家说,人类的历史是进化的,那么,中国当然不会在例外。但看中国进化的情形,却有两种很特别的现象:一种是新的;来了好久之后而旧的又回复过来,即是反复;一种是新的来了好久之后而旧的并不废去,即是羼杂。然而就并不进化么?那也不然,只是比较的慢,使我们性急的人,有一日三秋之感罢了。"④ 而"十七年"时期,无论是周扬等领导,还是那些青年学者,都屡屡显示出"性急"和焦虑。

第二,对作家作品的思想分析强于艺术评价。当代文学的修史者对

---

① 华中师范学院中国语言文学系:《中国当代文学史稿》,科学出版社,1962年,第1页。
② 山东大学中文系编写组:《中国当代文学史》,山东人民出版社,1960年,第134页。
③ 邵荃麟:《文学十年历程》,《文艺报》,1959年第18期。
④ 鲁迅:《中国小说历史的变迁》,载《鲁迅全集》,第9卷,人民文学出版社,1981年,第301页。

于文学思潮和文艺斗争极为重视，纷纷将之放在文学史的开头并做相当篇幅的梳理和评述，而非先勾勒文学本体与审美逻辑演进的历史轨迹，这体现出时人的文学观，也配合了修史者的历史观。这种将思潮斗争前置的写法，一定程度上也影响到了现在的文学史写作，诸多文学史依然参照了这种前置思潮与运动的叙事方式，只不过当下的文学史写作不再以此作为文学发展的基本线索，而只是作为外部环境。我们要看到的是，当时的思想决定论作用在文学史叙事上，是容易导致情绪用事从而使叙事失控的。比如讲到"反右"，有的文学史还相对较为冷静，如"反对右派和修正主义者的斗争的胜利，是文艺战线上无产阶级和资产阶级两条道路的斗争有决定意义的伟大的胜利"。① 但有的文学史已显露出无限上纲、缺乏语言节制的"大批判"式语体特征："一时间真是乌云滚滚，牛鬼蛇神完全显露了他们的丑恶原形……他们鼓动一切对党、对社会主义事业仇视的人'有仇报仇，有冤报冤'。"②

更进一步看，这些文学史对于文学文本评价也首重思想性（政治性）。如谈及《红旗谱》的现实主义成就时，首先认定它"探索了几个世代农民的灵魂，追本溯源地发掘出来了那曾燃遍辽阔大地的熊熊之火的火种，那深埋着的绵延不尽的仇恨，那父传子继的不屈的意志，那天然的属于阶级本能的反抗心理"③。这明显是将思想上的正确与意义作为现实主义的成就。若是客观地看，这几部文学史其实并未完全忽略艺术分析。在这种文学史写作范式下，对文学文本的评价除了思想和社会历史的维度之外，还往往以"社会主义现实主义"的标准和"两结合"、"民族化"等理论介绍文本的情节、人物、语言，而如果无法回避那些思想"错误"的作品，就采用全面批判的态度。

文学毕竟是基于审美本质的精神产品，要在思想意义之外结构出作品在审美坐标中的价值定位。话若说回来，一种文学史范式背后必有一套知识体系的支撑。我们自然要尊重艺术至上论者的话语权，但对于阶

---

① 中国科学院文学研究所编写组：《十年来的新中国文学》，作家出版社，1963年，第13页。
② 山东大学中文系编写组：《中国当代文学史》，山东人民出版社，1960年，第134页。
③ 中国科学院文学研究所编写组：《十年来的新中国文学》，作家出版社，1963年，第16页。

级斗争意识强烈的、上纲上线的批判式的非学术论述,也应该予以否定。然而我们不能忽略的是,"现实主义"理论本来就认定:"只有那些和社会的要求保持活的联系的倾向,才能获得辉煌的发展。凡是在生活的土壤中不生根的东西,就会是萎靡的,苍白的,不但不能获得历史的意义,而且它的本身,由于对社会没有影响,也将是渺不足道的。"①笔者以为,学术史的研究要考虑到当时学术界的知识范型,对这些文学史作者也不能过于苛责。在当时文学理论的框架下,这些文学史在考察文学作品时偏重于文学文本对社会历史发展的反映,这是必然的学术选择。我们应该历史地看待这时期当代文学史写作的范式,而不宜脱离当时的文化环境,以现在的眼光和理论完全否定之。

第三,完善了分时期、分文体的文学史体例。文学史范式的建立分为理论观念和形式实践两个层面。编者除却理论上的历史观、文学观,还要从主义形式(体例)上,考虑如何结构文学史。"十七年"时期,当代文学史写作在总框架一致的前提下出现了分时期加分文体的叙事模式。分时期加分文体叙述的体例显然与王瑶所著的《中国新文学史稿》一脉相承,而这样的文学史体例后来最为常见。而具体分期方法则受季莫菲耶夫的《苏联文学史》影响较大,这部文学史在新中国成立之初的十年间曾被三家出版社出版,广为流传。但是20世纪60年代中苏关系恶化后,相关领导也曾否定了这种模式。综合来看,在这一体例下,华中师院所编的《中国当代文学史稿》叙述颇为全面,除了通常所谓的四大文体外,为了体现社会主义文学的"辉煌成就",写作者在儿童文学,甚至民间文学、戏曲等等方面都尽可能予以观照。改革开放以后,当代文学史写作的分期问题也一直是学术界争议不断的话题之一,但我们必须指出的是,当文学史分期以政治发展的分期为根据时,比较容易将文学史的发展规律、脉络与政治发展史相混淆,有可能会遮蔽文学本体演进的轨迹。因此,在实际的文学史写作中,还要考验编者如何处理作家

---

① 车尔尼雪夫斯基:《车尔尼雪夫斯基论文学》(上),辛未艾译,上海译文出版社,1978年,第543页。

艺术创造和思想话语的关系。

第四，开启了集体修史的编纂模式。自"文学史"的概念进入中国后，从林传甲开始写作的第一部文学史一直到王瑶等人在新中国成立后写作的新文学史，个人著述是文学史写作的重要方式。然而自学术"大跃进"起，加之"反右"之后对所谓资产阶级个人主义者，成"名"成"家"意识批判的影响，一股集体写作文学史的潮流在中国大陆兴起并延续至今。在20世纪50年代后期的这场集体写作文学史的风潮中，以集体写作取代个人修史虽然明显受到当时社会风气的影响，但也与那些写作者的身份有很大关联。还在读书的大学生意图在"文学史阵地"上"插红旗"，但其知识储备、阅读范围都十分有限，只是简单读过少数作品，且并不全面了解作家生平。仅仅靠掌握了马列主义先进理论，并不足以支撑一个人写就几十万言的文学史，故而集体写作也成为当时参撰者扬长避短、减轻负担的必然选择。

具体到几部当代文学史的写作，与山大版、华中师院版相比，文研所版的集体写作阵容和任务分配方式都显示出较大差别。与一群大学师生匆忙上阵而缺乏必要的篇幅节制和筛选眼光不同，在接下中宣部的任务后，社科院（当时称科学院）文研所便有组织地开始筹划写作，据参与者回忆：

> 为了迎接国庆十周年，要写《十年文学史》，十年时间毕竟太短，还是用《新中国十年文学》吧。会议决定，为了完成这项任务，要在全所范围内组织力量，集体突击撰写《新中国十年文学》。随后从理论组、古代组、现代组、西方组、民间组抽调人员参加写作工作。①

而文研所的具体分工如下："文艺理论部分由毛星、朱寨、贾文昭

---

① 卓如：《参加编写〈新中国十年文学〉的前后》，载《岁月熔金》，中国社会科学出版社，2003年，第233页。

负责；小说部分由王燎荧、王淑明；散文部分是井岩盾、张国民；戏剧部分有路坎、邓绍基、董衡巽、王文；诗歌部分是陈尚哲、卓如；民间诗歌创作有贾芝、孙剑冰和民间文艺研究会的陶建基；儿童文学部分由夏蕾、陈伯吹、肖玫共同承担。"① 文研所版的文学史虽也是集体撰写，但参与者毕竟有较为扎实的文学研究功底，并是在文研所所长何其芳主持下进行的，所以现在来看，书中不少结论和判断都还是留有一些学术余地的，也一定程度上保证了其学术品质。这种由专家领衔、众多学者联合写作文学史的模式，是一种相对独立而又有机统一的"集体写作"模式，在当下也依然屡见不鲜。

对于此时兴起的"集体写作"，笔者以为有必要多说几句。如今，集体写作文学史已成常态。然而，集体写作的弊病正如郑振铎所指出的："合作之书，出于众手，虽不至前后自相背谬，而文体的驳杂，却不可掩。"② "十七年"时期，各高校组织师生集体撰写文学史（不独当代文学史）时，编写组所秉承的观念和话语立场，虽然许多已经被当前学术研究扬弃，也依然有可以给我们启发的历史经验。那时的"集体写作"虽然参与者众多，但因为这些人在统一的史观、史识下写作，并抱以严肃认真的态度，兼有强大的意识形态逻辑成规，故而叙述风格、历史意识、评价标准都难得地做到了前后统一，既少有篇幅内容的重复，也鲜见前后观念的扞格，如同一人独立著史一般。笔者承认，文学史编写方式应该是多样的，文学史写作当然也应该是自由的，但是一本文学史前后基本观念的一致性和叙述话语的同质性，则是其建构具有普泛意义写作范式的前提，如果把文学史搞成支离破碎、风格各异的"论文（著）拼盘"，反倒失了"史"字的严谨。这也是有着悠久史学传统的中国学者，和一些只有几百年历史国家的学者，应该有的不同层次的历史叙事的追求。反观当下文学史（不独当代文学史）的集体写作，其实有不少问题，如史著参编者水平参差不齐，有些态度不够认真，以致东拼西凑，参编者撰写范围划分不够清晰而造成前后重复等等，都值得我们反思。

---

① 中国社会科学院文学研究所：《岁月熔金》，中国社会科学出版社，2013年，第233页。
② 郑振铎：《插图本中国文学史》（上），岳麓书社，2013年，第9页。

在学术史的视野下来看,这一时期的当代文学修史实践显然缺乏足够的学术准备,也毋庸讳言,这几本著作存在着或多或少的学术缺陷,主要体现在这三部当代文学史尽可能把社会主义文学的成就放大(文研所版措辞还较为谨慎),而体现出"当代文学"(内在的文学性质是"社会主义文学")在中国文学的进化链中超越了"现代文学"。然而颇为讽刺的是,在这些文学史写作的同时,周扬在讲话中显然不认为"社会主义文学"超越了前代文学发展的成就,他在1958年谈到新文学时说:"比之有两千多年历史的中国封建时代的文学和有四五百年历史的欧洲资产阶级时代的文学,时间就短得多了。怎么能拿衡量几百年、几千年中所产生的东西的尺度来要求几十年中所产生的东西呢?"① 作为文艺战线实际负责人,周扬的这些话让这几部当代文学史对"社会主义文学"的鼓吹显得有些尴尬。特别是后来著名的"两个批示",几乎全盘否定了几部当代文学史著作所盛赞的文学成就,也使得当代文学史写作匆匆开始后便草草收场。

最后,我们要注意到,这个时期关于文学史的理论讨论逐渐兴起,正如陈平原所分析的:

> 50年代到70年代,大陆学界开始热衷于文学史理论的讨论,如文学史分期、文学发展规律、编写体例与评价标准、爱国主义与人民性、民间文学主流论、现实主义与浪漫主义等等,都曾激动过一代学者,也确实影响了其时的文学史写作。在大的理论框架一致的前提下"百家争鸣",好处是概念术语相对统一,所持学说也自成体系;缺陷是所争不过谁领会得更深刻、运用得更自如,不可能有真正的理论突破。②

这样的分析,较为辩证地看到了当时文学史理论讨论的意义和局限,但相对于意义,其所指出的局限看似更为明显。但我们可能要对其

---

① 周扬:《文艺战线上的一场大辩论》,《文艺报》,1958年第5期。
② 陈平原:《小说史:理论与实践》,北京大学出版社,2010年,第15页。

"好处"或者说意义略加分析。一本文学史的写作，如果要脱离将作家作品简单排列的弊端，就一定要有理论性。而如果更进一步讲，作为教材的文学史，更需要的可能不是截然创新的理论，而是采用具有学术通约性的理论，从而建立和培养学术共同体。在这个意义上讲，20 世纪 50 至 60 年代的文学史写作，其理论话语和学者们所关注、讨论的理论问题，在这个时代也许已经显得有些陈旧，但是他们为文学史写作范式的建立提供了一种参考。随着学术的发展，我们可以更新学术话语，但要承认的是，有一个相对具有通约性的理论话语作为文学史写作的支撑，还是有必要的。

总而言之，"十七年"时期当代文学史写作尽管存在着这样或那样的问题，不过从学术史的角度来看，它为学科话语的生成做了大量奠基性工作，也为文学史写作提供了一种新的知识范式，其中的一些学术经验也依然值得我们借鉴或反思。

第三节　历史"新时期"与学术"旧话语"

在 1966 年至 1976 年这十年中，从《国际歌》到"样板戏"之间无产阶级文艺是一片空白的论调盛行，当代文学作品基本成为"文艺黑线"下的"毒草"。因此，当代文学史的写作自然也难以为继，取而代之的是一批缺乏文学文本的文艺斗争思想史。其中最完备的当属辽宁大学中文系文艺理论教研组编的《文艺思想战线三十年》（辽宁大学出版社，1975 年）。到了改革开放之初，随着高等院校招生考试的恢复和"拨乱反正"工作的开展，学科重建询唤着体例正规而叙述稳定的文学史，故而当代文学史的写作也被提上议事日程，一批"当代文学史"在新时期初开始编纂并陆续出版[①]。

[①] 主要有郭志刚等：《中国当代文学史初稿》，人民文学出版社，1980 年；张钟等：《当代文学概观》，北京大学出版社，1980 年；二十二校编写组编：三卷本《中国当代文学史》，福建人民出版社，1980 年；华中师范学院《中国当代文学》编写组：《中国当代文学I》，上海文艺出版社，1983 年；吉林五院校编：《中国当代文学史》，吉林人民出版社，1984 年。部分院校也自编了相应的内部使用的教材，例如何寅泰、吴秀明等：《中国当代文学》，杭州出版社，1983 年。

当时，当代文学史的写作明显呈现出"拨乱反正"的话语特征。其在历史发展层面，对"新时期"的意义高度肯定，而在具体的学术路径上，仍旧延续"十七年"时期文学史写作所积淀的学术范式和话语谱系。现在看来，改革开放初诞生的几部当代文学史著作，无论是在文学思潮的总结，还是在文学作品的分析上，都带有较为明显的思想决定论色彩。但它们也一定程度上修正了"十七年"时期当代文学史著作中的不足，不再过于强调思想性而忽视审美性。有学者曾提出，在这一时期"作为一种突出的症候，体例僵硬、内容重复的多本当代文学史教材与繁复多样的新时期文学实践之间呈现出明显的裂隙，使人们对80年代的当代文学史写作表现出普遍的不满"。① 这种不满主要源自当时文学批评实践的前沿性和学术话语创新的迫切性，因此具有其历史合理性。然而，当我们在学术史视野中考察这一时期的学术史著，更为重要的是要看到这背后隐含的问题，即现当代文学学科重建时，当代文学"历史化"的启动，实际上有着鲜明的学术话语路径依赖。我们应该看到，现代文学有王瑶、唐弢等老一辈学者的学术积累，但当代文学所能依凭的只有本书前文所分析的那几部文学史。因而，面对着这些曾令人"不满"的文学史，我们应该历史地分析其学术史意义与不足。

一、学科重建与学术质疑

在新中国成立后三十年内，由于政治话语的支持，"当代文学"的许多作品虽被打成"毒草"，但是这一学科的优越性并未在一次次大批判运动中瓦解，反而成为捍卫社会主义意识形态的重要阵地。当代文学被赋予的社会主义属性足以使之优于当时被批为"封资修"的若干学科。改革开放之后，当学术研究日渐回归到符合学术规律的轨道上时，学科的意识形态属性不再是学科合法性的唯一依据。在中国语言文学一级学科内，其他相近的二级学科纷纷以其悠久的学术传承、丰厚的学术

---

① 贺桂梅：《人文学的想象力》，河南大学出版社，2005年，第63页。

积累建构起自身的知识和话语谱系。在各二级学科中，古代文学本就有较为成熟的知识谱系，外国文学在 20 世纪上半叶也初具规模，新中国成立后虽一度"一边倒"，但从未停止对外国文学的译介，许多"内部发行，供批判用"的文本依然存在于研究者的视野，且有大量国外的文学史著作可供借鉴。而在现当代文学学科内，从名称即可看出，此时的学科建制沿用了"十七年"时期已经形成的，将新文学划分为现、当代文学的做法。不过，随着学术发展，"现代文学"也开始日渐"古代文学化"，即"现代文学日益被视为一种'学问'"①，而这为现代文学学者向"当代文学"写史发难提供了话语自信。

这样一来，当代文学"历史化"的学术进程在启动之初便面临双重困境。一方面，当代文学创作走进"新时期"后，文学思潮叠涌、叙事花样翻新，而这令一大批专业学者追风逐潮地开展文学批评，并占据了当代文学学术的大半江山；另一方面，部分学者为教学等需要重启了当代文学史编纂的工作，但"不宜写史"的质疑旋即而来。由唐弢等老先生发起的关于当代文学能否写史的讨论，直接使"当代文学史"存在的合法性受到挑战。他表示："我认为史是收缩性的，它的任务是将文学（创作和评论）总结出规律加以说明。"② 换言之，同时代人写同时代史，由于缺乏距离感而不能很好地总结规律，故而不能成史。此观念自然有其合理性，但在学科重建的背景下，"自我合法化不得不同时消解他者的合法性，这常常需要用自己的措辞来虚构他者的语言，而不是对他者的声音进行实际的压抑"。③ 然而显而易见的是，当老一辈学者提出这样的问题时，实际并未考虑到当代文学写史的"合法性"，而是意图压抑这一学术冲动，从而在学科内部树立起价值高下的话语标准。这无异于将自己陷入自相矛盾的境地：若说当代人不宜写当代史，那么胡

---

① 程光炜：《当代文学的"历史化"》，北京大学出版社，2011 年，第 81 页。
② 唐弢：《当代文学不宜写史》，载《唐弢文集》，第 9 卷，社会科学文献出版社，1995 年，第 495 页。
③ 刘禾：《跨语际实践：文学，民族文化与被译介的现代性》，生活·读书·新知三联书店，2008 年，第 322 页。

适、朱自清、陈子展等作为新文学学科的奠基人所做的工作似乎也都成了"不合法"的,又何以他们的学术成果一次次受到学术史、学科史的追认?在这一问题上,陈平原的看法则显得较为全面:"当代人写当代史,好处是感受真实,缺点则是分寸不好把握。"①

上述看法从根本而言,体现出中国现当代文学二级学科重建过程中,学术话语权如何分配的问题。否定当代文学写史的合法性,其实是学术话语权力分配的一部分。这种话语权的支撑点,实际上就是现代文学的美学成就和相应的学术积累。在学术史的这个转捩点上,现代文学的学者此时在大江南北地收集史料,并进行文本的再次发掘、整理、注(阐)释,从而迅速知识化、体系化、再经典化。加之由新文学而来的现代文学学科建制已久、学术梯队完善,故而现代文学的研究者得以提出较为完整的理念,从而重构二级学科发展态势。当代文学在此时修史,由于学术准备不足,因此"碰到了合法性(legality)和正当性(legitimacy)的区分问题",在施特劳斯看来:"任何合法的东西,其最终的合法性源于……正当化原则(legitimating principle)。"②正是由于当代文学能否"正当"成史受到了质疑,所以之后的学者在修史时就不得不先论证其"合法性"。例如朱寨主编的文学思潮史就认为"当代文学"这个概念有其存在的必要:"不管将来人们用什么名称,或者把它包含在更广泛的时间概念(如'二十世纪中国文学')中,我们认为它在中国新文学史和新文学思潮上,都具有相对独立的阶段性和独立研究的意义。"③这种说法也在后来的学术史上得到了响应。例如吴秀明提出:"从学理上讲,这一概念内涵虽可质疑,但剔除其厚积的意识形态因素,却也有一定的合理性……'当代'一词除了与英语 contemporary 同义,还寓有'本朝'之类的时间含义在内。所以,用'当代'来概括1949

---

① 陈平原:《"当代学术"能否成"史"》,《云梦学刊》,2005年第4期。
② 列奥·施特劳斯:《苏格拉底问题与现代性》,彭磊译,华夏出版社,2008年,第30页。笔者认为"正当"并不准确,翻译为"正统性"与"正统化原则"更贴近英文单词原意。
③ 朱寨:《中国当代文学思潮史》,人民出版社,1987年,引言第3页。

年以来的文学仍有其部分的理由。"① 因此，尽管有关"当代文学史"的学科与学术命名的双重质疑一直未断，但我们很难否定的是，"当代文学"指涉的是"统一的文学体制……一个统一的现代民族国家的国家精神……不但有其历史的必然性和合理性，而且，在实践中也并非像人们所指责的那样，对当代文学的发展只有阻碍和束缚作用"②。

退一步来看，如果仅就文学的审美内质（语言、叙事、情感等等）而言，新文学的发展可能未必要以 1949 年为界划分出两个区段。然而文学史写作的复杂性在于，它并不简单等同于审美史，它本身还涉及到文学制度、文学规范、文学环境、文学生产等等若干复杂的文化因素。文学史毕竟是"诗学"的"史学"，而并不是一个封闭的审美知识的集合。况且 20 世纪的中国文学与政治的风云际会，给文学带来的无论是阳光还是阴霾，都成为已然的历史存在，而这使文学史写作不得不直面和正视"现代"与"当代"这样两个不同政治时段背后的话语体系。20 世纪 80 年代发生的这种"兄弟阋于墙"式的争论一直延续至今，本身也许包含着剥离政治话语影响的学术动因，而这或许在特定条件下具有一定的合理性。但是我们也要意识到，新文学从发生的那一日起，就不仅仅是在审美的单向维度上前行，而要受到众多合力的催生与制约。因此，尽管施蛰存说："全世界没有第二个国家以一九四九年之后为'当代'。"③ 可若反过来说，我们写的不正是中国文学史吗？这不正是新文学发展中的中国特色吗？即使是在隔海相望的中国台湾，新文学史写作也被有的学者以 1949 年为界划分出新的历史区段，而区别则在于，他们认为中国台湾 1949 年以后的文学是仍中国新文学的一部分，知识开启了另一个时期："自民国三十八年（笔者注：1949 年）底开始，一直到现在，但不是终止，因为往后的时间仍然包容在这一期当中……在文学上，则是新文学的'净化和复兴时期'。"④

---

① 吴秀明：《中国当代文学史写真》，北京大学出版社，2010 年，第 3 页。
② 於可训：《当代文学：建构与阐释》，武汉大学出版社，2005 年，第 51—52 页。
③ 施蛰存：《北山散文集 1》，华东师范大学出版社，2001 年，第 702 页。
④ 周锦：《中国新文学史》，逸群图书有限公司，1983 年，第 693 页。

笔者之所以将这个在学科史上曾引起争议的问题重新摆出来谈，是因为只有对当代文学在学科重建过程中受到的学术质疑，有相对"历史化"的认识和基本判断，才能回过头去深入反思"新时期"最初几年当代文学史写作的学术意义与限度。

二、学术范式的路径依赖

邓小平在第四次文代会上表示："我们要继续坚持毛泽东同志提出的文艺为最广大的人民群众，首先是为工农兵服务的方向。"① 可以说，这一时期"二为方向"的重新确立与"新时期想象"的建构之间的微妙关系，是整个社会文化语境的一种折射，也影响着当代文学史的写作。

在种种构成文学史写作范式的要素中，这一时期的当代文学史写作在文学史观上，受到之前文学史的影响最明显、最根本。于是似曾相识的当代文学史开篇词，在改革开放初的当代文学史著中复现："一九四九年中华人民共和国成立，标志着我国进入了社会主义历史时期，历史的巨手同时揭开了我国社会主义当代文学的篇章。"② 进一步说，"通过形象化的手段，反应并促进社会主义的政治经济制度的建立、发展和不断完善、巩固是我们当代文学的光荣使命"。③ 由此可见，在叙述当代文学的历史发展与文学思潮时，这一时期文学史的表述与中共中央对于新中国史的解释近乎一致。质言之，其文学史观依然是意识形态化的。因此，这种依托政治话语而写作的文学史，随着政治话语的更新也必然要修改。以《中国当代文学史初稿》为例，编者最初称："本书试图运用辩证唯物主义和历史唯物主义的观点对新中国文学三十年的成就、经验、教训及其发展规律进行初步的总结和探讨。"④ 然而在当时，对于改革开放之前的新中国史如何评价，中共中央还没有形成决议。而到了

---

① 邓小平：《邓小平文选》，第 2 卷，人民出版社，1994 年，第 210 页。
② 张钟等：《当代文学概观》，北京大学出版社，1980 年，第 1 页。
③ 郭志刚等：《中国当代文学史初稿》，人民文学出版社，1980 年，第 8 页。
④ 郭志刚等：《中国当代文学史初稿·前言》，人民文学出版社，1980 年。

该书重印时,编者就不得不进行了修改,这是为了"尽量使一些问题的表述与《关于建国以来党的若干历史问题的决议》等中央文献精神相一致"①。尽管后来这样的叙述方式已经被新的学术话语所替代,但在当时,这样的叙述对于当代文学在学科体系和中国文学发展史上寻找自我定位并指认自身价值是必要的。

从学术史发展的积极意义来看,这种对以往学术路径的继承,本身也为当代文学的历史反思提供了必要的合法性前提。尤其是考虑到在特殊时期的十年中,当代文学作品成了"黑线专政"下的遍地"毒草"。因此,文学史写作在这一时期要"拨乱",就不得不同时以"反正"为合法性依据。不过与"十七年"时期不同的是,这些文学史对于把文学事件政治化、运动化的做法,展开了比较充分的反思。这种反思固然是与政治话语同步的,但其主要还是从总结经验教训的角度出发。例如"我们在这些批判中,在对错误思想和错误观点进行否定的时候缺乏辩证的、一分为二的分析,在否定一种错误倾向的时候,没有注意防止另一种错误倾向的抬头"②。现在来看,这种话语所蕴含的学术反思也许尚不够深入彻底,但毕竟为当代文学史反思改革开放前三十年的若干文学问题开了路,也可以说是开启了当代文学史写作由政治化向学术化的转型之路。

与此同时,这种学术路径依赖,除了体现在政治术语在文学史中频繁出现,从而表现出文学史观背后的政治立场,还反映于这些文学史著作较为强调文学发展的进化意识,即将社会制度的进化和文学自身的发展视为异质同构的。"十七年"时期,当代文学史的写作者认为,政治经济制度作为意识形态的基础,其进步必然会带来上层建筑中文学事业的大发展。这种态度如波普尔所言"历史主义坚持社会的新,就像生物学的新一样,乃是一种内在的新"③。然而,当他们将这种观念加诸文学史写作时,便容易忽略文学史的复杂性和文学创作自身的规律。而那

---

① 郭志刚等:《中国当代文学史初稿·重印说明》,人民文学出版社,1983年。
② 郭志刚等:《中国当代文学史初稿》,人民文学出版社,1980年,第20页。
③ 卡尔·波普尔:《历史主义贫困论》,何林译,中国社会科学出版社,1998年,第12页。

些将文学发展看成与时代更迭同构过程的文学史写作者,在叙述中就很难照顾到文学的审美自律性与作家风格自身的稳定性。

其实在改革开放之初,郭志刚、张钟、王庆生等学者编纂当代文学史著时,当代文学无论作为研究对象还是作为一个学科的危机都还未曾显现。从伤痕文学到改革文学潮流的演变使得当代文学拥有极高的社会地位,当代文学批评也蜂拥而起蔚为壮观。此时的以社会历史批评为中心的学术范式,与当时学术界的主流话语高度一致。因此,这一批当代文学史著在"拨乱"、"反正"、"向前看"这三个方面,表现出了与当时政治话语高度同构的痕迹。现在看来,这多少存在一些忽视审美性的问题。然而历史地看,这一范式虽然未必是最理想的文学史范式,但却是当时最能有效整合、建构当代文学发展历程的范式。它使当代文学能在学科建制中找到并确立自身话语秩序,但与此同时,当代文学也失去了一次回归文学本身从而"再出发"的机会。

"十七年"间,当代文学史作者曾提出:"11年,在历史的长河里,只是一瞬间,但新中国文学艺术事业的发展,却取得了巨大的成就。"①其问题恐怕在于,直线型的进化思维简单化了历史发展的多种可能性。正是由于改革开放之初,当代文学史写作既承继了既有的学术路径,又试图尽可能回归文学本位,因此造成了文学史的书写,尽管以叙述文学文本成就为主,但其基本叙述方式依然是"概述情节—分析人物",同时特别强调文学作品的思想性。20世纪80年代,从张钟等人写作《中国当代文学概观》到华中师院编的三卷本《中国当代文学》(1983年、1984年、1989年)出齐,当代文学史在历史评价方面,一直没能有太大的学术突破,仅仅是亦步亦趋地做了一些表述调整。例如在"胡风反革命集团"尚未彻底平反时,文学史的叙述也就只能是先用相当的篇幅批判胡风,然后再表示:"胡风文艺思想除了以上所述和其他错误之外,也还有某些合理的部分。"②

---

① 华中师范学院编写组:《中国当代文学史稿》,科学出版社,1962年,第1页。
② 华中师范学院《中国当代文学》编写组:《中国当代文学Ⅰ》,上海文艺出版社,1983年,第84页。

从显在角度看,这种学术路径依赖,源于"十七年"时期当代文学史写作的学术影响印记,但这种认为文学自身不断进化的观念却由来已久。不容忽略的是,当年胡适以"旧文学"为他者建构起了"新文学"的主体意义,"十七年"时期"当代文学"以"现代文学"为他者建构起了其自身的主体价值。这种进化史观下的文学史范式,在改革开放初期回归后,依然存在着畅想"新时期文学"的未来一片光明的叙事症候。因而在文学史的叙述中,进化的文学永远是"新"的,那么十年内乱就成为"旧"的"他者",而"新时期文学"的辉煌指日可待,因为"历史主义认为,没有什么时刻是比真正新时期的出现更为重大的了"①。直至20世纪90年代初,由于"重写文学史"的理念尚未见诸具体文学史著作,故而当代文学史写作依然在这一路径上继续前进,对于"新时期文学",无论事先预期、途中修订还是事后评价都不免含有理想化的成分。

在这里,笔者还要稍加论述的是不少(现)当代文学史(主要是社会中心范式)坚持收录所谓"无产阶级革命家"的旧体诗词,而且对之评价颇高,历20年之久亦未曾改变。例如,"用革命辩证法入诗,闪耀着马克思主义的哲学光辉,是老一辈无产阶级革命家诗词创作的又一个显著特征"②。当然,旧体诗词入文学史的论争由来已久③,笔者认为旧体诗词是不是"新文学"也许有争议,但当代中国作家创作的文学作品不分形式新旧,都有理由进入开放性的当代文学史,然而若像社会中心范式那样出于政治而非审美的考量,收录旧体诗词也许对其认识并不全面。

因此,我们更应该思考的是当代旧体诗词的评价标准是什么,亦或者说当代文学的研究者,是否有足够的眼光,又以什么眼光来鉴别旧体

---

① 卡尔·波普尔:《历史主义贫困论》,何林译,中国社会科学出版社,1998年,第12—13页。
② 陈其光:《中国当代文学史》,暨南大学出版社,1998年,第217—219页。
③ 可参见黄修己:《现代旧体诗词应入文学史说》,《粤海风》,2001年第3期;陈国恩:《再谈现代旧体诗词慎入现代文学史的问题:兼答王国钦先生》,《中国韵文学刊》,2011年第2期;马大勇:《论现代旧体诗词不可不入史》,《文艺争鸣》,2008年第1期。

诗词的优劣？"无产阶级革命家"的诗词放在古体诗的审美标准下是否合适？此外，当下流行的学宋诗、滥用典、凑韵律的旧体诗创作之风也需要反思。当代文学史对当代旧体诗词的纳入，应该抛去作者的政治身份而做具体的艺术分析，或者提出一套自己的评价标准。如李遇春所写的《中国当代旧体诗词论稿》（华中师范大学出版社，2010年）分节述评了12名新文学作家的旧体诗词创作，显示出其相对全面的视野。

三、面对"新的美学原则"

1981年，随着朦胧诗的出现，著名的"三个崛起"标志着当代文学美学风格开始转变。那些诗人"不屑于作时代精神的号筒，也不屑于表现自我情感世界以外的丰功伟绩……如果说传统的美学原则比较强调社会学与美学的一致，那么革新者则比较强调二者的不同"。① 而部分文学批评家也有这种冲动。与此同时，外国文学作品大量流入，外国哲学、文论被大量译介，从外国文学、文艺学舶来的价值标准、理论方法成为"金科玉律"，也逐渐改变了当时的文学生态。当时的外国文学中欧美文学，尤其是20世纪欧美文学影响巨大，1979年第1期《外国文学研究》杂志上，关于"现代派"文学的文章已经悄然占据了一定版面，而陈焜的《西方现代派文学研究》更是影响深远。

年轻一代的学者正是在这样的学术背景下接受的学术训练："我们的'世界文学想象'，不外是从此前的俄苏榜样，转为被长期禁锢的西方现代主义文学。这与那个时候的外国文学界的热情拥抱'现代主义'，大有关系。"② 与之相比，"方法热"对当代文学"知识型"的改变更为彻底。1984年后，《文艺报》、《文学评论》、《文艺理论研究》等相继设立专栏，从而推动了"方法热"的高涨。当时人们普遍的认识是，"方法的更新，不仅意味着思维空间的开拓，也意味着心理空间的开拓。它

---

① 孙绍振：《新的美学原则在崛起》，《诗刊》，1981年第3期。
② 查建英：《八十年代访谈录》，生活·读书·新知三联书店，2006年，第128页。

有助于我们自由广阔地去感受生活，思考生活，更好地发挥文学批评的功能"。① 而在这一时期，一批年轻的研究生和学者开创的"寻找'最新潮'的理论与方法，套用在自家研究中"② 的学术生产模式一直到今天都还很有市场。1985年前后，新的理论和方法催生了文学史写作观念的转型。有学者提出："1985年左右的知识界必须通过一种新的话语方式的提倡来推动知识谱系（文化谱系）更新。"③

在这个背景下看待当时的一批"当代文学史"，也就不难理解下一章要分析的"重写文学史"在学术转型时期的独特意义。所谓"重写"本质上是"以新的历史图景取代原有的居主流地位的历史描述，为'新时期文学'提供历史依据，也提供建构'新时期文学'的思想艺术资源"。④ 反过来也能看出，改革开放之初，当代文学史写作存在着与当代文学学科发展的脱节之处。这些文学史在分析文学文本时并未调整"方法论"的范式，文本的"思想性"仍然是决定文本价值的核心范畴。所谓的"拨乱反正"使得一大批曾被视为"毒草"的文本成为"鲜花"并被高度评价。例如："这些作品所取得的成就，曾经赢得世界各地一切中国文学爱好者和研究者的高度评价，为新中国文学带来了国际声誉。"⑤ 这种笼统的判断当然不会引起什么不满，但若细看来则显得与当时新兴的美学观不那么合榫。如华中师院版的文学史谈到《党费》时认为"达到党性和人性的统一"，谈到《红豆》时认为"揭示了祖国高于一切，革命高于一切的主题"⑥；郭志刚版的文学史分析《登记》时强调"小飞蛾的形象促使解放初期千千万万受封建思想束缚的农村妇女摆脱精神枷锁而觉醒"，而且批评有些作品"有一些描写爱情的情节是

---

① 晓丹、赵仲：《文学批评：在新的挑战面前——记厦门全国文学评论方法论讨论会》，《文学评论》，1985年第4期。
② 陈平原：《反思"文学史"》，《中华读书报》，2000年3月22日。
③ 杨庆祥：《重写的限度："重写文学史"的想象和实践》，北京大学出版社，2011年，第77页。
④ 洪子诚：《中国当代文学史》（修订版），北京大学出版社，2007年，第206页。
⑤ 郭志刚等：《中国当代文学史初稿》，上册，人民文学出版社，1980年，第17页。
⑥ 华中师范学院《中国当代文学》编写组：《中国当代文学Ⅰ》，上海文艺出版社，1983年，第140、148页。

多余的，甚至有自然主义倾向"①。吉林五院校版的文学史因为特殊年代的问题，在讲述 70 年代文学时有意使浩然"缺席"。在"十七年"文学的"正统性"回归后，该书将杨朔单列一章，完全肯定其思想艺术成就而未有丝毫反思。

由此看来，尽管这种美学标准与文本解读看到了文本中思想内涵的正确性与可能的艺术价值，但它存在着明显的审美盲区，未能对"十七年"文学创作的不足予以足够的反思。由于其过分依赖传统的社会历史批评和现实主义理论，因此很难有根本性突破，尤其在面对汹涌如潮的西方"现代"理论时，更是让时人对其不满。我们并非以现在的学术理念苛责当时的学者，而是在学术史"历史化"的过程中，从中看出学术变革的内在历史逻辑。需要注意的是，直到 1998 年，有学者主编的文学史依然认为《青春之歌》的成就在于："林道静的思想境界比之他们（笔者按：指原书前文提到的子君、倪焕之、高觉慧、肖涧秋等形象）有了更大的发展、更全面的锻炼……在我国当代文学史上是一次带有开拓性的尝试和贡献。"② 笔者无意评价这种论断本身的好坏，而是想指出这种文学史写作范式所存在的审美盲区不可避免，它不可能脱离"反映论"而去谈艺术自律或审美自觉。这不仅是一代人的问题，而且是这种文学理论本身就以之为基本原则。如果以当下的立场来看，它们自然是"陈旧"的，但学术史研究并不是将某种观念作为"普罗克拉斯蒂铁床"去臧否前人。两种知识体系本身就存在着不可公度的逻辑前提，因此所谓"了解之同情"的治学态度并非泛泛而谈，而是在其自身存在的历史语境中，考虑到其理论框架内自身的学术结构。这样看来，这些文学史在审美分析中最大的问题是用大量篇幅介绍人物形象、复述情节和阐述思想，可以说是"历史的"标准有余，而"美学的"标准不足。

从另一个维度来看，这些文学史尽管在美学观念上显得有些"陈旧"，但其学术史意义和贡献却不容忽视。从文学史的写作规律来看，

---

① 郭志刚等：《中国当代文学史初稿》，人民文学出版社，1980 年，第 292、213 页。
② 陈其光：《中国当代文学史》，暨南大学出版社，1998 年，第 115 页。

它应该有助于一个时代文学作品的筛选和文学经典的生成。值得注意的是，当代文学史写作虽然有其自身特点，但也有现代教育体制下文学史写作的共性特征，即绝大多数的文学史并不能摆脱教材对于其篇幅的内在规定性。即便是洪子诚教授这样个人独著的、带有较强学术独创性的文学史也不得不考虑其教材属性①。与此同时，与大系、年谱、资料汇编等不同，"遗忘"一些艺术价值和文学史影响都乏善可陈的作品，本就是文学史写作的应然权力。

正是从这个意义上而言，改革开放初期的当代文学史已经注意到作家作品的经典化及当代文学的经典序列问题，并试图建构起当代文学相对稳定的知识谱系。虽然这批当代文学史在写作中的学术路径依赖，使其受到过去知识谱系的影响乃至制约，但它们毕竟不同于"十七年"时期的当代文学史著。在扭转了以政治批判完全取代艺术判断的学风后，此时的当代文学史著有限度地规避政治批判，与"十七年"间学者们强化政治批判的姿态拉开了距离。纵然这些文学史的文本解读现在看来不够时髦，但毕竟它们迈出了当代文学"经典化"的新步伐。一方面，赵树理、柳青、杨朔等人经常被专章讲述，文学史的章节安排本身就隐含着对于作家作品"经典"价值的评估。尽管这样的经典序列日后受到冲击，但其主体尚存，故而它在当代文学经典生成中所起到的历史作用不宜被忽略；另一方面，"十七年"时期良莠不齐的文学创作，不再因其政治进步而大量被收编进文学史。例如战争题材小说中，《红日》、《保卫延安》这样的作品进入文学史并无太大争议，至少目前的"当代文学史"中它们够资格"在场"；而曾经入史的如《团指导员》、《开不败的花朵》等作品，便不会再仅因为"思想性"而受到后来文学史家的恩泽。对于单个作家而言同样如此，例如茹志鹃的《百合花》如今依然被认为较有价值，但她创作的《关大妈》、《高高的白杨树》等曾经被写入文学史的作品，在改革开放初的当代文学史中就已经淡去。

总之，"新时期文学"的蓬勃发展与建构文学主体性的话语环境，

---

① 李杨、洪子诚：《当代文学史写作及相关问题的通信》，《文学评论》，2002年第3期。

使得这些史著在叙述、阐释当代文学史时愈加显得捉襟见肘。不过若是回归当时语境，这其实也是当时最能有效整合、建构当代文学发展历程的文学史范式，它使得当代文学能在学科建制中找到并确立自身的话语结构，进而建立起文学秩序。但同时不容忽略的是，当代文学确实失去了一次回归文学本身从而"再出发"的机会。放在学术史中来看，对于将文学史附骥于社会史、思想史甚至政治史的做法，学术界批评之声越来越多。不独本书所谈的这些文学史著，即便是李泽厚所撰《二十世纪中国（大陆）文艺一瞥》，也引起了要把文学史还给文学的学者飞短流长，并批评他"把文学史硬塞进思想史的框架从而搅混了思想史的同时也消灭了文学史……取消了思想史和文学史的各自限度性的同时丧失了他在阐释上的主体性"。① 也许正如这篇文章所说的，这一时期当代文学学术史遗留的、迄今为止尚未能完全解决的核心问题是："怎样才能保持住'作品'（审美与语言）又不丧失'世界'与'历史'呢？"

最后值得一提的是，在 2001 年时教育部中文学科教学指导委员会曾进行过全国中文学科专业主干课程教材建设的问卷抽样调查，郭志刚等主编的《中国当代文学史初稿》当时在高校的覆盖面仍达 20％。就对其评价而言，时人依然认为该书"对史的线索的描述清晰、精当，重点作家作品能够集中评述，主次处理较好，但是'某些观点陈旧'、'对新时期文学现象描述受时限所制，未能充分展开'"。② 这也可以看作其学术史意义的一个注脚吧。

---

① 李劼、黄子平：《文学史框架及其他》，《北京文艺》，1988 年第 7 期。
② 南志刚等：《21 世纪中国现当代文学史的写作——"教育部中文学科教学指导委员会现当代文学学科会议"综述》，《文艺争鸣》，2003 年第 4 期。

第二章

范式蝶变与走向多元

在中国当代文学学术发展史上，20世纪80年代中期的学术范式转变，极大程度上影响了当代文学史的写作。在20世纪最后十几年，"重写文学史"从理念到实践，取得了丰硕成果，但也不乏问题。而在21世纪以后，随着文化研究的兴起，当代文学史写作又在"重写"的基础上，显示出更为丰富和多元的景观。

第一节 "整体观"与"20世纪中国文学"的学术张力

1985年之后，现代文学史的"重写"实践随即展开，并很快产生了有广泛影响的现代文学史著。1987年钱理群、吴福辉、温儒敏、王超冰四人合写的《中国现代文学三十年》由上海文艺出版社出版，并贯彻落实了"改造民族灵魂"作为现代文学主题的意图。其中，左翼—延安文学以外的文学所占据的文学史篇幅，远胜于前者。这在一定程度上颠覆了新中国成立后的现代文学史的知识范式。不过当时几位编者都还年轻，正如王瑶所言："至于实际所达到的水平，自然也有力不从心之处，甚至还存在某些薄弱环节。"[①] 相比于现代文学迅速"重写"，在新理论、新观念导向下的当代文学史著，基本上在20世纪90年代后期才相继出现。从这点区别我们也能窥见在文学史范式转型中，批评火热的当代文学界表现出从理论到实践的延宕，而这其实反映出当代文学学科积累薄弱导致"重写"的学术准备尚不充分。应该说现当代文学学科的第

---

① 王瑶：《王瑶全集》，第8卷，河北教育出版社，2000年，第107页。

一次具有重要意义的理论重构,缘起于20世纪80年代中期的"新文学整体观"与"二十世纪中国文学"等概念的提出。

一、新文学整体观的建构与意义

虽然"新文学整体观"这个概念是陈思和提出的①,但笔者在本书中所讲"整体观"的内涵与之不尽相同。事实上在20世纪80年代中期流行的,种种试图重构文学史的观念都倾向于对"新文学"加以"整体观",如杨庆祥所言:"在'20世纪中国文学'的现代化叙事中,'现代化文学史观'、'启蒙主义'和'整体观'是三位一体的。"② 也有学者提出在相当一段时间内,"'20世纪中国文学'、'中国新文学整体观'、'重写文学史'、'把文学史还给文学'构成了'文学现代化'的概念家族,获得了学界普遍认同"。③ 在笔者看来这些家族相似的概念共同点之一,是它们打通原有"近、现、当"代文学阶段划分的文学史观念,完全消解了原有划分方式背后所蕴含的政治判断对文学史叙述的话语影响。要充分认识到"整体观"的理论和学术史意义,首先要面对的是"非整体观"。近代、现代、当代的文学史划分,本身是将"旧文学"和"新文学"分为四段的做法:"旧文学"成了"古代文学"与"近代文学","新文学"成了"现代文学"与"当代文学",这样的划分无疑与迄今为止发生影响的政治判断有关。在政治话语对中国历史发展阶段的叙述结构下,文学史的结构似乎与之有着从属关系。在古代文学研究界有学者对此划分提出过不同意见,如"强行割裂文学史,造成了体例上的混乱,这在政治统率一切的年代原是不得不如此的,也由此可见基于政治

---

① 他先后出版了《中国新文学整体观》(上海文艺出版社,1987年)和《新文学整体观续编》(山东教育出版社,2010年)等著作。
② 杨庆祥:《重写的限度——"重写文学史"的想象和实践》,北京大学出版社,2011年,第91页。
③ 旷新年:《视阈的转换:从"追求现代化"到"反思现代性"》,《西南民族大学学报》,2012年第1期。

史的分期划分文学史的荒谬性"。① 这种观念体现在现当代文学研究界，便是试图从文学本体演变的角度重构"新文学"的渊源、发生、流变，进而重构原有的文学史范式。原来的社会中心范式建构起来的当代文学史的独立性、优越性，甚至合法性都受到了挑战，"当代文学史"成了20世纪中国文学史中的一部分，或者被归并入现代文学史中②。

文学发展原有的政治进化逻辑显然被"整体观"打破，也避免了有些学者所谓的"一味按照时间直线进行表来探勘中国文学的进展……其实是画地自限的（文学）历史观"。③ 如此一来，打破进化式文学史叙事的历史观一度也成为主流。当然，"整体观"不仅仅是一种文学史观，还是一种解构旧有文学史的方法论。在以这种方法重构的文学史中，"当代文学"的特殊性和主体性隐失于新的宏大叙事，一些学者也将"现代文学"的起点提到晚清，打破1917（1919）年的界限，淡化了1949年这个时间节点在文学史转型中的位置，这无疑回避了毛泽东《新民主主义论》相关论述对于学科知识谱系的影响。当代文学的时间起点问题笔者在第三章中还将有详论，这里要讨论的是在"整体观"下，以"现代文学"的知识谱系和审美认知，结构当代文学史时所存在的问题。

笔者还是要先强调，学者们提出"整体观"及与之相类的文学史观，确实具有不可替代的学术史贡献，在20世纪80年代那个政治与文学的关系忽远忽近的时代中，能够探索一条试图回归文学自律的路径，建构相对接近文学本体的话语体系，与时代语境和学者们的知识结构不无相关。客观地讲，当代文学史的叙事结构自20世纪50年代起就受政

---

① 周明初：《文学史分期问题浅议》，载《中国文学古今演变研究论集》，上海古籍出版社，2005年，第100页。
② 代表性的文学史著作有孔范今主编的《20世纪中国文学史》（山东文艺出版社，1997年）；黄修己主编的《20世纪中国文学史》（中山大学出版社，1998年）。还有不断修订再版的，朱栋霖等主编的《中国现代文学史（1915—2018）》（高等教育出版社，2020年），以及一度引起诸多关注的严家炎主编的3卷本《二十世纪中国文学史》（高等教育出版社，2010年），等等。
③ 王德威：《想象中国的方法——历史·小说·叙事》，生活·读书·新知三联书店，1998年，第10页。

治判断的鲜明影响,尤其是那种以"新民主主义/社会主义"来划分现当代文学历史区段的做法,难免造成文学史叙述过于简单化的倾向。在20世纪80年代,一系列新理念支持了学者们对于现当代文学提出不同的建构和阐释模式,也在一定程度上使得"工农兵"话语在文学史写作中,不得不让渡话语权力于知识分子。但我们也要注意到,其实蔡元培最先提出知识分子是工人的一部分,他用劳工的概念把所有劳动者之间的等级界限打破,并指出:"农是种植的工,商是转运的工,学校职员、著述家,发明家,是教育的工,我们都是劳工。"① 只不过改革开放之后,知识分子强烈的精英意识反而与蔡元培的设想是背道而驰。他们要建构一套"审美知识"的话语,试图以此在"庙堂"、"民间"之外的"广场"发声。

二、新文学整体观的后设性与叙事性

从另一个角度看,正如有学者意识到"所有的历史叙述都是后设性的,历史因为我们的现实需要而被不断地重新叙述。重要的已经不是有没有这样的预设,有没有历史的偏见,重要的是对于这种后设性的自觉反省"。② 在文学史写作中后设的概念既是出于研究者现实需要,同时也意味着对应的文学史范式可能存在着某些问题,如知识分子重述历史时认知的片面化。例如有一些学者试图以一种宏大叙事来重构文学版图,认为"现实战斗精神是20世纪中国作家特有的心绪"③,或"通过'干预灵魂'来'干预生活',这几乎构成了20世纪中国文学的一个基本文学观念"④。甚至于有学者即使已经警醒到:"因为强调编纂者的主体性和知识分子人文传统的自主性,就有可能对文学史构成的其他真实因素形成某种程度的遮蔽,就有可能形成对文学史复杂的真实状态的某

---

① 蔡元培:《劳工神圣》,载《蔡元培全集》,第3卷,中华书局,1984年,第219页。
② 旷新年:《无居随笔》,云南人民出版社,2001年,第159页。
③ 陈思和:《中国新文学整体观》,上海人民出版社,1987年,第131页。
④ 杨义:《重绘中国文学地图》,《文学遗产》,2003年第5期。

种虚构。"① 还依然认为"'人的文学'这一核心理念,能够像一束强烈之光穿越并照亮现代中国文学流变的历史隧道",并试图以此整合"革命文学的人学内涵","人民文学的人文倾向"②。

总体而言,"整体观"要颠覆的文学史政治化的写作模式,即"以某种政治意识形态对社会政治的分析作为写作的前提。把文学史视为对政治意识形态的译解和转述的写作模式"③。因此,提出者必然会高扬另外一些"家族相似"的概念,试图从人性、审美等维度重述新文学,特别是当代文学的历史。在推崇文学自律意义上的文学史著作中,不少概念的所指边界缺乏必要的限定,加之文学史叙述中又有着强烈的本质化诉求,使得概念的制造者和使用者缺乏对于理论自身限度的警醒。当然,这样的研究思路在特定历史语境和学术环境中有着深刻的合理性,他们需要通过构设历史而达成现实目的。就像海登·怀特所言:"历史,无论是描写一个环境,分析一个历史进程,还是讲一个故事,它都是一种话语形式,都具有叙事性。作为叙事,历史与文学和神话一样都具有'虚构性'。"④ 但我们要意识到,海登·怀特的史观未必就是真理,尽管他不乏洞见。毕竟,"我们每个人,现存社会的人,身边都保存着一些昔日的痕迹;我们保存着被大家称之为档案或文物的东西,以它们为依据,我们可以或多或少地重构前人所经历的事件。从这个意义上讲,历史认识或被当作认识的历史是根据现存之物对以往之事的重建或重构。这是对曾发生在某时某地的事件的重构。我强调一下这句简单的表述,因为这不是对过去的抽象重构,而是对一个发生在具体时空中的过

---

① 朱德发、贾振勇:《评判与建构:现代中国文学史学》,山东大学出版社,2002年,第380页。
② 朱德发、贾振勇:《评判与建构:现代中国文学史学》,山东大学出版社,2002年,第35—53页。
③ 付祥喜:《20世纪前期中国文学史写作编年研究》,北京师范大学出版社,2013年,第471页。
④ 海登·怀特:《后现代历史叙事学》,陈永国等译,中国社会科学出版社,2003年,第10页。

去的重构"。①

如果这样来看,海登·怀特过分强调历史叙述的"虚构性"本身有可能伤害了历史应然的主体性和自足性。在文学史写作中,著史者任何带有鲜明主体意识的历史认知所形成的历史观,尽管在某一个时期内是合理的,但时过境迁之后也可能存在着问题。文学史中的历史叙事毕竟和文学作品中的历史叙事不同,在历史文学中,历史可以"不是历史事实的还原,历史事实的翻版"②,但文学史的史学属性决定了它不能如文学作品般剪裁、加工那些不容忽略,也无法更改的"史实",因而这对著史者是一种学术约束。历史的"叙事性"终究不能成为文学史写作以某种理论造成片面化叙述的借口,甚至有时会和历史留下的客观事实抵牾,这一问题表现在当代文学史中尤为明显。

更为棘手的问题恐怕在于换一种文学史观而"重写"的结果,是否就真的寻找到了超越于以往文学观念的"经典"?如刘禾所言:"我担心这种'完善'和'校正'中国现代文学经典的愿望本身,就是为一种完美神话所驱使的。在这种神话中包含着一个虚假的期望:将来有一天,会出现一种对整个情况作不偏不倚叙述的文学史写作,从而能给历史本身以公正的评价。"③ 实际上,在 20 世纪 80 年代的语境中,知识分子一腔热情借助文学秩序的调整而表达,在完成某种"祛魅"的过程中,无疑也是自我施魅的过程。

在这个意义上,旷新年曾批评"20 世纪中国文学"这个概念"把一个资产阶级现代性的叙事硬套在中国现代的历史发展上……这种文学史的故事具有明显的意识形态的预设和虚构性"④。事实证明,批判左翼文学或革命文学不具备"现代性",确实在一定程度上和美国的学者认

---

① 雷蒙·阿隆:《论治史:法兰西学院课程》,冯学俊等译,生活·读书·新知三联书店,2003 年,第 99 页。
② 李希凡:《"史实"与"虚构"——漫谈历史剧创作中的历史真实与艺术真实的统一》,《戏剧报》,1962 年第 2 期。
③ 刘禾:《跨语际实践:文学,民族文化与被译介的现代性》,宋伟杰等译,生活·读书·新知三联书店,2008 年,第 316 页。
④ 旷新年:《"重写文学史"的终结和中国现代文学研究转型》,《南方文坛》,2003 年第 1 期。

识暗通款曲。如王德威就认为:"历史告诉我们,当四十年代政治激进的作家朝向为革命而文学的目标迈进时,他们对中国现代性的企图的结果,即使不算是中国所有的政治传统中最老旧的传统,也是中国所有现代性中最不现代的现代。"① 但是从学理的角度而非阶级意识的角度而言,笔者以为问题的根源不在于这个概念是不是"资产阶级"的。很多学者其实不采纳"二十世纪"的时间范畴,而十分注意维护社会主义意识形态,依然认同当代文学是"从'传统'到'现代'的转型过程,是实现文学现代化的过程"②。

三、"整体观"的内在问题与矛盾

真正的问题恐怕在于"20世纪中国文学"和"新文学整体观"的观念在日后的演变中,不仅消解了"当代文学"的独立性,也消解了"五四"在中国文学演进中决定性的作用,而使"近代文学"的"现代性"渐渐"浮出历史地表",这实际上对中国现当代文学这一学科的合法性和学术边界构成了威胁。对此批评最为尖锐也是最有力度的是王富仁。他坚持认为:

> 中国现代文学研究是以承认中国现代文学存在的合理性为基本前提的文学研究学科,而它的存在的合理性就是"五四"新文化革命的合理性的证明,它的存在的文化基点也就是"五四"新文化的基点,只有用"五四"新文化的基本价值标准来阐释它,了解它,说明它的意义和价值,离开了这一标准,不论在哪个局部问题上看来多么有道理,但在整体上起到的却必然是瓦解它,解构它的作用。瓦解了它,解构了它,我们这个学科也只好做鸟兽散了。用句更悲壮的话来说,就是中国现代文学学科的研究者作为一种社会的

---

① 王德威:《被压抑的现代性——晚清小说的重新评价》,载《批评空间的开创——二十世纪中国文学研究》,东方出版中心,1998年,第125页。
② 王庆生主编:《中国当代文学史》,高等教育出版社,2003年,第3页。

文化力量注定是必须坚持"五四"新文化的方向的……把新文学和新文学起点前移,就大大降低了五四文化革命和文学革命的独立意义和独立价值,因而也模糊了新文化与旧文化,新文学与旧文学的本质区别。①

时至今日,这段话中依然有许多真知灼见值得我们借鉴、吸纳。不过话分两头来说,在持"整体观"的学者中有不少仍然坚持的是"五四"、启蒙、"人的文学"等观念,而认为当代"新时期文学"是"五四"精神的当代延续。例如有的文学史认为"思想启蒙的五四传统再次成为文学的主流"②,或讲到"五四"时认为"它以'人'的观念的现代思考……成为20世纪中国文学史上具有独特性和重要性的时期"。③ 如此一来社会历史中心的范式下,学者们所苦心经营的当代文学"合法性"就失去了依靠,成为"整体观"(实质是现代文学观)下的"他者"。

笔者以为,一代有一代之"五四","五四"始终是一个被反复建构、重构和阐释的"五四"。无论是哪一派的学者,都是根据自身对历史发展的理解而出于自己的话语需要对"五四"进行重构。这样来看,当年陈铨说"五四""把集体主义时代,认为个人主义时代"、"误认非理智主义时代,为理智主义时代"④,其实也未尝不算是一派见解。而且"五四"运动的标志性人物胡适也并不排斥集体话语:"小我""一代传一代,一点加一滴,一线相传,连绵不绝",但要不朽,最终的归宿是"大我",因为"'大我'是永远不灭的"。⑤ 因而后代学者不认同"五

---

① 王富仁:《当前中国现代文学研究中的若干问题》,《中国现代文学研究丛刊》,1996年第2期。还可进一步参考其《中国现代文学研究中的"正名"问题》,《北京师范大学学报》,1995年第1期。
② 李平等:《20世纪中国文学》,上海三联书店,2004年,第352页。
③ 朱栋霖等:《中国现代文学史1917—2000》,北京大学出版社,2007年,第135页。
④ 陈铨:《五四运动与狂飙突进运动》,载《时代之波——战国策派文化论著辑要》,中国广播电视出版社,1995年,第344—345页。
⑤ 胡适:《不朽——我的宗教》,载《胡适全集》,第1卷,安徽教育出版社,2003年,第663页。

四"的功绩和卓越价值也好,高扬"五四"精神也好,都不宜把"五四"单一化为"启蒙",并视20世纪80年代为"新启蒙",用刘小枫的话说:"什么是'启蒙'我们都还没有搞清楚,搞'新'的启蒙难免稀里糊涂。"① 若以启蒙为单一化的标准而连接"五四"与当代文学,则必会忽略与新中国一同成长、发展的"当代文学"所特有的文学主题与价值。

由此可见,在审美中心和文学自由观念的驱动下,一部分学者太过于执着于用现代西方的知识话语整合中国当代文学,使文学史叙述趋于同质化,但却忘记了影响现当代文学史的发展与格局的许多因素在现代和当代是几乎异质的,尤其是对文学"生产、传播、接受、发展起了重大作用的""教育、大学师资、文学批评、学术圈、自由科学、核心刊物编辑、作家协会、重要文学奖"②,等等。他们试图将现当代文学或20世纪中国文学打通,反倒造成"'流水账'模式和'通史欠通'现象"。这种现象"在'跨代'作家个案研究方面表现得更为明显"③。我们承认过度强调政治标准确实会带来文学史写作的非审美化,使我们忽略了文学不是政治意识形态的附属物。文学作为上层建筑之一,本质是审美。因此,过于"突显文学史中的时代、阶级、政治等因素强调文学与社会生活之间的关系,'真实性'、'政治标准第一,艺术标准第二'就成为文学史的写作尺度,在这样一种尺度下,'人性'的文学就被定性为'小资产阶级'文学从而被否定和压抑"④。但是当代文学的生产方式和生成语境都与政治有千丝万缕的联系,为了纠偏,而以"人"的观念为最高标准,以纯文学的审美眼光考察当代文学,恐怕不仅对"十七年"文学的评价会有偏颇之处,对处在消费文化语境中的所谓"后新时期文学"的分析也会因观念上的偏执而出现问题,如认为"主体的破

---

① 刘小枫:《重启古典诗学》,华夏出版社,2010年,第13页。
② 斯蒂文·托托西:《文学研究的合法化》,马瑞琦译,北京大学出版社,1997年,第33—34页。
③ 刘勇:《现代文学讲演录》,广西师范大学出版社,2009年,第39页。
④ 高玉:《中国现代文学史书写思想方式批判》,《华中师范大学学报》,2010年第4期。

碎，人的精神品格的降低、生物性本能的放大就成了这阶段中国文学最基本的对人的阐释"①，以及"新生代小说""精神意义和美感的缺失、叙述的琐碎和粗鄙化，作品气度和格局的狭窄、自我的重复和模式化倾向"②。这些学术评价或多或少都显示出理论观念与客体对象间的错位。

　　这个问题反映出叙事者持有一种固定的价值立场和叙事姿态，面对文学史发展的复杂性时，选择性地忽视一些内容。文学史写作还是要回到文学史不同样态的场域中，坚持"史为记事之书，事变而不齐，史文屈曲而适如其事，则必因事命篇"③的史家立场。无论做任何选择，应有的常识是我们所谓的"文学"（literature）之所以为"学"，就是因为它与纯粹审美意义上的诗（poem）、小说（novel）、戏剧（drama）不同，它是现代教育下知识谱系化的产物。尽管其知识谱系以审美为中心，但这种审美意识又要和历史意识相结合，才能形成相对可靠的知识。一般而言，"真正标志着文学的现代意义的确立"的著作是斯达尔夫人的《从文学与社会制度的关系论文学》④，而现代学科意义上的"文学"离不开大学教育，所以伊格尔顿才会说"'文学'，正如罗兰·巴尔特所言，'是被讲授出来的'"。⑤

　　现代意义上的"文学"既然如此，"文学史"作为与大学教育伴生的产物虽然有其审美本质，但更不应该只是审美史。当然，我们对这一问题也要思辨地看待。新中国教育机制始终伴随着意识形态话语的范导性，而文学教育中审美因素自然一直也不是唯一的因素。只不过，如果审美本质被否定的话，对文学教育来说确实也会造成巨大的伤害。据老一辈学者回忆，"学生向老师提意见，希望他详细讲作品。老师说：'教

---

① 朱栋霖等主编：《中国现代文学史 1917—2000》（下），北京大学出版社，2007 年，第 258 页。
② 朱栋霖等主编：《中国现代文学史 1917—2000》（下），北京大学出版社，2007 年，第 282 页。
③ 章学诚：《文史通义》，上海古籍出版社，2008 年，第 17 页。
④ 卡勒：《文学性》，载《问题与观点：20 世纪文学理论综论》，史忠义译，河南大学出版社，2010 年，第 23 页。原书括注的法语人名、书名笔者未引用。
⑤ Terry Eagleton, *Literary Theory: An Introduction*, Blackwell Publishers (1996), p172.

育部教科书规定教学进程如此,我虽不满意,也不好更改'"。① 这一问题如何改进笔者在第四章中还将具体论述。

第二节 "重写文学史"的学术诉求与主要问题

在现代文学时期,闻一多说:"我们这时代是一个事事以翻脸不认古人为标准的时代。……如果再说正因垫底的砖是平平稳稳的砌着的,我们偏不那样,要竖着,要侧着,甚至要歪着砌,那自然是更可笑了。"② 而在"重写文学史"的时期,不独几位首创者对既有的文学史叙事提出了尖锐的质疑,连许多研究者也纷纷转向,开始了对文学史的重新认识。但"重写文学史"的问题正如陈平原所言:"文学研究领域中每一种成功的理论探索,最终都将落实在文学史研究中,部分改变已有的研究布局。在这个意义上,'重写文学史'不成其为口号,也不应成为问题。到时必须将其作为口号提出,或作为问题争论,才是真正发人深思的'问题'。"③ 尽管如此,我们还是要历史地分析,为什么会出现这样的问题?"重写"的学术诉求究竟是什么?其主要成果的学术史意义何在?

一、二元对立思维的解构与延异

"重写"的文学史除了洪子诚的著作外,大多出现在具体作品的择取与分析中,其以文本为核心,以"审美"作为标准,而非社会历史中心思维下的政治逻辑。文学史在一些学者心中是"文学的本体性不断失落又不断寻求的审美精神和语言能力的消长史"④。从这个角度来说,

---

① 李剑亮:《夏承焘年谱》,光明日报出版社,2012年,第186页。
② 闻一多:《〈现代英国诗人〉序》,载《闻一多全集·文艺评论、散文杂文》,第2卷,湖北人民出版社,2004年,第171页。
③ 陈平原:《小说史:理论与实践》,北京大学出版社,2010年,第6页。
④ 李劼:《排除文学史论上的陈腐观点》,《文艺报》,1988年9月24日。

高扬"审美"的旗帜而写作文学史,突破了社会中心范式下"革命/反革命"、"进步/落后"二元对立式分析作家作品的政治逻辑。在笔者看来,这也是"重写文学史"的题中之义和《上海文论》中不少文章的实际诉求之一。"重写"的口号提出后不久,有人批评"重写"是"标新立异,哗众取宠"①;有人维护原有文学史范式的合法性,并且强调:"不是需要重写,而是需要在原有基础上进行必要的局部性的修改和整体性的充实与提高"②;有人厌恶"重写"的成果,认为是"排斥文艺的战斗、教育、认识等各种社会功能,而仅仅取其审美功能"③;有人评价个别"重写"者:"打着重写文学史的旗号,违背历史主义,跟随西方资产阶级学者的思想观念,力图否定和贬低这些革命作家,而又大肆吹捧不革命乃至反革命的资产阶级作家。"④ 通过当时这些带有鲜明意识形态色彩的学术争论,我们恰恰能感受到在推动文学史范式转型的过程中,"重写文学史"的学术诉求实际上是要推动现当代文学学术范式的转变。范式代表着"整体性的一系列信念、价值、技术等等,并为一个特定的共同体成员所分享"⑤,范式的革新势必会让倡导者承受一定的学术压力。

然而,审美之名并不能成为文学史写作唯审美化的理由,如伽达默尔所言:"艺术的万神庙并不是一个向纯粹审美意识呈现出来的永恒的现在,而是某个历史地积累和会聚着的精神活动……艺术经验并不能被推入到审美意识的非制约性中。"⑥ 从这个意义上讲,批评"重写文学史"的声音中也不无相对客观的持中之见:"不用真、善、美相统一的

---

① 《老教授三人谈(中国现当代文学史进行重新审视和研究)——访王元化、贾植芳、钱谷融、徐中玉》,《文艺报》,1989 年第 27 期。
② 艾菲:《关于重写文学史的质疑与随想》,《理论与创作》,1989 年第 5 期。
③ 史莽:《"左联"花甲随想》,《文艺理论与批评》,1990 年第 4 期。
④ 张炯:《大力推进马克思主义的文学研究与批评》,《光明日报》,1989 年 8 月 1 日。当然这些论争现在看来与当时的社会环境和思想界的话语势力博弈是密切相关的。
⑤ Thomas S. Kuhn, *The Structure of Scientific Revolution*, The University of Chicago Press (2012), p.23, 174.
⑥ 伽达默尔:《真理与方法:哲学解释学的基本特征》,王才勇译,辽宁人民出版社,1987 年,第 139—140 页。

观点去评价现代作家和作品,只强调政治标准而忽视艺术标准,或者只强调审美艺术而无视它的生活和思想内容,都是不正确的。"① 二十余年前,吴义勤就敏锐地发现了"重写文学史"存在的问题之一,即是"故作惊人之语,强做'翻案'文章,甚至为'翻案'而'翻案',以当下的审美水平和认识水平来要求'历史'形态的文学作品,以极端化的思维方式来对抗从前二元对立的极端化文学史思维,实际上是从一个极端走向另一个极端。在性质和思维方式上与以往的文学史殊途同归,同样构成了对文学史真实的'误读'或歪曲"。②

在此基础上,笔者希望更进一步指出"重写文学史"在解构原有范式中"进步/落后"的二元结构下,实际上也同样隐含着强烈的政治意图。当我们追寻他们"解构的踪迹"时,不难发现,重写者将这种二元结构进一步差异化,进而"思考差异,追寻差异,呈现差异,散播差异"③。他们在解构旧有二元观念的同时,客观上也造成了审美与政治间新的二元对立。这种延异(参见本书附释一)的具体表现就是,他们意在拆除文学史中将政治标准定于一尊、用政治上的是非来划分作家作品的"普罗克拉斯提斯铁床",含有一种解构原有二元对立思维方式的意愿,却不自觉地将文学性作为价值取向的标准,从而陷入了"审美"与"政治"二元对立的思维之中。在实际操作中,正如洪子诚所言:"摆脱政治束缚的文学主张,就是一种政治主张。"④

"政治"这个词在中国常常和社会主义意识形态相关,往往会使一些学者想起他们所同情的胡风等人在"一体化"时代受到批判的日子。于是在 20 世纪 80 年代,文艺理论、批评和文学史研究界出现了一股明显疏离政治的潮流。笔者以为,当时把"政治"视为教条主义而不希望文学与之有任何瓜葛的人,实际上都认为自己是纯文学的守护者,因为他们相信政治只意味着对文学的束缚。这种人的思维方法跟他们的反对

---

① 林志浩:《重写文学史要端正指导思想》,《求是》,1990 年第 2 期。
② 吴义勤:《目击与守望》,山东文艺出版社,2001 年,第 139 页。
③ 汪民安主编:《文化研究关键词》,江苏人民出版社,2007 年,第 17 页。
④ 洪子诚:《问题与方法》,生活·读书·新知三联书店,2002 年,第 153 页。

者一样，都持一种强烈的本质主义思维，两者在讨论这个问题时都预设了一个命题，即将政治定位为文学应听命的对象。区别只在于他们的对立面认为这是一件好事，而他们却认为这无益有害、绝不应该。但双方都没有想过，文学与政治是两个相对独立而且不全然在一个位次内的概念范畴，故而这种将政治与文学对立的做法既误读了政治，也误读了文学。

例如，有的文学史在批评《创业史》时，认为其表现了在当时不合时宜的政治内容："《创业史》的历史尴尬和所有'合作化小说'一样，首先在于政治情境的急剧变化，20多年的农村集体化道路，最后被证明是一次不合时宜的乌托邦运动，20世纪70年代末开始的农村联产承包责任制，正式终结了这类小说的政治生命。"① 当然，笔者以为不是不能批评《创业史》，而是因"合作化运动"被终止了而批评《创业史》是存在问题的。2013年中共中央的"1号文件"又鼓励建立"合作社"，那是不是意味着《创业史》的政治生命又恢复了呢？因此，基于这种不从文本内容出发的文学史判断往往没有长久的学术生命力。更值得反思的是，在这种学术处理的方式下，这批文学史不但"发现"了一批曾经被文学史批判或遗忘的文本，也有意识地遮蔽了文学史发展中另一些文本，或者说因为"政治问题"而遮蔽了那些文本的美学意义，失去了开放的文学视野。笔者以为在这个问题上钱谷融所提出的意见值得注意："非社会化、非历史化的现象在对中国现当代文学进行重新审视和反思时是应该避免的，特别是在涉及到对具体作家的评价时。"②

对于这种二元对立思维的延异，笔者曾经指出："有一些学者在认识上存在着一个根本性的误区，那就是用二元对立的方式看待新文学中两个传统：五四传统和延安传统。"③ 这样做，实际上是用某一个抽象的概念简单化了"五四"传统与延安传统内在的复杂性，其实二者之间既有共同的追求，也有不同的主张。我们要反对林毓生那种把二者视为

---

① 张健主编：《新中国文学史》（上），北京师范大学出版社，2008年，第71—72页。
② 钱谷融：《重要的是内容必须扎实》，《文艺报》，1989年5月27日。
③ 刘杨：《如何深化"十七年"文学研究》，《文艺理论与批评》，2011年第1期。

同质同构的思维方式,即认为五四运动和另一场发生在特殊年代的运动"都是要对传统观念和传统价值采取嫉恶如仇、全盘否定的立场。而且这两次革命的产生,都是基于一种相同的预设"①。在这个问题上,笔者认同刘勇曾经提出的观点:"'五四'从来就不是一场单纯的文学运动,而是广泛涉及整个中国未来发展的全局性的思想解放运动。"②

我们不妨回想一下"德先生"和"赛先生"何以进入中国。清末的知识分子先引入形而下的科学,作为救亡图存的"制夷"工具;而那些形而上的"民主"思想,作为一种政治启蒙意识被引入,则要晚许多。如果说"救亡"与"启蒙"存在着双重变奏,那也是到了辛亥革命后至"五四"时期,启蒙一定程度上取代了更早的救亡之音。"五四"传统主张个性解放与民主独立意识,这一点自然毋庸置疑,但救亡的思想在此时也占据一席之地。例如王瑶曾经质疑过钱理群等学者:"你们讲二十世纪为什么不讲殖民帝国的瓦解,第三世界的兴起,不讲(或少讲,或只从消极方面讲)马克思主义,共产主义运动,俄国与俄国的影响?"③更宽泛地讲,在"五四"时期的《时报》、《上海民国日报》等等京沪重要报刊上,"救亡"与"启蒙"一直是并存的。在《回忆少年中国学会成都分会之所由成立》一文中,李劼人谈到全国各地不少报刊也是"救亡与启蒙"并存的④。可以说,"五四"不缺少救亡,缺少的是后人正视"五四"的中"救亡"意识的眼睛。

当然"重写"的文学史往往基于"五四"个性解放的追求,而有意忽视与之不同的史料。从这个意义上讲,20世纪80年代的"五四"是知识分子为了实现某种话语意图,而一定程度上狭隘化了的"五四"。从延安文艺到"十七年"文艺,在机制上是一体化的,但是在实际文学创作中,除了革命意识的宣扬外,也存在着大量中国式"启蒙"中的反

---

① 林毓生:《中国意识的危机》(增订再版本),穆善培译,贵州人民出版社,1988年,第2—3页。
② 刘勇:《现代文学讲演录》,广西师范大学出版社,2009年,第5页。
③ 钱理群:《矛盾与困惑中的写作》,《文艺理论研究》,1999年第3期。
④ 参见李劼人:《李劼人选集》,第5卷,四川文艺出版社,1986年。

封建思想。延安传统文学作品包含的一个重要命题就是"解放",当然,如果我们只是从文本层面出发,而不是把文本做政治化、社会学化的解读,也不难发现在延安传统下的作品中,"解放"的"启蒙"意义也是在逐渐变化的。在延安时期和新中国成立初期,这种意义往往表现为个体"解放",挣脱封建枷锁;而在"十七年"的革命题材文学中,又不乏对于一个自由、民主、平等的"新中国"的憧憬。我们如果不带着先验的"反启蒙"观念而观察延安传统下的文学作品,会发现它们中大多数不尽然是"压倒"启蒙的。

实际上,二元对立的话语结构之所以产生延异,其思想根源在于李泽厚的"双重变奏"论。在他看来,"救亡"(也就是"革命")不但"压倒了知识者或知识群对自由平等民主民权和各种美妙理想的追求与需要,压倒了对个体尊严、个人权利的注视和尊重",而且还"挤压了启蒙运动和自由理想,而使封建主义乘机复活"①。尽管他个人当时多少有些青年导师的气质,但拉开一段历史距离后,我们有必要冷静地指出其"着眼未分明"之处,这也是以学术的态度对李泽厚的敬意。其实,李泽厚认同当时中共中央对特殊年代与封建主义的基本判断,但他的思想问题出在对"封建主义"如何复活的理解上。他使用了"救亡与启蒙"二元对立的叙事结构,将几十年的中国社会史过分简化。其对"启蒙"的认识是比较片面的(参见本书附释二),还借着对"救亡"的反思将矛头直指中国的"革命",直至后来彻底否定了辛亥革命(参见本书附释三)。李泽厚在思想史叙事时所秉承的二元对立思维方式非常明显:"启蒙"是反封建的、是正面的,而"革命"取代了"启蒙"且两者的关系"没有合理解决"。现在来看李泽厚的那篇名作及后续文章多少缺乏些必要的理性,而受到当时时代激情和后来境遇所迫。更重要的是,以假设的历史应然状态否定历史的实然进程之"合法性",难免流于历史虚无主义。

---

① 李泽厚:《启蒙与救亡的双重变奏——"五四"回想之一》,《走向未来》创刊号。

二、文学史叙事的洞见与盲视

这样的二元对立观念被简化后,影响了现当代文学史的"重写"。其具体表现为把"五四"的启蒙与延安传统中的革命尖锐对立,当然这是一种有意为之的叙述姿态。因而李泽厚在对历史的研判中宣称:"一个造神造英雄来统治自己的时代过去了,回到了五四时期的感伤、憧憬、迷茫、叹惜和欢乐。但这已是经历了六十年惨痛之后的复归。历史尽管绕圆圈,但也不完全重复。几代人应该没有白活,几代人所付出的沉重代价使它比五四要深刻、沉重、绚丽、丰满。"① 这种以"五四"为标尺、否定革命文学的思想在"重写"后的文学史中颇有分量。文学史家对革命现代戏等艺术作品不再进行艺术分析,而是认定其"是蒙昧的政治狂热的产物,是在文化专制主义语境下形成的怪胎,是对五四精神的彻底'决裂',基本上是一种非人化的艺术,其中毫无现代意识可言"。② 当然,关于这个问题的看法也有不同的意见。例如戏剧家陈白尘认为样板戏"仅在突破京剧旧框框而表现现代生活这一点上已经是创举了"③,而陈思和认为"样板戏"的可取之处就是里面有"民间隐形结构",且他对于《红灯记》、《沙家浜》等作品的分析广为接受。应该说陈思和确实打开了"样板戏"艺术层面的理解空间,但同时他又极力排斥"样板戏"的价值理念。其实"样板戏"自身的艺术成就与价值不仅仅体现在民间结构上,如胡星亮所言:"'样板戏'在唱腔、舞蹈、音乐、舞美上的精益求精却是事实。这些,都使得'样板戏'的艺术创新达到了相当高的水平,为中国戏曲的现代化和芭蕾舞等西洋戏剧的中国化,积累了丰富的经验。"④

---

① 李泽厚:《二十世纪中国文艺之一瞥》,载《中国现代思想史论》,生活·读书·新知三联书店,2008年,第270页。
② 董健等主编:《中国当代文学史新稿》,北京师范大学出版社,2011年,第5页。
③ 陈白尘:《缄口日记》,大象出版社,2005年,第116页。
④ 胡星亮:《二十世纪中国戏剧思潮》,江苏文艺出版社,1995年,第324页。

同样，20世纪90年代以后"三红一创"等被以"红色经典"冠名的作品，也被视为"在极'左'思潮笼罩下以'革命的政治内容'风行一时的作品"①。我们要注意到的是，将革命视为与"五四"精神对立，本身就是一种具有特定意识形态的叙事方式。它代表了一部分精英知识分子的心声。其实当代中国一部分精英知识分子并不乐见的某些观念，并非是由中国共产党最先提出，而是源于一部分自由知识分子的自我觉悟。"五四"时期的傅斯年即表示无产者终将革了知识分子的命："我们不劳而亦食的人对于社会牺牲的无产劳动者，也是僭窃者，将来他们革我们的命，和我们以前的人革帝王贵族的命是一种运动。"②顾颉刚在20世纪20年代后期，也曾提出让知识分子成为工人阶级的一部分。新中国成立前的顾颉刚绝非左翼知识分子，在给叶圣陶的信中，他还说到自己唯恐傅斯年的《新潮》成了《新青年》那样："没有自己独立的心思，为陈独秀辈所利用。所以痛下针砭。"③然而也正是这个顾颉刚，在王国维过世后直接撰文表示："我们应当造成一种风气，把学者们脱离士大夫阶级而归入工人阶级。这并不是学时髦，实在应当如此。"④

当然，在改革开放后很长一段时间内，一批启蒙理想主义者拒斥政治话语已经成为历史事实。正如有学者所说的："无论是启蒙主义还是自由主义的历史想象，都是80年代以来现代文学乃至当代文学研究最主要的两种思维模型，是其得以摆脱现实桎梏、改写片面的政治化历史的最有效的途径。某种意义上，这也是当代文学的有机组成部分，是当代中国知识分子重要的精神遗产。"⑤他们的历史处境、知识结构、个人经验等决定了他们在当时走上这条学术道路。后人可以在历史语境中，理解他们为何在文学史中歌颂"七月派"中那些"反抗的英雄""借助不同的意象，表达了陷于逆境的生命不屈地抗争与坚韧地生存的

---

① 董健等主编：《中国当代文学史新稿》，北京师范大学出版社，2011年，第3页。
② 傅斯年：《时代与曙光与危机》，《中国文化》，1996年第2期。
③ 顾颉刚：《顾颉刚全集》，第39卷，中华书局，2011年，第46页。
④ 上海书店编：《文学周报》，第5卷，开明书店，1928年，第8—9页。
⑤ 张清华：《在历史化与当代性之间》，《文艺研究》，2009年第12期。

精神，也高扬了'五四'新文化运动以来知识分子的抗争与现实战斗的传统。"① 尽管这种看法是可以讨论的，但我们应该承认是，陈思和较早地认识到"二元对立"的著史思维有很大的局限性，从而在文学史中创造性地引入了"民间"的概念。这是对于政治话语（庙堂）和启蒙知识分子话语（广场）二元对立的一种补充性视野，即"保存于中国民间社会的民间文化形态"②。当然，这种观念在文学史写作中是有审美等级和价值预设的，例如认为"样板戏"所承载的官方意识形态是没有艺术价值的，而"'样板戏'中略有艺术价值的剧目，也是对知识分子和民间文化利用较好的作品"。③ 这一论断及其相关的论证影响广泛，以至于被其他文学史借鉴而表述为："'样板戏'中较有艺术价值的剧目和片段，都很好地保存和再现了民间文化和知识分子的文化传统。"④ 在这个意义上，陈思和主编的文学史收录了许多在"民间"视野下具有审美内涵的作品，却受到了一些学者的批评："不可想象把拥有数十万读者的好作品置于文学史之外，而大谈特谈只限于所谓纯审美视野中的个别的、低下的文学现象，这样的文学史著作对读史者也不公平。"⑤ 笔者并不同意这种批评意见背后的逻辑，一些读者多的作品，其文学史影响确实应该被承认，但并不意味着它一定是"好作品"。我们要看到的是，"民间文化形态"被提出，究其本质而言还是将民间与知识分子文化这两种异质文化同时视作庙堂文化的对立面，依然隐含着以"审美"反抗"政治"的学术诉求。

在"重写"范式下的当代文学史中，有一些著作会基于某一种美学理论或观念而"不提或基本上不提构成一个时期重要精神文化现象的《红岩》、《李自成》和《创业史》"⑥。这虽然有着洪子诚曾指出的问题，

---

① 陈思和主编：《中国当代文学史教程》，复旦大学出版社，1999年，第178—179页。
② 陈思和：《民间的沉浮》，载《中国当代文学关键词十讲》，复旦大学出版社，2002年，第131页。
③ 陈思和主编：《中国当代文学史教程》，复旦大学出版社，1999年，第168页。
④ 李平、陈林群：《20世纪中国文学》，上海三联书店，2004年，第347页。
⑤ 王春荣、吴玉杰主编：《文学史话语权威的确立与发展》，辽宁人民出版社，2007年，第11页。
⑥ 李杨、洪子诚：《当代文学史写作及相关问题的通信》，《文学评论》，2002年第3期。

即:"将二元对立的结构作为文学的基本格局、推动力和演化过程的描述工具,那可能构成严重的遮蔽。"① 但其根本原因在于,也许"审美中心"和文学自律从来就很难纯粹,正如贾植芳所说:"中国的知识分子就是这样,他们永远也摆脱不掉政治情结这只'红舞鞋'。"② 以至于很多学者彻底否定文学表达政治内容的合理性,连相关学术讨论的文章也会被批评。例如叶嘉莹认为:"政治的目的,对于创作的生命也不一定都是一种压抑和扼杀。这主要须看作者本身所具有的创作生命是哪一种根源和土壤生长出来的。如果一位作者的生活体验和思想及情感,都是与他所要表达的政治目的相合一的话,那么政治的目的对于他的创作生命便不仅不是一种遏抑,且有时还会成为一种滋养,因此他自然便可以写出一部虽含有强烈的政治目的,也同样具有强烈的创作生命的文学作品来。"③ 笔者以为这不妨成为"一家之言",然而她的言论却受到政治化乃至道德化的批评④。

在"重写文学史"之后,这种基于政治与审美、"五四"与延安二元对立而写作的当代文学史不在少数,如果说这些当代文学史著作或多或少有一些"亮点",有些甚至不能为持传统观念的学者所接受,那么有些文学史离历史之经,叛审美之道的程度足以用石破天惊来形容。例如郑万鹏的《中国当代文学史》(1949—1999),该书先后出版过两个版本:北京语言文化大学出版社 2000 年版和华夏出版社 2008 年版,2008 年版去掉了原有的副标题"在世界文学视野中"。作者对于当代文学史的发展线索似乎没有什么概念,他说:"高大泉是极'左'政治的化身,……而这种'伪现实主义'在萧长春身上就更为明显了。"(华夏版第 30 页)显然,他不知道是先有萧长春,后有高大泉,也不知道将特殊运动开始前已完稿的《艳阳天》视为特殊运动的产物是错的。著者称

---

① 洪子诚:《回答六个问题》,《南方文坛》,2004 年第 6 期。
② 贾植芳:《狱里狱外》,上海远东出版社,1995 年,第 69 页。
③ 嘉陵:《我看〈艳阳天〉》,载《浩然研究专集》,百花文艺出版社,1994 年,第 474—475 页。
④ 王鹏程:《怕君着眼未分明:关于叶嘉莹先生的〈艳阳天〉研究》,《粤海风》,2012 年第 2 期。

之为"文学史",但对五十年间当代文学的发展却缺乏整体观照,用了六分之一的篇幅讲了五分之三的文学史时段,而对于改革开放以来的二十年则是随性点染,其中对路遥极端推崇和歌颂,路遥那些有许多争议的小说在整部文学史中反复出现,所占篇幅和位置堪比当代文学"前三十年"。

面对这些文学史,一方面我们理解和尊重作者"遮蔽"当代文学的学术选择,毕竟,"审美态度比某种宗教、传统、教育所树立起来的模式或抽象的道德说教所肯定的生活方式更能使人牢固地采取一个模式"。① 另一方面我们也应有所反思和自警,如克罗齐所言:"一个人可以只是学者而却不很能了解艺术作品,他也可以具备学问与鉴赏力,却只能感觉艺术作品,而不能重新衡量它,写出一页艺术与文学的历史来。但是真正完备的历史家一方面以具备学者与具有鉴赏力者的双重本领为必有的基础,一方面在这些本领以外,还有历史的识见与历史叙述的才具。"② 言及此,不由使人想起恩格斯给拉萨尔的信中那段值得我们铭记的经典的话,笔者以为这段话同样对文学史写作者富于警示性和启发性:

> 您看,我是从美学观点和史学观点,以非常高的亦即最高的标准来衡量您的作品的,而且我必须这样做才能提出一些反对意见,这对您来说正是我推崇这篇作品的最好证明。③

说到底,当代文学史强调审美、强调文学自律,但不能忽视文学内部与外部的关系,务要正确认识审美批评与历史意识的关系,使之以一种学理化的方式体现在文学史中。如吴秀明所言"无论从理论还是从实

---

① 罗伯特·耀斯:《审美经验与文学解释学》,顾建光等译,上海译文出版社,2006年,第113页。
② 克罗齐、朱光潜等:《美学原理 美学纲要》,外国文学出版社,1983年,第142页。
③ 《恩格斯致斐迪南·拉萨尔(1859年5月18日)》,载《马克思恩格斯选集》,第4卷,人民出版社,2012年,第443页。

践来看,强调文学史与文学批评及文学研究的区别,强调文学史写作要遵循自身独特的学术规范,有明确而强烈的定位意识,都是有必要的,也是有意义的"①,这种区别钱锺书曾分为:"一作者也,文学史载记其承遭(Genetic)之显迹,以著位置之重轻(Historical importance);文学批评阐释其创辟之特长,以著艺术之优劣(Esthetics worth)。"② 文学史毕竟是"诗学"与"史学"的结合。忽视社会、历史、文化信息,而追求一种纯粹的、精英的审美观念,可以是某种文学运动的追求,但不是文学史写作的追求。正是在这个意义上,我们期待着当代文学文学史研究与写作能注意到批评意识对历史叙事的干预,以及它所带来的负面影响,从而迈入更为扎实、精深的学术境界。

第三节 理论革新与多元共生的新态势

文化范式的文学史写作实践与社会中心范式和审美中心范式最大的不同就在于,它常常不以教科书的面貌出现,或者说也不适合作为教科书。虽然我们承认"文学史"的产生和发展与现代大学教育密切相关,而且曾经感慨过"教科书式的专制与科学的自由探索精神的冲突,几乎是一种宿命"③,但教科书式的文学史依然屡见不鲜。有学者已经意识到"教科书本身就是政治权力的产物,它以权力的形式来规定文学功能和教育要求,文学史研究一旦被纳入了教科书体系,它不能不以所谓的时代精神来修正学科研究所必备的科学精神和自由精神,使文学史成为一种按统治者利益来抹杀民族记忆的工具"。④ 然而,20世纪90年代中期以后,"文化范式"的文学史虽然为数不多,但已经悄悄兴起,一些审美中心范式下的文学史也有转向文化范式的倾向,而这使得当代文学史的写作获得了更为开拓的视野。如陈平原所言:"在20世纪中国学

---

① 吴秀明:《中国当代文学史写真(上)·前言》,北京大学出版社,2010年,第9页。
② 钱锺书:《中国文学小史序论》,《国风》,1933年第8期。
③ 陈思和:《一本文学史的构想》,载《中国文学史省思》,香港三联书店,1993年,第52页。
④ 陈思和:《跨越世纪之门》,载《不可一世论文学》,人民文学出版社,2003年,第164页。

界,'文学史'作为一种'想象',其确立以及变形,始终与大学教育(包括50年代以前的中学教育)密不可分。不只将其作为文学观念和知识体系来描述,更作为一种教育体制来把握,方能理解这一百年中国人的'文学史'建设。"① 陈平原在文学史研究中有一个阶段侧重于大学文化与教育,因为这本身也是文化视野的重要维度之一。

一、文化研究视野下的范式重构

如果说审美中心范式下的文学史是以文本的内部研究为主的范式,那么当时的许多概念尤其是"整体观"序列里的概念如陈思和所言"是通过前四分之三的文学经验来推断的,并未预想到未来的二十年中国社会发生了许多意料之外的巨变,所以到1990年代市场经济大潮兴起以后,这个概念的涵盖力量就减弱了"。② 因而,无论是社会中心范式还是审美中心范式,皆对文学的认识有局限之处,以至于试图以某种话语逻各斯结构文学史,对文学史作本质主义式的叙述。换一个角度看,如乔纳森·卡勒所言:"文学就是一个特定的社会认为是文学的任何作品,也就是由文化来裁决,认为可以算作文学作品的任何文本。"③ 20世纪90年代中期以后,随着文学整体边缘化,当代文学在自身"突围"中开始转向文化,"通俗文学"(后来的网络文学)、青春写作(主要是"80后"写作)进入文学史叙述意味着当代文学的审美中心范式自我调整了以往的精英理念,正视与纯文学渐行渐远的大众文化走向。文化研究从某种意义上也为当代文学史找到了在其他学科笼罩下救赎自己的可能。

具体而言,谢冕主编的"百年中国文学总系"是其中最具有代表性的文学史。这套受文化研究影响的文学史,从重要的时间节点切入,勾勒百年中国文学的发展图景,极大地淡化了文学文本的审美分析。更为重要的是,相较于陈平原等三人提出的"20世纪中国文学"中那几个

---

① 陈平原:《压在纸背的心情》,复旦大学出版社,2011年,第2页。
② 陈思和:《新文学整体观续编》,山东教育出版社,2010年,第14页。
③ 乔纳森·卡勒:《文学理论入门》,李平译,辽宁教育出版社,1998年,第23页。

统摄20世纪两个半叶（尤其是最后三十年）而捉襟见肘的概念，《百年中国文学总系》从核心时间断代入手，从文化层面消解了原有现代性宏大叙事对当代文学史的话语秩序和审美层级上的矮化，使得当代文学的特色得以较为充分的显现。有学者说："'百年中国文学'的学科意识和文学史观，同样富有对中国现代文学史范式与理念的突围和超越意义。"① 而从实践层面来看，《百年中国文学总系》确实超越了现代文学、当代文学的学科局限而又尊重不同时段文学发展的各自特点。例如在讲到20世纪60年代历史题材文学创作时，以往的文学史往往对《陶渊明写挽歌》等作品做文本分析，而该卷作者从文化意义上的史料、事件、期刊、论争等进入文学史叙述，"细读吴晗、曹禺、陈翔鹤的几个以历史人物为题材的作品及其生产语境，以至……遭受的批判"。② 在分析特殊时期的文学史时，虽然作者对当时的作家充满同情，但由于大量文学、文化史料进入到文学史写作中，作者在叙述时不至于沦为怀有意识形态偏见的主观叙事，而是尊重文学史的客观事实，例如承认在特殊年代"以共产党领导下的工农革命战争和抗美援朝战争为题材的各类创作仍是相对繁荣"③。

在文化范式的其他写史实践中，文化研究所带来的文学史泛文化色彩更加明显。中国学界的文化研究更多接受的是英美学界文化研究和历史观念，而且时常混为一谈。21世纪最初十几年，颇为流行的代表性的人物是威廉斯、杰姆逊、福柯、萨义德、海登·怀特等等，而最近五年，巴迪欧、齐泽克、阿甘本之类的理论更为盛行。他们之间虽然在理论资源和范式方面不同，但在面对历史时，往往如詹姆森（杰姆逊）所言："我们只能了解以本文形式或叙事模式体现出来的历史，换句话说，我们只能通过预先的本文或叙事建构才能接触历史。"④ 这种文化研究

---

① 朱德发、贾振勇：《评判与建构：现代中国文学史学》，山东大学出版社，2002年，第15页。
② 陈顺馨：《1962：夹缝中的生存》，山东教育出版社，2002年，第90页。
③ 杨鼎川：《1967：狂乱的文学年代》，山东教育出版社，1998年，第122页。
④ 詹姆森：《马克思主义与历史主义》，载张京媛编《新历史主义与文学批评》，北京大学出版社，1993年，第19页。

对文学研究的负面影响不是本书要讨论的问题。从文学史角度而言，文化研究影响下的史料在书写文学史中的作用，某些时候仿佛比作品更重要。因为文学史要解决的核心问题已经不是审美经验的流变规律，而是遵循外部研究的路径，讨论影响文学生成和审美样态的诸多复杂因素。当然，对于当代文学史写作而言，由于学者之间知识结构和意识形态立场的不同，"文化范式"的文学史还处在一种萌芽状态。"百年中国文学总系"之后，文学史写作在审美中心范式和文化范式之间游移。如《共和国文学60年》被有些人视为"一部融当代文艺思想高度、文化哲学高度的文学史著"。① 它打破了原有文学史范式中分文体或分时期的编纂体例，尽管有些像文化拼盘，但毕竟是一种新的尝试。

笔者以为，张炯总主编的《共和国文学60年》，从某种意义上来说是更贴近文化范式的文学史著作。如福柯所言"人文学科是伴随着权力的机制一道产生的。"② 在福柯看来，知识和权力之间的关系是互动的，并不"仅仅是因为知识为权力服务，权力才鼓励知识，也不仅仅是因为知识有用，权力才使用知识。"在他看来，没有知识就没有话语权力，因为"不相应的建构一种知识领域就不可能有权力关系，不同时预设和建构权力关系就不会有任何知识"。③ 因而如刘禾所言："如果我们从福柯那里学到了什么，那么显然我们必须要正视体制性实践的各种形式以及知识/权力关系。"④ 在该书第1卷（1949—1966）中，作者张柠用了8章叙述文学制度、文学期刊、文学思潮、作家心理等文化层面的内容，3章讲文学文本，1章讲文体，1章概述。这种探索当然会有它的问

---

① 王春荣、吴玉杰：《文学史话语权威的确立与发展》，辽宁人民出版社，2007年，第59页。
② 福柯：《权力的眼睛：福柯访谈录》，严锋译，上海人民出版社，1997年，第31页。在福柯看来，知识和权力之间的关系是互动的，不"仅仅是因为知识为权力服务，权力才鼓励知识，也不仅仅是因为知识有用，权力才使用知识"。在他看来，没有知识就没有话语权力，因为"不相应的建构一种知识领域就不可能有权力关系，不同时预设和建构权力关系就不会有任何知识"。（福柯：《规训与惩罚》，刘北成、杨远婴译，生活·读书·新知三联书店，2003年，第29页。）
③ 福柯：《规训与惩罚》，刘北成、杨远婴译，生活·读书·新知三联书店，2003年，第29页。
④ 刘禾：《跨语际实践：文学，民族文化与被译介的现代性》，宋伟杰等译，生活·读书·新知三联书店，2002年，第4页。

题,后文将详细分析。但是不得不承认,著者改变了以往当代文学史中"十七年"文学的叙事格局。在文学史中作者引用了许多以往不为人们所重视的日记、书信、回忆录,尽可能多角度地"复原"历史现场,并且对文学的文化背景、文学体制、文学运动充分叙述,展现出当代文学深层的意识形态机制。伴随着文学史范式的重构,作者的叙述方式也发生了变化,如"除严肃、一本正经的大会会场之外,我们应该了解一下会场外面的私人生活。先来了解一下作为作家的丁玲"。①

这种文学史写作的好处在于,它除了提供文学作品的信息之外,还让读者能从干巴巴的历史叙事中,看到鲜活的历史细节,从而更有效地进入"历史现场",理解在时代转折时期,不同作家的精神世界,从而形成细腻的历史感。

二、文化旗帜下的潜在问题

在影响中国当代文学学界的文化理论中,最为典型的是20世纪的后结构主义的文化批评。"后"学进入到中国时,正是它们在西方受到思想界清理和反思的时候②,但在中国却受到了热烈追捧。一些学者通过解构革命与启蒙的二元对立,进一步解构了"五四"和延安的二元对立,为中国当代文学重建合法性打开了一扇窗,但也许同时关闭了不止一扇门。有学者指出"在后现代主义的文化图式里,没有了等级秩序和在场的优越地位,也没有了真实和虚构、过去和现在、重点和非重点的区别,我们看到的是诸如对假想中心的消解,对某种伟大叙事或'元叙事'的怀疑和对'稗史'、'新历史'的兴趣"。③亦或者说,他们的学术实践更像是保罗·德曼对文学史家的讽刺:"要成为出色的文学史家,就必须牢记,通常称之为文学史的东西,同文学便极少或者根本没有什

---

① 张柠:《共和国文学60年》,第1卷,广东教育出版社,2009年,第33页。
② 段忠桥:《当代国外社会思潮》,中国人民大学出版社,2010年,第78—113页。
③ 陆贵山:《中国当代文艺思潮》,中国人民大学出版社,2002年,第345页。

么关系。"① 因而,在文化范式的文学史中,理论和文化材料取代了文学文本的主体地位,使文学史或多或少呈现出非整体性的后现代特征,进而使每个文化事件的点与点之间缺乏整体上史的关照,同时最为关键的是,文学史演进中艺术发展的内在关联也一定程度上被忽视了。以"百年中国文学总系"为例,有论者认为"文学史的缺陷是没有细节,而没有细节有时就不能很好地解释历史"。② 但是细节多了又十分有可能走向另一个极端,即淹没了"文学"自身而带来碎片化的历史叙事。如黑格尔所言:"如果我们只流连于这风景的个别地方,我们就会看不到它的全景。事实上,个别部分之所以有其优良的价值,即在于它们与全体的关系。"③ 例如洪子诚在"总系"中撰写的《1956:百花时代》可谓史料详实,同时文化研究的色彩浓厚。不仅有毛泽东、陆定一的话,也有日丹诺夫的话;不仅有大批判的文章,也有沈从文的家书;可以说其中对文学史问题的深入挖掘和春秋笔法的叙述十分精到。然而问题在于,整部史著在材料运用上虽然是精心挑选,但文学文本的分析过于匮乏。笔者理解他试图面面俱到的良苦用心,却也不得不说,求全责备反而不及其《中国当代文学史》中文本与史料的关系处理得巧妙。

当然,能做到洪子诚那样广泛占有资料是极难的,大多数文学史呈现出来的是文本批评的泛文化色彩。亦或者说,一些审美中心范式的文学史,在部分文本的分析上离开艺术分析而着意于文化分析。这些文学史也体现出文学史范式转型过程中所存在的问题。例如在郑万鹏的史著的一些章节中,文化批评的随意性体现得十分明显:"伦理和谐的实现……是当代'自由'哲学,当代人文主义"而"田晓霞这位'自由'女性的爱情哲学已经达到了'自由'的高度",还有"《中国可以说不》

---

① 保罗·德曼:《解构之图》,李自修等译,中国社会科学出版社,1998年,第189页。这里有个语境问题,德曼认为传统的文学史观是有问题的,他说:"再坚持认为,对于一般历史来说,文学的历史是聚合性的话,这一事业看起来,甚至就更令人不安了。"他认为:"只要是出色的释义,事实上,也就是文学的历史……历史知识的基础,并不是经验的事实,而是书写出来的文本,即便是这些文本披着战争或革命的伪装。"
② 谢泳:《杂书过眼录·另一种文学史》,中国工人出版社,2004年,第202页。
③ 黑格尔:《哲学史讲演录》,第1卷,贺麟等译,商务印书馆,1996年,第11页。

发出了民族主义的最强音"等等①。这样的文字正应了姚晓雷所批评的那种现象："大而无当的文化批评的泛滥造成的文学本体研究的空心化和泡沫化。"② 当然，并非所有的学者都是如此随意，但也还存在其他问题。张闳在文学史中用了13页的篇幅将"大字报"引入60年代中后期文学的叙述中，他指出"大字报首先是政治斗争的工具，其次才是文学的载体"③。但他显然是从文化研究的理路出发，详尽分析了其所蕴含的政治文化特征，这自然是"文化范式"文学史的典型特点，也不能不说是特殊时期文学入史的一次突破性尝试，但若是过于重文化而轻文本，那便会造成文学史成为文化史的附庸。例如关于"大字报"入史，我们应当肯定作者开阔的视野，但仅仅以特殊时期文学的发展状况而言，大字报在文学史上的意义似乎还不宜占据过多篇幅，否则文化范式的文学史与文化史的边界就太过模糊。

"大字报"在张闳的阐释下成为"文学"的当时载体，进而具备了进入文学史的"合理性"，姑且还可以算作文学研究。但相比于此，洪治纲在他所著那本文学史中，仅绪论就十余次引用了共计八本"后现代主义"思潮下的国外理论。即便我们可以忽略这八本著作各自的矛盾性，但单就阐释中国当代文学史的有效性而言，这些理论征引也显得有些不那么合榫。从某种意义上说，该书对文学作品的解读，也因为过分倚重那些理论符号而显得似乎很有文化。例如，"以共识性的历史经验作为叙事的核心符号，然后穿透它们的具象化意蕴空间，使叙述有效地进入更为宽阔的生存境域，这是《兄弟》所呈现出来的艺术思维"。④而有的论述看起来好像很诗意，却又不那么清晰："没有束缚的自由，其实也是一种空洞的自由。当身体在没有任何障碍的旷野中自由穿行，这时的身体只是指认自己，却无法构成张力的一端，对人类群体意义上

---

① 郑万鹏：《中国当代文学史》，华夏出版社，2007年，第180、176、215页。
② 姚晓雷：《改革开放以来当代文学研究中值得深思的几个问题》，《广州大学学报》，2009年第12期。
③ 张闳：《共和国文学六十年》，第2卷，广东教育出版社，2009年，第61页。
④ 洪治纲：《共和国文学六十年》，第4卷，广东教育出版社，2009年，第267页。

的人性实践形成反抗决绝但又无力。"① 归根结底,文学史的研究与写作所需要的"学问",与文学批评乃至文化批评不同,它需要的不是理论术语加持下的才情,而是一种能透视文学发展内在历史逻辑的视野和眼光。

三、走出"文化研究"的阴影之谷

每一部合格的文艺作品都或多或少包含着独立的审美经验,而这种经验无法被某种非审美的理论阐明。因此文学史写作,如果剥离了文学的审美属性,实则是将文学文本放到理论机器里,经过程序化加工处理而产出学术成果。忽视技巧和避谈审美未必是文学史家不相信文学的审美本质,而很可能是过度依赖、崇拜西方理论武器的学术生产,从而重视文学史发生的外部环境,轻视内部研究尤其是审美分析。如果文学史作者缺乏审美能力,导致的结果只能是"审美欣赏常常流于事物的表面而忽略了隐藏于感知背后的实在性……审美经验的普遍性、无功利性、反映的能动性和一致性"②。文学史写作与机器技术操作并不同,至少它不纯然是可以机械复制的。较早发现这一问题的学者之一,是美国的批评家布鲁姆。他曾经对这种现象非常不满,却依然无力改变当时美国的学术状况:"我更感兴趣的是许多同行们避开了审美领域,其中一些人至少在当初还有体验审美价值的能力……那些从高处如旅鼠般跳下的人们会喋喋不休,认为最好把文学解释成是资产阶级体制所促生的神秘化。这样一来就把审美降为了意识形态,或顶多视其为形而上学。"③

布鲁姆未能进一步揭示这种现象的学术后果。如今我们可以看到,在西方文学研究界,尤其是美国的汉学研究者,最为擅长的是广泛征引各种理论,并迅速将其工具化进而投入到以文学研究为名的学术生产。

---

① 洪治纲:《共和国文学六十年》,第4卷,广东教育出版社,2009年,第146页。
② Kupperman, Art and Aesthetic Experience, The British Journal of Aesthetics, Vol. 15—1 (1975), pp. 37.
③ 哈罗德·布鲁姆:《西方正典》,江宁康译,译林出版社,2011年,第15页。

他们所编辑的中国文学史，要么是简单的拼盘，要么是理论概念下的再整合。然而，他们所关注和阐释的许多问题，是在反本质主义的旗帜下抛弃了审美逻辑，而在理论的强势介入中，凭空制造出了这些问题。

在中国，学者们喜欢用"文化研究"笼统地指称形形色色的、抛弃审美本质的、没有文学的文学研究。在这一阴影之谷中，文学史的研究与编纂会被锁闭在一个框架与结论已然存在的学术生产机制中，其生产出的成果有不少篇幅是从社会、文化的理论话语入手，重新描述、解释文本现象。例如用"反现代性的现代性"分析"十七年"时期的文学发展。尽管这种成果充斥着现象描述和理论术语，甚至佶屈聱牙，却依然被当成有思想、有学术价值的成果。实际上，它们即便是有学术价值和真知灼见，也并非来自作者，而是源于被征引的理论家。这种堆砌现象和术语的文学史研究与写作，虽然看似华丽的七宝楼台，但因为缺乏研究者的主体意识，故而拆解下来空洞无物，缺乏真正的学术洞见。这种学术症候导致了文学史的反自律性和美学上的反审美。

在"文化研究"旗帜下，对文学史写作影响最大的理论主张是新历史主义的理论话语。他们对历史客观实践性的否认，更值得我们反思。20世纪80年代末，新历史主义开始在中国大行其道，甚至原本不属于新历史主义的克罗齐那句"一切真历史都是当代史"的名言，也被学者们引用作为自己历史观更新的见证，有时甚至被篡改为"一切历史都是当代史"。但所谓"真历史"，按克罗齐的话来讲："存在的条件是，它所述的事迹必须在历史家的心灵中回荡，或者（用专业历史家的话说），历史家面前必须有凭证，而凭证必须是可以理解的。"① 这种观念虽然已经为主观化的历史解释提供了一定的依据，但毕竟没有陷入历史虚无主义。将中国文学理论与批评界引向历史虚无主义的是海登·怀特。尽管我们一直在批评历史虚无主义，但必须注意的是西方这类思想有其自身的生成语境。马克思主义的西马化使得理论与实践脱节，因而知识分子常常在理论中打转。这种理论被征用于文学研究之中，研究者迷恋自

---

① 克罗齐：《历史学的理论和实际》，傅任敢译，商务印书馆，1982年，第2页。

身对历史的主观判断，把历史想象化、当代化，甚至用观念代替史料，进而"想象"中国并发出诸多奇谈怪论。正因脱离了历史语境，他们未能意识到"有无数互相交错的力量，有无数个力的平行四边形，由此就产生出一个合力，即历史结果"①。因此，他们以一种抽象的、新的形而上学消解了历史实践中的"合力"，以及"合力"背后的客观规律性。这种抽空历史发展的实践内涵，而将之视作"叙事"的思维方式，给中国文学研究同样带来了消极影响。

另一个需要我们注意的问题是，曾几何时，中国学界有不少人言必称福柯。福柯的著作被奉为圭臬，话语、档案、考古等语词被移用于各个学科领域，权力与话语的关系被滥用于各种问题的分析。然而，福柯的理论体系之复杂却被轻而易举地忽略了，仿佛爬梳材料以超越既有的主流叙事，进而生成新的知识就是"知识考古学"的路径和功能，极少有人意识到福柯的这一套话语体系的逻辑与问题所在。质言之，福柯试图通过谱系学揭示乃至质疑的核心问题，其实是既有话语生成过程的合法性。他试图超越权力支配下的话语，但无法完成自身反权力话语或者建构新知识谱系的合法性，以及解构权力话语所提供的知识结构的合法性的逻辑论证。福柯自己对超越权力的话语体系建构存在的问题有所警觉，因此，他更偏重于从认识论的高度整合史料，从而挑战古典形而上学主导的"知识型"。在《规训与惩罚》、《疯癫与文明》等若干著作中，他的结论和观点都显得小心翼翼。然而中国学界借用福柯时，则缺乏对这种话语体系本身逻辑的反思。可以说，他们仅仅在方法论上效仿福柯，故其对当代文学史的研究，侧重于从政治与文学的缝隙中寻找知识生产的可能性，并在文学史写作中试图将之谱系化。当然，文化研究的理论在中国译介时间毕竟不长，学界分歧也很大。有学者曾概括为："批评界以及整个知识界的动荡，最终往往被证明为仅仅是一种语词的动荡……'后'字结构与'新'字结构构词法在他们手里已经被操练得

---

① 恩格斯：《致·约布洛赫》，载《马克思恩格斯选集》，第 4 卷，人民出版社，2012 年，第 605 页。

十分娴熟，正以现代工业规模复制的方式批量产出。"① 正因如此，当代文学史写作的文化范式也显示出诸多不成熟之处，笔者不再过多分析，也期待日后著史者能避免本书所谈的这些问题，走出"文化研究"的阴影之谷。

---

① 张业松：《个人情境》，山东友谊出版社，1997年，第24页。

中编 问题反思

第三章

客体对象问题

文学研究的知识积累在形成一定谱系之后就会进入文学史,因而文学史本身是学科知识沉淀的一个标志,它代表的是一套可通约的知识谱系。在当代文学研究已有数十年的学术积累后,当代文学史以1949年为起点,以新中国文学为主流的范式已经形成,但当代文学的起点和分期依然有争议,特别是"20世纪中国文学"的概念对原有范式的冲击。相较于时间问题,改革开放后,随着冷战思维的日益淡化,尤其是香港、澳门回归后,与大陆(内地)同属一个中国的台湾、香港、澳门的文学如何进入当代文学史,已经成为摆在学者面前的难题。当此问题尚未很好地解决时,有关华文文学的问题又不断引起争鸣。与此同时,当代文学史在写作过程中也面临着和现代文学史写作同样的问题,即20世纪80年代以来兴起的通俗文学研究对于原有文学史结构的冲击。当然,学者们讨论"当代文学"的所指对象出现不同意见实属正常,然而在文学史写作中,任何一位学者都不得不择取一种叙事方式,限定必要的时空界限,并有效解释何以纳入或剔除某些作品与史料。基于此,本章从时间、空间、史料等层面对文学史写作中的客体对象问题展开分析。

第一节　当代文学史的时间容量与分期问题

改革开放以来,随着当代文学时间下限的不断延展,收缩"当代文学"的声音一度高涨,如此既可以扩大"现代文学"知识谱系的解释范围,也使当代文学研究处于一种流动的批评状态。所谓"收缩"当代文学,即现代文学并不完全取代当代文学,而是不断收编当代文学,从而把当代文学限定为"当下文学"。这样一来,当代文学就成了一个没有固定起点和学术根基的学科。为了应对这样的学术危机,21世纪以来,当代文学"历史化"被相当多学者提上日程。尽管学者们对于"历史化"的界定和理解不尽相同,乃至还有反对之声,但"历史化"的学术活动持续性展开已经是不争的事实。关于"十七年文学"和"八十年代文学"的"重返"式研究相继启动,使相关领域的研究状态与当代文学"当代性"的批评状态有了明显的分野。因此,当代文学史写作在分期和时间的范围问题上,不断出现相对明晰但又不尽然被学术界接受的新路径。

一、当代文学的起点问题辨析

尽管关于当代文学史是否以1949年为起点,乃至是否取消"当代文学"的独立性,都是不断被讨论的话题,但笔者依然坚持认为当代文学史的起点在1949年。分期特别是元年的设置,在反思现代性的人看来,是一种新的话语建构的过程。正如利奥塔所分析的:"历史时期的划分属于一种现代性特有的痴迷。时期的划分是将事件置于一个历时分析当中,而历时分析又受着革命原则的制约。同样,现代性包含了战胜的承诺,它必须标明一个时期的结束和下一个时期开始的日期。由于一个人刚刚开始一个时期时都是全新的,因而要将时钟调到一个新的时间,要从零重新开始……一方面表示默示和赎罪,另一方面是再生和更新,或是再次革命和重获自由。"[①] 这种后现代的质疑方式,揭示出历史起点的设定不仅是为了"后来",也意在终结"过去"。因此,选定1949年作为当代文学的起点,就意味着强调其与现代文学的区分。

我们承认从历史发展实际来看,特别是从具体作家来看,这种区分

---

① 利奥塔:《重写现代性》,阿黛译,《国外社会科学》,1996年第2期。

固然有其问题，然而将当代文学的起点定在 1949 年，对文学史话语的建构而言，又有其合理性和必然性。无论研究者多么希望改变社会中心观念下的学术话语，多么希望以启蒙、民间或审美话语整合新文学发展史，都无法绕开新中国成立这个重大事件。它结束了 20 世纪 40 年代三足鼎立的文学格局，催生出新的文学语境与文学生态。有学者曾不乏批评地指出，"出于简单化的理解，'当代'文学会被解读成一种受到社会权力压制的结果，这在 1950—1970 年代的文学研究中多是如此"①，但笔者要强调的是，尽管其所指出的"简单化的理解"确实是对当代文学最浅层次的认识，但它已经足以证明当代文学与现代文学之间的本质性差异。

21 世纪以来，不断有学者试图将 20 世纪 40 年代文学，特别是延安文学与"十七年"文学打通。这种学术看法有其合理性，正如有学者所言："40—70 年代文学这一'问题概念'的提出，无论对传统意义上的'中国现代文学'还是'中国当代文学'的意义和性质，都有必要予以重新清理，重新审视长期以来制约'中国现代文学'与'中国当代文学'研究的那种依据'政治变化'或'社会革命'进行分期，特别是以'1949'作为'中国当代文学'起点的文学史观念。"② 20 世纪 40 年代的延安文学与"十七年"文学确实存在着一脉相承之关系，但其本质上并不相同。在笔者看来，认为"十七年"文学继承了解放区文学范式的说法有些过于草率。从某种意义上讲，许多人是被周扬在第一次文代会上的报告所询唤，进而不自觉地相信在毛泽东延安讲话的方向下，新中国成立前后两个时代的文学具有高度一致性。事实上，中国共产党从领导边区政府到成为执政党，文学也从"现代文学"中的"解放区文学"成为全国性的"当代文学"。国家文学的建立，不可能是一个把边区政府的文艺标准向全国简单铺开的过程，而文艺界的领导实则也在不断调整着文学格局。新中国成立后，纵然《在延安文艺座谈会上的讲话》并

---

① 程光炜：《文学史的兴起》，河南大学出版社，2009 年，第 128 页。
② 曾令存：《学科视野中的 40—70 年代文学研究》，上海文艺出版社，2014 年，第 230—231 页。

未变化，但已不再是需要何其芳带到国统区宣传的文件，而成为唯一的、背后有代表国家权力话语支撑的范导性文件，其作用范围和作用方式也大不一样。当然笔者并不认为，从内在文化逻辑上，"十七年文学"对解放区文学采取了一种断裂的态度。我们应该看到，延安传统中的一些核心要素，诸如为工农兵服务的话语秩序等都被保留下来。笔者意在强调，新中国成立以后，当代文学在走向"一体化"的过程中，也在尝试建构一种更为宏观的文化范式，对文学也提出了更高、更多的要求。

举例而言，这种要求使解放区文学中的方向作家赵树理，一时之间显得手足无措。红极一时的赵树理从1949年底就开始受到《人民日报》的批评，而这距离陈荒煤提倡"向赵树理方向迈进"不过三年时间。作为"跨代作家"中的个案，赵树理的遭际隐含着文学史转型中最重要的问题。赵树理曾是延安文学机制的榜样，但也只是代表了边区政府的形象；"十七年文学"则代表的是新中国的国家形象。文艺界主管领导自然明白这一点。从这个角度来看，延安文学开启了一个文学在政治规范下发展的传统，但它和新中国文学之间还是有着明显的区分。《在延安文艺座谈会上的讲话》曾提出"普及与提高"的问题，强调"沿着工农兵自己前进的方向去提高，沿着无产阶级前进的方向去提高"。[①] 其中"普及"的想法在延安文学中落实的范例就是赵树理。然而赵树理在新中国成立后屡屡受挫的根本原因，是因为毛泽东所讲的"普及"与"提高"的相继性，在其创作中发生了延宕或者说"断裂"。赵树理总致力于"普及"，这在解放区倒是可行，因为是用解放区的农民、农村干部"喜闻乐见"的形式写作；但到了新中国，赵树理依然没有"提高"之念，反而"将为工农兵服务这一抽象的整体规制缩小到为农民服务"[②]。于是，我们可以看到他回忆新中国成立后的经历时说：

    胡乔木同志批评我写的东西不大（没接触重大题材）、不深，

---

① 毛泽东：《在延安文艺座谈会上的讲话》，载《毛泽东选集》，第3卷，人民出版社，1991年，第859—860页。
② 刘红叶：《1949年后赵树理创作的尴尬境遇探析》，《太原师范学院学报》，2014年第3期。

写不出振奋人心的作品来，要我读一些借鉴性作品，并亲自为我选定了苏联及其他国家的作品五、六本，要我解除一切工作尽心来读。我把他选给我的书读完，他便要我下乡，说我自入京以后，事也没有做好，把体验生活也误了，如不下去体会群众新的生活脉搏，凭以前对农村的老印象，是仍不能写出好东西来的。①

这段史料包含了四层意思。第一，胡乔木的这些批评和要求代表着文艺界主管层对于赵树理当代创作的某种不满。第二，胡乔木比赵树理更清楚地看到，赵树理对"过去"创作经验的路径依赖对他造成的制约。第三，赵树理仍被给予期待，但要引导他走上"文坛"道路，而不再放任他当"文摊"作家。第四，对赵树理具体的"帮助"方式是丰富他"现在时"的经验，并引入"社会主义文学"等具有未来时意义的叙事资源，从而调整赵树理创作的封闭性。

我们要注意到，周扬在第一次文代会上的报告虽然在贯彻延安文艺座谈会的精神，但本身也对其在新中国的适用路径进行了新的诠释。这代表了从工农兵文学（主要是农村题材）到人民文学的转变，或者说是农村文化（工农兵文化）向全国性、多层次文化的转变。在这个背景下，赵树理的问题正如有论者所指出的："由于他的自我预设的条件：保证适应农民的伦理道德以及美学欣赏习惯，使得作者无法更好地达到党长期将致力的更深远的目标。"② 从赵树理的例子，我们可以窥见文学转轨时期的问题，也可以察觉出 1949 年的意义。但是在学科意义上，当代文学学科的独特之处，如程光炜所言："在它与'当代'的多重纠缠，'当代'本身的激烈和复杂状态，决定了它不能像其他学科那样宣布自己是一个'纯文学'学科。"③

---

① 赵树理：《回忆历史，认识自己》，载《赵树理文集》，第 4 卷，中国工人出版社，2000 年，第 2113 页。
② 王晓平：《从"赵树理方向"看"新民主主义文化"的内在困境》，《文艺理论研究》，2011 年第 5 期。
③ 程光炜等主编：《文学史的潜力》，文化艺术出版社，2011 年，第 1 页。

二、文学史分期的意义和必要性

正如柄谷行人指出的:"分期对于历史不可或缺。标出一个时期,意味着提供一个开始和一个结尾,并以此来认识事件的意义。从宏观的角度,可以说历史的规则就是通过对分期的论争而得出的结果,因为分期本身改变了事件的性质。"① 在文学史写作过程中,分期的意义不容忽视。一部文学史如何体现文学自身发展的历史逻辑,如何体现编者对文学发展过程(阶段)的认识和评价,都可以通过其分期而显现。当年蔡元培在为《中国新文学大系》写总序时提出:"吾国历史,现代环境,督促吾人,不得不有奔逸绝尘的猛进。吾人自期,至少应以十年的时间抵欧洲各国的百年。所以对于第一个十年先作一总审查,使吾人有以鉴既往而策将来,希望第二个十年与第三个十年时,有中国的拉飞儿与中国的莎士比亚等应运而生呵!"②

由此可见,新文学家们自我"历史化"的紧迫感与新文学相伴而生。这种紧迫感或许可以视作现代性规制下的学术症候之一。对于时间,现代学者已经没有古代人的耐心、从容和停滞感,飞逝的时间感使人迫不及待地将方才发生的"昨日",迅速转变为被审视的"历史"。正因如此,当时的历史环境"督促吾人"一方面要高歌猛进,另一方面又要冷静自省。然而,这种匆忙上阵的历史分期与自审带来的问题是,历史叙述过于碎片化而忽视了历史内在的连续性。在文学史写作中,这种问题体现得更为明显。一个作家在不同时期的创作固然会有差异,也难免受时代影响,但这种表面的"变"往往容易使人忽视文学的"常",从而在历史叙述中造成断裂、转折之感,而对延续和发展的一面关注不足。好在最近20年,当代文学界对此研究日益丰富,注重文学内部演进规律的深度开掘,而不满足于浮光掠影般地描述时代或作家个人的转

---

① 柄谷行人:《现代日本的话语空间》,董之林译,《文艺理论研究》,1994年第1期。
② 蔡元培:《〈中国新文学大系〉总序》,载《蔡元培全集》,第8卷,浙江教育出版社,1997年,第12页。

折（型），也可以说，为文学史写作提供了更为坚实的研究基础。

但话又说回来，文学史的分期在学术史上虽然有过急过快之嫌，但又确实是不可避免的工作。分期所涉及的所有问题中，最重要的恐怕在于能否提出自洽的逻辑。正如有学者指出："分期当然不是时间段落的自然划分，而是'历史书写'必备的'修辞'与'策略'……问题不在于有了一个对文学史阶段的划分和命名，而在于由谁来命名、凭什么划分、为什么获得了认同。"① 从理论上说，文学史分期的初衷除了配合教学，还有对文学发展的历史加以结构化处理。当这种结构面临着上述解构主义的质疑时，修史者应当能够给出合理的阐释。

分期虽然针对的是客体对象，但难免有主观的历史认知渗透其中。因此，有学者质疑分期"是自由安排还是一种知识的参照记录？它是能动的安排、制造它所命名的东西，还是科学的认识、命名已存在的东西？"② 在当代文学研究中，这种不绝如缕的后现代式的提问，看起来是一种提问式的讨论，实际上已经暗含了作者对分期客观性的质询。事实上，一部文学史的分期，包含着叙事主体对于历史发展的认识。例如《中国当代文学史新稿》对20世纪50至70年代的文学，进行了"重写文学史"以来最为细密的划分，这就显示出史家对文学在曲折波动中发展的理解方式。这种方式是否合理，见仁见智，关键在于作者能够自圆其说。也就是说，将这三十年左右时间的文学归为一起，或以1966年划分为两个时期，是将之视为在政治环境下，文学"一体化"逐渐固化的时期。然而，当文学史家还要进一步细分的时候，就意味着他们要揭示出两种以上的话语所形成的消长结构，并更加凸显一种话语如何全面压制了另一种话语。

在分期问题上，还有一批主张收缩"当代文学"的学者，往往偏好于从当代（Contemporary）的概念入手将当代文学限定在10多年左右的区间内。这种给"当代文学"收缩的"说法"旨在消解当代文学原有

---

① 罗岗：《危机时刻的文化想像》，江西教育出版社，2005年，第272页。
② 希利斯·米勒：《重申解构主义》，郭英剑等译，中国社会科学出版社，2000年，第100页。

的"合法性"。时有学者不惜搬出英语单词进行概念辨析,可惜的是他们忽略了一点,若是在语词上究根溯源,那么现代文学所标榜的现代性在黑格尔那里首先并不是其哲学和文化维度上的含义,而是时间意义上的含义。所谓"现代"即"现时代",指的是一个现在的时代。黑格尔在《精神现象学》中便是如此使用该词,即使到了哈贝马斯情况依然如此。退一步讲,从中国历史的断代传统来看,我们既然承认中国共产党经过革命所建立的政权是正当政府,就会顺理成章地认同我们现在仍在本代之中,而国体、政体并未改变。那么新中国成立以降的文学史作为当代文学史,之所以被称之为"当代",实际上含有现政权、本代之意。这种能指的含义就如同柄谷行人所言:"年代的名称的变化,带有谶纬和仪式性,是一个时代/世界经由死亡而再生,但其性质依然是'一个朝代,一个名称'。"①

相较于此,"重写文学史"以来"取消"当代文学独立性的声音在一段时间内更加响亮。当代文学的时间范围是第一次文代会至今,这是较为通行的认识和说法。但是随着"20世纪中国文学"和"百年中国文学"乃至"古今演变"的研究渐次开展,提倡消除近代、现代、当代划分的学者也越来越多。我们当然承认新中国成立后的文学史划分,确实在很大程度上和政治史发展阶段同构。然而,换一个角度来看,古代——近代——现代——当代的划分无疑是对中国文学几千年历史的一次知识谱系的重新清理,它在一种新的"知识型"下重审中国文学史,也在另一个维度上反映出中国文学与文化转型过程。有学者从另一个角度提出:"如果说新文学的发展始终以现代化与民族化的互动规律作为制导,那么以新中国成立为分界就有意味着对现代化与民族化并行不悖的偏离或切断。"② 在笔者看来,这种论断显得简单化,原因在于论者完全服膺于现代性宏大叙事,仿佛中国文学史上是有一个看不见的"现代化"高高在上。这种以"现代文学"的知识谱系和文学史范式"整

---

① 柄谷行人:《现代日本的话语空间》,董之林译,《文艺理论研究》,1994年第1期。
② 朱德发、贾振勇:《评判与建构:现代中国文学史学》,山东大学出版社,2002年,第7页。

合"近代和当代文学的做法,其实意在呼吁要"用一个中国现代文学的整体观来进行百年文学史的整合,已经是我们刻不容缓的历史使命与任务"①。于是才出现了从名称上而非事实上"消灭"当代文学的学术传统和话语方式。在这种学术传统下,学者们试图以"现代文学"的"问题与方法"治史,以此"打通"近、现、当代。但落实到文学史的写作时,正如有学者所言:"它只不过是现当代文学之间的随即'嫁接',或是现当代文学对当代文学的不经意'收编'。这是一种新的简单化和学术粗糙化。"② 例如朱栋霖主编的文学史尽管叫做"现代文学史",但依然以1949年为界分为上、下两册,严家炎主编的《二十世纪中国文学史》依然把原来"当代文学"以1949年为界独立为下册。另一种情况则是试图降低20世纪40至70年代文学的价值,如李平等著《20世纪中国文学》,还有朱德发主编的《现代中国文学通鉴 1900—2010》(上、中、下)等,它们取消了1949年的分界,在时间上重构了文学史。但是,这种学术操作方式实际上是将20世纪中叶的中国文学视为"五四"的"他者",强化了"五四"和"新时期"的联系。

这种整合与打通的观念落实到文学研究与文学史写作中时,不仅使现代化、现代性等名词成了一种操纵文学史写作的元话语,还令若干具体的文学史判断也以"现代文学"为标杆。例如王安忆被视为张爱玲的传人,乃至美国作家严歌苓都被以张爱玲为标准考量。这自然会引起这些作家的强烈不满。例如王安忆就曾表示:"说我的小说跟张爱玲有点像,不,我觉得不像。现在有一种不可思议的现象,写得好的就说是学张爱玲。对张爱玲评价这么高是否恰当,应该研究一下。"③ 而美籍华语作家严歌苓更是对此莫名其妙:"我怎么可能和张爱玲像呢?我的经历是前半生戎马,后半生寄居海外各国。特别是少年时代到青年时代,军队生活给我的烙印最深,因为那是人生在形成世界观的时候。我身上

---

① 丁帆:《关于建构百年文学史的几点意见和设想》,《文学评论》,2010年第1期。
② 吴秀明:《中国现当代文学史与生态场》,中国社会科学出版社,2009年,第57页。
③ 王安忆:《我不像张爱玲》,《语文世界》,2003年第5—6期。

军人的气质还是很明显的。"① 笔者不否认在文学发展过程中，会出现后代作家继承前代作家的现象，乃至他们作品美学风格的相似性，但不能因一两部作品而妄下断语。所谓的"又见传人"式的文学批评屡见不鲜，显然潜在地包含着对于现代文学的肯定，并以现代经典作家、作品作为价值判断标准。

我们应该承认当代文学史分期的必要性，而且每一种分期又都应该有具体的学术逻辑。从历史实际来看，当代文学从1949年至1978年的发展，沿着革命和斗争的逻辑而展开，文学发展服务于政治需要。尽管在这一历史阶段内不同的时间点，文学和政治的关系会有所变化，但文学发展的激进的趋势未曾改变。然而从伤痕文学开始，文学虽然还延续着某种政治化的路径，其与政治的关系却已经转变为双向互动，而在参与政治文化进程中形成一种具有相对独立性的力量。这一时段内，原来运动式的文艺发展方式，逐渐地转变为由作家推动的思潮式的文艺发展方式，即不同的作家基于一定的审美和思想倾向，创作出有相对统一价值指向的作品，这种文学发展路径一直延续到20世纪90年代。当然近年来有学者开始使用"新时代"作为文学史发展的又一分期起点，也论述了其合理性②。新时代还在行进之中，距离我们毕竟没有明显的历史区隔，这一时代的文学呈现出充满当代性、在场性的发展态势，有待后人对其进行深入研究。

总而言之，当代文学学科的当代性和历史性之间的张力是学科的魅力所在。正因如此，当代文学史的起点虽然可以固定，但分期必定会有不同的方案。当然，这个问题也许如陈子善所说："学科分野是人为的，纠缠于打通或割裂毫无意义，学科建设主要是研究者找准自己的位置和学术兴趣所在。"③ 不过学科意义上的现、当代文学之间的区别也许与

---

① 顾耘萍：《名导宠儿读者最爱——严歌苓：我不像张爱玲》，《时代商报》，2009年3月7日。
② 周景雷：《新阶段、新时期、新时代与当代文学建构的再思考》，《文学评论》，2020年第5期。
③ 胡景敏：《直面中国现当代文学学科的第二次变革——中国现当代文学学科建设问题高级论坛综述》，《中国现代文学研究丛刊》，2008年第2期。

文学史写作意义上不尽相同。在文学史写作的意义上，随着当代文学不断向前发展，文学史的分期，特别是改革开放以后文学史的分期，也将不断变化。这种变化应该建立在学术界对文学史发展规律、逻辑的认识不断深化的基础之上，至于如何厘清改革开放以后文学史发展的内在逻辑，笔者将在第五章中讨论。

第二节 当代文学史的空间范围与雅俗之别

文学研究的知识积累在形成一定谱系之后就会进入文学史，因而文学史本身是学科知识沉淀的一个标志，代表的是一套可通约的知识谱系。在当代文学数十年的学术积累后，当代文学史以1949年为起点，以新中国文学为主流的知识谱系已经形成。在改革开放后，随着冷战思维的日益淡化，尤其是中国香港和澳门的回归，使得曾经被忽视或轻视的台湾省文学，以及香港和澳门特区的文学，如何能进入当代文学史成为摆在学者面前的难题。与此同时，现代文学可以用三个十年各增加一章的方式接入通俗文学，而当代文学的历史叙事要如何容纳通俗文学，还未能有效解决。

一、华文文学的国族界定问题

21世纪以来，陈国恩连续发表了一系列文章，阐明了海外华文文学不能进入中国现当代文学史的具体原因。其反对者则在与陈国恩商榷的文章中表示，用"民族"这样一个概念求得"文学的身份认同"[①]，从而取代实体意义上的中国，看似也有其道理。其实陈国恩所谓不能入史是不能入中国现当代文学史，而以他为代表的一批学者实际上秉持着一种国家本位的立场，即以现代国家作为一个"共同体"来框定现当代文

[①] 付祥喜：《文学的身份认同：民族的还是国家的？与陈国恩教授商榷》，《华文文学》，2012年第4期。

学,尤其是框定当代文学的空间边界。而反对者则往往站在民族本位或语言本位的立场上,以作家共享的文化资源和民族性作为理由,认同海外华文文学与中国当代文学的某种同构性,而这种同构性最直观的表征就是语言——汉语(华文)。除了论争,也有学者试图在"中国现当代文学"之外另提出文学史框架,乃至新的学科①,或者提出新概念如"新移民文学"。还有一些海外学者提出"华语语系文学"的概念,一时也颇引人注目。

笔者以为,不让海外华文文学进入"中国文学"的历史叙述,固然是武断的,但也不乏合理之处。毕竟那些已经加入外国国籍的华人作家,无论其原籍是否是中国,无论其汉语熟练程度如何,文学作品艺术水平如何,都已经不是中国作家。中国当代文学史的写作无论由哪一种文学观念主宰,都应着眼于遴选文学发展历程中,艺术成就较高或文学史影响较大的作家作品。我们必须看到,文学作品创作者的国籍无疑代表其对其入籍国家的认同度,因此,如果要将之与我们习以为常的"现当代文学"整合,前提恐怕是在另一个框架里,而非中国文学的框架。当然,这种框架性的尝试也有较大的学术风险。比如朱寿桐宣告:"'中国现当代文学'作为正式的学术概念,为学界所普遍使用并长期存在于官方的学科目录,其所显露出来的是某种稚拙与不严密。"他同时又认为"'中国''现当代'文学不过是'汉语''新文学'"②。学科建制不纯然是就学术而谈学术,就审美而谈审美,如福柯所言:"人文学科是伴随着权力的机制一道产生的。"③ 因而对于中国现当代文学学科而言,学科化的过程本身也是权力机制显现的过程。一个学者编纂文学史,挑战学科已经形成的知识谱系,本身也包含着挑战权力机制所生成的话语的权威性。在这个意义上讲,"汉语新文学"概念是一个大胆的概念,因为编者"为促进这一学术领域和学科健全、科学、有序地发展",立体化地宣传他主编的《汉语新文学通史》。汪应果在《"汉语新文学"之

---

① 参见饶芃子:《海外华文文学的命名意义》,《文学评论》,1996年第1期。
② 朱寿桐主编:《"汉语新文学"倡言》,中国社会科学出版社,2011年,第29—30页。
③ 福柯:《权力的眼睛:福柯访谈录》,上海人民出版社,1997年,第31页。

我见》中更是认为"'汉语新文学'概念的建立符合我国作为迅速崛起的大国的文化身份"。① 该文学史中的文字是否有"稚拙与不严密"之处,可以讨论,不过我们要承认,这是前代学者在当时对于困扰着学者们的问题作出的回应,可以启发我们如何革新现当代文学史的写作结构,而读者从中也确实能看出编者关于整合文学史的种种构想及其实践。然而,所谓的"汉语新文学"与中国现当代文学既然不一样,那么便无法在文学史和学科意义上相互取代。因此,就我们学科而言,与此相关的两个核心问题需予以辨析。

一方面是语言与文学史写作关系的问题。在当下最为引人瞩目的"华语语系文学"的概念是否是一个有效的学术概念,值得怀疑。我们必须指出的是,以王德威为代表的一批国外学者栖身于比较文学、东亚研究等学科之内,跨国家、跨语言、跨文化是其学术的应然选择。他们提出超越国别的华语语系文学,从本质上来讲会消解中国当代文学本身的国家民族内涵,以及取消中国作家在华语写作中的中心位置。然而这一理论有着极大的缺陷。如我们所知,西语的语系文学比如葡萄牙语系文学,其成立的根本原因是随着殖民地的扩张。这些人口和领土意义上的小国(宗主国)将自己的语言变成了世界上许多国家通行的语言,尽管其中包含着殖民霸权,但这种语系文学的提出和研究是有必要的。毕竟在小语种创作中,那些宗主国的创作体量和作家队伍都不是绝对的中心,因此语系文学的概念是可以释放其学术能量的。

然而,汉语写作的主体毕竟是在中国,因此即便更名为所谓华语语系文学,其实并不具备有效性。其一,海外的华人作家并非因为殖民扩张而在其他国家展开普遍性的汉语写作。其二,海外的华语文学在当地其实并不占主流。其三,作家们也并没有形成独树一帜的,具有某种普遍性或世界意义的文学价值观念。正因如此,当我们讨论所谓海外华语写作所构成的文化现象时,不能套用"语系文学"的观念,更不能忽视汉语写作实际上是以中国为中心的。提出一个去中心化的,以语言为标

---

① 朱寿桐主编:《"汉语新文学"倡言》,中国社会科学出版社,2011年,第90页。

志的文学概念，试图将世界范围内的汉语写作等而视之，违背了文学是发展的客观实际。

回到中国内部，则如王庆生所言，中国港、澳特区和台湾省的文学是在"'五四'新文学运动的影响下产生和发展的，他们同祖、同宗、同一文学血脉"。① 当年钱玄同和学衡派的论战与张我军和连雅堂的争鸣惊人地相似，而这种"同构"在新中国成立后部分地延续下来。在 20 世纪 50 年代，大陆的红色文学固然是高度意识形态化的，但是意识形态化的文学在中国香港和中国台湾并非没有出现。比如香港的"绿背文学"就是高度意识形态化的，那些"被称为'绿背文学'的作家作品有：张爱玲的《秧歌》、《赤地之恋》，沙千梦的《长巷》、《有情世界》，司马长风的《北国的春天》、《多少梦想变成真》，赵滋蕃的《半下流社会》，南宫博的《江南的忧郁》、林适存的《驼鸟》，等等。50 年代初中期的香港文坛，基本上为这股'右'翼'绿背文学'浪潮所主宰"。② 然而，在那些整合港台文学的文学史中，这些内容却被遮蔽了。比如朱栋霖等人主编的《中国现代文学史》（1917—2013）（下）中，在讲五六十年代的香港文学时，对于在当时香港占主潮的，在美元资助下写作的文学只字未提，使得这一时段的香港文学仿佛比大陆文学要"纯"很多。作为教材，这样的处理也许有很多可以理解的因素。而作为研究，有些学者的观点则更锐利："在内地闭关锁国的'十七年'，香港文学在沟通世界华文文学，尤其是为东南亚输华文文学精品做出了重要贡献。相比之下，这时的内地文学不但没有成为国际文化交流中心，甚至连'边缘'的位置都沾不上。"③ 实际上，在五六十年代的台湾省，以《保卫大台湾歌》为先声的反动文学在当地影响广泛。而中国台湾学者所撰写的新文学史也认为，台湾省的当代文学"自民国三十八年底开始，一直到现在（1975 年底），但不是终止，因为往后的时间仍然包容在这一期当中。在政治上，可以称作'反共复国时期'；在文学上，则是新文学的

---

① 王庆生主编：《中国当代文学史》，高等教育出版社，2003 年，第 5 页。
② 赵稀方：《也说〈秧歌〉与〈赤地之恋〉》，《文学自由谈》，2006 年第 2 期。
③ 古远清：《香港文学史研究的七大误区》，《南方文坛》，2009 年第 2 期。

'净化和复兴时期'"。① 从这个意义上讲，现在大陆的文学史在书写台湾省和香港特区文学时，往往把其中非政治化的写作视为文学主潮，对于实际上占据文学史半壁江山的反动文学，要么简单批评，要么干脆不讲，而这是一种有意的历史遮蔽。而且研究者如果没有港台文学的第一手材料，也许会忽略一些文本进入大陆出版体系后，已经过相应的处理，例如白先勇怀念他恋人那篇极为感人的《树犹如此》看起来非常纯粹，其实删掉了一些涉及到80年代的极富意识形态性的句子。也就是说，即使是我们认可的中国台湾作家、作品，也未必如我们见到的那么非意识形态化。只不过为了打开大陆的图书市场，他们不反对隐去有关政治立场的句子。当然，香港特区和台湾省的现代派文学较之大陆要早一些发生，但总体文学发展态势却几乎相同。如果中国当代文学史要对其加以整合，势必要考虑如何处理五六十年代香港特区和台湾省的大量反动作品；如果不将这些文学作品纳入文学史，实际上是遮蔽了香港特区和台湾省文学的重要组成部分。

诚然，好文学是不分国界的，但是文学家一定有自己的国籍。国别文学史的写作者也要有必要的边界意识。当学者用民族共同体的观念消解国家的主体性时，就会产生社会学上的问题，如鲍曼所说："共同体……反而是流动现代性条件下的社会失序的征兆，甚至有时是这种社会失序的原因。"② 而在文学史中，则会造成国别文学史的失序，范式内在的价值混乱与史观的难以统一。如於可训所言，"中国当代文学"这个概念自身指涉的是"统一的文学体制……一个统一的现代民族国家的国家精神……不但有其历史的必然性和合理性，而且，在实践中也并非像人们所指责的那样，对当代文学的发展只有阻碍和束缚作用"③。近年来，一些学者把一些主动放弃中国国籍的作家纳入自己的学术研究范畴，这在孤立的作家论意义上当然没有问题，但因其华人（已非中国

---

① 周锦：《中国新文学史》，台湾长歌出版社，1977年，第693页。
② 齐格蒙特·鲍曼：《流动的现代性》，欧阳景根译，上海三联书店，2002年，第313页。
③ 於可训：《当代文学：建构与阐释》，武汉大学出版社，2005年，第51—52页。

人）身份而将其在国外的作品纳入中国文学史，恐怕意见一时难以统一。更重要的是，把严歌苓等主动放弃中国作家身份的外国人纳入中国文学史中，是否如陈国恩所言"会被别的国家和民族误解为大国沙文主义的意念"①？这恐怕也需要进一步考察。

总之，笔者以为"海外华文文学"不宜整体性而不加鉴别地纳入中国当代文学史，否则不仅有碍文学史范式中史观、史料择取的标准，还会造成文学史内在逻辑的混乱。似乎更应考虑如何用别的文学史范式容纳海外华文文学，或者将其视为一个"他者"，作为反观中国当代文学文本的参照系。例如刘勇虽认为："海外华文文学自身的价值和意义，与中国现当代文学关系不大，甚至就其本质意义来说，它与中国现当代文学就没有关系。"②但他在主编文学史时，将海外华文文学作为附录就是一种权宜之计的尝试。

二、当代通俗文学如何入史的问题

在20世纪30年代就有新文学家提出："影响中国社会力量最大的，不是孔子和老子，不是纯粹文学，而是道教（不是老庄的道家）和通俗文学。因此研究中国文学，更不能置通俗文学于不顾。"③从当代文学发展实际来看，通俗文学的分量和影响力也是不可小视的，基于这样的考虑，当我们在探讨当代文学史写作时，就不能忽视通俗文学。雅俗之争在中国是长期性的，而许多当代文学史存在着忽视通俗文学客观存在的现象。这里要特别说明的是，网络文学和通俗文学之间既有联系，又有媒介上的本质区别，本书将前者放在下编讨论。

相比于20世纪80年代以后，通俗文学作为显在热潮而引人注目，当代文学史在叙述20世纪50至70年代文学时，对通俗文学的讲述集中于革命通俗小说。如今，虽然学者们对那段时期文学的价值判断不

---

① 陈国恩：《华文文学学科建设的三个基本问题》，《南方文坛》，2009年第1期。
② 刘勇：《中国现当代文学》，中国人民大学出版社，2012年，第8—9页。
③ 周作人：《中国新文学的源流》，江苏文艺出版社，2007年，第5页。

同，但叙事内容的聚焦点是较为一致的。由于新中国成立之初，文化界对于通俗文学的整顿以及现代文学学科的建立，使"鲁郭茅，巴老曹"所代表的精英文学在文学史中的地位正式确立。像张恨水、还珠楼主等现代文学史上的通俗文学作家，其地位曾被严重边缘化。这仿佛意味着他们在新中国成立后就销声匿迹了。当然，在中国革命——左翼文学传统中，文学大众化的理想并非复兴旧的通俗文学，正如周扬早年就提出："我们虽然可以一时地，批评地采用旧式大众文学的体裁，如小调，唱本，说书等，但是我们不要忽略了形式的国际性质的重要，我们要尽量地采用国际普罗文学的新的大众形式，如上面所举的报告文学，群众朗读剧等。"① 事实上，这种民间题材的"文艺"在新中国确实以变体的方式一直存在，只不过我们的文学史从来不将其视为文学。按照马克思主义的看法，文学生产不仅为读者生产可供阅读的文本，也为文本生产相应审美能力的主体，即"生产不仅为需要提供材料，而且它也为材料提供需要……消费对于对象所感到的需要，是对于对象的知觉所创造的。艺术对象创造出懂得艺术和具有审美能力的大众，任何其他产品也都是这样。因此，生产不仅为主体生产对象，而且也为对象生产主体"。② 因此，对于那些当时流传深广的民间文艺形态的作品，我们不能视而不见。然而，在几十年的当代文学史写作过程中，只有华中师范学院编的《中国当代文学史稿》用了较大篇幅将之纳入"当代文学"。该书将群众文艺作为一个重要部分，把革命回忆录、新民歌、工厂史、公社史等都纳入了文学史。这种杂芜的堆砌方式自然有其问题，而我们更需要注意的是，对"十七年"时期民间文艺的关注，实际上是透视文学语境中民间文艺如何在"一体化"进程中被改造，又发挥着什么功能。

相比于此，更为棘手的是文学史家往往忽视通俗文学史料，这就导致了文学史写作时的盲视。随着"双百"方针的提出，不少现代通俗文

---

① 周扬：《周扬文集》，第1卷，人民文学出版社，1984年，第27页。
② 马克思：《〈政治经济学批判〉导言》，载《马克思恩格斯选集》，第2卷，人民出版社，1995年，第10页。

学作家开始为他们的文学史地位不平。例如有人就提出要为通俗话剧争取地位,认为"把新剧(笔者按:原文作者指的是由文明戏发展而来的与严肃文学中话剧不同的通俗话剧)加上'通俗'两个字,是会有'轻视'、'低级'的宗派思想的"。并且呼吁"目前,作为'百花'中的一朵儿'花'来维护,则有着迫不及待的要求"。① 1957 年,通俗文学出版社邀请通俗文艺作家举行座谈会,《文艺报》予以报道。在这次座谈会上,许多人的发言十分尖锐。如张友鸾说:"章回小说为人民所喜爱,但章回小说家却不被重视,往往被看做旧文人。现代文学史上就没有提到过章回小说。《啼笑因缘》印得那么多,作者张恨水到底好不好?在文学史上只字不提,这不是虚无主义?不是取消主义?"他还为自己检讨《神鸢记》鸣不平,认为《文艺报》把自己的作品说成"是一本'为不法商人辩护'的小说"是不合适的,自己当时"在四面棍棒声之下,没有申辩的机会,只得隐忍下来"。通俗文艺出版社的编辑陈允豪说:"作协从来也没有通知过通俗文艺出版社开会,通俗文艺出版社出了许多书,作协也不了解。"他指出"张恨水写了 80 多部书。2000 多万字,在群众中影响很大,《啼笑因缘》解放前出了 27 版,解放后再版,可是没有一篇评论谈到它"。从他们的发言中,我们要特别注意的是政府所推动的文艺大众化从理念到实际之间的隔阂,而且"大众化"的文艺并未出现多少理想的样板。另一位编辑高野夫曾提到,当时主流的文学作品都被送到了主流意识形态支持的出版社,他说:"要不是赵树理同志自己坚持把《三里湾》给我们出版,怕这本书也会落到人民文学出版社去的。"② 这些材料所构成的背景,对于文学史家而言是重要的,它启示我们在理解和叙述这一时段的文学史时,应该关注到文艺通俗化和文艺管理机制的层级化之间复杂的关联。

  在这一时期,最为文学史所忽略的重要通俗文学作家是张恨水。一方面张恨水在"十七年"时期一直是一位较受尊重的作家,受邀参加第

---

① 赵明彝:《通俗话剧的来历及其艺术特点》,《文艺报》,1957 年第 11 期。
② 参见木杲:《通俗文艺作家的呼声》,《文艺报》,1957 年第 10 期。以上几位发言均引自此文。

一次文代会,但因病无法出席,于是"会后,周总理派人专程看望他,送去了大会文件,并聘其为文化部顾问"①。这个时期"出版社开始出版他的旧作,先是《啼笑因缘》,接着《八十一梦》、《魍魉世界》经过删节也出版了,话剧、京剧、越剧、大鼓书、评弹等各种戏剧曲艺也纷纷将《啼笑因缘》作为'传统剧目'上演……他的作品重新被市民所熟悉,受到人们的欢迎,这使他感到欣慰"②。1953年,张恨水开始创作《半年之间》,因对新生活不熟悉,又转向历史题材的小说创作。3月至8月,他为准备写梁祝"研究了三十多种文献"③。从《梁山伯与祝英台》开始,张恨水爆发了他最后一次创作高潮,一连写下《秋江》、《牛郎织女》、《白蛇传》、《孔雀东南飞》、《磨镜记》、《逐车尘》、《重起绿波》、《凤求凰》等一系列通俗小说,其中有的在境内出版,有的发往境外发表或出版。然而,即使有人专门研究张恨水在新中国成立后文学创作的学术成果,也只谈张恨水当时的作品在境外连载、出版,并强调:"这些作品无一例外地没有出过单行本。这意味着,张恨水虽然恢复了创作,但其作品的传播范围仅仅限于海外。其写作已与本土读者基本无关了。对广大国内读者而言,张恨水可以说是销声匿迹了。"④ 事实上20世纪50年代,张恨水在国内报刊上连载的小说是有影响的,甚至还引起过沈从文的鄙夷。沈从文看到张恨水新创作的小说在大陆连载,显得颇为失落:"报纸副刊近来刊登张恨水《孔雀东南飞》,一天刊那么一节,什么都不曾交代,描写得极浅,还是有读者。"⑤

若没有张恨水的这些创作,文学史对于"十七年"文学的叙述很容易形成一种旧派通俗文学在大陆绝迹的论断。因此,在张恨水一生的数十部长篇中,这一时期的创作也许并不是最"经典"的,甚至不是他的

---

① 《张恨水年谱》,载《张恨水全集》,第62卷,北岳文艺出版社,1993年,第175页。
② 袁进:《小说奇才张恨水》,上海书店出版社,1999年,第204页。
③ 张伍:《我的父亲张恨水》,春风文艺出版社,2002年,第330页。
④ 帅彦:《1949年后被边缘化的张恨水》,《各界》,2014年第6期。
⑤ 沈从文1956年10月31日致张兆和的信,载《沈从文全集》,第20卷,北岳文艺出版社,2002年,第70页。

代表作;但这些文本昭示着旧派通俗文学在当时的文学场中一息尚存,并事实上否定或修正了我们关于新中国文学最初三十年"单一"、"苍白"的想象。实际上在"十七年"时期,通俗文学确实长期存在着。这种市民趣味在50年代初期上海的《亦报》中留下了"岁月的遗照"。该报看起来虽然像是一个小报,与正规的、文联和作协所办报纸不可同日而语。但短短三年间,一批"跨代"的文化人都曾在此报纸上撰稿。鲁迅的二弟、张爱玲、东方蝃蝀、丰子恺、老舍、桑弧(导演)、张资平等,都在上面连载过小说或发表了小品文。但笔者并不主张仅仅从文学的角度看待该报,而要提升至文化格局上。从文化史的角度来看,海派文化具有趋新求变、追逐时尚的易变性和流动性,这早已成为学界共识。"生长在这种文化土壤里的《亦报》,赶时髦、弄噱头的特性十分明显,因而,积极应对社会主流,热情参与国家权威话语建构,简直到了无孔不入的地步。"[1] 然而,包括《亦报》在内的许多小报都面临着一个非常现实的问题,即上海已经成了"市民文化"的"孤岛"。当时即有人向党组织打了4份报告,希望整顿这些报纸,并提出:"改变了内容以后的小报是否仍对小市民的胃口,而这些对小报有嗜好的小市民,可以说大都是落后和有'海派'中最要不得的气质的。"[2] 其实党内有人打这种报告也是有原因的[3]。但这种正统或道统眼中"最要不得的气质",确实是市民最喜欢的气质,因此才会有读者说《亦报》"有十山(引按:周作人的笔名)之文,子恺之画,梁京(引按:张爱玲的笔名)之小说,可拿到任何文评画展大会去矣"。[4] 而这些对于我们重述新中国成立之初的文学史颇有启发性。

在新中国成立后,除了张恨水,还有不少通俗文学作家仍然继续写作,比如郑逸梅。他曾是著名的市民文学作家,50年代后虽然没有被

---

[1] 巫小黎:《〈亦报〉视境中的工农兵叙事:〈亦报〉研究之一》,《佛山科学技术学院学报》,2009年第1期。
[2] 巫小黎整理:《上海解放前后党内有关小报的调研报告》,《新文学史料》,2011年第2期。
[3] 参见顾颉刚:《顾颉刚日记》,第6卷,中华书局,2011年,第620页。
[4] 传奇:《梁京何人?》,《亦报》,1950年4月6日。

作家协会承认，但依然没有停止写作，如他创作的《上海旧话》（上海文化出版社，1957年）就是用小品文的形式谈20世纪上半叶上海文化的方方面面，与他合著此书的是春柳社成员徐卓呆。而郑逸梅在《上海教育》杂志上连载的《上海教育谈往》也属于同一类型。所以，对于新中国的作协不承认自己，郑逸梅也许会有看法，但他一直坚持写作，而且对此颇以为荣："我一生耕耘笔坛，民初起写作，迄今不辍，已近80个寒暑，作品亦逾千万言。曾有人说我为国家创造了两个文坛上的记录：一是写作年事之高；另一是历时之久。"① 其实大多数通俗文学作家和政治的关联不像严肃文学作家那么紧密，因此除了包天笑、徐訏等少数知名作家离开内地，大部分的如秦瘦鸥、周瘦鹃、还珠楼主、东方蝃蝀等通俗作家还是留在内地，并曾经试图进行创作。

在这一批作家中还有两人值得我们注意。其一是流行了几十年的侦探作家程小青。他固然不能继续写作迎合市民趣味的侦探小说，但却在这一时期写了几部反特题材的小说②。仅以其中一部中篇《大树村血案》来看，作为老作家，程小青在新中国成立前虽然是侦探作家，但新中国成立后，他的创作经验依然是有效的。从不知是作家还是出版社拟定的"内容提要"③来看，小说以探案过程中不断出现的线索来建立情节，公安金队长和助手戈扬的人物设置也依循他以往侦探小说的路径，而且相比于其他阶级斗争的小说，程小青延续了他以往侦探小说重要的叙事内容，就是破案一定要有科技手段，从而与一般的公案小说拉开距离，呈现出"现代性"的质素。另一个则是创作颇似张爱玲、在40年代赫赫有名的市民文学作家东方蝃蝀。他除了和张爱玲同在《亦报》连载过小说，还在"双百方针"刚开始执行时，就在《新民晚报》的副刊上连载了小说《当年情》。用他的话说："这篇小说的发表，不早不迟，

---

① 郑逸梅1991年致范泉信，载刘衍文、艾以主编：《现代作家书信集珍》，汉语大词典出版社，1999年，第197页。
② 主要集中在反特文学的高峰期，主要有《生死关头》、《她为什么被杀》、《大树村血案》、《不断的警报》等。
③ 程小青：《大树村血案》，上海文化出版社，1956年，封二页。

适逢其会。"① 小说与《红豆》这样写革命时代的爱情悲剧写得颇为感人的作品不同,这是一篇内容纯粹、情节精炼而又文笔成熟的爱情小说,在当时可谓凤毛麟角。

改革开放之后,随着社会主义市场经济体制的逐步确立,许多文艺期刊面临着自负盈亏的生存状况,纯文学的发展受到了严峻的挑战。而在市场经济环境中,在文学尚未边缘化的前提下,在20世纪80年代,武汉的《今古传奇》、上海的《故事会》、黑龙江的《章回小说》、四川的《传奇》、安徽的《通俗文学》、河南的《传奇文学》等都收益颇丰,而且这些刊物所发表的通俗文艺作品,不再是"十七年"时期形式通俗而蕴含强烈教育意义和意识形态内涵的作品,言情、武侠等为当代文学所忽视的题材重新进入人们的阅读视野,通俗文学娱乐化的审美指向开始回归。对于这些刊物的兴旺发达,文学界有着不同的看法。有人认为:"文艺生产要以文艺消费者为中心,文艺生产要受供求规律的影响,文艺事业不能全由国家经费包办,也还要以文养文。通俗文艺在这些方面提醒了我们。实际上,发展通俗文艺在许多地方,在许多文艺部门,已经被率先纳入文艺改革的轨道了。文艺事业的改革,还会从通俗文艺的发展获得直接与间接的有益启示。"② 甚至有人提出"发展社会主义的通俗文学"③的口号。但是有人支持的同时,也有一些学者和作家们对此现象表达了强烈的不满。姚雪垠就坚持认为:"社会主义文艺是共产党领导的革命事业的一个组成部分,不应该以赚钱为目的,不能退化到资产阶级的原则上。有些文艺事业恐怕必须受由国家给予财政补助。"④ 而关注纯文学审美价值的孙犁则认为当时大量所谓"通俗文学",其实既谈不上"文学",也谈不上"通俗"⑤。直到20世纪80年代末,还有人排斥通俗文学:"在一个逐步变得商业至上的社会里,作为

---

① 李君维:《笔名心迹》,见董宁文编:《我的笔名》,岳麓书社,2007年,第87页。
② 滕云:《通俗文学正在起新潮》,《天津文学》,1985年第3期。
③ 鲍昌:《试论当前的通俗文学》,《天津社会科学》,1985年第1期。
④ 姚雪垠:《论当前通俗文学》,《文艺界通讯》,1985年第9期。
⑤ 孙犁:《致贾平凹——再谈通俗文学》,《中国文学》,1985年第3期。

一种平衡，纯文学以审美原则对抗商业原则、对抗功利原则，更有存在的必要，也更符合纯文学的本意。"①

1994年，王一川、张同道两位当时还年轻的博士主编的《20世纪中国文学大师文库》最终出版，当时现当代文学"重写文学史"的热潮方兴未艾，而这套大师文库的排行也引起了许多人的关注。有人随即指出："据报道，有人搞出一份新文学以来的小说家排行榜，一出台就引起轰动。这份榜单出手不凡，还带一点'重写文学史'的味道。其位次如下：一、鲁迅，二、沈从文，三、巴金，四、金庸，五、郁达夫，六、老舍，七、王蒙，八、张爱玲、九、贾平凹。不知为什么只排了九位，没有凑整。许多人注意到，这里边没有茅盾，而以武侠小说行世的金庸居然居于第四。这份排行榜的主事人显然是要摒弃文学史上某些传统价值标准，代之以全新的眼光。"②《大师文库》涉及的不仅仅只有小说，但是其中关于小说家的排行最为引人瞩目，茅盾被剔除和金庸的入选更是引起了一些人的强烈不满③。应该说，《大师文库》事件不仅仅代表着"重写文学史"的影响，也是新时期之后通俗文学复兴的一个重要标志。

总而言之，当代文学史对通俗文学或市民文学的整体性弃绝，在如今应该得到充分的反思。我们最后还是要解决陈思和指出的问题："没有一部文学史讨论《国庆十点钟》、《秘密图纸》、《羊城暗哨》，这些东西大量流传在民间，流传在当时的读者当中。当时我们都喜欢看，因为里边有逻辑推理、抓特务、惊险情节等因素，实际上就是侦探故事演化为通俗门类，它们正是对传统的继承。"④ 确实，按照马克思的说法："旧唯物主义的立脚点是'市民'社会；新唯物主义的立脚点则是人类社会或社会化的人类。"⑤ 相应地，文学与哲学一样，会从满足于"解

---

① 易扬：《1988年的通俗文学概览》，《中国图书评论》，1989年第2期。
② 李庆西：《作家的排座次》，《文艺评论》，1995年第1期。
③ 丁尔刚：《问茅盾被〈大师文库〉除"名"有感》，《文艺理论与批评》，1995年第2期。
④ 陈思和：《先锋与常态：现代文学史的两种基本形态》，《文艺争鸣》，2007年第3期。
⑤ 马克思：《马克思论费尔巴哈》，载《马克思恩格斯选集》，第1卷，人民出版社，2012年，第140页。

释世界"（用艺术的笔法呈现市民社会的众生相）向"改变世界"（建立社会主义社会秩序）转变。但文学史应该尊重客观事实，其实小说的形式本身并不决定是否"现代"、是否"新"，正如鲁迅所言："我相信，从唱本说书里是可以产生托尔斯泰，弗罗培尔的。"① 通俗文学的艺术传统在当代文学中以不同的方式存在，那么它也必然应该以某种方式存在于文学史中。前代学者始终沿着五四新文学的思路在梳理和研究当代文学，因此遮蔽了一批作品，如果文学史不纳入它们，实际上也无助于后代（非亲历者）学人理解当代文学真实的历史演进轨迹。至于如何评价通俗文学，不同的文学史家可以有自己的思想与艺术标准，也即是说，史料和史实应该是全面、准确的，评价可以是多元、开放的。

第三节 当代文学史的史料视域与版本辨析

当代文学史著作必然会带有一般史学著作的学术品质，否则便容易流于文学现象的堆砌罗列或文学作品的评论集。一般而言，"史学区别于其他学科的主要特色是时间性，而其研究的对象为已逝的往昔这一点决定了史料永远是基础"。② 尽管当代文学仍然在行进之中，但正如有论者所言："旨在总结过去、针对现实和面向未来的文学史，最具生命价值的无疑是文学史家对历史严肃客观态度和有意识的史料保存。"③ 因此，当代文学史的写作要实现审美评价和历史线索的清晰、准确，就必须重视文献史料的问题。

在进入具体分析前，笔者首先要指出的是，在史料问题上最基础的、最底线的要求是史料的准确。在改革开放后的一段时期内，史料讹误而流传的情况明显存在。比如朱正就曾经提出《人民日报》上不少回

---

① 鲁迅：《论"第三种人"》，载《鲁迅全集》，第4卷，人民文学出版社，1981年，第441页。
② 罗志田：《见之于行事：中国近代史研究的可能走向——兼及史料、理论与表述》，《历史研究》，2002年第1期。
③ 杨洪承：《论文学史的现代性——兼谈中国现当代文学史编写、教学与史料建设的关系》，《学习与探索》，2006年第1期。

忆文章中存在的史料问题,难得的是《人民日报》发文时专门加了"编者"的话强调史料准确的重要性:"朱正同志的意见'少说一点要比说错一点好',是十分可取的。本回忆录版所用文章,多采历史旧事,各位作者若对所写的人、事不能确认无疑则不如不写,因为弄错了,于生者、死者,于今后写历史都不利。——编者。"① 不妨直说,在改革开放最初十年学术生态还比较纯粹时,不少学者对于史料的态度是很严肃的,如朱正专门出版《鲁迅回忆录正误》(湖南人民出版社,1979年),丁玲还在演讲中提出史料与文学史写作的问题:"我翻了一点关于回忆左联的书……有的人文章写得比别人长,可是连我这个左联的人,还不知道他。所以,如果年轻人就根据这些文章写史,这史能写得对头吗?要写史是困难的,一定要细辨真伪。"② 这也提示我们在使用史料,尤其是民间史料、地下史料,以及回忆性史料、口述史料时要仔细甄别。陈白尘在20世纪80年代写《云梦断忆》时就在"后记"中表示:"北京出版的《新文学史料》,原是本好刊物,我起初很爱它……但是近来写的人多起来了,鱼龙混杂,也有不少弊病,这从每期都有许多'更正'可知。但还有许多无法更正的,就难办了。比如,有人借名人以自重,说郭老、茅公对他如何如何,或说周总理生前多次召见他,或说几次看过他的戏等等,都是死无对证的事。又有人自称与'左联'的关系如何如何,或称对地下党干过什么什么,也都无从查对;有些深知内情者,又不愿公开揭露,以伤和气。这就使'史料'成为某种宣传品,害人不浅!"③ 我们也要看到,在当代文学学术领域,"伪史料"数量恐怕不宜低估。陈寅恪曾言:"真伪者,不过相对问题,而最要在能审定伪材料之时代及作者,而利用之。盖伪材料亦有时与真材料同一可贵。"④

---

① 朱正:《引用史料要核实》,《人民日报》,1987年12月10日。
② 丁玲:《读生活这本大书——在华中师范学院的讲话》,载张炯主编:《丁玲全集》,第8集,河北人民出版社,2001年,第461页。
③ 陈白尘:《〈云梦断忆〉后记》,载《陈白尘文集》,第6卷,江苏文艺出版社,1997年,第77—78页。
④ 陈寅恪:《冯友兰中国哲学史上册审查报告》,载《陈寅恪文集之三·金明馆丛稿二编》,上海古籍出版社,1980年,第248页。

在这一前提下,对于学术研究者而言,"假书中也许有真料,就是假书也是一种史料哇"。①

一、史料整理推动文学史观的更新

在相当一段时间内,当代文学批评和理论阐释颇为强势,尤其是对理念、命名创新的追求,拥抱现代、后现代理论的热情,使得文献史料在文学史写作中的基础地位一定程度上被忽视了。虽然在文学史写作时,我们最终要解决的不是历史问题而是文学问题,但这种解决的前提又是对一个时段的文学史的充分理解,也就如恩格斯的名言:"即使只是在一个单独的历史事例上发展唯物主义的观点,也是一项要求多年冷静钻研的科学工作,因为很明显,在这里只说空话是无济于事的,只有靠大量的、批判地审查过的、充分地掌握了的历史资料,才能解决这样的任务。"②

如洪子诚所言:"文学史的研究、写作不可能离开史料,史料不仅是学科建设的基础,也具有推动学科发展的作用。"③ 当然,我们并非反对"现代性"的理论谱系在文学史写作中发挥作用,但重视史料恰恰是纠正"现代性"误区的重要路径。如鲍曼所言:"科学话语、道德话语和审美话语三者的残酷分离,乃是现代性的核心特征之一。"④ 这种残酷分离对于文学史写作而言是弊大于利的,文献史料能为文学史写作提供一种科学话语的支撑,在一定程度上能限制审美偏见与道德审判对客观史实的遮蔽,正如有学者谈到钱理群治学时曾讲过:"作为一个学者若不设心(引按:原文如此)去细察历史进程而一味地发扬主观战斗

---

① 钱玄同:《论〈说文〉及壁中古文经书》,载《钱玄同文集》,第4卷,中国人民大学出版社,1999年,第267页。
② 恩格斯:《卡尔·马克思的〈政治经济学批判〉》,载《马克思恩格斯选集》,第2卷,人民出版社,2012年,第9页。
③ 洪子诚:《当代文学史研究中的史料问题》,《文艺争鸣》,2003年第1期。
④ 齐格蒙·鲍曼:《立法者与阐释者:论现代性、后现代性与知识分子》,洪涛译,上海人民出版社,2000年,第28页。

精神，是仅执一端而不及其余。不过钱理群或可如此，他对现代文学材料掌握的扎实可以中和其主观性。"①

无论是主编还是独著一部当代文学史，作为"史家"的作者，不仅要熟稔当代文学的文学现象与文学作品，还应该具备较为广阔的史料视域。有学者认为："一个时代的文学史料工作，总是在这个时代特定的文学观和文学史观制约指导下进行的，因而同样能够反映该时代文学史学建设的基本状况。"② 诚然，史料整理常常在观念"制约指导"下进行，但也有学者提出"文学史应是文学史料与文学史观的有机结合，文学史的独创性出诸较全面地掌握史料"。③ 史家的文学史观决定着文学史的叙事格局与基本立场，乃至文学史料的择取。毕竟"材料和史料还不完全是一回事"④，从某种意义上讲，材料只有进入文学史研究者的视野才具有其史料意义。事实上史、志一类著作的写作，永远要面对史料筛选的问题，而且往往"我们是在依据我们要讲的故事择取材料，我们将这些材料组合在一起的方式以及对之进行解释的方式，会受到文学模式、社会科学理论、道德和政治信仰、美学意识的影响，甚至还会受到我们自身无意识的预判和期待的影响"。⑤ 在这样的背景下，对于一个文学史家而言，能不能做到章学诚所说的"识足以断凡例，明足以决去取，共足以绝请托"⑥ 就显得尤为重要。

文学史观虽然难以绝对客观，但严谨的史家还是应该尽可能避免在先验的"期待视野"中寻找史料，并且应在对史料的爬梳、整理之中形成或者更新自己的历史观。近年来现当代文学界对于文献史料日益重视，有学者亦对此提出质疑之音，认为文学史料的作用其实不大："文学史料的局部正误可以辨析，诸如版本的使用、作家笔名的考证等，但

---

① 李书磊：《我观世音》，泰山出版社，1999年，第51页。
② 董乃斌、陈伯海、刘扬忠主编：《中国文学史学史》，第1卷，河北人民出版社，2003年，第113页。
③ 丹娅：《女性景深》，河北教育出版社，2002年，第143页。
④ 谢泳：《中国现代文学史研究法》，广西师范大学出版社，2010年，第4页。
⑤ 理查德·艾文斯：《捍卫历史》，张仲民等译，广西师范大学出版社，2009年，第249页。
⑥ 章学诚撰、吕思勉评：《文史通义》，上海古籍出版社，2008年，第284页。

这些不会影响整体文学史观。"① 这一判断对于近现代文学也许有可能适用，但当代文学史写作是否如此还需要进一步考察。笔者论述文献史料与文学史观的关系并非将史料的作用绝对化而忽略了人的主体性，毕竟"我是作为能思者的思维"②，在面对纷繁的史料时，研究者自身的历史观必然会发挥作用。因此，史料和史观实际上构成了一种互动相生的关系，从而使学者能在审美与史料之间保有适度的张力，并释放出学术个性。

落实到当代文学史写作，如果说当代文学研究有"史"与"论"两个维度的话，在数十年"史"与"论"的"双重变奏"中，"论"即使没有压倒"史"，也很大程度上压抑了"史"。因此，当代文学史写作在相当一段时间内体现出鲜明的以论带史（乃至"代史"）的倾向，且那些"被压抑的"文学史研究并没有因为80年代学术范式的转换而受到重视。洪子诚在90年代中期深刻地意识到，对史料的忽视以及"论从史出"的研究规范迟迟不能建立，引发了当代文学的空疏学风。他不无遗憾地提出了他的思考："不要说50至70年代的文学运动、思潮，至今没有进行较认真的史料梳理、编辑，就是刚刚过去的'新时期文学'的许多情况，我们也已经'语焉不详'。有的当代文学研究者和当代文学博士，从未读过胡风的《关于解放以来的文艺实践情况的报告》（'三十万言'），没有读过茅盾的《夜读偶记》，不清楚江青所说的'文艺黑线'与30年代文艺的关系，没有读过《创业史》和《红旗谱》，甚至对发生在80年代初关于人道主义与异化的著名争论，也听都没听说过……这些情况，能设想发生在'现代文学'的研究领域吗？我们虽然要反对'记忆太好'的罗列材料的爬行主义，不过离开根据的想当然的空论，恐怕也不值得提倡。"③

当然，当代文学的学者并不是都在从事批评，即使在特殊年代也依

---

① 刘晓丽：《何来文学史料——兼论对文学史写作的一种批评》，《文艺理论研究》，2010年第1期。
② 黑格尔：《小逻辑》，贺麟译，商务印书馆，1980年，第81页。
③ 洪子诚：《目前当代文学研究的几个问题》，《天津社会科学》，1995年第2期。

然有《浩然作品研究资料》这样不局限在政治意识形态范围内的资料汇编。该书出版单位标为"南京师范学院中文系资料室",是出版机制恢复前的非正式出版物。该书体例与后来的作家研究资料集十分相似,不过更倾向于选入作家自述。其中"浩然简介"10页,"浩然谈创作体会"188页,"浩然作品评介选载"20页,两篇附录"浩然和他的农民朋友"、"社会主义春天的颂歌——介绍两本新出版的浩然短篇集"占100页。改革开放之后,当代文学史料整理、汇编走入正轨,不仅张炯主编了《中国新文艺大系·史料集》,还有不少学者有计划地出版了一系列丛书。例如《中国当代文学研究资料丛书》是1978年5月由杭州大学和苏州大学首倡的项目,自1981年10月起,又与社科院文学研究所合作,进而被列为中国社科院资助的重点科研项目;《中国当代文学评论丛书》,由冯牧、阎纲、刘锡诚主编,于1982至1986年间由湖南人民出版社和湖南文艺出版社出版,参与者主要是新中国成立以来致力于文学批评、新时期以来依然进行文学评论创作的中老年学者,包括陈荒煤、黄秋耘等等20多人;《中国新时期文学研究资料汇编》,该丛书由孔范今、雷达、吴义勤、施战军出任主编,山东文艺出版社2006年出版,共计18卷24册。研究资料分甲、乙两种,其中,甲种为研究资料,包括小说、诗歌、散文、戏剧、文学史、文艺思潮等等;乙种是编者认为的"新时期"代表作家的研究资料,入选的有陈忠实、张炜、王安忆、韩少功、路遥、莫言、余华、贾平凹、苏童。李辉策划的相关丛书,史料价值较高的是,大象出版社出版的《大象人物日记文丛》、《大象人物书简文丛》,以及陈思和策划编纂的相关丛书,主要是东方出版社1998年出版的"20世纪文学备忘录丛书","火凤凰文库"(上海远东出版社1995—1998年出版了25册)中的一些"个人性史料"与"潜在写作"史料,和2006年武汉出版社出版的十卷本"潜在写作文丛"。

在这样的史料发掘整理过程中,诸多学者筚路蓝缕的艰辛可想而知。尽管这些工作带有在既定文学史观念下整理史料的色彩,但对于文学史写作而言,还是具有提升史家的史识,拓展思维空间的意义。笔者想在这里略展开一点论述,因为文学史写作范式中史料是基础,史观是核心,二者的关系是值得考察的。陈思和曾言:"两套大型资料丛书《中国现代文学史资料汇编》和《中国当代文学研究资料丛书》各以几十种的规模陆续出版,为中国20世纪文学研究的腾飞打下了坚实的基础,像我这一代在……后逐步走上现代文学研究道路的人,大约都是深受其惠,而现代文学史料学也作为一门学术研究的类别而得到重视与发展。"① 他所说的这两套书,一套是1979年由中国社科院文研所现代室发起编纂的《中国现代文学史资料汇编》,另一套是前文提到的《中国当代文学研究资料丛书》。应该说这两套丛书的出版成为现当代文学史料建设成就的一项重要标志,贺桂梅说:"这种侧重于拾遗补阙的现代文学观,成为80年代突破既有文学史模式以及重写文学史的先声。"② 当然,她说得有一定道理,但是在现代和当代文学界又不尽相同。相比于现代文学的沉淀,当代文学的经典性还需要经过时间的磨砺,更为丰富的诠释和不同代际学者的筛选。

改革开放以来,当代文学史料建设不仅体现在史料整理与丛书出版,还体现在越来越多的学者重新研究许多曾经未被充分重视的史料,并将之与文学史写作相关联,这无疑增强了当代文学史的厚重感,也提升了其学术含金量。相较于文学史观的宏观性和整体性,更为具体的文学史识变化很难推动文学史整体范式的变革,却能丰富和完善文学史写作范式。治史主体可以通过史料研究弥补先验认识的不足,在大史观下找小碎片,从而更为客观地评价文学文本、分析文学现象、呈现文学史生态。

二、史家的史料视域与知识更新

反观现代文学学科,学者们通过史料研究改变了文学史写作的基本价值取向,确立了新的文学史经典标准,改变了既往的文学史写作范

---

① 陈思和:《现代人不应该遗忘什么》,载《豕突集》,汉语大词典出版社,1998年,第71页。
② 贺桂梅:《人文学的想象力》,河南大学出版社,2005年,第65页。

式。特别值得注意的是，这些史料对于"重写"文学史的作用不可小视，如沦陷区文学、国统区文学，以及沈从文等文学大家地位的提升等等。即使是对张恨水这样的通俗文学作家，其文学史评价也渐渐走高，学术界甚至有将通俗文学作为现代文学开端的倾向，这彻底颠覆了延续了几十年的现代文学史范式，如范伯群提出"韩邦庆的《海上花列传》是现代通俗小说的开山之作"[1]，意在表示新文学的现代性发生比之通俗文学更晚，因而"现代"文学的"现代性"是从通俗文学开始。就现代文学这一套资料来看，除了如《鲁迅生平史料汇编》（薛绥之主编），《鸳鸯蝴蝶派文学资料》（芮和师、范伯群等编）之外，还有《抗战时期桂林文化运动史料丛书》、《中国人民解放军文艺史料丛书》、《新文学史料丛书》等等，现代文学史料的整理并没有过多受到新中国成立以来现代文学史著业已形成的革命进化史观的影响。因为现代文学既有"经典作家"，又有在意识形态化的研究中被遮蔽的"孤岛"、"鸳鸯蝴蝶派"等等内容的重新发掘，这些史料的整理为突破当时的现代文学史写作范式，甚至推翻现代文学的既有叙述都起到了不小的作用。而当代文学这套资料则显得内容驳杂，有文体研究如《长篇小说研究专集》（3卷）（牛运清主编），有老作家研究如《陈伯吹研究专集》（张黛芬、吴秀明编），有少数民族作家研究如《铁依甫江、克里木艾里坎木研究合集》（耿全声编），有新时期成名的作家研究如《张洁研究专集》（何火任编）等等。

当然，笔者高度认可20世纪80年代为当代文学史料建设付出过艰辛劳动的学者及其贡献。这套丛书尽管从出版之时起即引起了学术界的广泛关注[2]，且有梁斌、柳青等当代文学的重要作家，但仍包括许多现在已经淡出文学史的作家。换句话说，当代文学在当时没有自己相对固

---

[1] 范伯群：《现代通俗文学研究将改变文学史的整体格局》，《苏州教育学院学报》，2009年第1期。
[2] 何寅泰：《〈中国当代文学研究资料丛书〉出版与评论情况概述》，载中国社会科学院文学研究所《中国文学研究年鉴》编辑委员会：《中国文学研究年鉴 1984》，中国文艺联合出版公司，1985年，第176—179页。

定的经典标准,著者的文学史观是"拨乱反正"思潮下的史观,难免对之前受到批判的作家做等量齐观,因此也缺乏有效的遴选机制。很多已经编成的资料固然很珍贵,但与那些作家一同被文学史遗忘。即使是一些重要作家的研究专辑编辑,也受制于主客观条件限制而不尽如人意,例如《艾青专集》的错误就被批评为"令人瞠目结舌"①。这恐怕也从另一个角度说明了,当代文学研究界在 20 世纪 80 年代虽然萌发了史料意识,但是并非所有人都以严谨的史料态度进行史料整理。

在此意义上,当代文学史"重写"实则接受了现代文学界降低左翼地位的理念,而这一理念并非源于当代文学的史料建设。尽管茅盾为当代文学这套丛书作序时指出:"解放后,我们出版过好几种现代和当代文学史,但是其中所论述到的作家和作品,却寥寥可数"②,而且这套丛书中许多作家的研究资料汇编做得很细致,如武玉笑、林淡秋、胡可、鲁琪、杨啸等等,但这些史料并没有促进这些作家经典化,或者如茅盾期望的那样能丰富文学史叙述。"重写"后的当代文学史在"审美"标准下淘汰大量作家作品,这使得这些作家相关的史料集进入学术研究的可能性和作用大大降低,更遑论改变文学史写作范式中的史观与史识。

当然从知识更新的角度来看,宏观的史料整理有些也是极富当代特色的,并且促使文学史内容更为丰富。对"当代文学"而言,如"火凤凰文库"中的《沉船》、《龙卷风》、《无梦楼随笔》等史料的公开不仅体现出一代人的精神思考和生存境遇,还揭示了许多重大事件的背后"隐情",陈思和在其主编的《中国当代文学史教程》中引入了"潜在写作"、"私人性话语"、"老作家的秘密创作"等等内容,也在一定程度上丰富了"十七年"文学的景观。

曾有学者指出:"'史料'观念的本身应该首先有一个开放的视阈和

---

① 邱雯:《岂能如此粗制滥编》,《文汇报》,1986 年 11 月 3 日。
② 茅盾:《茅盾全集》,第 27 卷,人民文学出版社,1996 年,第 407 页。

平和的心态。"① 在20世纪80至90年代各种范式的文学史中，对于70年代主流文学的批评都是一致的。当然这种认识无可厚非，笔者也承认特殊年代的文学过于突出政治意识形态且高度类型化，乃至样板化，造成了非正常的文学生态。但我们也要注意到，由于对某些史料缺乏理性的思辨而错误地引以为史，造成当代文学史著作中的知识硬伤并不罕见。比如，不少学者采纳所谓"八个样板戏一个作家"或"鲁迅走在金光大道上"之说，例如"作家浩然在……前夜出版的长篇《艳阳天》……竟成了……时期唯一可以公开出售的当代文艺作品"。② 秦牧确实曾把"文革"文学概括为"八个样板戏，一个作家"③，但那是座谈会上的发言；后来，茅盾批评70年代的文学也说："弄到后来，八亿人民的中国只剩下一个作家八个戏，这就是林彪、'四人帮'的罪恶。"④ 这些内容作为史料往往被不加甄别甚至作为常识存在，学者们忽略了这些史料的特殊语境，还把这些陈旧的观念奉为圭臬，这实在有些欠妥。当文学史家面对这些时，看到在特殊的历史时期主流文学相对于其他时段不够繁荣，也应该意识到当时的文学毕竟不都是"阴谋文艺"。21世纪以来，王尧、程光炜等学者对20世纪70年代文学做了一些文本和史料再发掘工作，发现所谓"新时期"的重要作家在70年代有不少都发表了并非"阴谋文艺"的作品，例如张抗抗的《分界线》等还产生过较大影响，阎连科在《我的那年代》中谈到自己走上文学道路时就专门强调了张抗抗的影响⑤。

　　类似的问题在当代文学史叙述"十七年文学"史时体现得十分明显。无论是基于社会历史批评的学术范式，还是"重写"过程中疏离意识形态的学术立场，文学史家对于沈从文、穆旦、周作人等人在当代文学史中的文学活动都关注不足。尤其是"重写"之后，他们常被视为在

---

① 杨洪承：《论文学史的现代性——兼谈中国现当代文学史编写、教学与史料建设的关系》，《学习与探索》，2006年第1期。
② 严家炎主编：《二十世纪中国文学史》（下），高等教育出版社，2010年，第119页。
③ 《人民文学》编辑部：《在京文艺工作者座谈会》，《人民文学》，1978年第1期。
④ 茅盾：《作家如何理解实践是检验真理的唯一标准》，《人民日报》，1978年12月5日。
⑤ 参见北岛、李陀主编：《七十年代》，生活·读书·新知三联书店，2009年。

相当长一段时期丧失了写作权力，这其实忽略了在"十七年"文学某些年份中，意识形态治理也有较为宽松的一面。例如讲到穆旦"在被迫中断写作近二十年后，他在去世前的一年多时间里（1975—1976）重新开始诗歌写作"①，根据笔者考察，该书的2008年的修订版依然持此种观点。当然，这样的叙述无疑突出了穆旦的"潜在写作"的意义，而在"公开写作"部分，他们则被建构为"失语者"被放逐。但是如果对于"十七年"时期的文艺期刊有所研究，那么必然能发现穆旦在20世纪五六十年代公开发表不少诗作，当然人们可以批评其艺术水准的退步，但退步也是诗人的创作，这种历史的客观存在恐怕不宜被说成"被迫中断"。

不过，随着当代文学研究史料意识的不断强化，有一些史著作者对期刊史料的重视，使得曾经"隐失"于当代文学史著中的穆旦、卞之琳、冯至、沈从文等渐渐回到当代文学史叙述中。进而产生的问题便是如何客观地评价他们的创作，给他们在当代文学史中找到应有的位置。这些诗人的创作尽管不可避免地受到意识形态化影响，有些"激越而失之粗鄙，通俗而失之庸俗，易懂而不耐人寻味"②，但是在学者看来穆旦诗作"语义含混，指向不明，且在修辞上不通俗。这样的诗歌是写给工农兵读的吗"③？笔者以为这是一个很复杂的文学史问题，这里不宜展开太多。事实上，穆旦、卞之琳、冯至等人在"十七年"时期的诗作质量，比之他们在新中国成立前的诗作"易懂"一些，好像没有那么"现代"；但如果放在"十七年"整个诗歌环境里，其语言的张力、反讽的运用、意象的铺排、情感的抒发都还是上乘之作，文学史长期忽视他们在新中国成立后的诗作反而谈了不少比他们诗作还不如的作品，这不能不说是一件匪夷所思的事。在社会中心范式下的文学史中，这些诗作因为未能满足"大众化"的审美趣味而被遗弃；在审美中心范式的文学史中，这些诗作又因为未能满足文学史家对于"十七年"文学体制下一

---

① 陈思和主编：《中国当代文学史教程》，复旦大学出版社，1999年，第180页。
② 卞之琳：《雕虫纪历·序》，人民文学出版社，1984年，第9页。
③ 张柠：《共和国文学60年》，第1卷，广东教育出版社，2009年，第262页。

批作家丧失创作权力的预设而未能获得"入场券"。因而这些工农兵读不懂,知识分子不愿读的诗作尽管包含着作家的艺术创造和艰辛劳动,却在当代文学史中处在一个十分尴尬的位置。

三、大历史与小历史的融合问题

在当代文学史料中存在大量的个人性文献史料,这些史料为研究者进入当代作家的精神世界开辟了另一重路径,对于研究者深入了解诸多文坛纠纷、文学事件提供了更为丰富和相对真实的史料依据。在具体论述之前,笔者有必要对其内涵和外延加以界定。所谓个人性文献史料并非没有公开的私人手稿,而是指与各种公共性政策、文件、报告等史料相对的、在作家较为个人化空间中发生的(如书信、日记、个人检讨、回忆录等等)史料。需要指出的是因为这些史料涉及诸多私事,又往往有许多作者的个人情绪夹在其中,且囿于政治、伦理、道德的限制,其整理出版也颇费周折,故而中青年作家的个人性史料公开的内容较之名、老作家相去甚远。另一方面,自20世纪90年代以来,在文学市场化和科技发展的共同作用下,日趋平面化的精神生态环境使得文人以记日记、写书信作为一种精神存在记录的传统已鲜有留存,新媒体的兴起使得个人性史料的载体和存在方式都有可能发生巨大变化。有学者提出:"当代文学的史料建设虽然已有不少进展,但在我们视野之外的许多史料文献或者向隅,或者正在消失。"① 在笔者看来,个人性史料的研究整理也面临着这一问题,因而需要研究者及时予以关注,使之能进入学术研究和文学史写作。然而,需要警惕的是这些史料中许多文字代表的是一己之见,不可避免地包含着时代色彩或个人倾向性,因此也更需要我们以学理的态度认识、整理、运用这些史料。

首先便是日记。如鲁迅所言:"从作家的日记或尺牍上,往往能得

---

① 王尧:《改写的历史与历史的改写》,《文艺争鸣》,2007年第2期。

到比看他的作品更其明晰的意见,也就是他自己的简洁的注释。"① 不过,鲁迅先生也讽刺过清人存着以后发表的想法而写起居注。应该说,多数作家写日记是为了记录自己的内心世界和生命流程,因此内容多是日常生活和私心感受。不少现代作家如茅盾、巴金、老舍、冯雪峰等,往往还带有新中国成立之前的文人士风,保持写日记的习惯,这与20世纪50年代成长起来的作家大不相同。这些日记往往是个人日常活动和真实想法的呈现,对于后人编年谱、写传记和核对文学史的重要史实也颇为有用。

相比于日记,私人书信——尤其是家书——表现出的个人性则是另一重面向。它往往表达了通信者内心的某些真实想法。例如文学史中,胡风的诗歌《时间开始了》发表过程中的一系列问题无从体现,而相关的个人性史料,对于文学史写作者而言,则是非常重要的历史信息,能够揭示作品在怎样的语境中生成。在胡风的家书中,就《时间开始了》相关章节发表一事,他写给妻子梅志的信显然要比写给好友路翎的信细节更为丰富。这也是家书在这类史料中不同于其他史料的独特之处,因为通信人没有言语上的顾忌。我们不妨比对这两封书信,在致路翎的信中,胡风说:"第三篇抄改完,约一千八百行。不知如何发表它。第二,《文艺报》退回来了,说是应给《人民文学》云。意思很明显,逼我向《人民文学》低头。"② 当然,这些表述已经是个人性话语的真实流露,然而在写给妻子的信中,相关信息显然更为详细:"我要拿出我能拿出的真诚,把爱烧成冲天的火光,打动这时代底麻木的心灵。我相信,这是无数真诚的读者们心里潜在的东西。不知道怎样发表它。《光荣赞》,果然,《文艺报》不肯发表,说应由《人民文学》发表,丁玲大小姐写来一封扭扭捏捏的信。很明显,他们经过了讨论,想逼我和茅盾合作,好可笑。昨天寄《天津日报》,再不成,就给《光明日报》,那对当局文

---

① 鲁迅:《孔另境编〈当代文人尺牍钞〉序》,载《鲁迅全集》,第6卷,人民文学出版社,1981年,第415页。
② 胡风:《致路翎书信全编》,大象出版社,2004年,第77页。

坛并不是光彩的事。"① 这封家书的措辞和叙述，同致路翎的信相比，明显避讳更少，更能直言其事。

在当代文学史上，许多文学事件、文学现象的叙述只是简单的过程描述，由于特殊的意识形态原因，许多细节一直未能得到呈现，如钱理群所言："历史的遮蔽与涂饰的主要表现，就是观念、意识形态的遮蔽所导致的历史事实的遮蔽。因此，如果我们想冲破重重涂饰'示人本相'，就必须从被遮蔽、掩埋的历史史实的重新发掘开始。"② 那么如何一定程度上还原那些被遮蔽的细节和史实呢？董健在为陈白尘的日记作序时曾提出，日记"能使我们通过一些个人遭遇的片段，认识那一段历史的真面貌。那些公开发表的'大文章'往往有意无意地丢失了一些个别的事件的'碎片'，而当我们在日记中捡起这些'碎片'并加以一番研究之后，我们会有新的发现"③，这就是包括日记在内的众多个人性史料的独特价值。它们为我们的文学史、学术史研究进一步走向深入提供了可能，能够使我们从千篇一律的大叙事中找到一些小"碎片"，对于文学史细节予以补充与纠正。

为求能深入体现个人性的史料与文学史研究、写作的关系，笔者以贾植芳在20世纪80年代的日记为例，展开更具体的分析。关于"80年代"文学与政治的叙述，我们都是在思潮意义上展开的，这样的大历史在教科书中当然是合理化的知识叙事。然而从这套知识谱系出发去看视历史中每一个个人的"小历史"，则往往会停留在具有通约性的、同质同构的公共叙事层面，而可能遮蔽每一个个体丰富的生命信息。事实上，"历史书写本身有多少种不同的话语，就有多少历史经验"④。当我们试图借助日记这种史料回到历史的具体现场时，面对种种夹杂着个人局限性的话语，我们固然可以从宏观上把"80年代"定位为一个"共

---

① 晓风选编：《胡风家书》，复旦大学出版社，2007年，第145页。
② 钱理群：《重视史料的独立准备》，《中国现代文学研究丛刊》，2004年第3期。
③ 董健：《〈听梯楼日记〉序》，载陈白尘：《缄口日记》，大象出版社，2005年，第150页。
④ 海登·怀特：《后现代主义历史叙事学》，陈永国、张万娟译，中国社会科学出版社，2003年，第292页。

名"的时代,但也同时要注意到,在这个"共名"下还有许多"小历史"。这种"小历史"不仅是一个人的个人史,而且其中包含的个人记忆在某些条件下也会转化为集体记忆。这种个人印记从某种意义上说,又可以转变为集体性记忆的一部分。如哈布瓦赫所言:"不存在只能在个体及以内不加以保存的记忆,一旦一个回忆再现了一个集体知觉,它本身就只可能是集体性的了。"①

一部好的文学史应该反映一种外在于作家生命的制度性力量,以及这种力量怎样在作家私密化的文字中得到体现。也许阿尔都塞所谓的"症候式阅读"对于我们阅读史料和书写文学史会有所助益。他强调的是"历史的文字并不是一种声音在说话,而是诸种结构中某种结构的作用的听不出来、阅读不出来的自我表白"②,这有助于我们从中读出更复杂的话语结构。对于我们文学史写作而言,日记首先具有传记学意义上的史料价值,也就是日记在同行学科中的学术价值所在,用贾植芳的话说就是:"为后人留念,也给历史画像。"③ 不过宏大的历史叙事常常只是记录下最终结果,而人们往往无法了解这种结果是通过怎样的力量斗争与妥协而产生的。鲁迅曾说:"人类血战前行的历史,正如煤的形成,当时用大量的木材,结果却只是一小块。"④ 因此,传记学意义上的日记除了指向丰富作家生活细节的层面,还包括呈现历史公共话语所保留的"一小块"背后的历史过程。如贾植芳本人,最终虽然得到了"平反",但这种历史结果的记录除了为"拨乱反正"思潮添一个实例外,无法使人从中窥见其背后历史、政治、流派的矛盾;而贾植芳在日记中所保留的"平反"过程中有诸多相关事件,如所写的申诉书,他个人相关经历(在国民党内部任职)等复杂情况,以及周扬等领导对他"平反"一事的态度,尤其是在"当代文学研究资料编辑会"上,"小组会讨论编选作家名单,据说这个名单是在上次北京会议定的。55年案

---

① 哈布瓦赫:《论集体记忆》,毕然、郭金华译,上海人民出版社,2002年,第284页。
② 阿尔都塞:《读〈资本论〉》,李其庆、冯文光译,中央编译出版社,2001年,第6页。
③ 贾植芳:《贾植芳文集》(书信日记卷),上海社会科学院出版社,2004年,第268页。
④ 鲁迅:《记念刘和珍君》,载《鲁迅全集》,第3卷,人民文学出版社,1981年,第277页。

的人员，竟无一人"!① 这些不但可以帮助我们理解他的"平反"，更对理解"平反"本身的意识形态纠葛有所裨益。

此外，日记还具有互证与参照的价值。这里说的"互证"是指从日记本身出发的，我们可以看到两种互证的可能。其一是与日记作者公开发表的史料形成互动关系。如贾植芳在《忆覃子豪》中说："后来我又看到了台湾版的三卷本《覃子豪全集》不禁一再唏嘘感叹。"② 这里"唏嘘感叹"便是语焉不详之处，因为回忆文章虽然也是非虚构写作，但它实际上处在公共性和私密性交叉的中间地带。从贾植芳的日记中可以看出，他没有抹去令自己"唏嘘感叹"的原因。覃子豪曾是贾植芳的好友，贾在日记、自述中反复提及此人，在1982年时，欲著文宣传这位去了台湾省的诗人，然而当他看到《覃子豪全集》后，出于自己一以贯之的政治信仰，"发现他在台也写了不少政治诗，内容反动。……因此，决定给大哥写信，把那篇小传要回来不发了，也请福建不要发。我们不能纪念这样的'诗人'，我们曾经是朋友，但我们不能做朋友了，他已站到和我们相对立的反动阵营中了"。③ 其二是作为研究其他作家时的参照。贾植芳在编辑《巴金研究资料》时，读到新中国成立以后便从巴金文集、文选中消失的其早年攻击马克思的文章，因此他在日记中写道："巴金先生在他的青年时代是走了一段很弯曲的道路的，这恐怕也就是解放后他往往当'风派'，在各种运动中故作姿态的原因，原来他内心有很大的隐忧，不能不以高姿态来保护自己的生存耳。"④ 当然，这些是个人化的理解和判断，但也可以为研究其他作家提供一个维度的参照。

而学者在日记中的或长或短的如学术随笔（感）一般的文字不仅体现出学识，也往往能启发我们重新思考一些问题。1985年陈平原等三

---

① 贾植芳、任敏：《解冻时节》，长江文艺出版社，2000年，第391页。
② 贾植芳：《忆覃子豪》，载《我的人生档案：贾植芳回忆录》，江苏文艺出版社，2009年，第362页。
③ 贾植芳：《早春三年日记》，大象出版社，2005年，第47页。
④ 贾植芳、任敏：《解冻时节》，长江文艺出版社，2000年，第159页。这里指的是巴金曾在早年著文批判郭沫若并将矛头直指马克思称马克思"污蔑巴枯宁"，而且"是个抄袭家"。

人提出"20世纪中国文学"这个概念,并对其进行了阐释,如其美学形态是悲凉,因为"感时忧国的中国作家,始终把民族的危难和落后,看作是世界文明进程中的一个触目惊心的特例……"①,而早在1982年的日记中贾植芳已系统地从理论上阐述了这一问题:

> 人道主义就是人的觉醒的产物——由对于自己的人的存在和价值的发展和认识,认识到他人的存在和价值……对个人和国家命运的同情和关心,就是中国现代作家的最大创作思想特色——感时忧国情怀的根源,也就是中国现代文学在哲学和道德意义上的最大贡献,这也就是所说的"五四"传统,也就是"民主"和"科学"的实际内涵。②

四、文学作品版本史料的辨析问题

从广义上讲,自"郢书燕说"之时算起,中国就出现了文献史料的"类版本"问题,而从汉代刘向算起,版本学逐渐成为中国传统学术的重要内容。在逾两千年的学术发展史上,在由写本、雕版到刻书的演变中,版本学与目录学、校雠学等文献学分支相辅相成,为文献史料的注释、校笺、传疏、正义等提供了基本的学术方法。时至今日,这些方法依然有它们强大的生命力并持续传承着,但主要集中在古典文学、文献和古汉语等历史积淀较为丰富的学科群。

这里之所以要强调版本问题,是因为当下看似热闹的史料研究背后,往往是一种基于预设问题去找合适史料的学术理念,而且这种理念更多情况下是源自西方化的理论。笔者以为,版本学、目录学、校雠学是中国古代文学研究中的基本学术方法之一,也是朴学训练中的基础。

---

① 黄子平、陈平原、钱理群:《论"二十世纪中国文学"》,《文学评论》,1985年第5期。
② 贾植芳:《早春三年日记》,大象出版社,2005年,第109页。此段论述较长,笔者摘引时不得不节略其中的论证部分。

在古代文学界，不同版本中一字一句的差别往往能导致后来学者对作家思想或作品意境的颠覆性解读，这些在古代文学研究中是非常严格的，然而正如金宏宇所意识到的那样："校勘的内容更广，应包括所有的修改及作者的笔误、印刷的误植等，不同版本的汇校自然是它题中应有之义。对修改和校勘既要分观，又要通观，能如此，问题就十分明了。但中国现当代许多作家和学者似乎不太明了这些问题。"① 金宏宇做了相当多版本学的工作，当年他和北京大学姜涛的博士论文均属于史料研究方面，且同时被提名为"百篇优博"，某种意义上也体现出学界对于版本史料的重视程度。近年来，鲁迅、茅盾、钱锺书、沈从文等等作家部分作品的版本研究都趋于细致和成熟，而我们欣喜地看到，不少学者都力图研究当代文学版本问题，无论是现代作品的当代版本，还是当代文学文本自身的版本问题。这也在史料问题上为当代文学的"历史化"扫清了一定的障碍。

在中国现当代文学这样的新兴学科中，现代文学又与当代文学有所差别。在现代文学界，有学者很早就提出过："清代学者在爬梳史料、整理文献，校勘典籍诸方面的经验，是极为丰富的，他们的方法可以继承，对于新文学的研究，极有用处。"② 更有学者提出具体的方案："要将几种不同的版本逐一或同时进行认真、细微的校核，一部几十万字的小说如果有5种版本，要几个人、很长时间才能得出准确的结论来。"③ 现代文学界已经有学者开始做这项基础性史料工作，也陆续出版了一些成果④。相比之下，史料学意义上的当代文学版本研究起步较晚，现有成果以对20世纪50至70年代的长篇小说和部分"样板戏"的"版本批评"为主，很难完整呈现版本沿革的面貌，也会对文学史写作造成干

---

① 金宏宇：《〈围城〉的修改与版本"本"性》，《江汉论坛》，2003年第6期。
② 朱金顺：《新文学考据举隅》，中国文史出版社，1990年，第271页。
③ 鲁海：《鲁海文集》，香港华圆出版社，1999年，第155页。
④ 如郭沫若著、桑逢康校：《〈女神〉汇校本》，湖南人民出版社，1983年；郭沫若著、黄淳浩校：《〈文艺论集〉汇校本》，湖南人民出版社，1984年；郭沫若著、王锦厚校：《〈棠棣之花〉汇校本》，湖南人民出版社，1985年；钱锺书原著、胥智芬汇校：《〈围城〉汇校本》，四川文艺出版社，1991年；沈从文著，金宏宇、曹春山汇校：《边城》，长江文艺出版社，2009年，等等。

扰。有的研究者试图绕开"乾嘉学派版本校勘的思维、理念与方法"，而依靠"当代文学研究的理性阐释优势"来"对当代文学版本及其生成历史与原因做出有效的解释"①。这种"理性阐释"如果没有中国传统学术的根基，咸以西方理论术语为论述基础，也毕竟会显得不够全面。与此同时，正如有学者所指出的"这种过分的理性意识、责任感，给研究带来了直奔主题的倾向，并可能使文学研究落入陷阱：研究者为了自己主观上设定的先验的规律，有意无意地剪裁历史事实"②。

话说回来，无论是现代还是当代文学史的写作，都或多或少存在着如金宏宇指出的问题："目前的各种新文学史都缺乏这种精确的叙述，因此在讨论作品内容、形式时全是笼统叙述，并无精确的版本所指。"③更仔细地分析这一问题，它不仅是能否精确标明版本的问题，还存在着版本分析时确有洪子诚所指"用类乎'主流话语'、'国家意识形态'等概念代替具体分析"④等问题。当然，笔者也一再强调，我们要形成当代文学独特的方法来解决当代文学特有的问题，例如用意识形态批评和话语分析的方法看待20世纪50至70年代的版本修改，抓住当时强大的主流意识形态与作品不同版本的发生学问题。那么，我们是不是有可能在这些可贵的观点之外再推进一步？

从文学史写作的角度来看，我们的理论方法不能仅仅集中于西方的思想理论。中国是一个史学，特别是朴学传统极为发达的国家，那些最传统的校雠学的方法似乎不应被意识形态化的版本批评所取代，因为这样才能提升文学史写作的厚重感和历史感。笔者以为，这恐怕是当代文学版本研究由版本批评转向呈现版本历史沿革原貌的嬗变，从而提升文学史写作的史料可靠性。上佳的版本研究不仅可以为文学史讨论文学作品的审美问题提供支撑，还要能简明扼要地指出版本的修改涉及到的文

---

① 章涛等：《当代文学版本生产与版本研究的实践》，《中国现代文学研究丛刊》，2013年第11期。
② 刘增杰：《路上——我的学术经历》，《东方论坛》，2005年第6期。
③ 金宏宇：《〈围城〉的修改与版本"本"性》，《江汉论坛》，2003年第6期。
④ 洪子诚：《当代文学史研究中的史料问题》，《文艺争鸣》，2003年第1期。

学语境和文学生产机制问题,故而还是要立足于版本精校与细读。

为求论述深入,笔者以关于"红色经典"(这里是为了行文简洁,征用了这个在学术界尚有争议的名词)的版本研究为例,探求文学史写作中的版本问题。当下的相关研究主要有两类,一类是考证版本生成的外在动因,一类是研究不同版本修改的意识形态问题,其中主要涉及《创业史》、《青春之歌》、《红岩》等等长篇小说的修改,以及《红灯记》、《沙家浜》等等京剧现代戏到"样板戏"的剧本变化过程。整体来看,令人担忧的问题主要集中表现在两个方面。

其一是研究者自身知识结构的缺陷。相当一部分学者业已进行的研究工作虽然各有千秋,但很难称其为史料意义上的"版本"研究,更不能称其为版本学。因为被研究者关注的内容可以称为文本修改研究,而且大多是为了契合某种论点而对部分修改展开评论。其实版本学在中国古代已经相当成熟,而版本校勘也是立足于版本学基础上的校勘,因此文学史写作如果没有版本研究的基础,那么所涉及到的也只是局限于文本中几处修改问题。然而,从文学史写作的角度来说,对于文学史重点讲述的文本,著者不仅要能概括出思想特征、艺术特征这些知识,还要熟悉作品的版本沿革,从而使读者了解文学作品的生产语境,理解并欣赏有何种复杂力量影响了文本的生成和构成。

实际上在审美问题之外,还有许多属于版本学的内容因研究者不了解版本学而被忽略,也无从在文学史中体现。例如改革开放之后,"十七年"小说开始重印,但由于纸张不足,有的小说加印用的便是字典纸。即使这样,也不是所有小说都有这种大量重印的可能,《青春之歌》的重印中就有一版是这种字典纸加印的。当然,笔者谈的这些只是冰山一角,为的是说明我们不能想当然地认为版本研究只是修改研究,那是对版本学一知半解的"本"而无"版"的研究。在这个意义上,版本研究的全面开展可以为文学史提供更为坚实的基础。

当然就文学史写作的问题意识而言,对版本变化中的文本修改报以更多关注是无可厚非的。令人遗憾的是对于文学版本,尤其是"本",不少学者把诸如"话语流变"、"表征"等等词汇视为其研究的出发点和归宿,强调"不同版本的比较只是构成版本研究的一部分,主要还是运用'综合研究'的方法"①。这就如洪子诚教授所言:"用类乎'主流话语'、'国家意识形态'等概念代替具体分析"②,而这种史料辨识对于理解作品和文学语境有多大帮助则需要进一步分析。例如我们不能满足于通过版本辨析,认为《青春之歌》的修改仅仅是对于郭开的批评照单全收,并将文本修改当成一个思想史、社会史、文化史、话语史视野下的"问题",截取一点儿有助于自己的材料,否定作品的修改。究其原因,实际上是缺乏中国传统学术和文化根基,盲目地把美国式的、实用性文化研究的路数加诸文学文本上,套上了"版本"与"史料"研究的外衣而已。其实,如果说卢嘉川是林道静的引路人的话,那么真正教育林道静,使她对于革命有了更深层次了解的,则是她的下乡经历,从文本内置的主题结构而言,这也符合人物的成长规律,使林道静不至于"到书的最末她也只是一个较进步的知识分子,算不得共产党员"。③ 校勘的传统即使在欧洲也是古已有之的,而且严谨的学者也高度重视校勘,面对不同版本(古代也可能是抄本)中的不同,强调"每一个例子都应加以证明"④。这里之所以强调本土学术传统,是因为西方的版本对校、勘误是建立在印欧语系(即屈折语文字与语法基础)上的,整体学术精神与中国传统朴学旨趣有同构之处,但在具体方法上则是异质的。

由此我们可以引出第二个问题,即对某些文学作品潜在或显在的学术偏见造成文学史叙事的限度。现在来看,对于20世纪50至70年代的小说、戏剧作品的政治态度,有可能导致了文学史作者在既定的思维逻辑下自限畛域,把"政治"视为教条主义而不希望文学与之有任何瓜葛。这种思维实际上是这样的逻辑:他们认为自己是纯文学的守护者,

---

① 章涛等:《当代文学版本生产与版本研究的实践》,《中国现代文学研究丛刊》,2013年第11期。
② 洪子诚:《当代文学史研究中的史料问题》,《文艺争鸣》,2003年第1期。
③ 郭开:《略谈对林道静描写中的缺点》,《中国青年》,1959年第2期。
④ 路德维希·比勒尔:《文法学家的技艺:校勘学引论》,载苏杰编译:《西方校勘学论著选》,上海人民出版社,2009年,第129页。

因为他们相信政治只意味着对文学的束缚，而不认为它存在审美转化的可能，在讨论相关问题时都将政治与文学对立，既误读了政治，也误读了文学，而正如洪子诚所言："摆脱政治束缚的文学主张，就是一种政治主张。"①

具体来看，这种潜在或显在的学术偏见，使得不少学者敷衍了事而缺乏必要的学术准备，以至于这一问题域的学术进展事实无法推进。例如有学者谈到《欧阳海之歌》的版本修改，还是人云亦云地拿着所谓"文革"前后两个版本比较，依然只关注所谓刘少奇的《论共产党员的修养》在修改中如何由一个指导欧阳海思想的文献变成了一个"正好掉进放在窗外装垃圾的簸箕里"的文件，事实上，这只是把别人的观点综述一下，况且《欧阳海之歌》的版本修改情况更为复杂。从文学史写作的角度而言，大部分文学史并不在意这个文本，而实际上这是在"一体化"过程中，从两个文学史时段的分界点上产生的文学作品，它的版本问题有助于理解文学史如何转向更激进化的时段。洪子诚在文学史写作时梳理了《欧阳海之歌》的"版本"②。金敬迈的《欧阳海之歌》初刊于《收获》1965年第4期，等到后来解放军文艺出版社出版时，版次虽然是"第一版"，但小说已经是公开发表的第二版了，而且相较于当年匆匆忙忙地完稿，这两个版本中大量的修改使得《欧阳海之歌》较之在巴金负责的《收获》上发表时，已经具备了整体结构，完善了具体细节。而《欧阳海之歌》1965年出版之后，1966年4月即出版了修改本，10月重印（第二次印刷）时其实有所改动，因此不能简化为"新旧两个版本"。

基于这样的现状与问题，笔者以为当代文学的版本研究要对文学史写作有所助益，说到底，就要把那种片面的版本批评转变为扎实的版本研究，应该以中国传统学术为主体，并广采博纳，重建一套有效的学术框架。在笔者看来，版本研究的问题实际上关涉到的是中国当代学术路

---

① 洪子诚：《问题与方法》，生活·读书·新知三联书店，2002年，第153页。
② 参见洪子诚：《中国当代文学史》，北京大学出版社，2010年，第217页。

径的问题。改革开放以来，当代文学研究在批评化的怪圈中逐渐走向制造伪问题、乱用空理论展开批评乃至研究，其实学术新潮与学术优劣没有必然的联系，事实上文化研究也好，后现代主义也罢，不过是学术史上的历史中间物而已。在这样背景下，要是将版本研究落到实处，我们不能也没有资本遗弃传统朴学的知识和方法。

首先，夯实传统学术，尤其是版本学的研究基础与功底。然而，正如梁启超所言，传统朴学"能使吾辈心细，读书得间；能使吾辈忠实，不欺饰；能使吾辈独立，不雷同"①。故而，既然使用"版本"这个概念，便要明确是在何种意义上讨论版本与史料，笔者认同有学者所提出的："版本的含义实为一种书的各种不同的本子，古今中外的图书，普遍存在这种现象，并不仅仅限于宋、元古籍。有了许多不同本子，就出现了文字、印刷、装帧等等各方面的许多差异。研究这些差异并从错综复杂的现象中找出其规律，这就形成了'版本之学'。"② 按照程千帆的意见，"整理出版书籍固然需要备众本以资校勘，而读书治学也得备众本，也应掌握版本知识"③。同时，我们不能忽略现代出版业与古代的不同之处。在研究文学作品的版本问题时，我们的史料视野应该涵盖正式出版的期刊、报纸，而在上面公开发表和在出版社出版都应该算作文学作品的"版本"，而且在有的情况下，"原始报刊也有极重要的参考价值，它往往比初版本更接近作者思想，史料性更强"④。没有这样的学术准备，就容易形成建立在片面经验基础上的不准确概括，也很难被视为客观知识，只是在一种主观印象式的价值判断下撷取了一二则史料的做法。因此，深入研究"红色经典"的版本问题，要先弄清楚其版本系统，并建立相关的史料域，例如《红灯记》版本问题，应该建立在认真

---

① 梁启超：《清代学术概论》，朱维铮校注，中华书局，2010年，第70页。
② 顾廷龙：《版本学与图书馆》，《图书馆杂志》，1962年第1期。
③ 程千帆、徐有富：《校雠广义·版本编》，齐鲁书社，1998年，第23页。
④ 蔡军：《略论中国新文学研究中的几个版本学问题》，《中国现代文学研究丛刊》，1999年第4期。

梳理《红灯记》版本沿革的基础上，而不是仅仅凭既有印象妄下断语①。

其次，不带定见的精校细读。与出版学不同，文学研究中对版本史料的关注维度更侧重于艺术自身，故而理清版本系统是做了研究的外围工作，"红色经典"的版本研究还要精校细读，如程千帆所指出的，对校"是'校勘'工作的基本方法……校者若将所有异文汇集在一处，编为校勘记，则读者手此一编，就等于掌握了许多版本"②。在笔者看来，"红色经典"的版本研究受到当代文学长期以来空疏学风的影响，不注重史料积累而依赖思想阐释。但要讨论文学作品的版本修改到底发生了怎样的变化，不能完全依赖业已形成的文学史定见乃至偏见。正如叶灵凤曾经提出："一个错字的改正，多一点补充资料，多一篇序文，都可以使我们对于一本书或一个问题的理解获得若干帮助。"③ 而要做到这些，就离不开精校与细读的结合，张之洞谈道："读书先宜校书"时就提出对勘时"异同之间，常得妙悟"，同时强调"校后宜读，若校而不读，便成笑柄"。④ 对于一般的文学史研究者而言，也许不必然要如此，但对于号称"版本"研究的学者而言，"校之未精而遽读，恐读亦多误矣；读之不勤而轻著，恐著且多妄矣"。⑤ 由此看来，实事求是而非理念先行的版本精校与细读显得尤为重要，否则"不精于考据，往往凭推想行事"的结果就是"所从发生的依据时有不大可靠，或者是误解的"⑥。因此，笔者以为"红色经典"的版本研究有必要"为校勘记以识

---

① 例如《红灯记》的版本沿革有一个演变的过程。沈默君、罗静：《自有后来人》，《电影文学》，1962年第9期；凌大可、夏剑青：《红灯记》，《剧本》，1964年第2期；王洪熙、于绍田、史玉良改编：《革命自有后来人》，中国戏剧出版社，1964年；阿甲、翁偶虹改编：《红灯记》，《剧本》，1964年第11期（京剧初定本）；上海爱华沪剧团：《沪剧红灯记》，上海文化出版社，1965年；中国京剧院集体改编：《革命现代京剧样板戏红灯记》，人民文学出版社，1967年；中国京剧院集体改编：《革命现代京剧红灯记》，人民出版社，1970年。
② 程千帆、徐有富：《校雠广义·校勘篇》，齐鲁书社，1998年，第383页。
③ 叶灵凤：《读书与版本》，载《叶灵凤散文选集》，百花文艺出版社，2009年，第234页。
④ 张之洞：《增补輶轩语》，陕西学署刻本，1895年，正文第85—86页。
⑤ 王鸣盛：《十七史商榷·序》，凤凰出版传媒集团，2008年，第2页。
⑥ 章学诚：《校雠通义通解·导读》，王重民通解、傅杰导读，上海古籍出版社，2009年，第7页。

异同，听天下后世之好学深思者玩索而自有得"①。

在前两条的基础上才能谈"综合运用各种鉴定版本的方法，才能做出正确的判断"②，但笔者以为，版本整理与研究首要的是事实判断，而不是价值判断。所谓事实判断就是对于版本之间的异同进行完整的事实呈现，而价值判断因人而异，带有很大的主观性。我们当然不否认西方校勘学所倡导的"用思考校勘"③，但文学研究中的"思考"首先应该立足文学本体。例如金宏宇在校评《创业史》时，对比该小说初刊本和初印本的差异，详细地梳理和对校了关于"素芳"这个人物的种种修改，得出这些修改"使素芳的情态和心态有了更细致更曲折的描写"④的结论，令人信服。除了情节/人物之外，综合分析还有一项十分重要的内容，那就是语言。新中国成立后，以普通话为核心的现代汉语的规范，也内在地成为对于文学作品的要求，譬如《沙家浜》中标点符号和虚词的修改，涉及到现代汉语的语言规范使用和演员语气及唱腔变化，将一些地方化的词汇运用改为通行的普通话，便于推广全国（如将北方根本没有的"团子"改为"年糕"），《红旗谱》第一版中使用了大量河北方言，第二版中则规范了许多，这种修改的好与坏可以见仁见智，但不能轻易忽略。

当然，笔者强调上述三者的结合，并不意味着"红色经典"的版本研究能完全脱离"历史语境"，但必须指出的是，带着某种对"历史语境"的先验概括再进入史料是本末倒置的做法，它一方面支撑起自己对于所谓规律的干巴巴地概括，另一方面又肢解了版本沿革中的复杂性，只是将作家付出的大量非意识形态的艰辛劳动视为"细枝末节"，将之阉割掉后，得出一个版本沿革与抽象的文学史语境规律"异质同构"的叙事结论。当代文学文献史料的研究刚刚起步，正如两位学者在论文中

---

① 钱基博：《版本通义》，岳麓书社，2010年，第83页。
② 程千帆、徐有富：《校雠广义·版本编》，齐鲁书社，1998年，第399页。
③ A. E. 豪斯曼：《用思考校勘》，载苏杰编译：《西方校勘学论著选》，上海人民出版社，2009年，第25页。
④ 金宏宇：《中国现代长篇小说名著版本校评》，人民文学出版社，2004年，第285页。

所说的:"当我们借助于史料把目光投向以前被遮蔽的历史场域,就会发现当代文学史的形态远比我们目前所认识的要复杂得多。"① 笔者希望能有更多的学者通过扎实的史料整理和研究进入当代文学的历史场域,形成更为全面的史观和相对中立而又不乏新意的史识,从而完善当代文学史写作范式。

---

① 吴秀明、赵卫东:《应当重视当代文学史料建设》,《中国现代文学研究丛刊》,2005年第5期。

第四章

治史主体问题

文学史编写,无论是集体写作还是个人写作,都离不开写作主体的自我更新,对于中国当代文学而言尤其如此。当代文学的知识生成,很大程度上依赖同代批评家的知识生产,而这种知识生产代表一代人对文学的初步筛选。与古代文学和现代文学的知识积累方式不同,当代文学始终在前进和发展,不仅新现象和新问题层出不穷,即便是对已有文学的理解方式也会出现巨大差异。正因如此,文学史写作的主体不仅需要更新知识结构,注意自我反思;也需要不断在历史化和当代性间寻求平衡,从而使治史主体的当代立场和历史经验能在文学史中相倚相生,而非扞格抵牾。

第一节　同代经验与可疑的知识生产

20世纪50至70年代,当代文学批评已经开始发挥着知识生产的作用。而80年代以来,当代文学批评改变批评范式后,在知识生产过程中发挥的作用更是举足轻重。相当多批评家和作家几乎是同时声名鹊起,而这些批评家在90年代逐渐开始转型,他们曾经借由文学批评生产出的知识则迅速被文学史写作吸纳。文学史本身要对浩如烟海的作品加以筛选,而筛选功能要充分发挥,不仅涵盖筛选文学文本的任务,还应包括对同代批评的学术筛选。当代文学批评在80年代不仅强势和火热,而且善于在趋新逐异的过程中"命名"。因此,这一代人的批评很快也凝结在文学史中成为"知识"。虽然文学史叙述并没有对当时的批评照单全收,而是经过整合后纳入,但其吸纳的核心观点没有明显变化。如此一来，本应有的全面筛选就变成了对文学批评曾经关注的文本的筛选。

一、同代批评的生产性

在80年代，随着大学恢复招生和学科体系重建，当代文学的开放性、作家队伍的层次性和文学批评的前沿性使这一学科曾经风光无限。于是层出不穷的理论名词冲刷着陈旧的知识体系，最终推动了文学研究一改社会历史批评的范式，而一定程度上回到审美本身，回到人与文学的主体性建构之中。而"进入90年代，启蒙主义的激情燃烧的岁月成为过去，但新崛起的新儒学、后现代主义、自由主义和新左派等，各个热闹了一阵就被发现并不是现代文学的最合适的批评标准，于是整个90年代直至跨进21世纪，人们都在试图寻找新的指导思想和评价标准"。① 实际上从理论层面概括现象并加以命名，是一种重要的知识生产方式。这种知识生产导致了贯穿20世纪80年代并绵延至90年代的"命名潮"的产生。这既为人们认识当代文学发展历程提供了一条清晰的线索，但同时这种"清晰"也在另一程度上遮蔽了历史客观存在的复杂性。我们要看到这种高密度命名的背后推手是文学批评。这培养了一代人的知识、审美趣味，并进入了当代文学的知识谱系之中。尽管同代批评表现出了极强的生产性，但不得不说的是这种知识生产方式又是让人担忧的。

从历史发展实际来看，80年代的命名风潮显示出那一代批评家的敏锐性。他们能够迅速捕捉到文学发展的新质和动向并提出相应的概念。有些概念比如"伤痕文学"或者"朦胧诗"最初未必是正面的，但被批评家移用过来，在所指范围大致不变的情况下，通过改造其能指而激活了这些概念。其中的问题正如洪子诚所指出的："作为'当代文学'构成的理论、观念和现象，如果它们一开始就简单地转化为我们的历史

---

① 温潘亚：《百年中国文学史写作范式研究》(下)，人民出版社，2019年，第495页。

叙述,而不是成为我们历史研究的审察对象,而且,我们时时不忘记把我们的影像投射到对象的身上去,那么,研究还如何开展呢?"① 也就是说这些批评家将他们的批评成果转化为历史叙述的过程中,实际上有可能缺乏对自身必要的学术审视与反思。

正因如此,笔者认为从批评家转向文学史写作的学者如果过于信任批评所生产的知识,就很容易将文学史真实演进的逻辑简化为前沿批评家的思想踪迹,而二者显然是不同的。在 80 年代的当代文学批评中,文学批评之所以有强力的生产性,是因为一代批评家思想爆炸的激情更甚于潜心治学的冷静。这当然是那个时代的产物,它内在地推动了当代文学批评在审美的旗帜下表达思想意识的反抗性。即便是现当代文学史在当时的"重写",也不仅是为了做扎实的学问,更是为了彰显思想的生产性,展现参与社会文化重构的力量。尽管后来,这种激情不能随意释放了,但不妨碍治史主体在文学史中将批评的成果变为"知识"进入"谱系",而对其予以价值上的确认。

从知识生产的过程来看,当代文学史知识谱系的形成过程大致是这样的:一个时期的批评家在文学批评中,以某种理论范式建立起了关于文学现象描述的概念术语。随着这股创作风潮被另一个风潮取代,它就迅速固化为被建构的"历史",而陆续被文学史家整合到文学史叙事之中。这个整合的过程具有两方面的意义。一方面,它使处于动态发展结构中的当代文学史,在历史叙事时始终能保持着学术自新的活力;另一方面,也使批评家的学术成果在一种知识化、谱系化的叙事中相对固定下来。这样的知识生产方式当然有其问题,它其实并不是基于文学内在的常态化演进逻辑而生产知识的。我们可以清晰地看到,在批评意识的裹挟下,那些具有魅惑力和先锋性的文本更容易受到关注,甚至至今尚未完成历史的祛魅。在 90 年代以后,尽管相当多当代文学研究者退守回自身的"岗位",开始了学术建设的工作,但是他们依然征用种种文艺理论撰写繁难的论文。故而,当代文学史研究主体其实相当程度上没

---

① 洪子诚:《问题与方法》,北京大学出版社,2010 年,第 91 页。

有脱离理论的支配性。

相较而言，洪子诚和陈思和的两本当代文学史在其初版之时，可以说特色鲜明而较为全面，较为圆满完成了当代文学史在20世纪的"重写"任务。尽管这两部文学史都引起了争议和讨论，也都或多或少存在问题，但作（编）者都努力呈现了当代文学发展的历史线索。他们两位学者一个是以史料隐藏自身的启蒙意识和理论认知，一个是公开自己的理论架构而阐释文学史。现在来看，洪著尽力勾勒出文学史的复杂面貌，特别是政治如何影响了文学生产与传播，但也正因如此，在处理80年代中期以后的文学史时，"一体化"的概念无法有效结构此后文学发展的复杂状况，故而后半部分还是较为依赖曾经的文学批评所生产的知识。陈著的"民间"意识显著，而正因如此其对文本的价值认定也是延续了其批评话语，并将之辐射到整个文学史中。该著作发掘的潜在写作确实一定程度上完善了当代文学的知识谱系，但其所列入的绝大部分文本还是文学批评初次筛选的结果。

进入21世纪，取代"重写"而来的是当代文学研究"历史化"，或者说"历史化"已经逐渐成为当代文学学者热议的话题，因而相关会议不断召开，相关论文不断发表。但问题是"历史化"仿佛和"批评化"成了一组对位的观念，人们没有清醒地意识到二者在当代文学中的关联。我们可以对"十七年文学"和80年代文学的"历史化"做简要分析。

"十七年文学"的历史化，实际上是基于后现代理论而生发的，也就是反现代性的现代性。这个理论其实存在着巨大的争议，我们在后文中还会讲到。我们现在要讨论的问题是，"重写文学史"以后，关于"十七年文学"的知识，除了量的缩减外，没有什么大的变化。虽然陈思和、董健等主编的文学史，都有一些新作品的加入，但主体还是那些已经被视为重要作品的文本，只不过对于作家作品的评价，显然和之前的文学史有很大的不同。但是需要我们注意的是，无论是"重写文学史"还是以新左派的理论"重返""十七年"，实际上大部分情况下都是在解决已有的知识问题。他们的知识生产方式，主要是对既有结论进行肯定或否定的评价,或者用新的理论重评一些重要的文本。但是,"十七年文学"显然不是一个用纯文学观念就能含括的文学史时段。关于文学环境、文学生产方式、文艺大众化等重要问题的探讨实际上已有许多前沿研究,但很少被有效吸纳进入文学史来更新知识结构。可以说,同代人的历史记忆和经验决定了,他们没有真正改变他们受教育时"十七年文学"的基本框架,只是在做减法之余,改变了评价标准。

与此同时,学术界曾对"重返八十年代"颇有热情,这种热情一方面来自亲历者"历史化"进而"知识化"那个时代的冲动,另一方面来自拉开一段时间后新的研究者重述历史的学术诉求。然而,"重返"的主要工作依然是对已有的重要作家作品的"经典化"。我们试图"重返"80年代的历史现场时,首先要正视的就是学术界关于80年代文学史、思想史业已形成的宏大叙事,特别是其中显露的问题。如今我们确实无法绕开这些关于80年代的"大叙事",然而我们是否忽略了什么,又为什么忽略了? 我们关于80年代文学与政治的叙述线索是立足于宏观角度,这样的"大历史"存在于教科书中当然有其合理性,但从这套知识谱系去看文学史,往往会停留在具有通约性的、公共性的叙事层面,即偏重于从政治向文化、形式的转型这种叙事逻辑,而实际上有可能遮蔽了历史发展中更为丰富的信息。在下编中,笔者还将重新梳理80年代的文学谱系。

二、干扰同代经验的因素

其实,当代人写当代史虽然有着种种障碍,但也有着后人未曾有过的一些历史体验,尤其是不同代际的学者对于当代社会的感知或认识大相径庭①。如果能够做到白碧德所言:"真正的人文主义者在同情与选择之间保持着一种正当的平衡。"② 同代人的经验对于充分理解作家,

---

① 洪子诚的《问题与方法》和程光炜的《当代文学的"历史化"》中都有相关例子。
② 欧文·白碧德:《文学与美国的大学》,张沛、张源译,北京大学出版社,2004年,第8页。

理解历史也会有帮助。但我们要注意到，文学史写作中这种"理解"会导致一种"调和"或"附会"，如章太炎所言："愈调和者愈失其本真，愈附会者愈违其解故……故中国之学，其失不在支离，而在汗漫。"①我们所要追求的是，发挥同代的经验优势可以使理解深入而收缩汗漫。从现实情况来看，基于同代际经验的知识生产固然可以发挥某些优势，但也面临着若干问题。

  首先，文学史家需要摆脱自身对一些作家的刻板认知，跳出批评观念支配下的偏见。我们所说的同代经验，当然是以批评经验为主，但同时也要注意到这一代文学史家自身的批评经验有着鲜明的思想指向性。正因如此，史料中符合他们经验的成分比较容易被"召唤"而引起共鸣，而那些不符合他们的知识经验的成分，就无法构成他们的有效的阅读经验。比如说丁玲，我们现在常认为在80年代时，丁玲仿佛是一个"红衣主教"，而且后来又出现了《左右说丁玲》这样的书。现在来看，文学史对曾经发生过明显作用的丁玲在当代文学中的位置显然估计不足。如果基于先锋立场下的思想倾向看视丁玲，就容易陷入批评状态，而这种眼光是不是就能呈现出来了一个真实的丁玲？文学史写作要摆脱同代批评经验的干扰，其前提应该是"现象学还原"。文学史家到底怎样在这些充满"矛盾"的史料中，保持相对平衡、稳定的态度？这牵涉到如何理解作家作为一个社会人在"公共空间"和"私人领域"的不同表现、不同面相。就这些史料本身而言，它们之间并没有轩轾，反倒是其中的层次性有助于我们将问题探讨推向深入。也就是说，我们不能因为丁玲等人的日记中的思想而否定其在公开场合的讲话，在不同的环境下，由于角色转变其话语面向的对象不同有迥异的表现，也许正体现出他们内心的复杂与情感的矛盾。丁玲曾给聂华苓写信抱怨到："这几年我已经被人说成'正统派'了。还有人说我'左'，真可笑，真是'左'、'右'都由人说，'左'、'右'都由人骂，好在我是骂不倒的，也

---

① 章太炎：《论诸子学》，载《章太炎全集》，第14卷，上海人民出版社，2018年，第48页。

打不倒。我以前是怎么的,现在还是怎么。"① 对于丁玲而言,她新时期之后的"红衣主教"并非有意作秀,或者说得直接一些,在丁玲心中有一些不变的坚守,尽管1957年毛泽东接见外宾时说:"丁玲这样的人,是一个大作家、党员。现在很好,可以把她赶出去了,赶出去更好办,文学艺术会更发展。"② 但丁玲依然认为:"毛主席最了不起了……他对我怎么样,不管,但我对他是一往情深的。现在看到很多人还在指桑骂槐地骂他,我心里是很难受的。"③ 可见,丁玲的迷茫与痛苦是具体的,她认为错不在于党、不在于领袖,而是在于某几个执行者④。如果知识分子追求的是自由、独立、疏离政治,那么很容易认为丁玲这样的作家在改革开放以后的思想观念落后,有问题。但是如果"悬隔"这种经验,将之"加括号"而不带定见地进入被叙述对象的生命世界,丁玲复出后创作的《杜晚香》以及创办《中国》,参加反对"精神污染"等,都可以成为我们透视老一辈左翼作家精神轨迹的重要窗口,可以发挥丰富文学史内涵的重要功能。

第二个问题就是研究主体如何面对和甄别人际关系的因素,尽可能使知识生产客观化。无论是批评家还是文学史写作者,他们都是人。他们都生活在人际关系之中,也免不了要受到这种人际因素的干扰。这就要到考验文学史写作主体自身的学术勇气的时刻了。我们知道在当代文学中为贤者讳、为尊者讳的现象比较明显。但如果我们没有了直面惨淡历史和人性的勇气,而漠视或默然接受有一部分的历史痕迹被销毁、改造,那么文学史的知识生产也会受到影响。比如我们讲胡风的《时间开始了》是用《胡风全集》中被删改过的版本还是用原初发表的版本,其

---

① 1984年2月10日致聂华苓,见张炯主编:《丁玲全集》,第12集,河北人民出版社,2001年,第221页。
② 陈晋:《文人毛泽东》,上海人民出版社,2005年,第435页。
③ 王增如、李向东:《丁玲年谱长编》,下卷,天津人民出版社,2006年,第683页。
④ "中央某些领导一时听信不真实的小报告,一笔下来点了我的名,我成了大右派……难道敬爱的周总理、王震等中央领导同志也忍心让我去北大荒喝西北风吗?我是决不相信,死也不信的。我以为只有那么几个人,他们惯于耍弄权术,瞒上欺下,用这样表面堂皇,实则冷酷无情的手段,夺走我手中的笔,想置我于绝地。"(丁玲:《风雪人间》,载《丁玲全集》,第10集,河北人民出版社,2001年,第127页。)

实对于理解胡风在当时的形象是会有差异的。在这个意义上，文学史知识谱系的完善，离不开直面历史真实的学术态度，否则当代文学的同代经验，有可能会在我们写史时成为挥之不去的梦魇。

特殊年代中的历史遗留问题，现实人事关系的复杂等等，都使同代经验在当代文学批评化的学风下，衍生出许多非学术阐释，那些文学史虽然看起来有一些合理性，但不可避免地带有时代局限性。当然，"如果我们把'阐释'理解为一种'重写的运作'（a rewriting operation），那么我们可以把所有各种批评方法或批评立场置放进最终优越的阐释模式之中"。① 但问题在于，我们如何能保证这种阐释模式的合法性？说得具体些，谢泳曾经提出知识分子晚年境界问题②，其中涉及到一些名、老作家。如今我们为贤者讳，谈及胡风反革命集团案、"反右"时在文学史中遮遮掩掩，而不愿秉笔直书。例如曹禺在20世纪50年代写的诸多文章，不仅随着他"审定"《曹禺全集》而被删去③，而且也被文学史所忽略④。这些文章原本已然收录于曹禺的《迎春集》（北京出版社，1958年）中，然而日后却都不见踪影。笔者无意针对曹禺本人，只是以此为例，意在说明如果我们在文学史写作中，仅仅将新中国成立初期的几次政治运动和文学运动简单描述，将知识分子和政府推向对立面，而无视当时具体情况，便无从真正写出作家在当时实际受到的内在精神影响和表现出的文化选择。

创新首先源于求是。陈寅恪说："一时代之学术，必有其新材料与新问题。"⑤ 对于当代文学的媒介形态和史料保存状态而言，"新材料"

---

① 詹姆森：《马克思主义与历史主义》，载张京媛主编：《新历史主义与文学批评》，北京大学出版社，1993年，第18页。
② 参见丁冬：《和友人对话》，长春文艺出版社，1997年，第1—11页。
③ 参见商昌宝：《作家检讨与文学转型》，新星出版社，2011年，第185页。
④ 《胡风在说谎》、《胡风，你的主子是谁?》、《吴祖光向我们摸出刀来了》、《灵魂的蛀虫》、《巴豆、砒霜、鹤顶红——斥右派分子孙家琇》、《斥洋奴政客萧乾》、《从一只凶恶的"苍蝇"谈起》等许多文章都收录在《迎春集》（北京出版社，1958年），还有一些被曹禺舍弃的文章如《满怀信心》，（《人民戏剧》1981年第8期）、《坚持和发展毛泽东文艺思想，抵制和清除精神污染》，（《戏剧报》1983年第12期）等等许多文章。
⑤ 陈寅恪：《陈垣敦煌劫余录序》，载《金明馆丛稿二编》，上海古籍出版社，1980年，第236页。

其实也包含着那些被有意无意遮蔽的材料的解蔽。不过,考虑到当代文学与当代社会、思想始终保持着密切的对话关系,新材料往往也因为"当代性"而在文学史写作中则成了一柄"双刃剑"。面对复杂乃至矛盾的文献史料,文学史作者较难摆脱人际因素对自己运用各类史料时的影响与制约。有学者谈到当代文学史写作时表示:"相对于古代文学史写作,当代文学史的资料收集远为容易。如果说,资料占有的数量是评价古代文学史著作的一个标准,那么,当代文学史写作的焦点,毋宁说是如何处理丰富的资料。"① 实际上这不仅仅是文学史写作所面临的问题,更是当代文学史研究乃至建立文学史学的一个必须突破的瓶颈。所谓"如何处理"史料彰显的是研究者对历史的态度和认知,我们究竟是偏读偏信还是综合考量,是审慎思考还是妄下断语,是直面历史还是遮遮掩掩?答案虽然不言自明,但真正进入文学史写作过程中却需要以学术之名召唤研究主体的学术眼光和勇气。

第三个问题可能也是更为烦难的问题,即在复杂的人际纠葛中作家和文学史家要面对的是,大量掺杂了道德意识、宗派思维、政治斗争思维等矛盾的史料。这不像前文所论的曹禺那样仅仅是自我完善,而是至今仍聚讼不断。上一个问题是文学史写作主体可以知道真相,而是否有勇气还原真相,摆脱同代人干扰的问题。而这个问题则考验的是研究主体在面对充满矛盾、相互攻讦的材料时,是基于自己的当代经验形成历史想象,还是基于自己理性、客观的分析而得出结论。当代文学史的作者要面对的是同代人的泛道德化话语,以及后代间针锋相对的阐释。面对这种客体对象的自我形塑,我们要让自己不被他们的话语带动、影响,是很难的。为求能更具体地论述当代文学史写作面临的这一问题,笔者从一个具体的例子展开分析。

1958年版《鲁迅全集》对鲁迅《答徐懋庸并关于抗日统一战线问题》一文的注释,无疑将责任推向了徐懋庸、冯雪峰乃至鲁迅本人:"徐懋庸给鲁迅写那封信,完全是他个人的错误行动,当时处于地下状

---

① 南帆:《当代文学史写作:共时的结构》,《文学评论》,2008年第2期。

态的中国共产党在上海文化界的组织事前并不知道。鲁迅当时在病中，他的答复是冯雪峰执笔拟稿的，他在这篇文章中对于当时领导'左联'工作的一些党员作家采取了宗派主义的态度，做了一些不符合事实的指责。由于当时环境的关系，鲁迅在定稿时不可能对那些事实进行调查和对证。"① 如果说考辨这篇文章背后的历史是"现代文学"的遗留任务，那么当代人与此注释的关系主要体现在我们如何理解鲁迅在当代文学史中所扮演的角色。透过相关当事人态度的抵牾，辨明不同的政治身份和遭遇所形成的不同态度，进而理解当代文学"场域"的独特性。只有透过大量史料辨识其中的个人认知，而形成对文学场域的全面理解，才能在文学史叙事中相对客观地呈现历史的复杂性。面对亲历者的言说，盘根错节的矛盾中包含着的人物和事件的本质，需要在抽丝剥茧中被发掘，正如布迪厄所言："作用、相互作用、竞争关系或冲突关系、甚或幸福或不幸的偶然，构成了生活的不同历史过程，它们不过是表现不同人物的本质的若干机会，将人物的本质展现在以历史形式出现的时间中。"②

这则所谓冯雪峰"执笔"的注释当然有不符合历史真实之处，却是经过众多领导反复指示的③，且与冯雪峰本意不符，因为这样的注释几乎是把冯雪峰塑造成反周扬、反左联及乃至反党的形象。据牛汉的口述："冯雪峰的好朋友邵荃麟找他谈，说：雪峰啊，你现在首先要把党籍保下来，党让你这样写两个口号的注释。……1958年2月他被开除党籍……他觉得主要是这件事太对不起鲁迅了，受骗了，被玩弄了。"④冯雪峰的命运自然一落千丈，面对相关问题背后政治话语的运作，恐怕我们在种种被遮蔽的史料中，还不能完全还原当时众人的心态，但这种

---

① 鲁迅：《鲁迅全集》，第6卷，人民文学出版社，1958年，第614页。1958年版是在每一卷后集中注释而非后来的文后注。
② 布迪厄：《艺术的法则：文学场的生成和结构》，刘晖译，中央编译出版社，2001年，第19页。
③ 洪子诚在《1956：百花时代》（山东教育出版社，1998年，第247—250页）中援引了关于这则注释产生经过更为详实的史料，笔者不再赘述其内容。
④ 牛汉口述、赵雪芹采写：《回忆冯雪峰》，载《口述历史》，第1辑，中国社会科学出版社，2003年，第158页。

历史的张力或者说紧张感,正是大多数文学史在讲述"十七年"文学运动时所缺乏的。这个事件并未因政治运动结束而停止,历史的发展也并不如文学史讲到的"拨乱反正"那样简单。时过境迁,冯雪峰写于特殊年代的一篇文章在改革开放后由《新文学史料》刊出,旋即引起轩然大波①。由于冯雪峰、夏衍、茅盾等人的相关文章相继刊出,围绕《答徐懋庸》一文风波再起。正因为茅盾、夏衍著文反对冯雪峰的观点②以至于在修改《鲁迅全集》关于《答徐懋庸》一文的注释时,"胡乔木对送审稿的修改,倾向上却有点向 1958 年版的旧注靠拢。例如旧注说徐写信,是他个人的行动,而修改稿则说是他个人的意见"③,最终在多方平衡之下 1981 年版《鲁迅全集》中这条注释的核心是:"周扬等提出'国防文学'的口号,号召各阶层、各派别的作家参加抗日民族统一战线,努力创作抗日救亡的文艺作品。但……有的作者片面强调必须以'国防文学'为共同的创作口号;有的作者忽视了无产阶级在统一战线中的领导到作用。鲁迅注意到这些情况,提出了'民族革命战争的大众文学的口号',作为对左翼作家的要求和对于其他作家的希望。"④ 这其实是 20 世纪文学研究共同性的问题,在史料处理和历史叙事中体现为由于主体的介入,在面对历史现场和人物关系时,主体意识对客体对象的干扰,造成自身经验带来了主体对叙事的"操作",而这种"操作性效果在否定这个或那个真实的片段时是有效的"⑤。

其中的是非曲直在洪子诚等学者的著作中已经有辨识,本书要指出的是,这种复杂的问题如果未能基于非道德化、非经验化、非想象化的客观考察,就不可避免地会给后人理解和认识历史,甚至书写文学史带来困难和障碍,特别是容易上升到道德层面而影响学术的冷静与客观。

---

① 冯雪峰:《有关一九三六年周扬等人的行动以及鲁迅提出"民族革命战争的大众文学"口号的经过》,《新文学史料》,1979 年第 2 期。
② 夏衍:《一些早该忘却而未能忘却的往事》,《文学评论》,1980 年第 1 期;茅盾:《需要澄清一些事实》,《新文学史料》,1979 第 2 期。
③ 朱正:《研究鲁迅五十年》,载《第二代中国现代文学学者自述》,文化艺术出版社,2011年,第 122 页。
④ 鲁迅:《鲁迅全集》,第 6 卷,人民文学出版社,1981 年,第 539 页。
⑤ 巴迪欧:《世纪》,蓝江译,南京大学出版社,2011 年,第 6 页。

如洪子诚所言:"中国'当代'推动的又是一种'泛道德化'的政治实践。而对于许多革命作家、批评家来说,他们普遍持有对文学的道德承担的信仰。"① 而这种道德感如果被文学史家吸纳,也容易被泛化而应用到对人的评价上,导致其陷入迷思,反而"为一种众所周知的历史纠纷添一点是非,或借此勉为其难地构画一种'我'字当头的历史图式"②。当代文学知识生产过程中,这种极为复杂的矛盾纠葛、恩怨情仇并不罕见。文学史所能呈现的仅仅是冰山一角,它不能简单地堆砌大量史料而将考辨的重任交给读者。文学史作者怀有一种"犹豫不决"的怀疑,当然是必要的,但正如鲁迅所说:"怀疑并不是缺点。总是疑,而并不下断语,这才是缺点。"③

尽管由于文本和史料中时常掺杂了大量宗派、伦理、道德化的叙述成分,使得"下断语"确实比较困难,但仍然有问题值得进一步讨论。当我们面临那些充斥着道德语汇的史料时,当如钱玄同所说:"对于史料的鉴别去取,全以自己的眼光与知识为衡"④,即应该尽量避免历史观的泛道德化而代之以耐心分析。与此同时,我们应该超越简单的道德判断,进一步剥离这些道德话语,把握其中包含的历史信息,以避免我们自身的历史观再次道德化。对于文学史写作者而言,如果将这些内容略去,其实就会造成当代文学史的失真,因此有两条路径值得考虑。其一就是基于"现象学还原"的前提,摆脱已经形成的情感经验而自己考证、考辨,得出令人信服的学术价值立场。其二,也是更为值得注意的,就是文学史作者要有相对宽广的知识视野,了解学术前沿而吸纳他人经过考辨后的结论。这样可以使文学史编写变成一项考验学术视域和眼光的学术实践,而不仅仅是简单拼凑作家作品及其艺术风格的工作。

对于一些事件、文学史人物的"知识化",由于同代人意见被迅速采纳,而容易造成"一叶障目"的问题,因此就更需要沿着上述两条路

---

① 洪子诚:《"当代"批评家的道德问题》,《南方文坛》,2011年第5期。
② 张业松:《为什么会有这样的批评》,《文艺理论研究》,1997年第1期。
③ 鲁迅:《鲁迅全集》,第6卷,人民文学出版社,1981年,第486页。
④ 钱玄同:《钱玄同文集》,第4卷,中国人民大学出版社,1999年,第265页。

径之一,全面分析后再下结论。比如文学史对胡风等人的理解,对"胡风反革命集团"事件的叙事容易倾向于胡风"和他的朋友们最为注重的自然是'五四'启蒙主义传统"①,而没有注意或者刻意遮蔽胡风的另一面,甚至是他十分重要的一面。胡风尽管在狱中,还是认真学习上面刊有批判自己文字的《毛泽东选集》:"这书将F吸引了,当晚就读了18篇,到深夜才睡。……他说,有许多地方吸引人,心情平静不下来……他对身外的事并不关心,只一心扑在读《毛选》和写诗上。"② 胡风的孩子对他说:"你要想翻案,除非资本主义复辟,修正主义上台,而这是不可能的。"胡风听了"非常生气",并对孩子说:"你这是说我有变天思想。我绝对没有。对于马列主义、社会主义我始终都是坚信不疑的。出来以后公安部安排我去参观十大建筑,参观工厂。这些我都很感激。但是即使没有看我也相信。"③

此外,诸多文学史中高度认同胡风提出的"世界进步文艺支流"说,尽管这是胡风曾经提出的理论,但在新中国成立后胡风对此理论有过两次自我否定,但这些总是被人们有意无意地忽略了。第一次是在"意见书"中胡风表示,"这个错误的提法,这违背了毛主席的分析,甚至和我自己对于五四运动的革命内容的理解也自相矛盾了"。④ 人们当然可以认为胡风在50年代的自我修正和反思有可能是"违心"的。那么在第二次即1985年,胡风依然表示:"'正是市民社会兴起了以后的,累积了几百年的,世界进步文学传统的一个新拓的支流。'这个提法犯了逻辑上的大错。市民是指资产阶级。五四是资产阶级民权主义性的革命,但领导这个革命的是无产阶级(盟主),而不是资产阶级。……这里所说的'世界进步文艺传统',只能是由民主主义现实主义发展到社

---

① 钱理群:《1948:天地玄黄》,山东教育出版社,1998年,第178页。
② 晓风编:《梅志文集·回忆录》,宁夏人民出版社,2007年,第229页。
③ 晓谷:《没有忘却的记忆——回忆我的父亲胡风》,载《历史风涛中的文人们》,人民文学出版社,2009年,第170页。
④ 胡风:《胡风全集》,第6卷,湖北人民出版社,1999年,第233页。

会主义现实主义的传统。"①

总而言之,我们需要客观、冷静地审视文学场域、文学机制,辨明在知识生产的过程中如何掺杂了各种各样的因素。这种学术路径可以使文学史生产出来的知识,不受限于我们自身的批评意识,而能在花繁柳密处拨开重重历史迷雾。

三、经验有限与可疑的知识谱系

20世纪40至60年代中后期出生的学者,是当前流行的当代文学史写作的主体。在他们的学术轨迹中,80年代的文学批评的热情很快转化为他们的知识记忆。他们认同这些知识,不仅因为自己直接参与过或受惠于此,更因为他们认同这种知识生产背后知识分子精神力量的张扬。诚然,80年代的批评、创作形成了一个关于先锋、闯禁区、自由等话语的联盟,而那些陆陆续续的运动,虽然给他们中的一些人在当时带来了冲击,却在历史记忆中成为他们勋章一样的荣光。

如此一来,80年代的那种知识记忆,包括他们的知识结构、批评经验,成为后来文学史写作的一个前置思想条件。这种知识经验,或者说这一代人的思想经验使得他们的学术视域有可能受到了一定的限制,而问题就在这里。批评家在当时参与甚至干预社会文化的路径,是通过推动文学和文论的革故鼎新,特别是吸纳外来文化来引发社会的思想震荡。正因为这种震荡由文学界波及到社会文化的多方面而产生了溢出象牙塔的文化效应,所以那些知识分子感受到了自己的力量,也就格外珍惜自己曾经的那些声音。从这个意义上讲,80年代被批评家所厌弃的传统社会主义现实主义写作,未必没有价值,只是不符合他们当时所形成的批评标准;而受到批评家追捧的文学现象和文学作品,未必又有多么高超的艺术技巧和多么经典的审美意义,实际上是因为它们为批评

---

① 胡风:《后记》,载《胡风评论集》(下),人民文学出版社,1985年,第403页。引文中着重号为原书所加。

家、理论家那些激进、先锋的思想得以出场，提供了一个有效的中介而备受关注。这样一来，那些师法苏俄的作品虽然也受到关注，但其关注者都不是领一时风气之先的批评家，例如路遥就曾经处于这种局面，导致其《平凡的世界》在文学史中的地位长期不高。

历史地看，这样的知识生产方式有其生成的语境，却也在当时的语境中有意无意地遮蔽了一些重要作品和创作现象。因此，"重写"文学史的过程中，那些无法支撑知识分子历史想象和现实关怀的作品、作家以及文学现象，就无法进入文学史，或受到批评。批评家后来回到象牙塔的"岗位"成为文学史作者时，本身就包含着情感选择与价值判断，正如贺仲明将这一时段的文学史称为"理想与激情的年代"，其实是势所必然的。事实上，现有的当代文学史著作虽然绘声绘色地描述了 80 年代当代文学的发展，但这条由文学批评主导的"主线"也掩盖了文学史多维、立体的发展线索。这个问题不仅体现在文学史家处理 80 年代文学的方式上，同样地，对于"十七年"文学和 90 年代文学，文学史家都或多或少受到 80 年代文学批评的影响，从而遮蔽了更为丰富立体的叙事可能。这种遮蔽不仅仅是对文学发展历史实际的遮蔽，其给后来文学史写作带来的影响也应该辩证看待。

一方面，挥之不去的前理解结构制约了知识谱系的客观性和全面性，造成了文学史结构的封闭性。具体而言，文学批评的话语生产性促成了后人在其话语影响下，哪怕有意回避这种话语，也依然有一个前理解结构存在。他们对于审美的执着追求，对于现代性、后现代性理论的热烈拥抱，对于纯文学精神力量的高扬都无可厚非。但是这种学术经验使得他们在重新回到文学史的时候，就会在这一前理解结构下开展文学史写作工作。这制约了知识谱系原来应该有的客观性和全面性，从而使文学史结构也显得日益封闭，陷入固化状态。这集中体现于前文所指出的当代文学史不是冷静观察梳理的后设命名，而是对批评话语的直接吸纳。这里要进一步指出的是，这种吸纳不是基于历史实际，即不基于史料与文学创作实际，而是在前理解结构的影响下，筛选或抗拒某些话语。如果基于这种视角回顾学术史时，我们会发现 80 年代批评的生产性更依赖于创新的激情,而后来的文学史也是对这些激情的追认。在这样的背景下,当代文学史的叙事逻辑将长期受制于一带批评家的前理解,而后代学人则在接受这套可疑的知识谱系的基础上,固化了这种前理解结构。

以"十七年"文学入史为例,应该承认现有关于当代文学的"知识"尽管日渐完善,但还存在着诸多偏颇;现有关于"十七年"文学"经典"的辨识与诠释尽管有其道理,同时也存在着若干问题。文学史写作者在进入这一时期时,不能仅仅停留在之前文学史认定的所谓"经典作品"上,不能封闭在"当代文学"的时间和空间结构中,也不能仅仅停留于历史、政治、文化等外部研究的层面。"十七年"时期的作家群体中,从"现代文学"时期开始写作的作家构成相当的一股力量。不仅有人们熟知的巴金、老舍、沈从文、茅盾、张恨水,更有一批被当然地视为"当代作家"的梁斌、杨沫、碧野、吴强、李英儒等。因此,通过"知识考古",我们不难发现当前关于"当代文学"的"主流叙事"过于明晰地与"现代文学""划清界限",造成了学术研究的推进不是立足于文学史内在发展和作家作品的详细解读,反而是不断引入形形色色的理论"再解读"。

在这一批作家中沈从文是最容易被忽视的。现在的当代文学史大多忽略其"十七年"时期的创作,从而彰显政治语境对其创作和精神的干扰。我们比较容易关注到他下乡时给张兆和的信中说:"我每晚除看《三里湾》也看看《湘行散记》,觉得《湘行散记》作者究竟还是一个会写文章的作者。这么一只好手笔,听他隐姓埋名,真不是个办法。但是用什么办法就会让他再来舞动手中一支笔?简直是一种谜,不大好猜。可惜可惜!……或者文必穷而后工,因不穷而埋没无闻?又或另有他故。"[①] 为了说明问题,笔者此处引用《从文家书》,而非《沈从文全集》。因为《从文家书》中收录的往往是沈从文与主流意识形态之间的话语龃龉,这在一定程度上也可以看出编选者的历史观与"建构"沈从

[①] 沈虎雏编:《从文家书:从文兆和书信选》,上海远东出版社,1996年,第255页。

文的意图。洪子诚在《1956：百花时代》中也引述了这段话，并且说"我们可以看到的是散文，如刊于《人民文学》1957年第7期的《跑龙套》"①。

这种文学史叙述着重突出的是沈从文无法写作的"苦恼"，然而我们如果不是局限于自己的学术经验，而是全面考察沈从文所处的内外环境和精神历程，便会发现胡乔木曾交代《人民日报》的文艺副刊："一定要请沈从文为副刊写一篇散文。"② 周扬也表示："沈从文如出来，会惊动海内外。"③ 因此，到了1960年他还接到过写作任务："今天组织上让我拟就张鼎和一生参加革命工作写一传记式小说。"④ 这一任务与沈从文之前的写作计划是一致的，不是"组织"强加的："无论如何五月起始写小说……明年将向党作一种献礼，照目下体力估计，作得好的。"⑤ 甚至到1961年，这些文艺界领导还为了"海内外"的影响给沈从文大开方便之门，而且在艺术上不提什么要求，哪怕沈从文能写出一个"五四"新文学时期的文本也行。先是他本人"闻周扬说，还是让我写小说，也许不久还是要把搁下十年的旧业，重新再抓起来"。⑥ 而在这大约一个月后，沈从文正式接到通知："文联方面告我，他们商量结果，还是让我写小说，且不一定写什么新题材，即写五四以来种种，照自己所习惯办法写也成。且不拘到什么地方去写也可为设法。"⑦ 其实，从这些史料中我们可以看出沈从文在当时不仅心态平和还很乐于创作，虽然由于种种主客观原因没有写完小说，但发表了一系列诗歌，且时人和他本人都很认可这些创作。1962年张兆和致信沈从文说："诗写得很

---

① 洪子诚：《1956：百花时代》，北京大学出版社，2010年，第33页。
② 《胡乔木传》编写组：《我所知道的胡乔木》，当代中国出版社，2012年，第186页。
③ 涂光群：《五十年文坛亲历记》（1949—1999）（上），辽宁教育出版社，2005年，第39页。
④ 沈从文1960年10月10日致张劲夫的信，载《沈从文全集》，第20卷，北岳文艺出版社，2002年，第467页。
⑤ 沈从文1960年2月26日致沈云麓的信，载《沈从文全集》，第20卷，北岳文艺出版社，2002年，第379—380页。
⑥ 沈从文1961年5月27日复沈云麓的信，载《沈从文全集》，第21卷，北岳文艺出版社，2002年，第52页。
⑦ 沈从文1961年6月23日复沈云麓的信，载《沈从文全集》，第21卷，北岳文艺出版社，2002年，第60页。

不错,白尘同志觉得惊异,连我也没想到。"但她作为编辑要修改沈从文诗作时,沈去信不仅不让修改,还自信表示自己诗歌创作的才华:"过去十多岁时还被人称'才子',即为了写诗。但是一搁四十多年,即我自己也忘掉这一手功夫了。"① 仔细阅读这些通信,有助于我们深度了解沈从文对自己诗歌技法的高度自信。更进一步来看,当代文学史写作不能为了突出一部分作家创作被压抑,而"遗忘"作家对于自己的境遇并不做否定的事实。哪怕到了特殊年代,沈从文在写作旧体诗词时,依然认为"在这么一个寂寞地方,能完成这么一个篇章,还是实在快乐。一生到老,并没有辜负手中这一支笔(引按:着重号为原书所加)"②。

另一方面,这种文学史写作路径当然有其问题,但我们是不是可以换一个角度思考?这是不是一种具有鲜明学科特点的写作路径?这看起来是一种不稳定的学术结构,也不宜生成稳定的知识体系,但这恐怕才是当代文学研究的常态。当代文学学者为求强调学科的稳定性,而不断谋求知识体系的稳定化,从功利意义上说,保住学科地位就是保住获取资源的平台,这是可以理解的;但从学理层面而言,以一代或两代人的价值判断、审美取向、问题意识、理论思维,试图完成当代文学知识的稳定,其实存在着很大的问题。譬如说这一代人用福柯、杰姆逊、柯林伍德等等的理论而"历史化"当代文学。这种"历史化"的结果其实是不可能稳定的。放在学术史中来看,这其实仅仅是一种基于理论的历史批评。基于这种理论的文学史诠释何以能生产一种可以稳定存在的知识?这些知识生成的前提是相关的理论,那种"学术"(scholarship)实际上是一种"历史批评"(histrionic criticism),即对于一些所谓重要文本进行经典化,其实是一种基于历史理论的学术批评。因为它并不是要重新思考我们现有的知识谱系是否完善,是否能够全面、客观地呈现当代文学发展的历史状态。其实,美国学者已经有所反思:"批评为天真

---

① 沈从文:《沈从文全集》,第 21 卷,北岳文艺出版社,2002 年,第 145—169 页。
② 沈从文:《沈从文全集》,第 22 卷,北岳文艺出版社,2002 年,第 431 页。

的科学主义目标和观念所吸引;被哲学价值论关注的枯燥问题弄得心烦意乱;为一种误置的、对'客观性'的探求所困扰;其文学研究的观念又被文学界狭隘的智识传统和事业心所限制。这样它就从自己的领域中排斥了研究动态的变异性和理解多样性本质的可能性。"①

正因如此,要摆脱同代经验的弊病,还是要注意批评意识的局限性。在这个意义上,当代文学史写作亟需激活的是解释学的循环,而不是推动现有知识谱系成为一个稳定的学术结构。也就是说,研究者面对当代文学史时,应该保持自身的当代立场,并以自己的当代经验与文本对话,才能激活绪论中所提出的解释学循环。笔者始终认为当代文学的知识谱系到目前为止,还是处在一种不稳定的状态,这种不稳定的状态就源于每一代人的学术经验都有它的局限性。

概而述之,当代文学文学史写作与研究的"历史化",不是简单用新理论或新材料评析那些被上一代人视为经典的作家作品。我们其实还没有完成历史现场的完整开掘,还需要从史料出发重新研判当代文学。如果同代经验所生产的知识话语死守在学术阵地上,它就必然会带来知识结构的固化,且这种知识本身是可疑的。一代人应该有一代人的"重写",而不仅是对一些被暂时固定在文学史上的作品加以"重评"。我们要意识到,重写和重评是两个概念。我们不断"重写"文学史,其实是每一代人基于已有的学术积累和独立的价值判断,给出自己对文学史演进逻辑的理解,经过几代人的解释形成一个解释学循环。这时当代文学史的知识谱系才会显得相对稳定,或者说才有可能接近于客观、全面。

第二节 审美意识与历史意识如何平衡

我们今天固然需要在文学史写作方面有所突破,但首先应该遵循实事求是的原则和历史唯物主义的立场与观点。正如马克思所言:"对人

---

① B. H. 史密斯:《价值的或然性》,罗务恒译,载周宪等主编:《当代西方艺术文化学》,北京大学出版社,1988年,第113页。

类生活形式的思索,从而对这些形式的科学分析,总是采取同实际发展相反的道路。这种思索是从事后开始的,就是说,是从发展过程的完成的结果开始的。"① 其实,当我们撰写文学史时,"当代文学"尽管是我们熟悉甚至亲历的进程,但也是在凝结成史料后才进入我们的写作视域,并经过学理审视而最终成为历史叙述。这实际上也是一种"事后"的推演。正如上一节所言,由于当代文学始终处于"未完成"的状态,我们自身的局限也会干扰对历史线索的辨识。因此,我们一方面需要尊重历史、敬畏历史,以"历史化"的眼光进入"历史的情景",即具备历史意识;另一方面,又不得不站在当下的时代语境中给予其必要的评价,在文学史中开展审美阐释和判断。本节要讨论的就是,如何在"历史存在"与"审美认知"间建立起一种双向能动的对话关系。这种关系以尊重并发挥研究主体的能动性为基础,就大而言,属于认识论层面的问题;就小而言,它具体地影响和支配着我们的当代文学史写作,因此也包括方法论与价值论层面。

一、审美意识:文学史写作的本质要求

虽然说强调文学史审美属性的观点一直不绝于耳,但本书对于审美之强调,是基于作为专门史的文学史,何以区别于其他类别的专门史而言的,也就是说文学史的本质应该立足审美。如果没有对文学审美形态及其内在演进逻辑的分析,那么文学史就会流于堆叠思潮、事件。正如上一节所言,当代文学史的写作吸纳了大量同代文学批评成果,如此一来,当文学批评出现问题时,文学史写作也会陷入困境。因此,我们必须先分析 21 世纪以来文学批评所面临的问题,从而理解文学史写作何以同步地出现问题。

新兴学科往往容易陷入古今之争和中西之别的二元对立思维中,久而久之,便遭遇贵古贱今和以西律中的双重困境。这在文艺理论与批评

---

① 马克思:《资本论》,载《马克思恩格斯全集》,第 44 卷,人民出版社,2001 年,第 93 页。

中尤为明显，特别是不少批评家经过高校中文系的系统学术训练后，容易拜倒在西方时髦理论脚下。他们征用西方新潮理论，以彰显文学批评的问题意识，却不顾这其实是理论制造出来的问题。如何从困境突围，是中国文学批评必须面对的问题。无论是基础理论研究还是文学批评，在面对西方话语体系时，都长期缺少反思与批判意识，理论家和批评家们习惯将西方的文艺理论当成大树，而自己在下面乘凉。久而久之，便导致中国文学批评在这一阴影之谷中徘徊而无法正常生长。尤其是文学批评理论化的强势，导致审美意识的日趋薄弱，而这种审美意识的削弱和问题意识的增强，使得文学史写作在吸纳批评时无从着手。

西方的文艺理论史曾群星闪耀，文学批评更是大师辈出。但在20世纪后半叶之后，以美国为代表的西方文学研究界固化了一种社会科学化的学术生产机制，即征引哲学、社会学等理论，或直接作用于文艺理论生产，制造出一批打着文艺旗号谈社会问题的理论；或套用在文本批评中，将批评的"问题意识"从应然的审美意识暗转为其他学科理论的问题意识。为了赋予这种越界的学术生产机制合法性，他们便美其名曰"反本质主义"。这不仅将艺术的审美无功利变为审美有目的，实际上还造成了艺术的合目的的非审美。西方不少学者，特别是海外汉学界的学者，将之作为学术规范，形成了理论先导的学术生产机制。具体到文学批评，则是将理论家已经论证过的理论问题，预设为文学批评要解决的问题。实际上，其问题意识不证自明，因为理论家已经论证过了。这种学术生产机制特别适合高校教育，它在中国经过二十多年的薪火相传，已经造成文艺理论研究、文学批评乃至文学史研究界，看似论文、著作频仍，但实则愈来愈技术化、工具化的学术生产体制，甚至出现了可称为"理论拜物教"的现象。在学术研究中，研究者们盲目地套用理论制造"问题"，进而再用理论解决之，这实际降低了研究对象本身的意义。具体到文学批评中，这种学术生产方式剥离文本的审美属性，将文本降解为一般性的佐证材料，而更多是在讨论社会问题。这类批评的理论结论和学理逻辑都是既定的，只需在文本中找到能支撑理论观点的例证即可。这种模式对中国的文学批评造成了诸多消极影响，导致文学批评的

"个性就更多地消融到原则里去了"。① 既然文学批评的知识生产对于当代文学史写作而言非常重要,那么如果批评逐渐丧失审美意识,文学史写作也就自然无从呈现出审美沿革的特征。

如今我们可以看到,在以美国为中心的西方文学研究界,所谓的文艺理论家、文学批评家,尤其是汉学研究者,最为擅长的是广泛征引各种理论,并迅速将其工具化而投入到以文学研究为名的学术生产。然而,他们所关注和阐释的许多问题,是在反本质主义的旗帜下抛弃审美逻辑,而在理论的强势介入中凭空制造出了这些问题。针对这一现象,美国的学者早已有所反思:"批评为天真的科学主义目标和观念所吸引;被哲学价值论关注的枯燥问题弄得心烦意乱;为一种误置的、对'客观性'的探求所困扰;其文学研究的观念又被文学界狭隘的智识传统和事业心所限制。这样它就从自己的领域中排斥了研究动态的变异性和理解多样性本质的可能性。"② 只不过在实用主义盛行的国度,这种见解常常会被忽视。

因此,批评家讨论的问题既不是文学审美的问题,也不是文本自在的问题,更不是研究者自身的问题,而是服膺于理论本身预设的问题意识。例如所谓"东亚现代性"是以殖民主义心态将世界的历史化归为"现代性"主宰下的历史,而"现代性"的目标、路径都建立在欧美所谓"先发"国家的社会实践中。如此一来,东亚国家走上"反现代性的现代性"的道路是必然的,于是造成了自身现代化与反抗西方殖民化的双重矛盾。批评家的任务便是将文本现象套入这种理论框架中。这实际上是将理论作为工具,遵循理论的逻辑而在文本分析中推演理论自身的问题。这样看来,批评家自身的学术思想和审美感受从未真正"出场",而理论自始至终控制着批评家的阅读和写作。此时的文学已不再被批评家视为作家生命经验和情感投射的产物,而他们只需要借助某种理论制

---

① 恩格斯:《致敏娜·考茨基》,载《马克思恩格斯选集》,第4卷,人民出版社,2012年,第579页。
② B. H. 史密斯:《价值的或然性》,罗务恒译,载周宪等主编:《当代西方艺术文化学》,北京大学出版社,1988年,第113页。

造的"问题"解剖文本即可。在真正有学术反思意识的理论家那里,这导致的是一种可怕的学术回忆:

> 我发现自己突然回到了少年时代最黯淡的夜晚,那时我不得不做学校通常规定的论文,我跻身于有相同任务的同学中间,感到被捆绑在永恒的苦刑凳上,抄写者和抄袭者在此没完没了地复制学校练习的工具、功课、论文或课本。①

此外,一旦批评家盲目迷恋理论话语,就会放大理论本身的适用性,无限扩张理论边界,反而导致这种话语体系成为一种意识形态,深深制约着学术研究话语体系的形成。如此一来,其学术成果往往也是理论空无所指。尤其是移入中国后,不仅很多理论"水土不服",而且许多现象也没有得到真正充分、细致的研究。过分依赖"先进"理论的文学批评,不仅无助于对文本的理解,更会降低自身的学术价值,因为"每种批评方法都有着内在的过时性,每种方法在各领风骚三五天后就会让位于别的方法,而后出现的批评方法的主要优点就在于其新颖性"②。

从这个角度而言,面对文学批评的问题,文学史写作主体要有回归文学本体论的自觉。文学史的写作不仅要回答现当代文学是什么、有什么以及为什么,还应倒逼研究主体从现象中抽离出来,考察我们自身的学科立场。现当代文学的学科立场构成离不开研究主体自身的学科观念。在不同时代中,学术界的主导观念和由这一观念所倡导的实践路径,构成了一个时代的学术范式的核心,而它决定了研究路径的选择和价值导向。学科立场的基本立足点是学科的整体定位,即以什么样的方式和价值取向来看待这一学科。这要求研究者们既要充分把握学科的本体,同时要对这一学科的认识论和知识谱系有所反思。中国现当代文学

---

① 布迪厄:《艺术的法则:文学场的生成和结构》,刘晖译,中央编译出版社,2001年,第220页。
② 柯里:《后现代叙事理论》,宁一中译,北京大学出版社,2003年,第11页。

正逐渐成为一个边界不断扩张的专门化的多学科研究场域。多学科知识的进入，造成了现当代文学本体论研究日益边缘化。这并非要求我们放弃关注适合理论阐释的现象，而是表明我们的学科立场之所以要在现象之外形成，是为了把握"现象场"①，同时，也是为了在明晰的学科立场下，我们能随时"召回"现象。

那么，我们的学科立场首先应该正视文学史的文学性。即便是"历史化"，也不应该忽视文学发展的内在审美逻辑。正如刘勇所说："无论我们怎样重视文学的社会历史背景，文学史写作当然应该坚持以文学为前提，以文学本身的价值为前提，否则根据什么来区分'重要作家'和'次要作家'。"② 不过我们强调审美意识，并不同于80年代"重写文学史"高扬审美而排斥乃至贬抑审美价值不足的作品。也即是说，并非审美价值较高的作品才有资格进入文学史。窃以为，文学史写作主体的审美意识不仅体现在对作品的审美感觉，还应体现在经由审美意识而分析不同类型作品的审美特征。我们的文学史写作不能满足于指出这个时代有哪些审美价值高的作品，还要关注那些审美上存在问题但又在时代中产生过较大影响的作品，指出其问题是什么，又何以有问题。这样方能走出前文所说的，文学批评社会学化过程中产生的"问题意识"，从而使文学史写作的问题意识聚焦于审美现象的发生、规律和问题。

更进一步说，我们的审美意识和审美价值标准，不能局限于1985年以来寻根、现代派所建立起的审美范式，而简单认为传统现实主义写作黯然失色。审美意识的多元化和开放性，内在地倒逼文学史家一方面要辨识作品自身所处的文学传统、写作范式，以该范式的审美规律和要求作为评价作品的尺度；另一方面在同一文学史时段内，不能以某种审美标准作为最高价值标准而选取文本，而应看到该时期文学创作的层次性。在这个意义上，王庆生主编的《中国当代文学史》便较为全面。它并非一套审美标准不统一的文学史，而是具有开放、多元审美意识的文

---

① 梅洛·庞蒂：《知觉现象学》，姜志辉译，商务印书馆，2001年，第88—89页。
② 刘勇：《中国现代文学的多维阐释》，安徽大学出版社，2013年，第344页。

学史。无论是其对"十七年"文学的评价，还是对1985年以后作品的评价，它都显示出一种较为辩证和宽容的姿态。这种学术姿态其实有其启发意义，它做到了在评价不同类型的作品时，能选取恰切的审美标准。

二、历史意识：历史距离与学术心态

如钱基博所言："夫纪实者史之所为贵；而成见者史之所大忌也。……是则偏之为害，而史之所以不传信也。"① 陈寅恪指导学生时也曾说："我自己不能做（晚清）这方面的研究，认真做，就要动感情，那样看问题就不客观了。"② 这种历史学家的自省意识十分难得，然而文学史写作和历史研究毕竟不同，历史较为客观、现实，而文学承载着人的感情和经验。因此文学史写作固然有需要客观化的因素，如史料、史实等；但也有不少主观性的内涵，如历史观、审美评价等等。不过我们承认"写史要有所见，绝对的超然的客观，事实上是不可能的"。③ 因此，王瑶当年在文学史写作时就更看重的是历史认知，如有论者提到"王瑶和林庚分别代表了20世纪中国文学史写作的两种路向：注重史识和看重个人审美批评"。④ 然而，现在的文学教育、文学机制和文学史著作的学术功能相较于过去都有所改变。文学史写作更注重的是通约性，这反而更需要以历史意识对某些偏颇的主观认知加以匡正。文学史家要对历史有所敬畏，便不宜完全以个人化的叙述者姿态来评判历史和作品。套用昆德拉的一句话，悬置道德审判并非文学史的不道德，而是它的道德。⑤ 我们并不反对发挥当代人与当代社会的对话可能这一优

---

① 钱基博：《现代中国文学史·绪论》，上海世纪出版集团，2007年，第4页。
② 陆键东：《陈寅恪的最后二十年》，生活·读书·新知三联书店，1995年，第458页。
③ 王瑶：《评林庚著〈中国文学史〉》，载《王瑶全集》，第2卷，河北教育出版社，2000年，第545页。
④ 付祥喜：《20世纪前期中国文学史写作编年研究》，北京师范大学出版社，2013年，第475页。
⑤ 昆德拉的原话是："悬置道德审判并非小说的不道德，而是它的道德。"（米兰·昆德拉：《被背叛的遗嘱》，余中先译，上海译文出版社，2011年，第7页。）

势,但这不是偏执于召唤那些符合历史想象的文本,而是能发挥历史意识的认知功能,从而在政治、文学、伦理、道德等问题的纠缠中寻找平衡。

正是在这个意义上,当代文学史写作要有所突破,写作主体的历史意识就应体现为开放的史家心态和学术化的思维方式。正如保罗·利科所言:"历史学家试图在其最广的综合中进行重建的时代意识,充满了在历史学家通过分析获得的全部意义上的所有相互作用和关系。完整的历史事实,'完整的过去',本义上是一个观念,即在康德意义上,一种越来越广和越来越负责的整合努力所不能及的界限。"[1] 在这样的历史意识下,学术研究才能尽可能避免陷入上一部分所论批评经验的主观陷阱,从而在文学史写作中"注重历史的延续、发展和演进,以一种变通的思路来看待学术的本质"。[2]

然而,正如王瑶所意识到的:"经常注视历史的人容易形成一种习惯,即把事物或现象都看做是某一过程的组成部分;这同专门研究理论的人习惯有所不同,在理论家那里,往往重视带有永恒价值的东西,或如爱情是永恒的主题,或如上层建筑决定于经济基础之类。研究历史当然也需要理论的指导或修养,但他往往容易把极重要的事物也只当做是历史发展过程中出现的一种现象;这是否有所蔽呢?我现在只感觉到了这个问题,还无力做出正确的答案,这或者正是自己理论修养不足的表现。"[3] 我们应该承认:"历史学家的选择和控制,很大程度上受到他所处理的材料的指导和控制。"[4] 那么,文学史写作更应有一个开放而高屋建瓴的历史观,否则它只是作家作品的拼盘或"报人头"式写作,反而丧失了研究者的主体性。在这个问题上,列宁曾经摘译了黑格尔的一段话:"一幅绝妙的历史图画:个人的激情、活动等等的总和……有时是大量的共同利益,有时是无数'微小力量'……尽管这种观察非常

---

[1] 保罗·利科:《历史与真理》,姜志辉译,上海译文出版社,2004 年,第 7 页。
[2] 刘勇:《中国现代文学的多维阐释》,安徽大学出版社,2013 年,第 347 页。
[3] 王瑶:《王瑶全集》,第 5 卷,河北教育出版社,2000 年,第 662 页。
[4] 埃尔顿:《历史学的实践》,刘耀辉译,北京大学出版社,2008 年,第 88 页。

吸引人,它的直接结果却是那种随着幻灯映现的极其纷繁多样的景色之后而来的疲倦。"① 并且批注:"非常好"、"非常重要"。黑格尔这段话的启发意义在于,面对繁复的历史现象时,治史主体的历史意识要有丰富的历史认知和宽阔的学术视域作为支撑。只有在宏观上对历史有了基本判断,他们在具体问题的研究中才能更为深入,在文学史定位和表述上才会更加恰切,而不至于迷失于文本与史料的海洋而手足无措。

在这里,笔者要对前面问题讨论时较少分析的重要著作,即洪子诚所著的《中国当代文学史》加以分析。洪子诚对自己所开展的学术工作有着清醒的认识:"当代文学史所处理的事情离我们时间过近,按照一般的理解,太过靠近就不能获得一种'历史'的处理方式,只能做一些评论,一些阐释,这些应该是现状研究或者文学批评的范围,它们难以获得一种文学史研究的价值,进入文学史研究的范畴。"②

这本"重写"以后的文学史著作,一直以来广受好评。其中最为突出的是,作者对于历史的风云诡谲和作家的命运沉浮,用了尽可能客观、冷静的叙述方式。洪子诚以寸铁杀人的学术功力,写出了中国当代文学的风霜雨雪。其学术智慧体现在,他叙述在每次运动、路线时,"把重点放到该次文艺观念、路线和政策是在怎样的历史背景下产生的……造成怎样的后果等等,而不是做简单的政治评判"。③ 但这并不意味着文学史家成为转述材料的工具人。在这部文学史中,我们可以透过表面的文字看出作者对作家的价值判断。比如论及臧克家时称:"由于时势,也出于本意,他拒绝对多种诗艺的包容,而参与了对一种狭窄的艺术格局的捍卫。"④ 这主要是通过"拒绝"、"包容"、"狭窄"等语词,体现出叙事者对作家的判断。而更为隐蔽的是,在这部看起来以史料、史实著称的文学史中,作者在论及 20 世纪 50 至 70 年代的文学作

---

① 中共中央马恩列斯著作编译局编译:《列宁全集》,第 55 卷,人民出版社,1990 年,第 272—277 页。
② 洪子诚:《问题与方法》,北京大学出版社,2010 年,第 44 页。
③ 洪子诚:《"怀疑"也是一种智慧》,《西部》,2012 年第 11 期。
④ 洪子诚:《中国当代文学史》(修订版),北京大学出版社,2007 年,第 51 页。

品时，甚少展开叙事（审美）特点的分析，而是有意将这些作品的修改过程、论争批评、思想观念呈现给读者。然而在论及个别作家作品，例如路翎时，依然有叙事技术的审美分析，他得出的结论是，"从这些条理化的，有时显得冗长、缺少变化的心理叙述中，可以见到进入'当代'之后，路翎在艺术上出现的'衰减'迹象，但这仍是当时罕见的探索情感、心理的丰富性的作品"。① 也就是说，这本文学史虽然没有明确地对作家创作的审美价值进行高下对比，但实际上在"讲"或"不讲"，审美分析还是外部研究的区别中，隐含着作者对文学文本的审美判断。

这种将鲜明的价值判断隐含在相对客观的话语方式中的做法，其实与作者的历史意识密切相关。从今天来看，20世纪50至70年代的知识分子也许存在不少问题，但正如洪子诚所意识到的："其实，和现在'知识人'的道德状况相比较，当年的情况并不那么不堪。"② 这便是一种历史意识对主观倾向性的纠正。对于后来的研究者和文学史作者而言，他们往往会因当代文学史料数量繁多、内容复杂，而在下笔时感到论断何为"真相"十分困难。正如有学者曾指出的："历史原本有更为多面的因素，更为复杂的缘由，片面地强调某个方面，就会一叶障目，不见树林，使人看不清历史的真相。"③ 因此，一个学者要建立起历史意识，就不能仅凭主观喜好而对作家作品及相关材料任意剪裁。如恩格斯所说："即使只是在一个单独的历史事例上发展唯物主义的观点，也是一项要求多年冷静钻研的科学工作，因为很明显，在这里只说空话是无济于事的，只有靠大量的、批判地审查过的、充分地掌握了的历史资料，才能解决这样的任务。"④ 由此可见，历史意识不仅是研究主体的内在认知，还需要大量客观工作支撑这种认知。我们之所以认为洪子诚

---

① 洪子诚：《中国当代文学史》（修订版），北京大学出版社，2007年，第124—125页。
② 洪子诚：《"当代"批评家的道德问题》，《南方文坛》，2011年第5期。
③ 董之林：《"历史"背后——关于当代文学研究中的历史相关性问题》，《当代作家评论》，2004年第1期。
④ 恩格斯：《卡尔·马克思的〈政治经济学批判〉》，载《马克思恩格斯选集》，第2卷，人民出版社，1995年，第39页。

所著的文学史具有较好的历史意识,就在于他做了大量的客观工作,从而能相对全面地叙述当代文学史。

与洪子诚、陈思和等学者在史料方面不同风格的积累相似,孟繁华和程光炜所著的《中国当代文学发展史》也是在大量学术研究工作基础上不断修订完善。他们的特色在于,将自己以及同代人最新的学术研究成果补充于文学史之中。在第一版中,虽然著者关注到了"当代文学的发生、来源和话语空间"(封四),但整体来看,这部文学史在审美立场、文学史观、文学史识等若干方面与之前的文学史区别并不突出,尤其是程光炜所著的下编。然而第二版中,不仅增添了大量插图以促进阅读者的感性理解,也改动了过半数的章节命名。最为关键的是,程光炜近几年从事"重返八十年代"的研究,有不少研究实绩,他自己对于当代文学发展的认识也在不断调整。因而在第二版中,原有的"在'禁忌'中开放"、"文学的'蜜月'时代"等表述,已经被代之以"曲折反复的开放年代"、"文学对历史叙述的参与"这样中性化的表述。他对审美中心范式下的文学史中普遍存在的那种"理想化"80年代的叙述保持着一定的警觉,第二版中增加的"当代文学在80年代的'转型'",该章基本都是他的治学成果。当然,这一版的问题十分明显,这也是二位著者思考"转型"的过程体现。如大量的引号与具体内容表述的不确定性,使得这部更加偏向泛文化的文学史必然还需再次修订。在修订版中,不少表述颇为新颖。这一方面建立在二位作者扎实的学术研究基础上,另一方面也表明作者对当代文学的认识日渐明晰。例如"《苦恋》事件",迄今为止都被视为是"左"倾思潮回潮,但程光炜表示,"今天来看,林默涵等人的观点也并非完全没有道理,由于人们最后都倒向周扬、张光年等人的观点,反而影响到对当时历史复杂情况的深入了解"[1]。同样,孟繁华修改前半部分之时,也增设了"海峡两岸的文学战线"、"文学讲习所"等章节。当然,这部文学史的修订虽然在呈现文

---

[1] 孟繁华、程光炜:《中国当代文学发展史》(修订版),北京大学出版社,2011年,第206页。

学史背后的文化机制方面，视野愈加开阔，但在文学审美如何演化的梳理上还有待加强。在具体的审美分析中，作者有意识地为作家寻找文学史定位，因而也增写了一些章节或段落。如孟繁华将以往两个版本中都没有重视的茹志鹃夫妇、孙犁、周立波、周而复、姚雪垠、吴强等等作家作品作为专节来写。而程光炜不仅修改了不少表述，还有意识地为作家寻找文学史的合理定位。例如书中讲到莫言时，不仅点出了"他早期的小说有军旅生涯的描写，成名作虽然多少沾染一些战争背景，但都不能按照当代军旅文学的标准来看待"；并增加了一段定位式的话，"作为新时期以来的重要作家之一……"①。同时作者在修改时，注意到了作为教材的文学史应当稳定性与前沿性并存，因此不仅由孟繁华补写了一章新世纪文学，在史料上也有意识地更新。例如2007年的学术会议、论文已经参与到文学史的叙述中。

最后要补充的是，我们也要注意到历史意识本身有可能带来的学术隐患。在伽达默尔看来："人们若要把历史意识与过分学究气的观念或世界观扯在一起，那么历史意识就什么也不是……历史意识并不是一种特别学究气的或以世界观为条件的方法论立场，毋宁说，它是我们的感官精神的一种装置，它预先规定了我们对艺术的眼光和感受。"② 也就是说，当我们强调文学史作者应该具备历史意识时，不能陷入对历史意识的僵化理解。正因为历史意识可能会制约我们的审美眼光，因此我们才更需要注意审美意识与历史意识的平衡。

三、史家眼光与审美判断的融合

当代文学的学术研究起步于批评，其优势之一在于批评意识的文化参与功能。在这个意义上，笔者不否认当代文学史写作应该有区别于现

---

① 孟繁华、程光炜：《中国当代文学发展史》（修订版），北京大学出版社，2011年，第307、309页。
② H. G. 伽达默尔：《美的现实性》，张志扬等译，生活·读书·新知三联书店，1991年，第14—15页。

代文学和古代文学之处。如果他们以客观、恢弘、扎实、雅正作为"优等生"心态的支撑点,当代文学史研究与写作,未必不能另行建立"优等生"标准,进而形成对话格局。然而无论如何,单纯的批评意识都不足以支撑更为深入、系统的历史认知。

我们强调文学史审美意识与历史意识的有效融合,首先是因为文学史常被用于大学教育。如果文学史的知识谱系存在明显问题,那么文学教育的结果也只不过是传递固化知识。正如陈平原所言:"文学史作为一种学院派研究,突出理性思考与规范化作业,虽有冷漠生硬之嫌,可深厚的历史感使其显得大度与豁达。不追求一时一地的轰动效应,也不抱直接的功利目的,作为一种正常的文化积累,只期望守先待后。"[①]

在这种历史感之外,文学史如果干巴巴地成为理论推演和史料堆叠的产物,必然不会产生理想的教育效果。文学史的写作范式与同时代文学研究无法分割。当文学研究依靠美国那种社会学化、知识化的方式去处理文学文本的时候,便会造成文本和史料构成的文学史图景,契合了某种理论阐发的需要,最终解释的还是理论本身。诚然,西方的理论有一部分是植根于西方社会生活实践而形成的,故而在西方是一种鲜活话语,与文本中的情感也密切相连。然而文学是作家的精神创造,如果失去审美之维,那么作家创作小说和写一份普通的社会报告并无区别。以小说《锻炼锻炼》为例,当研究者费尽心思地讨论小说表现出了合作社的哪些社会问题的时候,这篇小说可以说根本不必存在,与之相关的口述材料、民间记录比比皆是。有些稍加深入的研究者,会去揣摩赵树理本人对合作化的态度,但真正的审美感知则应当是理解作家的生命经验如何通过塑造小腿疼等人物展现。小说中的许多细节其实与"问题"无关,或者说"提问"方式决定了怎样打开小说,若打开方式错了,那些细节就会被轻而易举地忽略。由此一来,阅读行为本身看似把问题讲得头头是道,但其实读者体会到的只是赵树理的政治立场,是合作化运动这一事件,而那些文字在阅读者心中本可能激起的情感回响却不复

---

① 陈平原:《小说史:理论与实践》,北京大学出版社,2010年,第10页。

存在。

历史与审美的统一是文学史写作的应然追求。近年来，文学批评的衰落和文化批评的兴起，导致文学史写作也出现了新的知识话语。然而，自解构主义到后殖民批评，所有的西方哲学、社会学、政治学的理论被纳入文学研究中，而这导致的另一种技术主义的倾向更为麻烦。理论的强大在于其逻辑，然而如果理论逻辑取代文学阅读的诗学维度，那么研究者将文本对象化，用一种匠气十足的手段分析的问题，既不是文学的问题，也不是文本的问题，更不是研究者自身的问题意识，而是服膺于理论本身预设的问题意识。这实际是将理论作为工具，遵循理论的逻辑而在文本分析中推演理论自身的问题。研究者自身的学术思想从未真正"出场"，而理论自始至终控制着其阅读和写作，这实际上丧失了文学存在和研究的独立性和主体性。

如陈平原所言："在大学的所有课堂中，'文学教育'本该是最为独特、最具诗性、最有情调、最不可能整齐统一的。它可以培养一代人的审美趣味，也可能隐藏着一个时代的政治风云；可以酝酿一场新的文学革命，也可能预示着一代人的精神危机。"① 从这个意义上来说，笔者强调审美感知而有意淡化审美评价。因为，对于审美价值的评价是个人化的选择结果，其差异"取决于我们对被评价事物所抱兴趣的程度；取决于我们对被认为当然的功能所认为当然、对被假定的情境加以假定以及对我们（或与我们兴趣相似者）处于那被暗中界定的主体系列之中的认定程度；当然，也取决于因被自由引发出对评价者的兴趣而起情感发生兴趣的程度"。② 在这个意义上，文学史家不一定要清晰地做出好与坏的判断，而是将对作品的内部要素如何形成审美价值揭示出来。

在文学史写作中，如果要实现两种意识立场的融合，我们可以引入"主体间性"作为文学史讨论文本和讨论作家时的一种学术立场。拉康在对主体间对话关系做精神分析时，所引入的主体间性视域，其实我们

---

① 陈平原：《作为学科的文学史》，北京大学出版社，2011年，第223页。
② B. H. 史密斯：《价值的或然性》，罗务恒译，载周宪等主编：《当代西方艺术文化学》，北京大学出版社，1988年，第127页。

也应在文学史写作过程中引起重视。拉康指出："主体的无意识即是他人的话语。"① 他所讲的主体在对话关系中的主观性是指在对话中，任意主体主观上希望对方接受的信息，这一信息常常与主体实际言语行为所传递的信息并不一致，而与对话中的另一主体对信息真实含义的理解是一致的。当然，我们不能照搬拉康的理论，因为他有其理论前提："无意识的缝隙实现与本体存在的，我所强调的无意识最先出现的被遗忘的特征——以一种所指缺失的方式被遗忘——即，它并不将自己借给本体。"② 这样来看，我们在文学史写作时不能执拗地坚持当代立场，而将作家作品仅仅视为一个"客体"和"对象"，以强大的主体意识诠释文本。这很容易将历史诠释活动引向一种独断论（Dogmatism）的误区。因此，在文学史写作中，我们应该将作家看作是另一"能思"的主体，而主体间所构成的场域就是当代文学发展的时、空结构，在当代文学的时空间，从历史意识出发透视作家和文学文本，以审美感知作为连接创作与阅读两个主体之间的"中介"，从而形成一种富于张力的叙述。

在引入主体间性的基础上，要实现审美意识与历史意识的融合，我们还需要借助"文学场域"的视角。正如布迪厄所说："场的概念有助于超越内部阅读和外部分析之间的对立，丝毫不会丧失传统上认为是不可调和的两种方法的成果和要求。"③ 他还意识到，"由于文学场和权力场或社会场在整体上的同源性规则，大部分文学策略是由多种条件决定的，很多'选择'都是双重行为，既是美学的又是政治的，既是内部的又是外部的"。④ 也就是说，当作家将自身的生命经验以一种诗学形态表现出来的时候，他自身的表达和实际的审美效果可能会有不相吻合之处，但已经是无法改变的历史存在。当代文学之所以在评价上呈现出

---

① 拉康：《精神分析学中的言语和语言的作用和领域》，载《拉康选集》，褚孝泉译，上海三联书店，2001年，第275页。
② Jacques Lacan, *The Four Fundamental Concepts of Psycho-analysis*, Jacques-Alain Miller edited, W. W. Norton (1998), p29.
③ 布迪厄：《艺术的法则：文学场的生成和结构》，刘晖译，中央编译出版社，2001年，第247页。
④ 布迪厄：《艺术的法则：文学场的生成和结构》，刘晖译，中央编译出版社，2001年，第248页。

"不稳定",并不是因为审美戕害了历史,而是因为历史压制了诗学。我们其实很难形成关于一个具备"可写性"的作家的稳定评价,例如文学史关于白居易诗歌地位的评定,至今也未能达成统一的学术意见。文学本身不可能被社会、文化、思想这些范畴完全取代的根本原因,就在于诗学经验与审美创造是文学的核心,而"文学批评之所以为文学批评,或许可以称作重读的艺术"。[①] 那么文学史写作,其实也就是一方面深入分析文学场域的层次性,给不同的作家作品以恰切的定位;另一方面在这个坐标系里不断吸收"重读"的审美经验。

在这个基础上,当代文学史写作趋向于"诗"与"史"的融合,在短时间内不必追求也不可能实现结论"稳定"。审美意识使其学术目的不局限于生产一成不变的知识,否则后人完全不必阅读前人的作品。我们要承认的是,"一部文学作品的价值,正是由于隐与显的评价活动所不断地生产和再生产的"。[②] 正因为当代文学知识积累的迅速,才导致了学科内研究工作的细化,因此对当代文学的全局性诠释只有借助解释学循环来不断完善。而历史意识又使得文学史写作主体不会局限在现在时的批评经验中,毕竟"上层建筑涉及的是人类意识的问题,它必然是非常复杂的,不仅是因为它的多样性,而且还因为它始终是历史的:在任何时候,它都既包含对现存的反应又包括对过去的延续"。[③] 所以,尊重和澄明文学艺术发展的内在历史逻辑就成为比简单的审美判断更为重要的学术鹄的。

如果以这种融合意识看待"十七年"文学,而不是在文学史中简单地评析其审美技艺,就要关注作家生命经验、现实生活和文本细节的统一,那么我们就不会陷入审美与历史的对立之中。正如布迪厄所言:"仅仅把官方美学排斥的东西视为高贵,为低下的或平庸的现代主题恢

[①] 芭芭拉·约翰逊:《批评的差异:巴尔特/巴尔扎克》,黄锡祥译,载周宪等主编:《当代西方艺术文化学》,北京大学出版社,1988年,第435页。
[②] B. H. 史密斯:《价值的或然性》,罗务恒译,载周宪等主编:《当代西方艺术文化学》,北京大学出版社,1988年,第139页。
[③] 雷蒙德·威廉斯:《马克思主义与文化》,戴耘译,载周宪等主编:《当代西方艺术文化学》,北京大学出版社,1988年,第47页。

复名誉是不够的;应该承认属于艺术的权力,即艺术通过形式的属性在美学上创造一切,通过写作特有的效力,将一切转化为艺术品。"① 对于"十七年"文学,我们当然不能忽视其审美上的某些缺陷,但童庆炳对文学的一段论述,实际上启示我们要能理解文学在特定发展阶段出现特定审美面貌的必然性:

> 它是人类的骄子,似乎本应让它在审美的家园里嬉戏。但他在成长过程中,为了人类的解放披甲上阵,作为一个英勇的战士东征西战,这虽不是它的"本职",但却是它的光荣。然而人类爱护这个骄子,无论是过去还是现在都有许多人召唤它回到审美的家园。而人类正在努力着、奋斗者,为美好的明天努力着、奋斗着。人类的骄子——文学——终有一天会完全地回归到自己的审美的家园。②

作为治史主体和作为批评家的区别在于,批评家往往站在强大的主体意识下,而文学史写作者则需要面对比每一个生命个体更为复杂和强大的历史。因此,文学史家对自身的知识记忆需要保持必要的怀疑,而非一味地自信。

总而言之,得出编者独特的审美经验与历史体悟是文学史写作主体的应然追求。而困难之处在于,对于不同的学者而言,这个平衡点并非固定不变的。正如洪子诚所言:"所有的历史写作都存在现实的动因,回答现实提出的问题。而当代人对自身经历的'历史'的叙述、探询,由于有着感性的历史人生经验的加入,这种'当代性'更加突出。"③ 因此,无论我们是引入主体间性还是文学场域的概念,都是为了一定程度上弥补"当代性"中感性经验对历史认知可能的干扰。当然,随着当

---

① 布迪厄:《艺术的法则:文学场的生成和结构》,刘晖译,中央编译出版社,2001年,第123页。
② 童庆炳:《文学活动的审美维度》,高等教育出版社,2001年,第74—75页。
③ 洪子诚:《问题与方法》,北京大学出版社,2010年,第51页。

代文学解释学循环的建立和完善,会如埃斯皮卡所说:"最终人们总会看到批评家和历史学家的二元性是个虚假的问题。同样,所有的生物学家心里都装有一个对生活的特性及意义提出疑问的人,而所有的文学史家的心里也同样装有一个对他的趣味和是否合胃口提出疑问的读者。"①但在这一循环有效建立之前,我们还处于历史与审美未能有机融合,乃至相互抵牾的状态,便更应努力实现二者的融合,提升文学史的学术质量。

第三节 海外汉学对国内学者的影响

自改革开放以来,海外汉学也开始进入大陆学者的视野,新一轮的"西学东渐"在最近四十年中在相当程度上拓展了现当代文学研究者的学术视阈,也成为现当代文学史写作范式变化的动因之一。依照范式理论,"一个科学共同体获得一个范式即得到了一个选择问题时的标准"②,而在实践层面,"一种范式是一种基本看法与观点,不单由其创立者创造,而且是由将其奉若圭臬的使用者与同行确立起来"③。其实"海外汉学"是一个较为宽泛的概念,笔者这里所说的"海外汉学"其实应该叫"境外学术",这是将与中国大陆学界的学术理念、学术训练有明显差异的中国香港和中国台湾等省级区划也包括在内的。在台湾省和香港特区,从事中国现当代文学研究的学者情况比较复杂,但主要受美国学术影响。有学者将之概括为"三路人马":"一路是以李欧梵、王德威为代表的台湾学术传统……第二路人马是以黄子平、孟悦为代表的'80年代'中国大陆的文论姿态……第三路人马是以刘禾、唐小兵为代表八九十年代通过攻读学位出国的一拨人。"④ 而从对中国当代文学史

---

① 罗贝尔·埃斯卡皮:《文学社会学》,于沛编选,浙江人民出版社,1987年,第244页。
② Thomas S. Kuhn, *The Structure of Scientific Revolution*, the University of Chicago Press (2012), p. 37.
③ 托德·吉特林:《媒介社会学:主导范式》,禹夏等译,《中国传媒报告》,2013年第2期。
④ 程光炜、孟远:《海外学者冲击波——关于海外学者中国现当代文学研究的讨论》,《海南师范学院学报》,2004年第3期。

写作产生直接或间接、正面或负面影响的角度来看,有三类学者的研究值得关注。从这个意义上讲,学术观点和思维方式不同的学者,从不同角度为大陆的当代文学史写作提供了三个可资参照的维度,但也暴露出种种值得注意的问题。这些异域新声一方面拓展了大陆当代文学史写作的视阈,另一方面也在实践中暴露出不少问题。只有厘清他们的洞见与盲视,才能发挥其对当代文学史写作的借鉴功能。

一、夏志清、司马长风的审美之维

在20世纪80年代初传入大陆的两部较为重要的文学史,分别是夏志清的《中国现代小说史》、司马长风的《中国新文学史》。他们的文字在中国的最初回响更多的是来自《人民日报》、《文艺报》的批评之声。他们当然是有政治倾向性的,但这两部文学史,体现出的纯文学理念显而易见,正因如此,他们将他们的政治倾向包裹在审美外衣下,潜植进他们臧否作家作品的过程中。这种强调文学审美的理念,与中国大陆基本上同时期开始的"方法热"及文学"向内转"相互呼应,使得文学自律的声音在学术界对"主体"的呼唤中此起彼伏。虽然他们文学史中所叙的主要内容,在大陆被划归为"现代文学史"中,但是他们的研究思路和方法却对当代文学史写作也产生了不小的影响。这里要说明的是,两个人因为学术传统和文学观念不尽相同,著作反响也相差很大,相较而言影响更大的是夏志清。司马长风的文学史受到的批评比赞扬更多一些。

细看来,夏志清和司马长风的纯文学实践又不尽相同,司马长风在文学史中强调"文学自己是一客观价值,有一独立天地,她本身即是一神圣目的,而不可以用任何东西束缚她、摧残她,迫她做仆婢做侍妾"。[①] 因此,虽然司马长风也不喜欢左翼文学,但是他从语言、形式这些内部批评的要素入手,对丁玲等人的评价依然较高;而夏志清的文

---

① 司马长风:《中国新文学史》,上卷,香港昭明出版社,1975年,第5页。

本批评虽然貌似恪守纯文学立场,但是其背后意在否定左翼意识形态对文学的干预,在他看来革命派是"一群真正可怕的牛鬼蛇神"①,其影响正如有学者指出:"其标举'文学性'的策略,给80年代以来学术界不无矫枉过正色彩的'西方化'和'去政治化'潮流提供了一种理论样板,而所谓的'去政治化'其实是通过疏离政治的姿态来表达隐含的人道主义诉求,这与夏志清所推崇的'人的文学'的立场不谋而合。"②我们固然不能说20世纪80年代大陆学界的变化都是受夏志清等的影响,但是从学术史的角度而言,夏志清、司马长风的文学史之所以能受到境内学者的关注,毫无疑问也是其中的审美体验契合了当时的文学主潮,也有学者在著作中谈到受司马长风的影响③,而夏志清的小说史更是如有些学者所言:"昭示了对现代性来说意义非常重大的主体性的重要存在。"④

正是在这个前提下,现当代文学史的重构也渐渐兴起,从陈平原等提出"20世纪中国文学"的主张到《上海文论》的"重写文学史"专栏,我们能看到的是现当代文学史向审美中心变化的趋向。但笔者以为,夏志清对于现代文学的重新思考带来的文学史重构虽然有问题,但大体上对于作为整体的"现代文学"的估价并未减弱,甚至较之新中国成立之初三十年的文学史还有所提升。然而,这种思路并不适用于当代文学史的写作,问题也许在于夏志清"发现"的是曾经被遮蔽了的非左翼作家,但当这些人被发现后,现代文学史的范式重构并不影响现代文学整体性成就,现代文学三十年中大量的非意识形态化的文本在文本审美中心的范式中得以存在。

改革开放以前的当代文学由于文学语境的原因,重视审美本位的文本较少,因而在这一审美标准下,当代文学最初的那些"经典"评价走

---

① 夏志清:《中国现代小说史》,台北时报出版公司,1979年,第144页。
② 黄发有:《跨文化认知与多元互动》,《文艺评论》,2007年第4期。
③ 参见黄修己:《中国新文学史编纂史》,北京大学出版社,1995年,第424、431页。
④ 吴秀明、张锦:《海外中国现代文学研究对新时期以来内地学界的影响》,《社会科学战线》,2007年第6期。

低、篇幅缩水,而方兴未艾的80年代文学一举占据了半壁江山①,以至于有人对此表示了不满:"新时期出版的某些《中国当代文学史》里,忽略了从延安(老解放区)来的作家,把白区(新解放区)来的作家过分肯定了。"②他在自己主编的这套文学史中有意识地调整被"重写"的文学史格局,一个鲜明的例证是他在讲述"新时期文学"时将丁玲(在上册中已经讲过一次,并把丁玲的《太阳照在桑干河上》作为当代文学史的开端)、王蒙、浩然等少数几个作家单章讲,而将许多在新时期文本创作数量和质量远胜于丁玲、浩然的人与其他人并列于一节。

事实上,以"新时期文学"为当代文学主潮,以文本审美为核心观念的范式显然在实践中解构了"当代文学"之前所建构起来的"主体性"和"合法性",因而当代文学的相对独立性也就不复存在。

当然面对文本审美中心范式下,20世纪50至70年代的当代文学显得经典性不足,有学者试图在不改变文本和审美中心范式核心理念的前提下寻找文本以弥补文学史的空白,其中陈思和主编的《中国当代文学史教程》是代表性著作。在这部"以文学作品为主型的教材"③中,陈思和将"民间文化形态"作为审美的重要维度,将"潜在写作"作为填补50至70年代文学空白的重要手段,从而在审美中心的范式中建构起他认为完整的"当代文学"④,依照笔者的看法,这种文学史的"补缺"本身是必要的,因为它毕竟发现了文学史上曾经被遮蔽的内容,赋予了一部分曾经隐失的文本"在场"的权利;其真正的问题在于在民间话语和知识分子精英话语面前,主流意识形态曾经建构起来的合法性荡然无

---

① 如王惠云主编:《中国当代文学教程》(花山文艺出版社,1990年)中前三十年和80年代的篇幅相当,而赵俊贤的《中国当代文学发展综史》(文化艺术出版社,1994年)中分形态(抒情、人生等等)、主题(均是围绕"人"展开)来论述当代文学发展。
② 特·赛因巴雅尔主编:《中国当代文学史·下册》,民族出版社,1999年,后记。
③ 陈思和主编:《中国当代文学史教程》,复旦大学出版社,1999年,前言。
④ 但这种做法也被一些学者称之为"历史补缺主义",即"既不想承认那些在极'左'路线下被吹得很'红'的作品的文学史价值,又不甘心面对被历史之筛筛过之后的文学史的苍白、贫乏与单调,便想尽办法,另辟蹊径,多方为历史'补缺'"。参见董健、丁帆、王彬彬主编:《中国当代文学史新稿》,北京师范大学出版社,2011年,绪论。

存,与主流意识形态同构的当代文学"前三十年"的很多文学作品便失去了"进场"资格,即便被整合入文学史也是有限度地承认其中的"民间"审美因素。在陈思和预设的三元结构的话语场中,主流意识形态作为一元实际上是不"在场"的,在原有范式下文学史的主流作品有不少被放逐,代之以另一批作品,从而在解蔽之余造成了新的遮蔽。

在传统的社会历史中心范式下,左翼文学因为紧靠社会历史,紧跟意识形态取得了最高的合法性,从而最大限度地排斥了沈从文、钱锺书、张爱玲、张恨水等等一批作家,但当夏志清以其独特的审美眼光将沈、钱、张等人拉入其文学史框架中时,大陆学者视之如出土文物般,对之进行热捧,一时间赵树理、茅盾、丁玲的文学史地位和文学成就急速下降。但是学界一直忽视的是大陆的"重写"与夏志清、司马长风等人貌似"异质同构",却在事实上有着很大区别。夏志清对于左翼文学的贬低出自其强烈的政治立场,而他的立场必然导致其在文学史叙述中的偏颇,大陆学者批评他"……立场带来了严重的政治实用主义"[①],是有一定道理的。

然而回过头来看,我们不难发现夏志清他们发现的沈、钱、张等毕竟还是文学大家,其本身在当时就是文学史的主流之一,现代文学跟着他们重新"考古"还是有一定的合理性的。那么对于当代文学"前三十年"而言,这种"考古"是不是存在着将支流叙述为主流,以边缘话语替代真正的主流话语(无论其是好是坏)的人为痕迹?事实上,当代文学"潜在写作"的发掘,为当代文学开辟了一块新的研究领域,也在一定程度上为文学史重构提供了文本和史料上的支撑。但问题恐怕在于,即便我们认同这些所谓"手稿"在新时期不是经过修改而发表,将他们算在"前三十年"的文学史范围内,他们在什么意义上成为当代文学史著的主流呢?从更广泛的意义上说,以文本审美为中心的文学史范式蕴含着强烈的纯文学意识。这种意识以审美价值作为衡量作品的尺度,注重叙事、细节、情节、语言等等内容。但是,这种标准与当代文学的艺

---

① 袁良骏:《评夏志清〈中国现代小说史〉》,《文艺报》,1983 年第 8 期。

术生产的实际情况并不对接，所以一定程度上造成了当代文学史"重写"的尴尬语境。就如海登·怀特所言："历史叙述中的主导隐喻就可以看出一条探索规则，它自觉地从证据中消除某些数据。"① 因而夏志清、司马长风等人的审美之维给当代文学史写作带来的洞见固然珍贵，但其偏见与不见造成的局限也不容忽视。

二、唐小兵、黄子平等人的解构姿态

80 年代以后由于各种原因，一批原在大陆的学者、学生相继出国教学、求学，与夏志清这样的学者不同，他们对中国当代历史、文学、政治、文化都有着一定体悟和了解，并在海外接受了西方各式各样理论的训练。之后，他们以所掌握的最新理论在异域反观中国现当代文学，构成了海外汉学的另一重景观，而其中"再解读"② 思潮无疑是其核心。虽然唐小兵、黄子平、李陀、刘禾等等学者在海外的学术观点和具体的理论借鉴并不相同，但是他们基本上都依托 20 世纪西方思想资源。新左派、后现代主义、后殖民主义、话语理论等等带有鲜明解构色彩的理论为他们所熟稔，并被他们用于重新"解读" 20 世纪的左翼文学。诚然，他们的理论功底是不需要怀疑的，他们中不少人也翻译过一些西方理论。但话说回来，理论先行的研究思路使得他们的研究确实存在着缺陷，如有学者所言："推导问题时，不是凭借材料的根据，而是通过理论的预设和大胆的假定，这样一来，有时得出的结论就很难有说服力，而且也较为浮泛。"③ 而唐小兵在《再解读》这本书的导言《我们怎样

---

① 海登·怀特：《后现代历史叙事学》，陈永国、张万娟译，中国社会科学出版社，2003 年，第 57 页。
② 其主要成果就是唐小兵主编：《再解读：大众文艺与意识形态》，牛津大学出版社，1993 年。其中也有如李杨这样身在大陆却与之研究理路相近的学者的论文，但更多的是海外学者的成果。之后本书中作者们出版的许多著作是这一思潮的继续，如黄子平：《革命·历史·小说》，牛津大学出版社，1996 年；唐小兵：《英雄与凡人的时代》，上海文艺出版社，2001 年；等等。
③ 程光炜、孟远：《海外学者冲击波——关于海外学者中国现当代文学研究的讨论》，《海南师范学院学报》，2004 年第 3 期。

想象历史》中对大众文艺的"反现代性的现代性"的论述，以及通过"再解读"的文本策略"对中国现当代文化政治、社会历史的""借喻式阅读"①无疑也是对审美中心的解构，为建构新的文学史范式提供了一种可能。从文学史本体的角度出发，在有的理论家看来，文学史"就这个词的广义而言，——这是一种社会思想史，即体现于哲学、宗教和诗歌的运动之中，并用语言固定下来的社会思想史"。②故而从总体而言，"再解读"思潮立足于解构主义的姿态对于左翼文学与社会思想演进之间的复杂性予以充分发掘，对其中碎片化的内容的解读不乏新颖之处。③

大陆学界对于"再解读"思潮进入文学史的理论与实践，出现了截然相反的两种态度：一方面，在21世纪一些学者试图将当代文学史重新置于20世纪80年代盛行的启蒙思潮中，于是将"再解读"这样带有鲜明后现代理论色彩的文学史研究视为"扮演着盲目反现代化的角色，他们与中国一切反对现代意识的倾向（如刻有封建专制主义文化传统烙印的复古主义、民族主义及"左"倾狂热等）建立了统一战线"④；另一方面，不少学者则深受"再解读"的启发，在他们的著作中体现出鲜明的立场，如李杨在《抗争宿命之路》中发掘社会主义现实主义的"反现代"的"现代"意义⑤，旷新年在《写在当代文学边上》、陈晓明在《中国当代文学主潮》中探讨"十七年"一些文本的"经典"地位⑥等等。然而在笔者看来，这种"再解读"作为一种研究范式是可以成立的，但是进入文学史则显得捉襟见肘。我们知道，任何一种文学理论都有着自身的限度，"再解读"所依托的理论资源决定了这种方法用在20世纪40至70年代的左翼文学中十分有效。这样的解构维度可以发现政治话语与文学文本之间的话语缝隙和文本中的种种症候，其作用如德里达所

---

① 唐小兵主编：《再解读：大众文艺与意识形态》，牛津大学出版社，1993年，导言。
② 维谢洛夫斯基：《历史诗学》，刘宁译，百花文艺出版社，2003年，第14页。
③ 从某种意义上来说，革命文学自身也在"再解读"的过程中被重新阐释，并且在"现代性"话语结构中有了合法位置。
④ 董健、丁帆、王彬彬主编：《中国当代文学史新稿》，北京师范大学出版社，2011年，绪论。
⑤ 参见李杨：《抗争宿命之路》，时代文艺出版社，1993年。
⑥ 参见旷新年：《写在当代文学边上》，上海教育出版社，2005年；陈晓明：《中国当代文学主潮》，北京大学出版社，2009年中的相关章节的论述。

言:"解构全然不是非历史的,而是别样地思考历史。"①

更为本质的问题恐怕在于它和诸如"现代性"、"启蒙"等语词一样,并不是一个能够包打天下的尺度,也不适于很多文本,尤其是新时期以后的纯文学、先锋文学。"再解读"对当代文学史写作的范式的影响只能是局部性的,是将40至70年代的左翼文学置于现代性的理论框架中进行的,因而40至70年代文学在20世纪中国文学中不再是一个反现代的断裂,而是另一种现代性的面相,如孟繁华、程光炜合著的《中国当代文学发展史》中对于当代文学的"合法性"、"现代性试验"都做了较为详细的论述②。当代文学在新文学整体格局的地位就不同于在启蒙语境下的被动地位,而其对于一些文本的"再解读"也有异于以往的文学史,例如对于萧也牧事件,并不再像以往一样将其置于"文学思潮"的框架内讨论,而是将《我们夫妇之间》作为文学现代性的实验进行论述。

应该承认的是,无论是近二十年的当代文学学术研究,还是文学史写作,"再解读"的渗透都是显而易见的,对这种强制阐释的批评声音不绝于耳。但笔者看来,"再解读"进入当代文学史写作,成也是"再",败也是"再"。文学史毕竟是文学发展相对凝固化的叙事,而"再解读"是一种后发的研究思路,是针对以往解读的新颖的解读,它也必然会在一定程度上改变或影响文学史的写作范式。但恰恰是因为这个"再"是要在已有解读的基础上将之解构并自我创新,它对于当代文学的动态发展显然无法及时持续跟进,也很难以此建构起完整的文学史。

三、李欧梵、王德威等人的文化维度

在海外汉学中,也有学者从文化层面着手进行中国现当代文学研

---

① 德里达:《德里达中国讲演录》,杜小真等译,中央编译出版社,2003年,第68页。
② 参见孟繁华、程光炜:《中国当代文学发展史》,人民文学出版社,2004年。依据后记,此书中对前三十年当代文学的论述是孟繁华执笔,在修订版(北京大学出版社,2011年)中作者对标题做了修改,但基本立场并未变化。

究，其代表是李欧梵和王德威，有学者指出他们的"有关研究突破了固有的比较封闭狭窄的现当代文学学科，为我们进行文化和大众文化研究提供了一个很好的范本"。① 应该说李欧梵的《上海摩登》、《未完成的现代性》，王德威的《被压抑的现代性》、《想象中国的方法》等著作在大陆学界产生广泛影响。他们与唐小兵等人从解构的角度出发，从社会思想史的维度讨论文学不同，他们在另一维度上从"现代性"的本身而非后现代的立场出发，围绕着现代中国文化而阐释近现当代文学。②

王德威在晚清到民国的文化场域演进中通过"文学发展"、"文化生产"、"翻译文学"等多重角度提出了"没有晚清，何来五四？"的命题。在笔者看来王德威的学术研究路径比较复杂，一方面他致力于文本批评，并没有走得太远，有学者说："'纯文学'立场既是王德威分析现当代文学作品的重要着眼点，也是他怀疑左翼文学合理性的一个前提。"③但另一方面，或许是这样的批评实践影响到了他的文学史观，他是从文学入手，在文化语境中兜了一圈，又返回文学文本完成其华丽的批评，并在文化关联上发掘出"晚清"和"五四"的联系与差异，甚至在文化意义上将晚清文学置于五四的开创性之上④，他在著作中专设一章讲"中国当代小说及其晚清先驱"⑤，提出"根据晚清作品重读当代小说，将有助于我们追溯现代性论战的另一套谱系，并可发现究竟有哪些作家

---

① 吴秀明、张锦：《海外中国现代文学研究对新时期以来内地学界的影响》，《社会科学战线》，2007年第6期。
② 当然，他们的研究成果主要集中在近、现代文学研究，但笔者将之提出来讲是因为其学术研究的思路亦影响到了当代文学史的写作。
③ 程光炜：《当代文学的"历史化"》，北京大学出版社，2011年，第190页。
④ 尽管王德威试图辩解道："我无意夸大晚清小说的现代性，以将之塞入现代主义的最后一班列车中。我也无意贬抑五四文学，而不承认其适如其分的重要性。"（王德威：《被压抑的现代性：晚清小说的重新评价》，载王晓明主编：《批评空间的开创——二十世纪中国文学研究》，东方出版中心，1998年，第125页。）
⑤ 参见王德威：《想象中国的方法：历史·小说·叙事》，生活·读书·新知三联书店，1998年。因而笔者以为王德威在纯文学之外，多了一重文化层面的文学史视野。故而其打破进化式的史观，采取关系主义式的文学史观，并回应了中国近现代社会转型的"挑战—回应"说。从他的文学史研究中，我们能看出他是在泛文化的语境中阐释文学自身转型的。与夏志清不同，他读小说并不是封闭式的文本内部的细读，而是着眼于文本与文化的勾连，在现代性的框架下试图阐释出狎邪、科幻、公案小说的"现代性"。

与学者在'五四'传统中被忽略了"①。这样的研究思路存在的问题如刘勇所言:"剑走偏锋,以偏概全,在强调晚清的重要性的同时,又对'五四'和现代文学本身的重要价值和意义估计不足。这很难说是一种实事求是的文学史观。"②

当代文学界受之启发后,也有学者以此提出"没有'十七年'文学……何来新时期文学"的文学史命题,无论其出发点是什么,这样的套路显然改变了当代文学史的"重写"格局。当代文学不同历史区段之间的裂缝在一定程度上弥合,愈来愈多的文学史注重发掘20世纪50至70年代文学与现代文学、新时期文学的关联,一定程度上避免了把"十七年"文学"他者化"的缺憾。如洪子诚的《中国当代文学史》的前三章都在论述中国新文学的现当代转型,陈晓明的《中国当代文学主潮》则从1942年写起等等。与此同时,当代文学史著作中文学文本的分析也不再是单一化的思想内容的分析或艺术特点的概括,而是注重其与文化环境的关联。

而李欧梵的文化研究色彩则更加鲜明,他对于文学之外的文化内容的关注,如期刊、小报、广告、出版业等等都使得现代文学的学术增长点迅速增加,也体现出其重绘文化地图的意愿③。这一外部研究带动内部研究的趋势也影响到当代文学的研究和当代文学史的写作。当然,李欧梵的研究更像是"出口转内销"的路子。李劼回忆施蛰存时曾说:"那个李欧梵,跑到我这里来,又是录音,又是录像,弄了好几个星期,

---

① 王德威:《被压抑的现代性:晚清小说新论》,宋伟杰译,北京大学出版社,2005年,第365页。
② 刘勇:《现代文学讲演录》,广西师范大学出版社,2009年,第3页。其实王德威之所以如此,与他本人作为美国的大学教授身份有很大关系,"晚清"文学严格意义上是半殖民地文学,当时帝国主义的侵略下,没落文人笔下的声色犬马和恩恩爱爱表现出来的畸形"现代性",无疑是对"救亡图存"中国人的麻醉和殖民化,有些海外学者自然更喜欢这种"现代性",而抬之于"反帝反封建"的"五四"之上。
③ 参见李欧梵:《上海摩登》,北京大学出版社,2001年。

然后回去写了本书（《即《上海摩登》），里面全是我说的话呀。"① 可见，李欧梵的研究从大陆收集了很多史料，接受了许多信息，又在美国泛文化的文学语境中生发出自己的思路。而近年来，当代文学的期刊、制度、文化语境、文学传播等等都进入了文学史的写作，文学作品如何在广义的文化语境中"生成"日渐受到各种当代文学史的关注。可以说当代文学史写作的文化范式日渐兴起，但作为一种尝试也如洪子诚所言："是更强调文本的'文学性'，还是更关心文学现象产生的文化机制，甚至把文学当作文化现象的一部分，这是当前文学史写作中'文''史'冲突表现的另一方面。"②

其实，无论是否存在冲突与问题，李欧梵的研究最近二十年越来越受欢迎是不争的事实，其著作、讲演录等一版再版，这与文学生态的泛文化趋向不谋而合。而谢冕主编的《百年中国文学总系》作为以点带面的文学史丛书真正把文学发展与百年中国的文化相结合论述。如果说当代文学"前三十年"中文学与文化的关系还更多地体现在政治文化上，那90年代以后的当代文学的发展则与市场文化密切相关，程光炜在文学史中就着力讨论市场化环境与90年代文学发展的关系③。更为年青一代的学者也致力于此，张炯主编的《共和国文学60年》的中几个作者都在这方面有所尝试④。

在笔者看来，这样的文学史写作范式自然也是一柄"双刃剑"，一方面，当代的文学生态决定了文学的泛文化走向，因而像李欧梵那种从文化切入重绘文化地图的理路是一种必要的尝试；但另一方面，文学史毕竟是文学的历史，如唐弢所言："我认为史是收缩性的，它的任务是

---

① 李劼：《施蛰存：生命在苦难中开花》，《粤海风》，2006年第6期。而事实上，从施蛰存与李欧梵的通信中我们可以看出，施蛰存不仅慷慨地提供给他大量的研究资料，还为他讲解过许多现代文学的问题。(参见施蛰存：《施蛰存海外书简》，大象出版社，2008年。)
② 洪子诚：《问题与方法》，生活·读书·新知三联书店，2002年，第45页。
③ 参见孟繁华、程光炜：《中国当代文学发展史》，人民文学出版社，2004年，第十八章。
④ 尤为明显的是第四卷的作者洪治纲，他在文学史中在泛文化的语境下讨论90年代以来的当代文学，文学出版、传播、网络媒介、韩寒现象等等内容都作为讨论文学发展的重要出发点进入了文学史写作，而这样的处理也与90年代以来当代文学发展的方向有着不可分割的联系。

将文学(创作和评论)总结出规律加以说明。"① 文学史毕竟少不了文学创作和批评的分量。而文化作为文学的上位概念,它包含的内容自然更多。"重写文学史"所标榜的文学自律的理念对于文学之外的内容的忽视,在文化范式下是得到了一定的纠正,从文学外围考察文学史的发展,也能使文学史中许多以往被忽略的因素得到必要的关照。但话又说回来,这同时有可能在一定程度上使文学自身的规律在文学史中的呈现受到制约。在文学文本与外部文化环境之间如何取得平衡,并使之有机结合是现有文化范式的文学史应该进一步探索的内容。

稍微要提一下的是,德国的顾彬撰写了《二十世纪中国文学史》,当然我们不能以夏志清、李欧梵等人的汉学功底来要求这位刚刚跨进汉学大门的研究者,也应该以不责怪无知者的宽容心态面对他批评当代文学作家外语差,又进一步批评中国学者外语差等问题,并质疑中国学者写中国文学史的合法性,为节约正文篇幅,可参见本书附释四。而且这部文学史自身的问题之大、之多使其成为海外学界一部虽"不足为训"但可做负面教材的中国文学史。除了严家炎指出的诸多根本问题之外②,笔者将这部文学史的特点概括为三方面:频频出现的史料硬伤③;

---

① 唐弢:《当代文学不宜写史》,《唐弢文集》,第9卷,社会科学文献出版社,1995年,第495页。
② 严家炎:《交流、方能进步——顾彬〈二十世纪中国文学史〉给我的启示》,《中国现代文学研究丛刊》,2009年第2期。当然,严家炎在提出尖锐的意见之前给予顾彬最大限度的认可,也称赞了顾彬所谓世界文学的视野。但在笔者看来,顾彬的世界文学的视野实则是西方中心主义思想在文学史上的投射。笔者仅就写当代文学的部分来谈,顾彬时时不忘号称中国文学如何受了西方的影响,但是他显然缺乏影响研究的必要准备,因为影响研究自发端至今始终以实证为核心,然而顾彬一部分(并非所有)的论述没有任何史料依据,完全基于西方文学光照世界的遐想。例如在特殊年代的文学作品中马、恩、列、斯的话要加黑,顾彬推测"借自《圣经》,耶稣和保罗的重要话语也是通过改变字体以示突出",(顾彬:《二十世纪中国文学史》,范劲等译,华东师范大学出版社,2008年,第295页,后文引用该书只表明页码。)却没有任何证据,此类问题不一而足。
③ 例如说《金光大道》"计划写成四卷,时间跨度为1950—1956年。但是第三卷仅在一些文学杂志上发表了节选"(第294页注释②),可见他根本不知道浩然出版的四卷本《金光大道》还引起过艾春(陈思和)的批评和张德祥的辩护;顾彬又说:"奇怪的是,这篇小说不见于《赵树理文集》。"(第268页注释②)这只能说是他未看过或者未能看懂中国的《赵树理文集》,因为2000年、2005年两版《赵树理文集》第2卷中均收录了《锻炼锻炼》。

逻辑不清的文学史观①；简单粗糙的文本分析。②

需要说明的是，为行文清晰方便，笔者做了这样的三个维度的划分，事实上每一个学者在学术研究中都有着自己的侧重点和复杂性，笔者只是将其相对集中地进行划分，并不意味着三者之间是泾渭分明的。海外汉学整体上是在一个大的"西方"知识背景下发生、发展的，无论是其意识形态思路还是其"后"学的理论都与中国当代文学发展的历史有着明显的龃龉。若是更直接地点明海外汉学与中国学术之间的问题，可以说"即使某些汉学家本身并不怀有偏见，但它仍然难以从根本上摆脱西方的学术体系，因此，很容易产生以西方为取舍的思维观念……这种把西方经验普遍化，将源于西方的理论、方法视为放之四海而皆准的真理的做法，在夏志清那里就存在，在李欧梵、王德威那里也不能免俗"。③

因而，海外汉学虽只是中国当代文学史写作范式变革的外因之一，但在文学史写作实践中的种种问题需要在以后的实践中进一步解决、完善。其中最重要的就是我们要形成自己的学术话语。在20世纪90年代的一次学术讨论会上，有学者提出："在今天，我们的困境体现在话语机制上，即使陷入了西方化与反西方话语权力的逻辑怪圈……我们作为现代中国人的言说能力尚未真正具备，'自我'话语尚未学成。如果我们不能拥有自我言说的能力和机制，就无法摆脱西方话语霸权的威胁，所谓主体性建设，人文精神复苏也就难有指望。"④

当然，本编可讨论的问题还有很多，例如政治环境、学术生态、学者队伍等等，笔者限于学识并未面面俱到进行论述，仅仅从几个与选题更相关的话题入手进行了分析。未来当代文学史写作的走向我们无法研

---

① 笔者尚未理解是怎样一种逻辑让顾彬把"小说家"、"海派作家"、"现代主义诗歌"、"散文"、"戏剧"这些并不在一个位次的概念视为是并列的逻辑结构。
② 很显然，顾彬的汉语水平未必如他所想象的那样高，因此中国现当代文学的语言魅力他很难感受到，故而他写中国文学史时往往只能生硬阐释情节（例如分析茹志鹃的《百合花》）。
③ 吴秀明：《中国现当代文学史与生态场》，中国社会科学出版社，2009年，第13页。
④ 陈福民、张闳：《重振人文精神 深化理论研究——中国文艺理论学会第六届学术研讨会讨论综述》，《文艺理论研究》，1994年第1期。

判，立足当前的实际而言，广采博纳、不断完善当代文学史写作范式，创造更多既反映治史者扎实学术功底又具有学术创见的典型范例也是我们努力的方向。

下编　路径探索

第五章

20世纪80年代以来
文学的谱系化

当代文学史在叙述20世纪90年代文学时,往往不像叙述"十七年"文学和80年代文学那样清晰。实际上,如果不能理清90年代文学发展的逻辑线索,便无法贯通21世纪文学与90年代以前的文学。这首先需要我们重新梳理80年代文学的发展脉络,进而辨明其与90年代文学的关系,最后再尝试将21世纪文学纳入知识谱系。而这考验的是文学史家历史认知中的时间意识,如亚里士多德所言:"'现在'是时间的一个环结,连结着过去的时间和将来的时间,它又是时间的一个限:将来时间的开始,过去时间的终结。但这种情况不像固定不动的点的情况那样明显……作为这种分开时间的'现在',是彼此不同的,而作为起连结作用的'现在',则是永远同一的。"① 本章以90年代文学为中心,试图反思80年代文学并结构21世纪文学。这实际是以过去未来时的视角看待90年代文学,将一直被视为"无名"状态的90年代文学,作为过去时间的延续和未来时间的开始,进而建立起80年代以来文学史各个时间段的连贯性。

第一节 20世纪80年代文学的谱系重构

学者们之所以认为90年代的文学史杂乱无章,是因为这种驳杂在他们记忆中的80年代似乎未曾出现,仿佛是市场经济的春风吹乱了过

---

① 亚里士多德:《物理学》,张竹明译,商务印书馆,1982年,第132页。

去的精神文化秩序，而人文精神讨论的溃败让知识分子无所适从。但这是否意味着，80年代文学真如我们现有叙事那样，被一个明显的"共名"支配，亦或者说只是政治和文学的二元变奏？

一、谁在叙述"80年代"？

在一定时期内，一些知识分子出于政治原因，以一次政治事件为标志，认为所谓的"新时期"在80年代末就已经终结。确实，随着历史的发展，当80年代初被提出的"新时期"由想象成为现实后，理想和现实的龃龉使得"新时期"成了一个可疑的语词。回望20世纪80年代，从对《苦恋》等作品的批判到"清污"运动，再到反对资产阶级自由化等一系列事件，都与知识分子曾经对"新时期"的理想化预设有很大差距，乃至构成了他们精神上的冲突。当"新时期"成了已有十余年生命的概念时，当年学界建构"新时期想象"时的激情与理想已洒落成了"一地鸡毛"。因此，才会出现冯骥才宣告"'新时期文学'已经划上了句号"。① 相应地，一些文学史在处理80年代文学时，大致"以1985年为界把它划成两个阶段。1985年之前，以高度政治化的'思想解放'为主；而1985年之后，则逐渐走向泛文化性的文化热"。② 进而学者们认为代表了知识分子精神的启蒙和文化意识在90年代双双失落，因此在区分80年代和90年代文学时，将影响文学发展的因素从政治转向了经济。经济对文坛秩序的冲击，主要表现为大众流行文化的兴起对80年代的精英秩序，从而造成了两个文学史历史区段之间的明显差异。因此有文学史认为"80年代终结和90年代开始，是90年代文学出现的历史前提。这两个年代之间有一种隔世之感，然而就在这种隔世的惊讶

---

① 冯骥才：《一个时代结束了》，《文学自由谈》，1993年第3期。
② 董健、丁帆、王彬彬主编：《中国当代文学史新稿》，北京师范大学出版社，2011年，第247页。

中,90年代文学揭幕了"。① 而这种"隔世的惊讶",一方面是因为知识分子地位的变化,另一方面也是更本质的问题是,知识分子陷入市场经济的汪洋大海后,对自我究竟能发挥什么力量产生怀疑。

这种将80年代和90年代严格区隔的认识历史的方式,其实是把80年代看成知识分子的80年代。他们认为,在当时知识分子的话语仿佛可以主导整个80年代,其实不然。知识分子在当时确实有较大的社会影响,特别是那些积极引荐西方文艺思潮的知识分子,仿佛推动着80年代的文学、社会、思想解放向前进。但我们现在来看,80年代的社会文化固然受知识分子意识的影响极其明显,但是知识分子在亢奋中忽略了相当多文学作品的存在。也就是说,他们所标榜的那些作品只是时代文学精神突出或者激进的部分,而构成时代精神文化底色的常态文学则被忽视。从这个意义上讲,陈晓明提出"更倾向于把90年代文学看成是酝酿着深刻变异,乃至具有创生活力的历史阶段"②,虽然有其道理,但难免也包含着对80年代的某种简单化处理。

笔者认为文学史从"共名"到"无名"的演进线索,是批评失去"命名效应"后的一种话语策略。我们如果回到文学期刊研判当时的文学作品便会发现,那些和批评家营构出的"共名"最贴近、最具关联性的作品,很快在文学史家的眼光中就高居于其他文学作品之上。文学史家用批评家当时创造的一套词汇和范畴,整合与之相似的作品,进而结构出一条看似清晰的叙事线索。更为重要的是,这些文学史家便是当时文学批评的主人公或者读者。本书第四章第一节已经分析过这个问题,此处不再赘述。

如今我们不能简单认为,80年代文学与知识分子话语紧密捆绑。知识分子对一部分文学作品所构成的文学史线索的概括,并不能覆盖整个80年代的文学现场。那样的"80年代"只是知识分子自我言说和追

---

① 孟繁华、程光炜:《中国当代文学发展史》(修订版),北京大学出版社,2011年,第327页。
② 陈晓明:《中国当代文学主潮》,北京大学出版社,2009年,第369页。

忆的结果。当时的知识分子,在一定程度上取得了社会地位和相应的影响力,所以他们便理所当然地认为那个年代的话语就是他们的话语,他们的精神可以覆盖整个文坛。然而在这种自我言说中,80年代那些兢兢业业从事现实主义写作的作家则不受重视,通俗文学更是不被先锋批评家所称许。实际上,当时通俗文学的兴起不可遏制,无论是销量还是社会影响都是纯文学,特别是1985年以后的纯文学所无法比拟的。而80年代中后期的现实主义创作,无论在期刊中的比重,还是在作品的总量上,都高于我们所重点讲述的先锋"家族"中的文学作品。

在作家队伍的认定上,文学史中关于80年代文学的叙事也愈加趋于简单化。"重写文学史"以后,当代文学史关于80年代文学的叙事,重点关注的是三类作家。其一,平反了的"右派"作家;其二是知青作家;第三是更为年轻的先锋作家。无论是诗歌、小说,还是散文、戏剧都主要是这三类作家的创作。

这种文学史知识的日益固化,造成两波作家逐渐在文学史中被忽视。其一是在新中国成立前或在50年代受到认可的作家,诸如欧阳山、姚雪垠、周而复、梁斌、草明、浩然、刘白羽等。他们大多出现在"十七年"文学中,而80年代的创作几乎都被搁置不谈,或者说是逐渐退出了文学史,这其中自然也包括上一章论及的,一度引起争议的丁玲。人们可以认为,他们的创作无法和王蒙、张贤亮相比,因为叙事方法陈旧,思想观念也还停留于过去时。但是,这种写作有其文学史意义。它们的存在代表了一种叙事方式在80年代的演进历程,并事实上在审美接受中引起过争鸣,发生过影响。当然,一些文学史在讲述"十七年"文学时已经一笔带过这些老作家在80年代的创作,但是我们在梳理80年代的作家队伍和历史线索时,如果不带政治偏见,还是应该使其出场,而让读者意识到文坛的复杂结构。其二,有一批作家的创作在当时也具有一定的社会影响,只不过他们没有及时赶上"向内转"的潮流,而是执着于批判现实主义的写作路径,揭示社会矛盾。这些作家主要是一批军旅题材、历史题材、传记文学和报告文学作家。他们的作品曾经都受到关注,比如刘勇主编的文学史曾经还有"军事小说"、"历史小说"[①],金汉主编的文学史也专章阐述"军旅小说"、"历史小说"、杂文以及报告文学[②]。但随着文学史时段越来越长,80年代的文学史叙事也逐渐收缩。

笔者之所以提出上述问题,是希望打破文学史对"向内转"后的叙事中知识分子的想象,进而引起对80年代"文学热"的反思。讲述"文学热",其实需要我们返回被遮蔽的文学现场,全面叙述80年代文学如何引发了全社会的文学热情。这种文学热情既包含着部分作家探索艺术形式的热情,也体现在直击社会生活的现实主义作品所引发的争鸣。以小说为例,除了上一段提到的军旅和历史题材小说,在1985年到1989年之间,反映道德滑坡、官员腐败、离婚率提升、贫富分化、万元户精神状况等的作品实际上是各地文学期刊的主流。像魏雅华、魏世祥、张欣、黄蓓佳等作家的作品,《鸭绿江》、《小说创作》、《青年文学》等期刊,都或多或少引起了一些不那么先锋的批评家和普通读者的关注。因此,我们"重返八十年代"不能仅仅盯着少数几个探索意识强的期刊,也不能仅仅关注被文学史强调的作家,否则"重返"的并不是历史现场,而是教科书中的"历史"。

二、 80年代文学史叙事的问题

当代文学史关于80年代的现有叙事,不仅存在遮蔽了一些文学现象的问题,而且那些已被呈现出的部分也并不尽如人意。仅从小说来看,一方面,囿于领潮流之先的批评家在文学观念、审美趣味上的影响,不少文学史对1985年以后的几个思潮大书特书,但核心观念都趋于同质化,而且在对作品的审美阐释上也不够全面。另一方面,也是更为重要的问题是,文学史叙事形成了一种思潮迭代式的历史线索,造成

[①] 参见刘勇主编:《中国现当代文学》,中国人民大学出版社,2006年。
[②] 参见金汉总主编:《中国当代文学发展史》,上海文艺出版社,2002年。

了文学审美发展中内在的逻辑断裂。这种知识生产方式最为令人担忧之处在于，它在对一种创作现象命名的同时，也将其意义锁闭在一个时段之中，文学史的发展仿佛各领风骚一两年，一个个新现象就这样匆匆地来，悄悄地走。在被命名后，相关作品的意义空间也被极速压减，形成了封闭的阐释模式。然而这种叙事方式正如米勒所怀疑的那样："文学史的存在是否有井然的叙事模式和互为因果的顺序？它是否具有可读性、是否可以理解？或者说它不过是庞大而不定的虚构物，是历史学家依据事实而编造的？如果说文学史存在，每一文学阶段的特殊性是其自身的特殊性，还是时间之外某种神秘的精神力量强加的？"①

以寻根文学为例，陈晓明在《中国当代文学主潮》中清醒地意识到："它们本来无所谓'文化性'，更谈不上'根'之类的东西。"②但现在的文学史大多认为"配合理论主张，一些具有强烈文化意识的作家创作出了一批有明显'文化寻根'倾向的作品"③，并将阿城的"三王"、李杭育的"葛川江系列"、贾平凹的"商州系列"和莫言的"红高粱系列"等产生时间和背景并不相同的作品堆在一起，使其仿佛处在"寻根"理论之下。而这种问题其实在当时的文学批评中就已经被发现："片面地夸大某种历史文化在文学中的表现，把作品视为特定文化思想的形象翻版，尤其反映在对阿城小说的评断中……'吴越文化'、'秦汉文化'或许可以表达我们对李杭育、贾平凹有关作品地域色彩的一般感受，但用来说明或概括'葛川江系列小说'、'商州系列小说'的艺术内容、艺术价值和个性特色恰恰是并不充分和精当的，阻断了作品意义与读者更普遍的联系。"④ 其实这篇批评文章有很多真知灼见，但因不符合当时热情拥抱现代性的学术潮流而遭到忽视。如今我们所认为的寻根文学代表作品仿佛就成功实践了寻根的理论内涵，而它们的可阐释空间

---

① 希利斯·米勒：《重申解构主义》，郭英剑等译，中国社会科学出版社，2000年，第101页。
② 陈晓明：《中国当代文学主潮》，北京大学出版社，2009年，第328页。
③ 金汉总主编：《中国当代文学发展史》，上海文艺出版社，2002年，第517页。
④ 吴秉杰：《文化"寻根"与"寻根文学"——评一股文学潮流》，《小说评论》，1986年第5期。

也就因此被封闭。但如果我们回到批评现场,这些文本仍有较大的阐释空间。例如认为"《爸爸爸》中描写的民情乡俗,其功能也明显是倾向于人类社会学、民俗学的,表现出狭义文化观念的特征"① 以及"丙崽的幼儿心态实质上是人类的原始心态,是其抽象性和象征性的重铸"②,捞渣并不仅仅是儒家仁义的象征,而"封建社会的遗留是其文化渊源"③。现在来看,这些评价虽然在话语体系上各不相同,却为我们理解文本提供了不同的视角。这也启示我们当代文学的解释学循环若要真正发挥作用,就需要不断激活文本的理解向度。这些作品的经典化,并不是仅靠外部研究的八卦资料便能完成,而恰恰需要多维的审美阐释以彰显其艺术和思想魅力。

再进一步具体到寻根文学中阿城的《棋王》,则更能看清楚这一问题。这个作品中王一生的形象在文学史中的评价主要围绕传统文化,特别是道家文化的力量展开,因而显得大致相同:"在九局连环大战中,王一生的生命之光和盘托出,与茫茫宇宙气息相贯通,实现了人格力量的充分展示,也完成了传统文化精神在个体身上的再造和复活。"④ 但是,在80年代"寻根文学"尚处在被讨论的语境中时,学术界对于《棋王》和王一生的形象,都有相当开放的审美评价。如认为"王一生是那种超越了世俗观念和脱离了低级趣味的人"。⑤ 或者认为王一生"恰恰是我们国家、民族的脊梁骨,这种国家的脊梁,就是以人民的、国家的利益为重,不作个人交易,敢于抵制不正之风,高高举着社会主义、共产主义精神文明的旗帜"。⑥ 也有人认为"作者在王一生身上概括出了民族精神最深刻的现实关系"。⑦ 上述观念看起来有些陈旧,对于王一生形象的赞美也都未被文学史吸纳,因为它们并不符合寻根思潮

---

① 李东晨、祁述裕:《缪斯的失落与我们的寻找》,《当代文坛》,1987年第5期。
② 方克强:《阿Q和丙崽:原始心态的重塑》,《文艺理论研究》,1986年第5期。
③ 畅广元:《〈小鲍庄〉心理谈》,《当代作家评论》,1986年第1期。
④ 陈思和:《中国当代文学史教程》,复旦大学出版社,1999年,第283页。
⑤ 李星:《大山的沟回》,《小说评论》,1985年第6期。
⑥ 江曾培:《论〈棋王〉的一鸣惊人》,《中篇小说选刊》,1985年第5期。
⑦ 郭银星:《阿城小说初论》,《当代作家评论》,1985年第5期。

的理论认知。但实际上,这反映出当时人们在接受这部写在"寻根"开始之前的小说时,是一种怎样的心态。也就是说,寻根文学对《棋王》和王一生的追认,斩断其作为知青小说的现实性而强调文化性,特别是传统文化色彩,其实是一种元话语的作用。而在寻根开始之后,批评家对《棋王》和王一生身上的文化特性,也并没有全盘接受。当时有人认为王一生身上存在消极的一面,"本质上是以放弃人的社会责任为前提,以与丑恶现实共存为结果……不是那个时代应该极力推崇的"①,更有批评家认为阿城"转向古典哲学,说五四以后中国文化发生了断裂,而自己正准备填补这个裂谷。作为证明,他就大谈周易和老庄,甚至不惜破坏《棋王》的叙事基调,专门插入段不伦不类的棋道"。②

其实,寻根文学在当时的所指是基于已有的一些作品再加上1985年之后的作品,相当一部分作家并不是在"寻根"的能指下自觉创作了寻根小说。这些作品在艺术上和思想上都曾经引起过不少争议,其内涵并不像现在的文学史讲述的那么单一化。与此同时,寻根文学出现前的文学思潮一般被认为是现实主义式的写作,因此寻根文学就成为吸纳魔幻现实主义的新现象,并作为一个思潮出现在文学史里,但后来被追认的、发表于1985年前的相关作品,大多并未受魔幻现实主义的直接影响,还是一种现实主义写作。而紧接着先锋文学的出现开启了小说全面的形式探索,故而寻根文学就在文学史中退场了。但是我们需要注意的是,作家的创作有其前因后果。例如韩少功和王安忆并不只是为寻根文学思潮贡献了几个作品,他们的文化思考在之前的创作中业已形成,并在之后的创作中延续。而作为"思潮",寻根文学也不是一个仅在80年代中期短暂出现的一个思潮而已,当它进入文学史发展内在逻辑链条中,应该既承续了之前地域文化书写的热潮,又启发了更多作家从更多角度理解和书写地域文化。这在莫言、贾平凹、苏童、余华、陈忠实、阎连科、刘震云后来无论是历史还是现实的创作中都有明显的印记。因

---

① 李东晨、祁述裕:《缪斯的失落与我们的寻找》,《当代文坛》,1987年第5期。
② 王晓明:《不相信的和不愿相信的》,《文学评论》,1988年第4期。

此笔者认为，寻根文学的重要意义不仅在于扭转了当代文学创作的方向，还在于其中不少叙事技术和文化省思都逐渐内化于当代作家的创作之中，而这正是文学史所必须要指出的文学审美演进的内在逻辑。在这个意义上，我们还是要强调，对于在文学史业已存在的重要文学思潮和现象，我们应该重新加以审视，使其进入解释学循环之中而得到更为充分的阐释。

三、通俗文学的复兴和影响

在前两部分，我们主要谈了知识分子的先锋意识遮蔽了现实主义文学，并以寻根文学为例，分析了1985年以后文学思潮入史的问题所在。但这并不意味着本书意在否定寻根文学到80年代末新写实小说的文学史地位。这些作品是当代作家最前沿、最先锋、最具探索精神的成果，理应作为一条文学史发展的重要线索大书特书，但文学现场的丰富性和文学史写作的客观性决定了，我们也要适当注意现实主义文学完整的发展脉络，以及在当时蔚为大观的通俗文学。

20世纪80年代，大众文化已经悄然兴起并快速发展，逐步占领市场，成为与现实主义文学、具有先锋意义的文学相对应的第三股力量。其实，有一些学者在"新时期"之初便对市场上的媚俗作品深恶痛绝，直指其"实际上是庸俗不堪的东西，既糟蹋了艺术又降低了政治的严肃性。"[①] 称其"无聊透顶，庸俗之至，可谓艺术的堕落"。[②] 1985年，贾植芳已经面临着通俗文学有了文学市场所带来的问题："《契诃夫手记》第三版已排好印好，只是装订不出来。伍隼为此抱歉，说印刷厂只顾印赚钱的书，如《射雕英雄传》之类，象（引按：现写作'像'）样的书不好好印，出版社也无可奈何。"[③] 在后来被怀旧情绪不断理想化的80年代中，贾植芳清醒地看到改革开放后象牙塔以外的不少人从"向前

---

① 贾植芳、任敏：《解冻时节》，长江文艺出版社，2000年，第381页。
② 贾植芳：《早春三年日记》，大象出版社，2005年，第75页。
③ 贾植芳：《贾植芳文集》（书信日记卷），上海社会科学院出版社，2004年，第225页。

看"到"向钱看","以自肥为目的,发财致富,像搞政治投机那样地损人致富,不择手段"。①

我们的文学史之所以在叙述80年代时对通俗文学避而不谈,是因为当时的通俗文学和纯文学仿佛是两条道上的车。批评家忙于应对眼花缭乱的新现象,无暇顾及通俗文学。这种文学史叙事本质上秉持的还是"五四"新文学的立场,但从文学发展实际来看,满足80年代全国最普通的读者文学趣味的依然是通俗文学。1986年现代派文学方兴未艾之际,作为通俗文学期刊的《今古传奇》发行量竟能高达278万册,而2001年《今古传奇·武侠版》创刊,进一步带动了《今古传奇》的发展,与《武侠故事》等刊物的创刊共同被视为"形成了武侠文学的再一次复兴"②。据记者报道:"2004年1月至10月,只有110人的杂志社创营销额5000万元,上交国家税收300多万元。"③ 相比于此,《故事会》在1979年更名之后,摆脱了60年代激进的意识形态性,逐渐恢复了中国传统故事的娱乐性、通俗性、趣味性,成为不同年龄的一般文化层次的大众所欢迎的通俗文学刊物。1985年,在纯文学开始"向内转"时,该刊编辑部也创办了一年制的"故事创作函授班"。相关研究表明,从1984年到1986年,《故事会》"连续三年发行量居全国期刊之首",特别是1985年第2期"攀升达到了七百六十万册,创造了世界期刊单语种发行的最高数"④。因此,我们不能停留在80年代纯文学轰动效应的想象中,而对通俗文学的实际影响选择性盲视。当然,我们可以构拟一个学院派视域下80年代的文学史脉络,但许多所谓严肃文学的爆炸效应,现在回过头再看,往往都是因为被改编为影视剧而真正"飞入寻常百姓家"的。

更为值得注意的是,在80年代中前期,一些中小型文学刊物在逐

---

① 贾植芳:《贾植芳文集》(书信日记卷),上海社会科学院出版社,2004年,第216页。此类洞见还有很多,本书不再一一列举。
② 韩云波:《论21世纪大陆新武侠》,《西南师范大学学报》,2004年第4期。
③ 张孺海等:《〈今古传奇〉背后的传奇》,《湖北日报》,2004年10月26日。
④ 沈国凡:《解读故事会:一本中国期刊的神话》,上海社会科学院出版社,2003年,第53页。

渐趋于市场化的文学环境下发展得比一些纯文学刊物更好。当时"地市一级文艺期刊的发行量大过省级刊物",因为"这一阶层的文艺期刊涌动着武侠、侦破和爱情等三股热潮"①,邵燕君的《倾斜的文学场:当代文学生产机制的市场化转型》(江苏人民出版社,2003年)就涉及到了这个问题。然而在当时的意识形态语境下,通俗文学感到的压力,实际上并不低于严肃文学。1985年3月19日,中宣部批转文化部《关于当前文学作品出版工作中若干问题的请示报告》,要求限制中国古旧小说、外国侦探推理小说、新武侠小说的出版。同年6月18日文化部发出《重申从严控制新武侠小说的通知》,这样的管理态势一直持续着,到了1988年6月14日《关于重申出版新武侠小说、古旧小说需要专题报批的通知》的通知,已经显示出通俗文学,特别是新武侠文学受到的巨大压力。面对意识形态对于通俗文学发展的规范,1988年11月,《今古传奇》、《中国故事》、《中华传奇》、《千古风流》等四家通俗期刊联合倡议要抵制低俗小说。

随着当代文学研究的深化,负责任的文学史家不得不面对通俗文学热潮,但主要局限于王朔。比如洪子诚在《中国当代文学史》(北京大学出版社,1999年)中虽未对成名已久的王朔报以足够的关注,但也用了一小段篇幅把王朔放在概述部分(见该书第248页),而该书2007年出版的修订版则明显对王朔做了更为全面的介绍。相比于此,陈晓明在《中国当代文学主潮》中认为,王朔笔下的人物"开始生长于市场经济微薄的土壤中,困窘却散漫,无聊却潇洒,随遇而安的状态正好契合了那个时候人们蠢蠢欲动又茫然无措的心理"。② 实际上,也还是以纯文学的批评话语剖析王朔。王朔的出现毋宁说是大众文化,乃至通俗文学在80年代兴起一个重要表征。相比于那些武侠传奇,王朔的作品也许因为更能反映时人的心理状态而被视为介乎雅俗之间,但王朔不仅在精神上解构了传统知识分子意识,也在人物的行为和思想上亵渎了知识分

---

① 吴茂信:《地市级期刊编辑的苦恼》,《文艺情况》,1984年第12期。
② 陈晓明:《中国当代文学主潮》,北京大学出版社,2009年,第370页。

子的写作传统，为 90 年代文学市场化探了路。

近年来，学术界关于"重返八十年代"的研究已有不少研究成果，但是 80 年代纯文学和通俗文学发展的关系则需要有学者进一步梳理史料，从而完善文学史叙事。在文学史写作中，我们要特别注意的是"通俗文学入史使得我们关注的视角必须发生改变，治史者应该特别关注文学市场的变化"。① 因此，我们在梳理 80 年代文学发展历程时，不再仅仅盯着前沿和先锋，那是文学批评的态度。文学史作者不仅要关注到 80 年代那些耀眼的"先锋"，还要注意到传统现实主义文学如何发展，以及文学市场环境有什么变化和影响。

第二节　如何重塑 20 世纪 90 年代文学的脉络

90 年代的文学发展当然不会没有规律可循，但是相比于 80 年代文学可以被清晰化叙述，文学史中对 90 年代文学的叙述仍显驳杂。陈思和曾在《共名与无名》一文中将 90 年代以后的文学史视为一个"无名化"的文学史区段。诚然，90 年代以后随着文学批评的学院化，以及作家队伍的分化，文学批评的"命名"能力逐渐降低。从某种程度来说，这意味着当代文学发展走向成熟，因为作家开始找寻自己独立的创作个性，而不再是沿着某种理论指引的路径创作。由于 90 年代文学不存在一种单一的思潮，所以我们必须面对一系列同时发展或相互交叉的文学现象。在梳理 80 年代文学史三条脉络后，我们可以将 90 年代文学放在 80 年代以降的文学发展历程中考察，发掘文学发展的内在联系。

一、骤变表象下的内在联系

在文学史家怀着对 80 年代理想与激情的追忆而叙述 90 年代时，他们首先采取的叙事策略是将之与 80 年代区隔开来。由于 80 年代末的社

---

① 汤哲声：《中国现代通俗文学的"现代性"和入史问题》，《文学评论》，2008 年第 2 期。

会变化，不少知识分子对80年代的想象陷入一种理想化的认知，而忽视了文学发展的内在逻辑。如果说学界仍然在知识分子理想的光环下看80年代，那么90年代相对于80年代就仿佛是一个黯然时期，特别是在人文精神讨论中，知识分子在经历了最后的呐喊后普遍失落。其实一切都是从80年代开始的，只是知识分子在90年代失去了在社会（广场）上的话语权。

如果我们这样来理解的话，其实1985年以后，不少批评家出于精英观念和先锋意识，既不屑于和通俗文学交锋，也不屑于和现实主义论战。但是到了90年代，知识分子失去了对社会的话语影响力时，才发现现实主义文学原来并没有被寻根文学等所取代，通俗文学也依然活跃于市场。我们承认80年代和90年代之间确实有着裂隙，无论是政治的、经济的还是文化的，但也要看到严肃文学的创作主体还是那些作家，1989年和1990年的1年之隔并没有造成一个作家无法逾越的创作鸿沟，也没有发生作家代际的快速更迭。

事实上，如果从知识分子发挥启蒙作用的社会定位来看，文学史可以认为："80年代的思想主题——反封建、人道主义和异化问题、主体性问题等形成的'文化热'，是以知识分子为主体进行的现代化启蒙。但在90年代复杂的文化语境中，囿于社会现实的变动以及文化空间的重新分割，知识分子的社会角色和文化功能逐渐'边缘化'。"[①] 但若从文学创作的角度而言，激进的文学态度和思想追求虽然在80年代末逐渐退场，但生成于80年代中期的现代意识并未就此而销声匿迹。就如在欧洲文学史中，批判现实主义虽然以矫正浪漫主义弊病的姿态出现，却不会再将文学简单地拉回古典主义一样，80年代中期当代文学种种探索的轨迹也并非骤然中断。

我们如果具体考察1989年至1992年的文坛，就可以看出1985年以后登上文坛的前沿作家的创作路径是较为连贯的。以小说为例，1989

[①] 董健、丁帆、王彬彬主编：《中国当代文学史新稿》，北京师范大学出版社，2011年，第384页。

年的文坛出现了王安忆的《弟兄们》、池莉的《不谈爱情》、王蒙的《坚硬的稀粥》、刘震云的《单位》、王朔的《千万别把我当人》和苏童的《妻妾成群》。这几部（篇）作品可以说代表了物理时间上 80 年代文学的繁荣与落幕。这种繁荣不仅体现在知识分子写作的题材各异，也体现在各种思潮的竞相上演。然而物理时间中 80 年代的落幕，并不意味着作家普遍性的停止创作。1990 年的文坛虽然确实显得略有些寂寞，但依然有池莉的《太阳出世》、林白的《子弹穿过苹果》、叶兆言的《半边营》和王安忆的《叔叔的故事》等作品出现。这些作品延续着作家在 80 年代形成的创作路径和精神思考。而时间来到 1991 年，陈染、林白的女性小说，池莉、刘震云的新写实小说，王安忆的《乌托邦诗篇》，乃至王朔的《动物凶猛》都显示出与 80 年代文学的内在联系。到了 1992 年，格非、苏童、孙甘露等人的作品，无疑是将先锋时期形成的叙事方式和内在精神，投射于具体故事之中。这些小说无论是描写离奇故事、边缘题材还是深切追忆，都透露出这一代作家走向了创作的成熟期，因为他们已经能将先锋精神与具体故事相结合。正是 1992 年，余华、陈忠实、张炜等分别拿出了代表他们叙事艺术水准的扛鼎之作《活着》、《白鹿原》和《九月寓言》。

笔者对这几年当代小说代表性作品的简要梳理，刻意规避了传统现实主义小说，包括获得茅盾文学奖的现实主义小说。这种梳理虽不免遗漏，但意在指明从 80 年代末到 90 年代初的文坛，虽然作家们受到了不小的震动，但实际创作还是存在内在的路径依赖。故而，当代文学发展在这一时期不是一次骤然的停滞。

有文学史将大众文学作为 90 年代文学的鲜明特色之一，认为"作为对 90 年代文学转向的一种描述，这种说法可能更接近于当时文学的现实……大众文学不热衷于判断、价值取舍和观念的估定，不对审美形态做等级性的、排斥性的选择，它天生习惯于多元的文学格局，习惯众语交杂的文学创作环境"。① 其实正如上一节所分析的，90年代的大众文化与80年代以通俗文学为中心的大众文化一脉相承。其实，80年代的大众文化不止于通俗文学，多媒介、多样态的大众文化格局已经初步形成。但我们要注意的是，90年代的大众文化和80年代不同之处在于，80年代一些受到思想解放影响而产生的艺术作品中，有一些和严肃文学作品一样，表达了对某些话语的渴望，以及对某些话语的批判，比如《新长征路上的摇滚》；但也有一些当时被称为靡靡之音的文化样态，其实就是纯粹审美娱乐的艺术品，比如邓丽君的歌曲。到了90年代前者逐渐也变得小众化，后者更为大众化。这或许就是张志忠在其主编的文学史中何以要纳入崔健②，因为崔健的叛逆姿态和当时一部分知识分子精神状态是一致的。例如《一块红布》就具有极强的隐喻性和话语张力。"那天是你用一块红布，蒙住了双眼也蒙住了天。"这既可以视为两个迷茫的人相遇而发生了缠绵悱恻的爱情，更可以看成"你"代表的某种话语以一种看似柔和的方式影响了"我"的意识。在80年代那些为读者耳熟能详的作品，很多其实是借助影视改编（比如谢晋的电影）而被大众所熟知和关注，其中《人到中年》就是这样。谌容在1980年就抛出的问题直到电影上映的1983年，才真正引起了领导层和全社会的重视。小说发表后引起的争鸣主要限于文学期刊上，但是电影上映后便有了社会轰动效应，越来越多的人发现身边也有陆文婷一样的知识分子。可以说正是在电影上映后，小说《人到中年》才真正实现了它预设的接受效果和叙事意图。当时胡乔木一个多月看着《光明日报》每天都登载着知识分子早逝的消息，开始反思"我们为什么不能更多地采取一些严格的'强制措施'，让他们得到稍微好一些的工作和生活的条件，得到比较接近于必要的休息呢"？③

---

① 孟繁华、程光炜：《中国当代文学发展史》（修订版），北京大学出版社，2011年，第336页。
② 张志忠主编：《中国当代文学60年》，高等教育出版社，2009年，第382—383页。
③ 胡乔木：《痛惜之余的愿望》，载《胡乔木文集》，第3卷，人民出版社，1994年，第344—346页。

90年代以后，大众文学基本上完全被市场化的语境所影响，消费对大众文化的影响力与日俱增。与此同时随着文化不断开放，不仅台湾省和中国香港的流行文化开始在大陆（内地）流行，欧美、日韩的流行文化也不断渗透。这样一来，大众文化的多样性和层次性就日渐凸显，而通俗文学、影视剧、动漫等不同媒介的文艺形式也逐渐丰富了大众的文化生活。可以说大众文化已经出现了多媒介、多层次的特点愈发明显。不过，那时中国电影还没有进入大片时代，电视剧也大多依赖文学作品改编，年轻人还刚刚开始追星，故而纸质文学还可以和其他媒介下的艺术作品共享大众文化市场。王朔的大红大紫，金庸、梁羽生带动下大陆新武侠出现热潮，琼瑶和亦舒等言情作家的图书受到热捧，市场上租书竟可以成为一种谋生手段。但我们也要看到自从王朔从80年代末开始与影视媒介，特别是电视剧的"联姻"而大火后，90年代的影视剧开始寻觅、包装严肃文学，而紧接着池莉就成了影视剧的宠儿，但时间并不长。既然90年代大众文化场域是多元共生的，就永远不乏新热点的出现。无论是小说界的女性文学，诗歌界的"诗人之死"，还是散文界那些回忆性的非虚构写作和作家日记、书信，甚至文学批评界的人文精神讨论，都有媒体运作的身影。

二、寻根与先锋作家的转向

依照上一节的分析，80年代中期以后的寻根文学、现代派文学、第三代诗、探索戏剧和先锋小说，其实可以被视为一个大的先锋文学集团。它们共同代表了知识分子强烈的探索意识和革新精神，也为当代文学探索出一条新的发展路径。我们的文学史写作在进入90年代时，首先要解决的就是如何处理1985年以后，这个庞大的纯文学集团中那批作家"个人化"的写作。

在文学史的叙述中，曾经与先锋文学同步生长的批评家陈晓明，在总结先锋文学的历史变革时说："1989年，先锋派以其转向的姿态完成历史定格。文学原来怀有的挑战和创新愿望逐渐瓦解。90年代初，先锋派放低了形式主义的姿态,或者说形式主义的小说叙事已经为人们所习惯,先锋性的形式外表被推下,那些历史情境逐渐浮现,讲述'历史颓败'故事成为1989年之后先锋派的一个显著动向。"[1] 这一段话首先还是沉浸在对80年代先锋情怀的追念之中,而认为先锋派的转型主要体现在历史言说上。实际上,新历史小说只是一部分作家将先锋意识投入历史叙事时的产物,它和新写实小说虽然都延续到了90年代,但并没有吸引全部作家。因此,我们认为80年代文学先锋精神进入90年代发生的转向,如果从整体上看可以归结为:他们逐渐从纯粹的形式探索转变,既重视文本的情节内容,又不放弃审美上的革新,故而其作品同时彰显了知识分子的主体意识和叙事方式的前沿意识。他们在90年代以后的创作,依旧打破传统现实主义小说的创作成规,但在内容上不仅开始关注人性幽微之处,还开始注重历史和现实生活的那些日常性细节,在叙事中依旧保持独立批判意识和精神追求。

当我们以小说为中心考察文学史的发展时,寻根文学和先锋文学应该被追认为80年代最重要的两个文学思潮。90年代以后相当多的作家,甚至于直到当下还在持续创作的"50后"、"60后"作家,大多都是从这两个思潮中走出来的。由于社会的外部环境和文学市场等因素的影响,这一批作家在90年代创作的变化,一度被称为向现实主义回归或者"胜利的逃亡",而这些都不无道理。在寻根文学、先锋文学逐渐失去了文坛的集团效应之后,他们的先锋意识和探索精神最先体现在三个方面:对生活的重构性表达,对历史的怀疑性书写,对性别的叛逆性认知。正因如此,新写实小说、新历史小说和女性小说才成为贯穿80年代到90年代的思潮。

这样来看,从90年代开始,寻根作家和先锋作家告别了表面上形式的先锋,将80年代那种"破"的精神下沉到文本更为扎实的审美细节中。他们以飞翔的姿态挣脱了原有的文学范式,而又将那份飞翔中的灵动注入到具有现实意义的文本之中。到了1993年,花城出版社推出

---

[1] 陈晓明:《中国当代文学主潮》,北京大学出版社,2009年,第353—354页。

了"先锋长篇小说丛书"。在当代文学史上,这应该成为具有标志性意义的事件,因为这一年还发生了人文精神的讨论,出现了媒体炒作的"陕军东征"。现在来看,这几件事情堆叠在一起,显示出一度受挫的纯文学力量最后一次试图在公共领域发出声音的努力。如果我们回到历史现场来看,其实这一套丛书不仅总结了先锋文学思潮,也集中展示了80年代到90年代初纯文学的探索成果。

不论文学史如何评价他们的转型,有一个非常重要的问题是我们必须面对的。那就是在80年代他们经历过的现代主义文学洗礼,对于他们90年代的创作究竟起到了怎样的作用,又在什么路径上有所革新?因此,文学史写作需要更新对先锋的理解和认知,才能有效叙述这些作家的创作轨迹。80年代作家与批评家合谋形成的那种在场性兴奋褪去后,文学中的先锋意识体现为超越以形式为先导的表象性神话,而释放出新的想象空间和审美可能。时至今日,我们已经不能再用彻底与既有文学传统决裂,或者从根本上变革文学形式的艺术标准来要求先锋小说家。真正的先锋性并不应被框定在某个恒定的标准内,而应该能代表一个时代文学突破的趋向,而先锋的意义在于能使同时代读者的文学认知和理解方式发生变化。较之作家以往的和同时代人的作品,我们衡量这一批作家是否还具有先锋意识,作品有没有开拓性的先锋意义,其实要立足于分析作品中哪些质素是在已有的思想和审美境界中生成的,而哪些达到了叩问精神存在的新境界、新高度。

值得注意的是在90年代,当作家试图将先锋意识与现实认知结合的时候,陈思和提出了庙堂、岗位、民间等相关的理论。在实际的创作中有相当多从寻根文学、先锋文学走出来的作家在90年代将叙事的目光投向了"民间"。他们的作品与批评家的眼光相辅相成,开启了对"民间"世界的再开掘,而使得80年代那些文学技巧得以与现实语境相结合,既增加作品现实内涵又充分显示出作家过人的叙事意识和叙事能力。

无论是张炜、王安忆、余华、莫言,他们在90年代的创作其实都不是传统意义上的现实主义作品,也不是80年代的典型"现代"、"后现代"风格。陈忠实给《白鹿原》的创作手记取名《寻找属于自己的句子》，其实这句话完全可以用于评价80年代那批立于潮头的作家在90年代的心路历程。确实，他们都在寻找属于自己的句子，寻找一种能将在空中飘荡的现代意识化入深刻故事的路径。例如《活着》的叙事显示出余华找到了最佳状态。他用双重第一人称的主观叙事，讲述了不同年代的"死亡"。温情脉脉的叙事和暴力残酷的现实之间形成了巨大的情感张力和丰富的审美内涵。而王安忆的《长恨歌》之所以被视为她的代表作，也是因为她经历了无边的精神漫游之后，找到了一个"鸽子"的视角，从具体的人生际遇出发观察城市文化变迁和人性的沉浮起落。

总而言之，这批作家在90年代成功地完成了先锋意识与现实精神的融合，在"个人化写作"兴起的大背景下成就自我。相比于他们，90年代在文学姿态上更为激进的一批作家被称为"新生代"、"晚生代"作家。遗憾的是，这一批作家姿态上的激进大于艺术上的实力，相对于他们的前辈，特别是从寻根文学和先锋文学中走出来的作家，显然缺乏思想深度和艺术耐心。由于登上文坛的出场方式比较另类，所以他们在一定时期内呈现出高度的一致性，后现代的表面化观念无法成为支撑他们持续写作的动力。值得注意的是，在创作过程中他们也在寻找着自己的出路，他们将前代作家从形式先锋开路，转变为以思想意识的后现代破冰。但是朱文、韩东、邱华栋等人的问题也很明显，由于中国社会文化语境没有达到后现代的语境，因此他们的思想、创作，都无法真正地融入中国当代文学的现实土壤，而开出持续不败的花朵。在这个背景下，毕飞宇从这批作家中突围而成为其中的佼佼者已经到了21世纪，我们在下一节中将继续探讨。

三、现实主义的复归与新变

在80年代的文学史叙事中，伤痕文学到改革文学是典型的现实主义文学。而1985年以后，人们一般认为从寻根文学、现代派文学的肇兴开始，中国当代文学进入到了一个所谓的新发展阶段，或者说当代文学在向内转的过程中，走向了文学的自律和审美空间的开拓。这种文学史叙事已经成为当前各种教材的主流，但这样的文学史叙事其实在很大程度上遮蔽了 80 年代后半期的文学发展脉络，特别是现实主义文学。因此，在讨论了寻根和先锋作家转向的问题之后，我们还要正视 90 年代现实主义传统的复兴。

在 20 世纪 80 年代中后期那股以模仿为主的先锋文学思潮退潮以后，先锋作家向现实主义回归似乎成了一个文学史常识。因此，有的文学史将 90 年代的现实主义与新写实小说连在一起，认为："现实主义文学主潮得以持续健康的发展，尤其是新写实小说写作为现实主义注入新的活力，新写实的内在精神受到存在主义思潮的影响和启示，并且有意通过对生存意义的空缺表现达到对存在的追问与诘责，90 年代'现实主义的复兴'使它在众声喧哗中仍然成为主体性声音。"① 其实我们要看到，传统现实主义文学和寻根、现代派、先锋文学并不是一个取代与被取代的关系。在当时的文学期刊上，仍然大量存在着与新写实不同的现实主义的小说，更不要说路遥等人的长篇小说在市场上获得了巨大的成功。那么我们就不能认为先锋一代的作家走向新写实小说，回归的是传统意义上的"现实主义"，毕竟他们在审美上呈现出明显的不同。

本书认为现实主义文学在 90 年代的"复兴"一定程度上说是一个伪命题。从 80 年代的伤痕文学到 90 年代的现实主义冲击波构成了一种主流化现实主义的创作脉络。这种创作从未断绝，甚至从创作体量上来看可谓贯穿新中国严肃文学的一条主线。只不过在不同的历史区段内，现实主义文学在批评家心中的地位不一样，而这也导致了现实主义在文学史中的叙述有时被强化，有时被弱化，有时被忽视，有时被突出。

到了 90 年代，之所以人们感觉现实主义是以一种复归、复兴的姿态出现，实际上只不过是因为那些先锋作家笔下耀眼的形式技巧退场了。此时人们关注文坛，发现了现实主义在当时举足轻重的地位。但是我们必须意识到，这种现实主义作家的创作和 80 年代兴起的现实主义

---

① 刘勇主编：《中国现当代文学》，中国人民大学出版社，2006 年，第 446 页。

是一脉相承的，而与新写实和新历史中的"现实"书写是不一样的。这种现实主义有着鲜明的问题意识和叙事的问题指向性，典型化的艺术手法也是其创作的核心艺术技法。对比一下1990年池莉的《太阳出世》中悬置伦理和价值观的现实书写，和刘玉民的《骚动之秋》中带有鲜明道德倾向的雄健笔力，我们不难发现后者是现实主义的作品。再对比一下1991年刘斯奋的《白门柳》和苏童的《红粉》，我们也不难发现前者更近乎《李自成》那种现实主义写法，而苏童则明显带着80年代中期的先锋思维看视历史与人性。

也正是在这种区分中，我们可以说80年代中期，当代文学现代性转向过程中所开启的先锋向度过于前卫，而这些作家即使后撤，也没有撤回传统现实主义。尽管后来先锋形式探索因为内外交困而逐步变为内在精神的先锋性，但作家创作的精神追求或许是激发依然不同于同时期的现实主义小说。反过来看，曾经被先锋文学掩盖了光泽的现实主义文学作家，也不再仅仅模仿路遥及其前辈的创作，而是适当吸纳了1985年以后的某些新手段，在人性的开掘，叙事时空的结构上也有所变化。在90年代之后，这些淡化了政治话语的现实主义文学，逐渐成为批评家必须直面的文学现象。在这个过程中，第三届、第四届茅盾文学奖选择性忽视了那些被批评家赞扬的先锋作品，而倾向于颁给现实主义小说，更让人们感受到现实主义背后的推动力量。我们要看到，现实主义作家和新潮作家在90年代的文学市场上，都没有大众文学作家有竞争力，因此，获奖成为他们被媒体关注的重要渠道。区别在于前者更符合茅盾文学奖的评价标准，后者更容易在国外获奖。尽管洪治纲当年以一篇《无边的质疑：关于历届"茅盾文学奖"的二十二个设问和一个设想》，对这种评奖标准提出了有一定道理的质疑，但是我们可以看到，这篇文章以先锋意识鄙薄现实主义创作的姿态，其实对文学发展和文学评奖都起不到什么实质性的作用，只能为那些未曾得奖的先锋作家作品唱一曲事后的哀歌罢了。

本书认为从80年代到90年代的文学史发展中，现实主义文学应该被完整地叙述，它们从伤痕文学、改革文学而来，经历了被新潮批评边缘化之后，有了一定改变，原来浮于表层的政治话语，逐渐内化为作品叙事中的问题意识。它们以揭示现实矛盾与问题为创作旨归，注重典型形象与环境的营构，既敏锐地捕捉到城乡的社会问题，也严肃地反思正史和历史上的重要人物。这种写作模式到了 90 年代中期就表现为"现实主义冲击波"。在这个基础上，当我们沿用"复兴"这一类语词书写文学史时，应该意识到这是指现实主义文学回到文学批评与文学研究者的视野，而不是说现实主义创作在文坛复现。在 90 年代，无论是路遥终于得到认可获得了茅盾文学奖，还是严肃历史小说大量兴起；无论是陕军东征成为了文化现象，还是现实主义冲击波产生的社会影响，都意味着现实主义的创作方法得到了诸多作家的正视。故而，这种运用古老而又得到中国读者认可的创作方法所产生的文学作品，在 90 年代文学谱系中成为一条应该独立出来的线索。

综上所述，从 80 年代末到 90 年代，文学史发展并不是一个简单从"共名"向"无名"转变的状态。80 年代的"共名感"是知识分子所刻意营造的，不代表所有的文学现象都在此"共名"之下。90 年代文学中三股重要的文学力量和创作现象在 80 年代都是有迹可循的，而这也可以成为我们书写文学史发展时的核心线索。

第三节　如何打通 20 世纪 90 年代与 21 世纪文学

如今我们写中国当代文学史，已不能仅用一点篇幅简要介绍 21 世纪以来 20 年的文学。20 世纪 90 年代文学与 21 世纪文学之间关系如何处理，是目前当代文学史写作最大的难题之一。与 80 年代和 90 年代之间存在政治、经济的明显差异不同，21 世纪和 20 世纪 90 年代之间的内在连续性更强，而两个时段差异则主要体现为媒介在文化生产和传播中的影响不同。当然，也有不少学者根据"80 后"的概念倒推出作家代际，并以之为据展开研究。我们不反对从代际角度研究文学的做法，但是文学史写作不宜采用这样的划分方式。因为在学术研究中，它可以虽然反映出一些问题，却无法从整体上观照文学史的发展脉络或轨迹。故而，本节还是意图从整体上梳理20世纪90年代文学和21世纪文学的关系。毕竟文学史的写作不是现象的拼盘与堆砌，而应该能发现文学发展的内在规律。

一、媒介融合与大众文化变革

当我们处在一个全息媒介、全效媒介的时代中，我们不得不面对的问题是，媒介深度融合使90年代的大众文化在21世纪之后发生了怎样的转变。90年代的媒体主要包括报纸、电视台、出版社，这些炒作现在来看都是暂时的，因为资本永远追逐的是利益。比如"新概念"作文大赛出现后，媒体就开始炒作"80后"的叛逆和青春伤痛并一直发展为今天畸形且繁荣的青年亚文化。可以说，在日益满足读者需要方面，资本渗透下的大众文化持续发挥着非常明显的作用。

在21世纪的前十年，纸质的通俗文学还可以在图书市场上有比较好的销量。但是，纸媒遇到了网络媒介后逐渐凋零。最近十年，由于互联网的高速发展，再加上各种娱乐文化的兴起，新媒介在中国的大众文化市场发展中的作用日益凸显。新媒介形式的出现，使得人们的文化消费形式越来越多样化和便捷化，同时也越来越平面化和浅显化。如今，中国偶像剧不用再从韩国引进，国漫也正在逐步复兴，网综眼花缭乱，自媒体平台层出不穷，种种迹象都表明中国已经形成了一个基于互联网的、覆盖不同年龄和文化层次的全媒介大众文化格局。这种文化格局对纸质文学的冲击自不待言，连电视业都已经摇摇欲坠。

在这样的背景下，有些曾经还有些严肃气质或只满足于"触电"的作家，在名利面前已经按捺不住急迫的心情，开始了和大电影、互联网娱乐公司合作的淘金之旅。其中，最典型的代表性人物就是刘震云。他不仅频繁为网络作家和网络文学平台站台，还开始为商业电影炮制作品。21世纪以来，刘震云作为知名作家和大学教授，当然不愿意放弃自己在学术圈、高校圈中已有的地位，但同时也无法抗拒自己可以参与缔造的商业"神话"。这种跨媒介的商业价值的追逐令他改弦更张，开始了与媒介的联姻而追逐商业利益。这样一来，在商业价值利益的驱动下，刘震云醉心于故事的传奇性。他讲的故事虽然看起来是底层人的故事，但却与现实生活相距甚远。更为重要的是，他不再着力于发掘故事的精神内核，而执着于编造传奇故事。在想象力和创造力不能支撑他快速编出新故事时，他便在作品中加大了铺排语言的力度。尽管我们不得不承认，其小说的思想与艺术都有可堪称许之处，但他用这种方式是戴着知识分子的面具攫取商业利益，只消改头换面便可持续性炮制长篇小说，其实创作已经从审美创造滑向自我复制，而其媚俗之态也跃然纸上。

此外，媒介融合使青年亚文化成为互联网上一道不容忽视的奇特风景。从最近 20 年的青年亚文化发展来看，"80 后"最初出现时被看作是"叛逆的一代"，后来"80 后"放弃了青春的不羁，走向了自以为是的"成熟"。于是"90 后"的"后浪"接踵而至，一时之间火星文风靡网络，但"90 后"很快从"后浪"变成了"前浪"。就在此时，一部分"90 后"跟着社会规则渐渐长大，于是曾陪伴过他们的郭敬明和《小时代》都成了"幼稚"的代名词。作为青年亚文化的重要组成部分，粉丝文化的膨胀使唯粉、CP 粉和团粉相互攻讦，尤其是数量未知的腐女几乎一年炒火一对 CP（couple，夫妻、情侣）。在这种文化趋势下，网生代中更为年轻的人，正在从阅读正经平台的网络小说，转变为阅读正经网络文学平台无法发表的"爽文"。而相比于文学阅读热情的衰退，他们在读图时代和互联网数据的控制下，显示出史无前例的打榜和应援能力，还制造出被中老年人视为"饭圈黑话"的拼音缩写作为交际用语。文化符码和阅读机制的变化，使媒介在文学传播中发挥重要作用，还彰显出筛选的功能。

当然我们也要注意大众文化和精英文化之间是有交叉融合的，比如网络小说《大江东去》实际上是颇为严肃的，再比如非常严肃的《人民的名义》竟也能成为收视爆款制作。我们不能说是谁向谁妥协，但我们应该能看到大众文化和纯文学在竞争之中，也在相互影响。一些原来在作协内的作家，在纯文学领域里享有盛誉的作家，实际上在 21 世纪以后陆陆续续地也写出了有相当传播范围的作品,而且并不是完全为了物质利益写作。

二、先锋意识的延续与发展

正因为 20 世纪 90 年代和 21 世纪文学间内在的关联性未被充分发掘,所以两个文学史时段的叙述是脱节的。仅仅从作家队伍上,我们就能够看到相当一些在 21 世纪产生重要影响的作家,在 90 年代中后期到 21 世纪的创作其实是有内在延续性的。但是,他们如今都是具有成熟创作风格的作家,不屑于兵团作战,我们也不一定要用叙述 80 年代那种命名方式对其进行命名。这未必是一件坏事,反而倒逼我们深入思考 21 世纪文学创作出现了怎样的动向,呈现出怎样的审美特征。正如米勒所意识到的,在叙述文学史时频繁制造新名词,会遮蔽许多有价值的问题:"我们在现有的阶段名称中能发现令人惊叹的集锦般的比喻。他们都应该放在隐喻—提喻—换喻所组成的轴线上,但在轴线上的什么位置下才能引发不同的暗示?每一个阶段名称都是某种提喻,即以部分代表整体。问题是:选中的部分是否真与整体相似?它的隐喻性是否有效?他是否只是一个偶然的换喻?它是否是从异质的混合中任意选出的一部分,被用来代表全部,或使毫无内在统一性的大杂烩看起来像一个整体。"[①] 当我们不得不面对这些作家持续性的创作,而试图用一种方式将他们整合进文学史之中时,也许应该回归到对创作现象延续和变革的深入研究上,而不再谋求创造多少新名词。

毫无疑问,那些在 90 年代将先锋精神与具体生活相结合的作家,其创作在 21 世纪的流变,需要重点关注。先锋在 90 年代实际上体现出从单纯形式探索沉落进历史或现实,这种发展态势在 21 世纪还在延续。具体可以体现在如下几个方面。

首先是主旋律文学和知识分子意识的互动。21 世纪以来,这批作

[①] 希利斯·米勒:《重申解构主义》,郭英剑等译,中国社会科学出版社,2000 年,第 103 页。

家给新世纪的文学创作带来了许多我们曾经期望看到,但是又没有看到的东西,即用富于现代性的叙事方式讲述反映历史或时代主流话语的故事,但又不失独到而深刻的精神价值。在一些老作家的带动下,原来的"晚生代"作家则越来越趋近于他们的前辈,而毕飞宇是个成功的案例。21世纪伊始,毕飞宇就因为《青衣》被改编为电视剧而开始声名鹊起,但是他不像刘震云凭借着小聪明试图以一种严肃的姿态掩盖深陷市场泥潭的实质。毕飞宇试图游走于市场、主流话语和学术话语之间,而且游刃有余。如果我们对比麦家的《暗算》和毕飞宇的《推拿》,会发现两部作品都改编成了电视剧,也都获得了茅盾文学奖,但是纯文学写作和市场化写作之间的界限并未完全模糊。毕飞宇的写作是在知识分子的问题意识和主旋律的人民性之间徘徊,而麦家的写作是打了主旋律的擦边球追求传奇性和市场化。

其次,历史观念的深化和丰富。80至90年代的新历史小说中注重个人性、主观性、边缘性,在21世纪以后这些观念虽然也延续于作家历史叙事之中,但还是发生了明显的转变。曾经那批作家在年轻时醉心于抽象的艺术思维和人性思考,受现代意识、后现代意识影响而热衷于在历史书写中凸显人性的内在撕裂感和历史偶然性。但是随着年龄的增长和思考的深入,也因为文学批评越来越理论化给他们以"启发",他们在历史书写中,更侧重于透过个体反思时代,或者说是在历史言说中叩问时代。但我们要看到,虽然历史言说中带了更多的现实关怀或生活情致,作家们在80年代的中期那种现代意识并未退场,而他们在艺术形式的探索也并没有止步。比如格非的《江南三部曲》将古典气韵与现代意识结合,莫言的《生死疲劳》延续了幻觉现实主义的华丽叙事,王安忆的《天香》在小说结构和精神追求上的成就比之《长恨歌》更进一步,阎连科的《坚硬如水》、苏童的《刺青时代》、蒋韵的《廊下的西街》其实都能够体现出历史中这种盘根错节的政治和文化因素,包括贾平凹写的《山本》其实也有这种追求。顺着思路看,其实21世纪以来不少作家将新历史的创作思维投射在对新中国历史的呈现之中,不再是简单关注政治是非,而能看到个人体验和边缘人物如何激活历史叙事的精神认知功能。比如毕飞宇的《平原》、金宇澄的《繁花》、韩少功的《日夜书》，等等。

第三，在地性写作的热潮。"在地性"（Locality），最初是一个文化政治和地缘政治意义上的概念，它原本是和全球化相对，指的是在全球化所导致的文化整体性下出现的、区域性的、与全球化的政治与文化进程异质甚至背离的文化特征。21世纪以来被学术界征用而作为文学批评资源后，我们会发现它比90年代"民间性"的概念更适用于分析一种创作现象。新文学作家对于"地方"（Place）的发现不是21世纪以后才有的，但是最近十余年来，一部分作家的创作显示出现代性的扩张对"地方"原有文化的挑战，以及引起回应。他们追逐西方现代性的热潮已经过去，而开始发掘地方性、传统性、现代性之间的关联，提升小说的文化张力。同时，面对信息爆炸的媒介时代，外部生活越来越平面化和同质化，而对"地方"的重视也是作家创作超越同质化写作的有效路径。仅从茅盾文学奖获奖作品就能看出《额尔古纳河右岸》、《生命册》、《繁花》、《主角》等等作品都是作家将现代生活的普遍问题与具体地方文化特质相结合而展开叙述的成果。但是我们要注意到有一些作品外部叙事空间的营构充分，而地方文化空间的审美表现相对匮乏，比如滕肖澜的《心居》，或关注人性、人生的地方特色，而忽视了其普遍内涵，比如贾平凹的《暂坐》。因此，作家能不能写好"地方"首先取决于能不能把握住"地方"和时代的关系。作家要能理清他的小说中的自然环境、社会环境与文化整体性间的同质性（homogeneity），才能找到要关注和书写的异质性（heterogeneity）成分而获得独立的审美意义。

最后，性别意识的突破。90年代的女性写作带有鲜明的"个人化"、"私语化"色彩。但是在21世纪前后，这种情况已经发生了明显的转变。一种转变是走向了20世纪末出现的《上海宝贝》，以更为赤裸裸的欲望书写彰显性别解放的诉求；另一种转变方向，则充分在女性书写中容纳更为广泛的社会空间，比如林白的《妇女闲聊录》、《万物花开》，盛可以的《道德颂》、《水乳》等作品都既赓续了90年代女性写作的某些意象化表达方式，又超越了一己抒情而看视着更广阔或更久远的生存空间。中国的女性文学已经有专门的著作梳理过①，不过关于21世纪以来女性文学的文学史知识显然还没有及时更新。其实，21世纪有一批优秀的女作家呈现出女性写作的新质，比如魏微、姚鄂梅、黄咏梅、孙惠芬，等等。相比于女性写作一度过于追寻欲望的刺激和感官的享乐，他们的创作由女性身体意识的自我张扬，转变为将性别作为看视周围世界的独特视角，在她们笔下出现了更为丰富的女性形象类别，更为多样的女性困境，也可以看出在消费化的时代里，在日常生活的磨洗中，女性如何面对时代、走出自我封闭的世界，或如何被传统意识和现代生活共同挤压以至于陷入更为复杂的性别困境。

这里笔者还想进一步提出的方案是，我们是不是也可以逐渐像现代文学、古代文学一样，不再将作家笼统地放在一起讨论，有一些作家的创作历程比较完整、创作特色比较鲜明，是可以单节甚至将来用单章讲述的。比如王安忆是一位从改革开放之初就在文坛小有声望的作家，最初她几乎在每一个思潮中都谋定而后动，写出具有辨识度的作品，后来开始独立探索小说思想与艺术的独立之路。21世纪以来，其小说的题材并不缺乏传奇性，然而就其阅读效果而言，她多部小说的可写性都远大于可读性。其重要原因在于，王安忆以大量的细节降低了小说情节冲突的演进速度，也就降低了小说人物和事件之间的紧张感。时间和空间的跨度，政治和经济的冲击，都被细节不断延宕。这种叙事上的延宕，一方面提高了小说的叙事密度，使小说的意义大于情节转喻而延伸至文化诗学，另一方面则让小说细节不再是为情节服务的下位单元，而自成意义，这种意义不再靠语言能指的连环，而是靠所指的排列。而在王安忆小说题材和形式之"变"中，我们可以发现其中"常"的一面，最早关注到王安忆小说细节特质的是陈思和，他提出"王安忆拒绝了小说媚俗化走向，也拒绝了19世纪以来基本左右了中国政治高层和大众共同审美习惯的现实主义传统，同时她又拒绝了以新潮小说为特征的技巧主

---

① 参见林丹娅：《当代中国女性文学史论》，厦门大学出版社，2003年；乔以钢：《低吟高歌——20世纪中国女性文学论》，南开大学出版社，1998年。

义或趣味主义的艺术捷径，浑然地进行着一场很难获得大众的革命性的小说叙事实验"。① 这种最初在中短篇小说中游刃有余的细节书写方式，逐渐被王安忆用于长篇小说创作。当然，笔者只是略作概括，而更为精准、系统的作家创作的分期、概貌则要留待未来的文学史作者完成。

三、题材多样的现实主义创作

进入21世纪，现实主义在中国文学中依然显示出旺盛的生命力，这种生命力主要来自作家逐渐适应了严肃文学无法再引起轰动效应的现实，而能够沉下心来关注生活或反思历史。这种沉淀之后的力量，体现在一批作家不再谋求90年代"个人化"的言说方式，而是将自己的写作特质与文学认知功能有机融合。因此，我们考察21世纪以来的文学现象，虽然也可以硬性地归结出几个思潮，但都不具备概括力。相比于一部分从85新潮走来的，卓有建树的作家已经形成了别具一格的创作风格，另一部分老作家或者更年轻的作家，则在现实主义文学的创作中深耕细作，而其意义则更多地体现于不同题材的创作领域呈现出异彩纷呈的局面。

第一类是接续现实主义冲击波的苦难叙事。在21世纪最先吸引了学术界目光的是从90年代的打工文学、现实主义冲击波转变而来的"底层文学"。这个曾经学术界热议的概念，其实已经不重要了，包括最近出现的什么"新东北作家群"、"铁西三剑客"等命名，其实都没有那么大的必要。重要的是它作为一种题材，呈现出文学发展的某些规律性。我们可以看到在文学创作之中写都市或乡土的底层生活的焦点和矛盾。这样的作品中不乏用先锋气质书写的佳作，如《负一层》、《奔跑的火光》之类的作品，但用现实主义笔法创作的作品则更多。虽然说在21世纪的小说中，苦难问题的反映显示出作家的责任意识和代言意识，但这些作品大多执拗于底层如何被各种力量压到了底层，逐渐形成了类型

---

① 陈思和：《营造精神之塔》，《文学评论》，1998年第6期。

化乃至同质化的苦难叙述模式,陈应松的《马嘶岭血案》、胡学文的《命案高悬》、曹征路的《问苍茫》看起来好像不一样,其实都是用外在力量使底层成为无法翻身的底层,依靠苦难作为核心叙事元素,凸显作家揭示社会矛盾的叙事意图。但我们认为这种写作是有必要的,只不过作家要有足够的叙事伦理意识,不能停留在表面化的问题开掘,否则就不能发挥现实主义真正的力量。比如在乡村问题的现实主义透视中,贾平凹持续性写作的意义是不容忽视的。自《秦腔》开始,贾平凹的乡土书写步入新阶段。在思想立场上,贾平凹努力整合农民立场与知识分子视野,使作品既有知识分子的现代意识,又能传达农民的生活实感,但时常造成思想指向的错位、混杂。在细节处理上,他以丰满的细节拓展小说的审美信息,倾力开掘人物形象的精神世界,但有时缺乏必要的节制。在叙事形式上,贾平凹不断求索,试图有效融入古典小说的叙事资源,他不断调整小说的结构,希冀以此增加小说的思想与审美容量。相比于奇奇怪怪的形式探索,贾平凹小说的意义其实还是在于对现实问题把握得快、真、准、深。

第二类是沿着传统历史观书写历史的作品。这股历史叙事的热情从80年代一直延续到21世纪,但我们会发现在21世纪以来以传统正史观念和现实主义笔法写历史的作品,并没有比之80至90年代相关小说有明显的进步。像《张居正》、《大秦帝国》这样的历史文学,虽然让读者看到了作者延续了姚雪垠的写作传统,具有一定的知识容量,叙事带有历史理性,主要人物性格较为丰满,但也仅仅止步于此。这种严肃而传统的历史写作方式,还被用于写现当代史。不管是张一弓的《远去的驿站》、徐贵祥的《历史的天空》,还是柳建伟的《英雄时代》、梁晓声的《人世间》、徐怀中的《牵风记》都体现出构成了80年代现实主义文学在历史书写上的连续性。批评家可以不喜欢这些小说,但不能否认的是,这些作品构成了一个重要的维度。

第三类是知识分子的自我言说。除了《风雅颂》这样刻意出新或《应物兄》这样有深刻先锋意识的知识分子小说,在21世纪以来,当代文学以现实主义的笔法写知识分子的历史记忆和精神困境的作品也越来越多。在知识分子放弃了当精神领袖,而有一部分知识分子开始明星化的媒介环境中,有一批作家在冷静地观察知识分子的生存现状或追忆现代知识分子的精神历程。比如许多书写高校知识分子的作品笔法都相对简单,以揭示问题为目标,在这之中阎真从《沧浪之水》到《活着之上》的创作深度和水准都还是比较高的。

当然,日常生活或历史细节是这些作家共同的叙事选择,他们将现实主义的创作从追求典型性逐渐下移,到从日常生活的细微处呈现现实。细节在现实主义创作中的地位正逐渐取代情节。与此同时,我们可以发现,文学创作实际上正从思潮(理念和方法)向"题材"回归。毕竟如布斯所言:"多少个世纪过去了,我们积累了越来越多的技巧手法,但是,既然选择使用任何一种特定的技巧,无论它是多么现代化,都会牺牲其它技巧所能带来的效果,那么,现代作家仅仅在一个有限的方面胜过早期作家:他们拥有一个更大的针线筐,有式样更多的线可用。"[①]当下的优秀作家可以择取的叙事技巧已有很多,而想要有新的审美创造则显得更难。因此这些作家采用相对朴素而传统的现实主义写作方式,也许存在某些问题,也许更能表达好他们所能表达的内容。

我们写文学史要寻找作家创作的"最大公约数",才能提取线索。这个公约数在"十七年"时期其实是作品的题材,而在 80 年代以后逐渐演变成为创作理念和方法,但是从新写实、新历史和女性写作的角度来看,它们已经兼具了题材和理念两方面的通约性。到了 21 世纪以后,除了极少数作家谋求搞奇怪的文体实验,大部分作家可以从创作题材或探索方向的角度重新编码,从而使他们进入文学史发展的逻辑链条。

---

① 布斯:《小说修辞学》,付礼军译,广西人民出版社,1987 年,第 425 页。

第六章

新现象与新热点
的历史化路径

中国当代文学仍处于持续发展的过程中。诸多新现象与新热点，在经历了一个发展阶段以后成为文学常态化发展的一部分，也就不可避免要被纳入到文学史的叙事中。就21世纪以来当代文学发展而言，网络文学是我们首先必须要关注的重要现象。文学史承载着记录和筛选一个时代文学的功能，因此，面对着带有鲜明时代特征且已产生巨大影响的网络文学，文学史家必然不能袖手旁观，故而其"历史化"亦是必然的趋势。与网络文学几乎同时诞生的"80后文学"，经历了20余年的发展也已经颇为成熟，且呈现出阶段性的特征，亦我们需要梳理其演进轨迹。此外，非虚构写作在最近十余年来，持续性产生了一批重要的作品，也需要我们考虑如何将之纳入文学史的结构之中。本章所讨论的这几个现象的入史问题，并不是说要在现有的文学史基础上简单另加一节或另辟一章，而是试图总结其共性特征，进而探寻他们在当代文学发展脉络中的位置。

第一节 网络文学如何入史

中国的网络文学产生于20世纪末，已成为21世纪以来最重要文学现象之一。它在经历20余年的发展后，无论就创作数量还是读者范围而言，都已经成为中国当代文学不容忽视的存在。可以说，数字传媒的发达使得文学创作与传播有了新平台，进而催生了在纸质与网络两种媒介中都占有不小市场份额的"网络文学"。作为一种新的文学形态，网络文学除了吸引了大量批评家和研究者外，还已经开始以一节左右的篇幅呈现在一些新出版或再版的当代文学史著作中。我们要注意的是，尽管有些当代文学史的作者目前还可以在不改变原有文学史结构的基础上，从审美或文化的角度将网络文学收编入史，但随着网络文学的持续发展，这种对网络文学的学术处理方式也逐渐暴露出其弊端。当前流行的附加式纳入法，既无法充分体现网络文学的媒介特性和审美特质，也无法辨明网络文学演进的历史逻辑和发展规律。

一、网络文学亟待"历史化"

近十年来，批评界关于网络文学的讨论不可谓不热闹，不论是一心为网络文学"正名"，强调网络文学的积极意义和读者效应，还是不断贬低、攻击网络文学的文化症候与艺术缺陷，都始终缺乏一个合适的参照系。网络文学创作的类型化极为明显，且已经成为一个趋势。尽管我们不排除网络世界中存在着某些小众的、圈子化的精英文学，然而其主流还是良莠不齐的大众文学。无论研究者是否喜欢，在文学史叙事时编者都应将其作为当代文学的一部分，以符合网络文学创作规律和艺术特点的方式，赋予其"在场"的权利。

如果从文学史溯源的角度来看，网络文学和在20世纪80年代兴起的大众文学（当时称"通俗文学"）的关系比较密切。但是网络文学入史，首先要打破雅俗对立的二元逻辑。从近年来的学术讨论来看，有一些学者完全沿用以往"雅/俗"、"严肃/通俗"的文学标准评判网络文学，这其实也并不妥当。因为网络文学其实是涵盖雅俗的，尽管取得市场轰动效应的网络文学大多以爽点营造为基础，但仍不失较为"严肃"的作品。网络文学中也有那些无论题材还是艺术形式都可圈可点的作品，甚至得到了传统印刷媒介文学生产机构的认可，比如《庆余年》就是由一位人民文学出版社"50后"的编辑出版的，而《大江东去》则入选了由学习出版社、人民文学出版社等8家出版机构联合推出的"新中国70年70部长篇小说典藏"丛书。

退一步说，我们承认网络文学的大众文化属性，但也要看到近年来在读者和影视圈内受认度高且更通俗的网络文学作品，也已经和张恨水、金庸乃至郭敬明等流行文学有所不同。事实上，在市场上产生较大影响的网络文学的作者和受众都以年轻人为主，据调查："仅就手机网文阅读的代表平台咪咕数媒的用户年龄分布看，大致是18—25岁占17％，25—35岁占32％，35—45岁占34％，45—55岁占17％。"[①] 读写群体的年轻化已经成为网络文学一个不容忽视的特点，而且因为有了网络媒介，读者的参与度会大大提升，这种新的文学生产机制带来的新的美学风格需要被学术化地概括总结。网络文学当然有众多类型，不过年轻的读者和作者往往有着同构的审美趣味和文化心理。相应而言，作者的写作不是为了磨出一部文学史经典，而是使小说的读者获得审美的即时快感和阅读时的代入感，读者对文本本身的艺术结构是否严谨则没有过高的要求。这当然由来有故，但就现实情况而言，大众文化也未必不能有雅致的一面。2013年，获得类型文学双年奖银奖的架空小说《后宫·甄嬛传》引起了"甄嬛体"热，而这也说明了雅致的情趣也可以在大众间流行，甚至较之于那种知识分子的附庸风雅更真实，也更具有文化魅力。况且，即便是在文学自身的审美范畴里讨论，《后宫·甄嬛传》以二次元的叙事纬语超越传统历史小说时空局限，一定程度上触摸到更深层的历史真实与人性本质。

其次，网络文学入史不能过分强调其媒介意义。有些学者强调网络文学价值，往往更注重"网络"的媒介性，把网络看成一个独立的文学发表"平台"，强调网络文学评价体系的独立性，抽离传统文学的固有标准，而将之孤立于"网络"中而"叫好"。但是，无论新媒介带来了怎样的新信息，网络文学仍然与纸质小说共享同一种文体形式，它可以是与纸质小说相对而言的一种文学形态，但不是完全割裂的。也即是说，我们不能以媒介论代替审美论，只看到"网络"，而忽视更为本体的"文学"。诚然，网络的发达使得文本能得到最广泛的传播，媒介渠

---

① 夏烈：《网络文学的新传统与未来性》，杭州出版社，2019年，第44页。

道的拓宽使得这种传播趋势固然有很多益处，如繁荣文化市场、满足读者需求等，但不可否认其不足也是显而易见的，"最终则是'过剩的文学'与'稀缺的文学性'形成鲜明的反差，从而形成了网上作品的一大'软肋'——有'网络'不见'文学'，有'文学'而缺少'文学性'"①。

事实上，任何一个文学思潮、一种文学样态都不可避免地要成为历史的遗留物。网络文学虽然类型广泛、文体丰富、数量巨大，但每一个关注网络文学的人又都能看出其泥沙俱下的境况，因而淘金不易。与传统文学的发表、出版不同，网络文学由于限制少、流通快，因此其累积量也是印刷时代的文学无法比拟的。正是在这个意义上，我们启动网络文学"历史化"的学术工作不仅仅是为了史料与文本的保存，还是21世纪以来中国文学成就的一次重新评估。网络文学当然有其媒介的特殊性，但整理和研究网络文学不能自限畛域，而应该以开放的学术心态面对它，将之视为当代文学大家庭中的重要一员。在这样的前提下，网络文学以一种什么样的方式进入文学史就更值得我们探讨。

如今，《告别薇安》、《彼岸花》的时代已经过去。可以想见，由于创作群体几何级数地增长，《诛仙》、《杜拉拉升职记》、《甄嬛传》的时代也必然会过去。如果说，小说还有改编成影视剧而暂时不被遗忘的可能，那么网络诗歌、散文被遗忘的速度只会更快，甚至有很多可以说是旋生旋灭，但其质量未必比文学期刊上的作品差。因此，网络文学的入史离不开文学批评的筛选。有学者已经意识到："文学艺术批评一路走来，已经成为一种典型的精英文化形态，而如今这种精英色彩受到空前的削弱……网络文学的研究方法的变革加深了文学研究中的文化研究倾向。"② 在笔者的视域之中，网络小说、诗歌、散文虽然大多较为直白、平面化，也缺乏艺术感染力，但也要承认其中不乏语言成熟、情节生动、人物鲜活、具备一定思想深度之作，乃至与文学史中频繁介绍的作

---

① 欧阳友权：《走进网络文学批评》，凤凰出版社，2019年，第62页。
② 于洋等：《文学网景》，中央编译出版社，2004年，第172、193页。

品相比毫不逊色。

二、网络文学的特点与入史路径

网络文学兴起之后，其自身也在不断变化和发展，逐渐形成了一套较为完备的网络文学生产模式。要更好地推动网络文学的发展，并在文学史中有效概括和评价网络文学，我们有必要先适当总结网络文学发展的特点，大体说来有以下三点。

首先，网络文学类型繁多，作家队伍庞大而作品体量巨大。如今网络文学作品包含着玄幻、穿越、职场、校园等十多种不同类型。每一种类型下都有着远多于印刷媒介文学的创作者和作品。这固然与网络文学的生产机制有关，毕竟"在网络时代文学是大众事业，根本不必经过什么精英分子的拣选。任何人都有权力从事文学创作。当然这一思想在执行过程中有难度"[①]。但也正是这种文学生产模式，导致文本数量和体量极为庞大，我们确实不能再简单袭用印刷媒介时代的文学标准衡量这些作品。当然，在网络文学不断发展的过程中，最开始极低的门槛也不断在提高，以至于这个行业成为一个成材率、成功率极低的行业。正如有学者意识到："网络写作的'去草根化'现象近年来有加剧的趋势，众多网络写手开始褪去'草根'角色，从幕后走进公众视野，成为'大神'级作家甚或文化名人。"[②] 但是这些受到关注的人物，在网络写手的汪洋大海里只是几朵浪花。尽管互联网法治化进程加快，但是这种只有法规审查，缺乏审美审查的生产方式，一定程度上还是存在创作主体滥用创作自由的问题，正如学者曾指出："数字化网络技术赋予网络写手的'写作自由'也是一把双刃剑——外部自由对于文学写作既是便利，也是陷阱。所谓'便利'，是指它为作家之自由'主体性'的实现提供了更大的可能，所谓'陷阱'，即它同时也暗含了滥用这种便利的

---

① 陈奇佳：《虚拟时空的传奇——论网络玄幻小说》，《江苏行政学院学报》，2006年第3期。
② 欧阳友权：《走进网络文学批评》，凤凰出版社，2019年，第54页。

危险。当很多网络写手将技术所赋予的'写作自由'演变成为随心所欲、为所欲为、漫不经心的文字游戏或欲望放纵之时,他们的'写作自由'只是对其自身具有某种释放或发泄的价值。"①

其次,网络文学由创作主体与受众共同完成。这里的"受众"与接受美学意义上的"读者"有所不同,接受美学虽然也强调读者对文本意义的最后完成,但那是否定了作者中心观念后的读者中心观念。我们要看到,网络文学的媒介属性决定了它不是作者中心式的文学,而是"作者—读者"交互生产的文学。网络文学受众的审美心理结构和文学阅读诉求推动了网络文学的繁荣,作品对读者的意义则在于二次元的数字空间和现实之间的天然屏障,使在现实中不得不接受种种有限性的人,可以在虚拟空间中打破诸多限制,因而,"小说创作和阅读的过程就是一次弥补这样的反差的精神愉悦之旅"。② 尽管有学者认为网络文学是读者中心式写作:"网络媒介解构了读者书写—印刷性阅读'前结构',推动'读者中心'式写作以经营'爽点'为基本写作策略。"③ 但"网络"作为一种媒介,其媒介语象直接改变了"文学"的生产方式,尤其是大量读者在虚拟空间中的"即时反馈",实际上是和作者共同参与生产的过程。网络文学作为新的大众文学,其在新世纪的发展,必然继承了之前大众文学的一些特有审美内涵,同时也有了相应的改变。其最突出的特点即为重构文化欣赏以及文化接受的方式。但这种重构也带来了作者和读者的互动、互构。它不再是为了满足读者需要的"读者中心写作",而同时需要作者深度发掘所写的题材,探索如何能满足和提升读者的阅读兴趣,并激活自身创作中的想象力。

正因为要吸引读者,网络文学作者在谋篇布局的时候更加注重形式上的创造,并且适应情节类型的特点。其中最主要的表现形式,就是在正文开始之前告诉读者世界设定和人物设定,以培养读者的期待视野,通过持续更新,吸引读者进行更持久的阅读。这样一来,文本的审美逻

---

① 曾繁亭:《网络文学之"自由"属性辨识》,《文学评论》,2012年第1期。
② 汤哲声:《边缘耀眼:中国通俗小说60年》,《文艺争鸣》,2011年第5期。
③ 单小曦:《新媒介文艺生产论》,中国社会科学出版社,2020年,第294页。

辑和艺术思想，以及读者的认可度和"爽感"是大部分网络文学作者的关注对象。但这并不意味着网络写手只是机械地复制艺术产品，当读者阅读的即时快感随着类型化的作品而增加，"爽点"提高，"爽感"减弱，作家就不得不谋求"爽文学"写作的模式变革和水准提升。例如，穿越小说《步步惊心》本是清穿小说的一部标志性的作品，但后来的大量穿越小说乃至穿越电视剧开始复制《步步惊心》的情节结构、人物架构模式，或是在其基础上略加改动，却不宜超越这部小说。于是，从穿越小说中派生出了一种新的类型模式——"重生"小说。以往的穿越小说中较为流行女频小说，但男频的"重生"小说也逐渐产生了不少有影响力的作品。

再次，依赖新媒介是网络文学的另一个显著特点。新媒介的发达使网络文学文本的传播几乎不受时空现实局限。网络文学的接受主体是中青年人，其中尤以学生和务工年轻人居多，而网络文学因其借助新媒介在不同电子终端间传播，更为贴合他们的阅读方式。此外，"有些作品尽管本身的艺术价值可能不高，但是他们在故事架构、世界观设计方面的创意却相当适合于改编为电子游戏、动漫"。[1] 因此，媒介融合降低了同质化、类型化作品可能产生的审美疲劳。网络文学、网络游戏及影视改编或许会出现高度同质化的情节，比如百里屠苏、花千骨和陈长生这几个人物都有父亲早逝的人生经历，但都会遇到一个很好的师父或师兄，有一只宠物，而煞气、洪荒之力、星辰之力使他们命运坎坷。然而，由于影视特效、演员表现力的不同，这类题材的影视作品最终都成为了 IP（Intellectual Property，知识产权，可引申为代表智力创造的如发明、文学和艺术作品的版权）爆款。这其实得益于"读图时代"的来临，也是鲍德里亚所言的超艺术（hyperaesthetic），"泛艺术化让艺术超出文化和日常生活的范畴，渗透到经济、政治中去，使所有的表意都变成了艺术符号，都具有艺术符号的各种特点"[2]。对于文字而言，图像

---

[1] 陈奇佳：《网络时代的文学生产》，《江苏社会科学》，2009 年第 4 期。
[2] 赵毅衡：《符号学：原理与推演》，南京大学出版社，2011 年，第 319 页。

在复制和传播的过程中生产了新的意义,使文学性进一步泛化,而网络文学借助其他媒介形态的艺术传播链,实际上切合了鲍德里亚所说的"景观社会"的消费需求。可以说,如今网络文学的发展一定程度上越来越依赖 IP 产业,鉴于这个问题比较重要,笔者将在下一部分专门论述。

在厘清了网络文学的基本特点之后,我们可以进一步讨论网络文学入史时需要注意的问题。20 世纪 90 年代中期以后,随着文学整体边缘化,当代文学在自身的"突围"中开始向文化转向,"通俗文学"、青春写作(主要是"80 后"写作)进入文学史的叙述,意味着当代文学的审美中心范式调整了以往的精英理念,开始正视与纯文学渐行渐远的大众文化。可以说,文化研究从某种意义上为当代文学史找到了在其他学科笼罩下救赎自己的可能。另一方面,近二十年来网络文学的发展在很大程度上改变了当代文学的载体和传播方式。借用一个流行词汇来讲,网络文学的蓬勃发展"倒逼"文学研究和文学史写作范式的革新。

有学者曾乐观地说:"中国网络文学经过十多年的发展,已呈现出令人难以忽视的态势,当代人的阅读模式也正在发生深刻的变化。鲁迅文学奖和茅盾文学奖都首次向网络文学敞开大门,可以看出主流文学圈对网络文学发展的逐渐接纳。"[①] 尽管网络文学的蓬勃发展使得学者们无法再忽视它在文学场中的存在,但网络文学在文学场中处于什么样的"位置",如何从"缺席"变为"在场",其实需要我们基于网络文学的自身特点,修正现有文学史写作的学术路径。

其一,辩证分析和接纳网络的媒介意义。事实上,之所以网络文学在进入主流文学史叙事时只能以附属、附加的方式存在,在笔者看来,是因为我们的文学史观念还停留在印刷媒介一统天下时,思想与审美二元变奏的时代,没有意识到网络作为一种媒介本身具有的文化意义。在当下,"文本不一定就是作品和研究论著,随着信息化时代的到来,文本的开放程度已经远远超过了语言文字本身"[②]。这就要求我们关注网

[①] 《七部网络文学作品竞争茅盾奖》,《中华读书报》,2011 年 6 月 29 日。
[②] 刘勇:《中国现代文学的多维阐释》,安徽大学出版社,2013 年,第 346 页。

络文学的媒介话语。网络文学作为一种新兴的文学样态,其进入文学史的方式也不应完全依赖传统文学史观,有学者提出,网络文学入史可以"让我们重新思考什么是文学,文学写作有多少种可能,让网络文学的知识生产成为其价值功能不断建构的基础,形成网络文学学术语法的意义关联体,进而为新型文艺学的知识生产提供观念范畴、意义选择和学理基础,也为文学史提供新的知识谱系"①。但这毕竟是一个实践性的学术话题,因此需要更新有相应可操作性、具有范式意义的文学史理论。最近有学者试图提出"新媒介文艺"这个概念,以此说明文学发展的时代要转向数字生产:

> 从媒介生产视角看,无论是西方还是中国,精英文艺主要依托于印刷媒介,特别是中国的期刊体制对精英文学生产具有决定性的意义。通俗文艺、大众文艺最初同样主要表现为印刷媒介生产。……大部分精英文艺仍坚持采用印刷媒介生产形式,而从印刷生产向数字生产的转场已经启动,这是无法抗拒的大势所趋。②

这种说法当然有其道理,但是印刷媒介是否全都要跟着"大势""转场"到"数字生产",恐怕是一个值得再讨论的问题,毕竟那些优秀的网络文学作家依然在努力谋求印刷化,而不是满足于数字出版。

其实早在21世纪初,米勒就敏锐地抓住文学媒介变革所带来的问题,而提出了新的文学观念:

> 21世纪以来,一系列媒介发挥作用,除了语言(也是一种媒介)外,还包括电视、电影、网络、游戏、动漫等。传统的"文学"和其他这些形式,通过数字化互动,形成了一种新形态的"文学"。其文学性,除了传统的语言文字外,还有使用词语和各种不

---

① 欧阳友权:《重写文学史与网络文学"入史"问题》,《河北学刊》,2013年第5期。
② 单小曦:《新媒介文艺生产论》,中国社会科学出版社,2020年,第14—15页。

同媒介符号而形成的文学性。①

也就是说，我们不能只看到网络文学生产中的媒介变革，更要着眼于网络文学的媒介变革所带来的影响，即对"文学"和"文学性"变革的认识。近年来有学者不约而同地意识到，网络文学的生产、传播和批评结构都应该溢出象牙塔，走向更为多元的空间。夏烈指出："网络文艺所带来的生态场域勾勒了影响其生成、发展、繁荣的主要力量：技术、受众、产业、政策、文艺，五种力量共治下的网络文艺生态构成了美妙的合力矩阵。"② 而欧阳友权则提出"批评共同体"的概念："网络文学批评也应该这样，也需要建构一个创作（作者维度）、管理（政府维度）、经营（网站维度）、阅读（读者维度）、评论（理论维度）五位一体的'批评共同体'，而不是网站、作家、网民的各说各话。"③ 上述这些都是试图融合媒介、市场、审美等维度而观照网络文学的学术主张，如果倒推回去看，我们要梳理的文学史线索则是研究媒介、市场、审美、政治如何在历史上发生交互作用，并且探索这些维度及其关联到了数字媒介时代又发生了怎样的变革。这样以媒介为切入点的文学史叙事才会更连贯。

其二，认识到当代文学史结构性调整的必要性。如果说要以一种最简单的方式整合网络文学，我们不妨将之与通俗文学作为一个有机的整体相连。也就是说，将网络文学纳入现当代文学的通俗文学发展史之中，阐明由于20世纪末媒介的变化，特别是新媒介的出现，而致使通俗文学的蝶变。但这毕竟不是一条理想的学术路径。当代文学史的叙事结构从政治中心到审美中心，经过了一次明显的调整，而随着亚文化、新媒介文化的兴起，我们在结构21世纪以后当代文学所呈现的多元发展态势时，是否可以考虑以文化特质为结构方式，将主旋律文化（传统

---

① 周玉宁、刘蓓：《"我对文学的未来是有安全感的"——希利斯·米勒访谈录》，《文艺报》，2004年6月24日。
② 夏烈：《网络文学的新传统与未来性》，杭州出版社，2019年，第278页。
③ 欧阳友权：《走进网络文学批评》，凤凰出版社，2019年，第103—104页。

现实主义写作)、知识分子文化（带有先锋意识的写作）和大众文化作为当代文学文化形态的三个维度，从而凸显网络文学中大众文化的消费性？文学生产的最终目的是为了消费，而阅读作为一种文化消费的方式，又有着不同的层次。我们固然要承认，任何一个时代都应该有作家高擎精神之塔，但文学本身的功能是多样的。更为重要的是，如果着眼未来，我们便会意识到现有的当代文学史结构终有一天会被打破，正如有学者曾指出："如果我们认可生产方式对文学范式有决定性影响，亦即我们认可中国古典文学和中国现代文学分别对应农耕文明和工业文明，中国现代文学是相对中国古典文学的一次彻底的范式转型的话，那么，新媒体/后工业/技术文明将接下来造就另一次彻底的文学范式的转型，文学史将不只是要翻开一个新篇章，而是要跨入一个新纪元。"①

三、如何认知跨媒介的 IP 改编

网络小说的影视改编已成为热潮。相较于以往零星地改编，如今新旧网络小说被密集地搬上荧幕。可以说，网络小说进入了 IP 时代。正如有学者所言："网络写作作为文化产业内新出现的一个'商品'群，与产业内的传统出版、影视和游戏等其他文化产业开始构建前所未有的竞争与合作关系。这种多种新老媒介的交互运作，使得媒介场内文学生产的复杂性、多样性和丰富性随之呈现出来。"②影视改编为网络小说发展遭遇瓶颈之际带来了一线希望，同时也更明显地暴露了网络小说存在的通病。正因如此，文学史在吸纳网络文学时就必然要对 IP 改编问题有所评判。

十几年来，网络文学网站运营日益规范，其市场渐趋成熟，作者间、网站间的竞争本应使作者思考如何提升作品的艺术质量，从而维持并扩大读者市场，因为在产业化之后，市场本身成为网络小说质量的重

---

① 王侃：《最后的作家，最后的文学》，《文艺争鸣》，2017 年第 10 期。
② 王月：《新世纪中国网络写作的产业化》，《文化研究》，2012 年第 5 期。

要约束机制。然而，随着网络文学产业链逐渐形成，前几年影视改编的成功，不仅加速了网络文学类型化的进程，也使得影视改编成为网络文学的救命稻草。这里要说明的是，网络小说尽管数量极多，但能被改编为影视作品的毕竟只占少数。而如今起点、晋江等大型网络文学网站近期排行榜上，名列前茅的作品在题材上的类型化和艺术上的粗糙化愈发明显。反过来看，影视改编所选取的大多是读者反响较好的作品，其受众面与影视剧传播预设的观众群相应，且经过一定时间的市场检验。因此，相对于一些题材小众或精英意识浓厚的作品，能被改编的作品其实是作为"大众文化"表征的网络小说代表作。

从正面讲，影视发展需要网络文学提供一个有一定受众基础且完成度较高的源文本，网络文学也需要跨媒介的传播以扩大影响。但从反面来看，网络小说以影视改编为出路，仅仅是权宜之计，不能从根本上改变网络小说创作雷同化、粗糙化和读者已开始分散化的现状。影视剧原本就是想要改变"以邻为师"的仿作之路，从国产流行小说中择取素材，但无奈的是，这些小说作者在创作时明显受到境外漫画、影视剧的影响，往往在小说中套用已被反复演绎的情节，而忽视了文学的原创性、独立性，在艺术逻辑、文本处理上，并未有所突破或进步，而由此造成的文学危机迟早会使网络小说和影视改编从良性互动走向恶性循环。从电影市场来看，《致我们终将逝去的青春》（2013 年）和《匆匆那年》（2014 年）等改编电影不断刷新票房纪录，但在 2014 年之后，《左耳》、《万物生长》、《何以笙箫默》的票房已经呈现出下降走势。票房起伏有诸多原因，但遍布于同类型网络小说中的车祸、癌症、失忆等元素，因年少懵懂的一夜情而怀孕、堕胎等移植而来的情节，以及男女主人公因误会而引发的旷日持久的矛盾，已经逐渐被市场所抛弃。对于电视剧而言，青春励志、身世疑云、职场攻略、霸道总裁爱上"白莲花"、草根逆袭"高富帅"等情节屡见不鲜，甚至穿越、仙侠、奇幻等类型的小说基本上也已被改编了一遍。电视剧的大情节容量和对网络小说内容的补充在一定时期内固然可以葆有生命力，尤其是靠演员群体的高"颜值"和话题性来吸引粉丝，在这个时代或许能挽救收视率，但却不能改变网络小说的困境,如果网络小说仅靠此生存,则不但会沦为影视剧的"嫁衣",还会因为自身文学价值的贬损而丧失其 IP 基础。

因此,网络文学联姻影视是一柄双刃剑,IP 剧短期内可以使网络文学热潮再起,但如果网络小说作者不解决文学性逐渐缺失的内在危机,将损害网络小说之后的发展,这也是为何大量继起的网络小说既产生不了影响,也没有受到影视剧关注的原因。如今,在市场上产生较大影响的网络小说的作者和受众都以年轻人为主,我们也不能苛求这些年轻人,毕竟在消费文化盛行的今天,连严歌苓都在积极为改编而写作。但作者的写作固然可以不追求成为文学史经典,而仅仅是为了小说的读者获得审美的即时快感和阅读时的代入感,不过,随着这些读者阅读量的上升,哪怕只是看消费小说中的故事,也依然想获得一定的情感体验和想象空间。因此,为满足读者的阅读需要,网络小说作者还是应该在原创性的文学构思上下功夫,而不能只为了改编而匆忙码字。否则,这些作者不仅会失去影视改编的青睐,也会因为读者的审美疲劳而逐渐丧失其读者群。从近年来的影视改编潮中,我们已经可以看出网络小说在艺术上存在的短板。

如前文所指出的,被改编的网络小说在同类小说中已属佼佼者,然而作为小说,其文本粗糙化的缺陷也在改编中被呈现出来,并主要体现在情节结构方面。网络小说的写作方式决定了有些作者在驾驭长篇小说时容易捉襟见肘。当前网络小说的创作往往是篇章之间创作和更新的同步,不是先有完整的构思而后给全书一个合理的情节安排。尽管很多网络小说有文案,却往往也只能照顾到情节主线。作者为了吸引读者,往往要在讲故事上下功夫,并尽可能使故事扣人心弦,但有时会造成故事的反复堆砌或类型单一。只不过,因作者更新的时间差而导致的读者阅读的时间差,这些问题并没有引起读者的注意或反感。小说《花千骨》在这点上就颇为明显,尽管很多"原著党"对于影视改编感到强烈不满,但我们仔细阅读小说就会发现,被压缩在最后的几次大战,其叙事功能是要将花千骨的命运一步步推向深渊,然而许多打斗场面的描写和作者大量修辞性的文字并未起到推进情节的作用,而仅仅是为了用文字去满足读者的快感。我们承认小说原作不乏精彩之处，但它也和众多网络小说一样，往往是有精彩的片段而缺乏有效的情节组织。相比之下，影视剧在一定程度上展开了小说中若干作者无法处理的情节副线，使小说的高潮得以集中，而不是用片段拼凑。

然而，影视改编本身并没有从根本上解决这一问题。有时因为商业需要，增加了许多有助于剧情复杂化的情节，但与小说主题并没有什么关系，也即是说，改编并不是从小说的艺术逻辑出发而修正小说情节节奏和架构的。如《旋风少女》中插入了方廷皓母亲被喻初原母亲打成植物人，致使两代人形成恩怨的情节，这与小说原作主题的表现和主要人物形象的刻画基本上没有什么关系；而电视剧《何以笙箫默》中，路远风和萧筱的感情线完全游离于主题之外，应晖借假离婚事件与何以琛争夺赵默笙的故事，使这部电视剧在基本演绎完主体情节后又能增加一些集数。

但这不意味着网络小说的发展要完全寄希望于影视剧和商业市场。虽然说影视改编会修补小说的不足，但影视剧有其自身的传播需要，比如通过编制暧昧的情节，将各种CP粉召唤到场，达到吸引流量的目的。不过对网络作家而言，影视改编始终不应该成为创作的初衷，而应该作为其作品艺术质量较高，社会影响较大后，瓜熟蒂落之后的副产品。一条以网络"文学"为名而形成的产业链，如果失去了"文学"，最终难免断掉。年轻的网络小说作者基本上是在韩国偶像剧、日系漫画或网游中长大的一代，他们受之影响，也被限制了独立创作小说的能力。明晓溪就是一个典型，她的成名作《明若晓溪》被改编为电视剧上映，无论是情节模式还是人物设定，该剧和十几年前作者创作这部小说时就风靡一时的《流星花园》都极为类似，但在当下，由于被改编的原作内容已经老套，因此与明晓溪参与编剧并大幅修改的《旋风少女》相比，该剧播出后收视率并不高。

这样来看，网络文学如果不是植根于独立的文本构思，而是受影视剧影响或为影视剧而创作，很容易随着风潮改变而速朽。此外，影视的语言是镜头，而文学的语言是文字。文字独有的想象力与魅力，并不是电视剧愿意花成本制作和表现就能取代的。如《花千骨》中大量的场面描写，虽然是用夸张和浮夸的词语堆砌起来的，但也不乏经典的语段，如白子画出场时的一段描写，其所能引发的想象空间和审美意境，完全不是一瞬间的视觉特效所能代替的："花海飘香，桃花林旁的五色瑶池水静静荡漾，万年不改。清风掀起层层粉浪，落英缤纷，飘花如雨……剑上华丽的白色流苏直垂下地，随着步伐似水般摇曳流动，在空中似乎也击起了细小的波荡。"

当然笔者不反对网络小说未来在产业链中继续被改编，而是希望作者能将精力多集中于提高创作质量，能提供像《后宫·甄嬛传》、《琅琊榜》这样的文本，虽然小说情节稍显拖沓且部分人物形象薄弱，但毕竟有较为严密的艺术逻辑，作者也对人物进行了深度开掘。它们的成功，并不是影视改编为之补充和增加了多少内容，正相反，是作者的创作容量大于剧情容量，为改编时的优化提供了较好的文本基础。或者说，作者在连载时的缺陷能有机会在出版时被认真修改。比如《琅琊榜》，其原著就经过多次修改，作者虽没有从根本上改变人物性格和故事走向，但在人物感情类型和情节结构上做了较大改动，使人物出场的时间和方式更合理，情节也相对更紧凑，而电视剧其实是进行了符合播放需要的改编。

在这个 IP 剧大火的时代，网络作家还是要面向未来而保持冷静。在情节的收与放及原创性、人物的虚与实及内在个性的刻画上有独立、细致的思考，而非模板套用式地赶制，如此一来，较好的文本基础加上网络媒介的开放性，会逐渐形成一套独立的美学体系，也将有助于网络小说在未来长期发展。最后，对于这一方兴未艾的网络小说改编潮，批评界也应该通过批评实践，形成并拓展一种结构性的批评视野，从而看到那些影视改编对网络小说艺术转码过程中所暴露出来的问题，为文学史写作提供更多的知识积累，不能总是以虚空的理论将网络文学作为一种文化现象阐释。

最后，我们还要指出的是，从网络文学未来发展的角度来说，它应该有独立于纸质小说的一面，但也不能失去小说文体内在的艺术逻辑。

毕竟像《繁花》这种按照学术圈趣味写成的，最终靠学术力量获得茅盾文学奖的作品，在网络文学中只是凤毛麟角之作。可以说，它的成功并不是网络文学的成功，而是能够因应精英话语所擅长的各种理论批评。对于占据网络文学写作主流的年轻作家而言，他们既没有相应的理论训练，也没有足够的生活积累，还是要遵循网络文学的审美规律，不断提升艺术质量。

第二节　"80后"文学如何入史

进入21世纪之后，当代文学批评在概念命名方面的能力下降了许多。批评家从以文本内容、特征命名的方式，转变为以作家为中心的命名，实现了命名从能指向所指的转移。因此，有些学者借用了"代际"的方式透视21世纪以后的作家群体。在当今的中国文艺界，从"50前"到"00后"的作家聚集在同一个时空下，他们的创作景观繁盛而驳杂，呈现出杂语共生的状态。不同代际的作家呈现出鲜明的审美选择差异，而这是由他们不同的物质条件、历史记忆、教育背景、艺术资源、媒介类型和接受语境共同作用引起的。需要我们注意的是，代际命名发端于"80后"，学术界由此倒推出了诸如"50后"等说法。相对于"50后"、"60后"的基本定型，以及"70后"的面貌模糊，"80后"则显得既在变化，又较为容易勾勒出相关线索。回过头来看，"80后"这个概念在被媒体和市场炒作之后，又被学院派的批评家认可和征用，其能指和所指也在不断延异。但无论如何，他们都已经年近不惑，创作也有十余年历程，文学史写作在处理21世纪以来的文学现象时，已经无法忽视他们。

一、重审青春写作的消费化

回望"80后"刚登上文坛时，前三届"新概念"作家中佼佼者的作品，其实都是在表达他们自己对这个世界的感受和想象，而这种典型的个体经验型写作方式也是青春文学的常态。在当时，他们的文学未能成为所属文学时代的先锋；直至今日，人们对这些作品还一直争议不断。但从文学史发展的角度来看，我们不得不承认，他们确实是应试教育模式下"80后"作家中的先锋，故而韩寒和郭敬明一度被视为是领军人物。如今，"80后"作家大致上可以分为两类，一类主要从事影视改编、商业写作、网络写作，比如郭敬明、韩寒、落落以及大量网络作家；另一类则坚守纯文学写作而越来越依赖学术体制的支持，比如张怡微、张悦然、甫跃辉。

现在的当代文学史写作远不如90年代的文学史能及时有效整合、吸收和研判文学现象，在处理"80后"作家时，还停留在对消费文化和青春写作的认知状态。当然，文学史写作必定是存在着滞后性的，但"80后"文学的滞后，更多是因为文学史家和作家之间的代沟。我们可以看到，"重写文学史"那一代的文学史家和他们要评价的作家几乎是同代或稍晚一代的人，他们共享了生活经验和视域。然而面对着比他们年轻20岁左右的作家时，他们其实无从真正理解"80后"所提供的文学经验，才会形成某些盲视与偏见。甚至于某些深受学院派训练的"80后"批评家因其审美趣味，也无法接受作家走向市场而放弃了纯文学的写作路径。

"80后"的分化已然成为文学史的事实，因此，我们的文学史写作不仅要从文化研究的角度分析青年亚文化的症候，还要注意到他们之所以分化的原因，以及背后的历史逻辑。只有这样，才能建立起关于他们全面而可靠的文学史叙事。

21世纪以来文化市场的媒介变革对"80后"一代的冲击和影响最大。韩寒、郭敬明为代表的作家，其早期作品无论是质疑社会时的冷峻，还是青春私语中的感伤，都道出了当时大多数"80后"的心声，填补了一代同龄人的阅读需要和情感需求。但遗憾的是，他们甫一出道，便被媒体制造话题而不断炒作，以至于他们的成长道路、创作道路始终是和市场亲密接触的。在巨大的商业利益面前，他们中的一部分人逐渐习惯了商业运作而非踏实写作，以致在网络文学日渐发达，他们在图书市场的占有率不断下降之后,投身影视行业或成为网络文学作家。

网络媒介的发达带来了阅读格局的改变,促使一代人的审美趣味发生改变。在网络文学尚未蔚为大观时,郭敬明、韩寒都曾经创办刊物,试图通过传统的纸质出版渠道培植作家,为作家提供相对宽松和从容的写作环境,并先于市场选择而筛选和打磨。这种纸媒时代的文学生产方式,虽然也是着眼于消费,但毕竟不是网络上的"爽"文,相比于网络文学以"爽点"为核心的审美机制,大部分作者对相应题材的驾驭能力,对小说结构的掌控能力,对人物心理的刻画能力,对人物关系的处理能力,对语言文字的运用能力都达到了一定的水平。媒介融合时代网络IP盛行,虽然产生了类型化、同质化的创作,但毕竟类型繁多,题材和叙事多样,因而网生代的读者在阅读中得到的文学审美经验更为多样化。读者群审美趣味的变化,意味着他们不再仅仅读那些少不更事的年轻人,在一段青春恋情中寻死觅活的故事。他们可以在奇幻的世界中触摸人性,或在平凡的故事中感悟生活;他们会发现情节的展开可以是单人RPG(Role-playing game,角色扮演游戏)式,也可以是多线索复合式的;他们能明白情感的力量既可以依赖充满修辞的语言,也可以借助冷静、质朴的文字。因此,一部分作家要扩大收益就不得不想办法顺应市场的需要,但这种顺应市场的需要并不是简单的媚俗,而是要直面文化市场的竞争。笔者以韩寒和郭敬明的发展轨迹为例,讨论他们如何入史。

首先,韩寒的意义与问题。实际上,他的作品看似题材和内容都不断变化,但在叙事策略上是一以贯之的:习惯于把一个平凡的小人物的日常生活推到前景,又始终用一种强大的自我中心意识来支配着叙事。他要保证的是他在文本中呈现出的韩寒,是他的粉丝希望看到的韩寒。从《三重门》、《像少年啦飞驰》这样的早期作品,到《一座城池》、《光荣日》以及电影《后会无期》都是如此。

相较于此,韩寒自编自导的第二部电影《乘风破浪》不再满足于将一些黑色幽默的笑料和故作深刻的句子推给读者,观众如果从头到尾看下来,会被他的叙事带着走而不自觉地接受了他所传达的观念。从某种意义上讲,转型成为市场的弄潮儿后,韩寒对观众审美心理需求的把握和市场规则的驾驭趋于成熟。然而,回看韩寒出道以来的创作道路,他在"韩寒模式"下生产的产品类别虽然在不断变化,但却形成了他惯有的叙事模式,而在市场的旋涡中不断改变的只是叙事时的身份意识。

随着韩寒成为一个商人,要在市场中用文字淘金的时候,他的小说和电影中的隐含的叙事者就不再是我手写我心,而是要通过支配叙事者的叙事,试图迎合接受者的审美期待。现在回过头去再看早期的韩寒,我们不禁要感慨的是,曾经那块有棱有角的冰终究融化在资本的汪洋大海之中。从开始到现在,除却韩寒对市场化的营销手段驾轻就熟,他的叙事姿态和叙事时的身份意识的改变更为重要。因此,同样是一种自我复制的叙事模式,如果说《三重门》是他的文本在召唤读者,到《1988:我想和这个世界谈谈》中的双线索的结构本身就是韩寒的自我意识和世俗意识的叠加,再到后来的《乘风破浪》,尽管他驾驭故事的模式一如往常,但故事的味儿变了。从自觉地站在世俗规则与文化心理的对立面,到自觉地顺从但又要掩盖他对之的顺从,他的故事不再是心里流泻出来,而是用叙事刻意做出来的。如果说韩寒有什么成长,那便是作为一个走市场路线的文人,越来越知道怎样用一种看似不媚俗的方式去讨好这个市场。

其次,郭敬明的意义与问题。从现有作品来看,以郭敬明为代表的新概念作家笔下的矫情情节会被读者淡忘,但他在语言上却提供了一套新的文学语言、修辞方式,并悄然影响了一代年轻人。当代文学发展到今天,汉语写作的成熟固然令人可喜,但同时正如索绪尔所言:"在所有社会制度中,语言是最不宜创新的,它与社会生活成为一体,而后者天生就是有惰性的,是最守旧的一股力量。"[①] 因此,"天然去雕饰"和"豪华落尽见真淳"等等传统文学语言观念固然值得我们提倡,不过对于文学来讲,用修辞打破固有语用结构,进而解放语言本身的能指规约,未必是一件坏事。从《小时代》中我们可以看出,郭敬明在叙事中所表现出的对语言较强的想象力、驾驭力,尽管在很多恪守现代汉语语

---

① 索绪尔:《普通语言学教程》,刘丽译,中国社会科学出版社,2009年,第89页。

言规范的人来看是一种铺张和浪费,或者说是不成熟的语言,不过相较于曾经许多先锋文学作品那种对于语言符号内在逻辑和语法规则的调整,《小时代》中的语言所显示出的想象力是值得肯定的。

我们如果仔细读一读"50后"和"60后"作家的近作就不难发现,他们关注的是语言的能指,而非所指。之所以更依赖能指,是因为他们注重的是语言背后思想的力量。郭敬明则更多的是借助修辞的力量,提供给读者自由联想的空间,当然有时其语词运用也存在着明显的"家族相似性"。依照陈望道的看法,"修辞原是达意传情的手段,主要为着意和情,修辞不过是调整语辞使达意传情能够适切的一种努力",而且他所谓的"积极修辞""同事实虽然不无关系,却不一定有直接的关系"[1]。从这里可以看出,郭敬明小说语言中大量使用非修辞格的修辞,在语用意义上有一定的合理性。如果我们承认"语言说人"的话,那么这样一种既不破坏语法规范,又大量借鉴流行热词,还在修辞中糅合了日常生活的语言符号,其实代表了这一代人的自我言说中"自我"的逐渐丧失。小说虽然堆砌了一些消费文化的符号,但郭敬明用同样奢侈的修辞与之匹配,形成了一种遣词造句颇为雕琢,但又自然流畅的语言,比如《小时代3.0》开头写北京的雾霾:

> 飞机停在宽阔的跑道上。椭圆的机舱窗口外面,是北京冬天里仿佛茶色玻璃一样的天空,它用厚实的粉尘、废气、沙尘暴和人们灵魂里蒸发出的浮躁与虚荣一起,组成了密不透风的云壳,将飞鸟、日光和云霞,以及脚下苍茫绵延的无边大地都同宇宙隔绝起来,从遥远的太空往下看,像一个巨大的松花蛋。

如果我们对比一下科幻小说里的雾霾(比如陈楸帆的《霾》),再对比一下老作家笔下的雾霾(比如贾平凹的《暂坐》),就不难发现,

---

[1] 陈望道:《修辞学发凡》,载《陈望道全集》,第4卷,浙江大学出版社,2011年,第68、107页。

郭敬明的语言既没有科幻文学准确，又没有老作家精炼。但是年轻人喜欢这样意象和修辞颇为密集，且部分语词能指其实并不清晰的文字。这离不开消费文化大行其道的语境。我们也不宜一提到消费文化就对之嗤之以鼻，仿佛自己生活在另一个世界的真空中，知行合一地坚持某种纯粹的、高尚的理想。在消费时代，语言是作家的消费对象之一，郭敬明的《小时代》看似是名牌、名酒店的盛宴，其实也同样是语言能指和所指自由的狂欢，这就需要在亚文化的框架内考虑。如果说当代中国的青年文化十分驳杂，那么《小时代》无疑不能算作青年文化的主流，而是以亚文化的形式存在。所谓"亚文化"指涉的是"某些可识别的群体所秉持的观念——它们明显不同于成员们通常意义上所共享的那些观念，还有可能同后者是对立的"。① 从这个意义上说，对于郭敬明和他的书粉而言，消费不再仅仅是对名牌奢侈品的消费，还包括对文学语言的消费。通过修辞格、实体意象、朦胧的指称性语词的运用，语言在铺张和华丽中又不乏生动，这种语言风格被大量"80后"、"90后"的网络写手集成并传播，培植出比郭敬明粉丝多得多的网络文学读者。

郭敬明虽然创作上已经后继无力，但影响了不少青年作家。如《北京人在北京》（琉玄）、《浮士德》（陈晨）、《南方旅店》（林培源）在题材、内容上完全不同，但在审美感觉上又有相同之处，如不急不缓的叙事语言；作者进入人物内心，但又没有前代作家那种深度的心理透视，生发出的是一种介乎温柔与软弱之间的柔软等等。郭敬明自己的作品也许还没有他的"最世文化"公司推出的作品更为有文学的"诚意"。例如冬筱的《流放七月》所体现出的走出封闭的精神空间和与历史、长辈对话的努力。吴忠全在《有声默片》中把笔触伸向民间而在日常生活的琐细中写出人性的矛盾与复杂。笛安在《西决》中压住叙事的节奏和故事的进展，而留出空间给对话场景，以使人物形象更为丰满的方式写作。李枫的《燃烧的男孩》把彻骨的悲哀在情节有序的展开中化开而不

---

① 班尼特、哈里斯编：《亚文化之后：对当代青年文化的批判研究》，中国青年政治学院青年文化译介小组译，中国青年出版社，2012年，第30页。

仅仅依赖语言修辞。应该说,"80后"或者年纪较大的"90后"小说中情感的力量,源于他们对同代人情感的表现方式和具体内涵的深度体认。这既可以像消失宾妮写的《孤独书》,字斟句酌之后将情感准确而不矫情地流泻在叙事之中;也能如王小立的《任凭这空虚沸腾》,需要读者在耐心的阅读中体会到漫不经心的语言背后那种沸腾的情感。

我们在一定程度上承认这批转向市场的作家的意义,绝不是要唯市场论、唯媒介论、唯销量论,而是在开放但又不失文学基本审美立场的前提下,适度调整而非彻底放弃文学批评的审美标准。不同于大量"机械复制"的网络文学,这些作家的创作需要也值得细致分析。这考验的是习惯于学院派技术分析和理论阐释的批评家,是不是能回归对语言的敏感,对文学审美层面的感知,尤其是同代批评家是否能摒除成见以自己的生命经验与作家在作品中对话。他们的作品尽管都有不足之处,却也有他们在中和最通俗的文学和最严肃的文学的过程中所表现出来的文学价值。从韩寒和郭敬明的创作道路,我们其实应该注意到这类"80后"作家在转型中普遍遇到的瓶颈,而其中最核心的问题就是,他们如何在这个时代保持和发展自己的文学个性。

进一步说,"80后"启发我们重新理解文学与市场的关系。二者不是天然的敌人,市场的运作力量和支配力量均是资本,这两个"80后"文学早期的标志性人物用两种不同的方式借助了市场的力量改造了文学,也让人看清了市场能在多大程度上改造文学。文学的市场化并不必然意味着文学的精神追求消退,任何一种文学创作都是作家的精神活动,当市场成为文学家的衡量标准时,文学创作中的精神成了隐在于文化表层下的潜在因素。对于韩寒、郭敬明而言,他们诞生于流行文化场,对同代青年人具有不可抹杀的影响。实际上,他们制造的流行文化不仅仅是金钱、欲望的载体。"流行文化是意识形态的主要载体"[①],透过流行文化可以透视更具普遍性的文化心态,而不是在象牙塔里曲高和寡的知识分子心态。在新媒介的作用下,在文学、文化语境快速转折的

[①] 本·阿格:《作为批评理论的文化研究》,张喜华译,河南大学出版社,2010年,第31页。

时代，文学史家要有勇气调整自身的文学观念和文化观念，侧目而视的傲慢与一味批判的偏见只会暴露出批评者与真切存在于社会中的文学不断脱节的问题。

我们的文学史写作不能因为他们和市场的纠葛，而选择性地忽视他们，毕竟他们已经不再以一种 20 年前青春叛逆的姿态出现。这些与"主流"观念异质的文本，原本应"召唤"出一种与之相应的标准。然而，因为学院派的话语结构、知识结构和实际上读者的阅读结构和文本结构之间的裂隙越来越大，批评界总是认可与以往"主流"文学呈现出"家族相似性"的"作家"，而在文学史中放逐了那些同样在写作并得到读者认可的作家。治当代文学的学者在反对"市场化"文学的同时，实际上建构起一个自娱自乐的"文坛秩序"。时至今日，我们是不是应该也对此有所反思？因为，不承认媒介、市场已经成为参与艺术生产的一种力量，不仅表现出对"媒介即是讯息"（麦克卢汉语）的时代特质的不适应，还表现出一种独断的学术姿态。

二、纯文学写作的转型困境

随着"80 后"作家的分化，学术界力捧的主要是那些在大型纯文学期刊上从事创作的作家。他们大多跻身于高校或作协，作品流传度并不高，但不妨碍学术界将他们视为"50 后"、"60 后"的接班人。确实，一个文学大国留在文学史上的作品，倘若都是只具备可读性的流行文学作品，也就只具备文化研究的意义。因此，我们确实需要有可写性、潜在的经典性，具有深邃的思想与精湛的艺术的作品。在中国当代文学史上，"50 后"、"60 后"的作家从 20 世纪 80 年代就开始写作，一直占据着文坛的中心地位。"80 后"的纯文学作家如张悦然、张怡微们，近十年刚刚开始转型，回归严肃文学主流，但尚无力接棒。他们的困境到底是什么，出路又在哪里，是我们需要正视的问题，否则一味赞扬只会捧杀他们。

从文学史发展的角度看，尽管以代际论文学有可能遮蔽掉某些复杂性，但整体而言相较于前辈作家，"80后"的生活方式和文化习惯有其共性，即二次元世界更加开拓、丰富，而现实经验狭隘、单调。身处其中的作家自然也很少能摆脱这一代人的思维定势。这一批从事纯文学写作的"80后"作家借助他们所受的良好教育，试图摆脱那种被认为是不成熟的思维定势，开始用学术的思维方式写作，试图发现社会问题、探寻历史的复杂性，而切近于学院派的批评方式和审美趣味。2010年以来，一批作家集体性显示出转型诉求，即试图完成从青春流行写作到纯文学的华丽转身。依赖学院批评而受到圈内重视的他们，也许比委身市场的作家在精神上更独立些，但艺术上开始模仿前辈的言说方式和社会关怀，于是人们可以看到小余华、小王安忆等等，但他们又不具备前代作家的生活阅历，因而其写作又始终逃脱不了自我的一方天地，而无法真正触摸到时代的脉搏。

这些作家曾经的文学世界实际上很封闭，他们自身的情感、经验和认知停留在青春阶段，迟迟未能随着题材的转换而提升。他们在学术研讨会上很活跃，也从媒体或书本上接受了很多信息，但这并不能使他们的文学业绩一蹴而就。好在这一批走向纯文学的作家逐步找到了自己在知识界的"岗位"，开始像前代知识分子一样写作，并确实让人看到了他们试图告别青春伤痛的努力，即他们试图走出呓语呢喃，向先辈看齐提升自己的艺术格调。

张怡微的《细民盛宴》是具有代表性的作品之一。我们从中不止能看到张怡微本人创作上的努力和提升，也能看出一种具有一定代表性的艺术路径及其存在的问题。作者在小说创作上的成长和变化，如她笔下的人物一样值得我们关注和分析。告别青春后的张怡微曾说："希望自己是一个热切而真诚的人，记录自己所走过的时代，记录自己脚下的土地，和那些身边活得那么疲惫也不过是活成一个普通人的朋友、邻居、长辈、陌生人。"[①]从小说本身看，作者的阅读经验与生活经验确实已经被尽可能地呈现。但作者的年龄和阅历毕竟有限，除了时不时引入上海

---

① 张怡微：《我自己的陌生人》，华东师范大学出版社，2014年，第8页。

的方言词汇并加以语境化的解释外,小说其实并没有太多的内容涉及到20世纪80至90年代的社会环境。因此,关于父辈的生活时代,作者所能提供的信息大多停留在语焉不详的话,如"某种朝气蓬勃、势如破竹的无产阶级风情"。①

当然,这不是张怡微一个人的问题,而是不少同代作家都面临的问题,也是文学史写作时要关注到的问题。为了突出情感,作者对内聚焦视角的应用可谓娴熟,小说叙事者给人一种缺乏客观叙事耐心的感觉,即便是在写日常生活,其叙事的兴奋点其实也不在细节和事件本身,这与《繁花》、《考工记》一类的作品有明显的差别。年轻人总是用三言两语概述事件,或夹叙夹议一段细节,与之相伴而生的则往往是主观性很强的句子,譬如"我觉得他再度忽略了我的真实感受。我是在奉献自己"。这种从自我的情感世界看视世界的叙事逻辑,决定了小说中主人公袁佳乔的情感表达和人际交流充满障碍,当然,小说的可读性也时常来自这种"障碍",因为它带来了代际之间的冲突、分歧和误会。张怡微创作的原生家庭问题小说并非始自于此,应该说她对这类题材投入较多,几乎把她的个人经验和道听途说的故事尽数囊括,以至于《细民盛宴》前的小说中,存在着重复和嫁接的现象,即同样的情节要素出现在不同的故事里。比如《蕉鹿记》和《樱桃青衣》里的主角都是单亲家庭的,而且她们的母亲在父亲的葬礼上都表现得特别平静。这样来看,在《细民盛宴》中,这种单亲题材亦或者说家族实验写作是有进步的。

"80后"作家的成长离不开广泛吸取前人的创作经验,但关键在于要有创造性转化,从而为己所用,实现创新性发展。现在来看,张怡微属于吸取有余转化不足,因此出现了种种问题。在这个意义上,以她为代表的一批"80后",更需要关注的是如何以自己这一代人的方式相对客观而全面地观察、理解生活,在艺术上摆脱"影响的焦虑",而探索鲜明的个人特色。相形之下,颜歌的长篇小说《五月女王》围绕袁青山等人的成长所涉及到的社会文化信息要更多一点。在《江西巷里的唐宝

---

① 本书所引用的《细民盛宴》文本,均出自《收获》,2014年春夏卷。

珍》中，颜歌虽然关注的是流言如沸下唐宝珍的命运变化，但本身也一定程度上折射出社会文化和政治、经济生活。而周嘉宁的长篇小说《荒芜城》中的"我"虽然看起来也是一个孤独个体，但是这个个体并不是封闭在自我意识的怪圈中，而是做了诸多尝试，当然也受到了伤害。而在《小绿之死》中，周嘉宁笔下的小绿遭受到各种霸凌，其成长故事虽然不具有"人在历史中成长"那样宏大的主题，但也还是反映出社会某些现象。尽管这些作品在社会生活书写的深度和广度上都不能和前代作家相提并论，但它们相较于"80后"写作原来那种拘囿于封闭的精神空间的状态，已经有了一些视域的拓展，也渐渐形成了这一代人看视和理解世界的方式。

这些作家另一个鲜明的转型方向是试图触及前辈作家念兹在兹的历史题材。值得注意的是，笛安的《南方有令秧》、冬筱的《七月流火》和张悦然的《茧》等作品写的都是沉痛的历史，但作者笔下的人物都无法走出自我的天地去真正呈现历史的厚重。这些作品固然在叙事视域上较作家早期的写作更为开放，但精神内核依旧是孤独个体放大了自己的精神世界。如果放在一百年前，郑振铎会说："早就看够了青年们的无病呻吟的探穷诉苦的文学。我们早就厌腻了夸张、放大的本来不必告诉给大众知道的个人的故事（例如无希望的恋爱，或其他个人经验里的小小的一个风波等等）……即使作者的文字写得十分漂亮，但在我个人看来，则其骨子里似乎仍然是很空虚的，无聊的，仿佛一杯白水，虽然加上了红的绿的颜料，却依然是一杯淡而无味的东西。"[①] 这段评价放在今天"80后"的作品上，依然一定程度上是有效的。

张悦然的《茧》因此受到了较大的关注。在她早年的小说中，封闭性是人物成长环境的重要特征。如《大乔小乔》中，在许妍的成长之路上，家长的吵架如影随形，家庭里连一层温情脉脉的面纱都没有。《樱桃之远》中的段小沐因坎坷波折的童年经历导致了自我世界的封闭。

---

① 郑振铎：《我们所需要的文学》，载《郑振铎全集》，第5卷，花山文艺出版社，1998年，第327—328页。

《茧》的出现则被认为"是青年作家的历史意识、思想资源和写作方式的一次集中展示"①。而刘大先称:"它通过两个人谈心的方式抽丝剥茧地呈现出历史的多重褶皱和复调式的秘密,进而在清点盘算历史的债务和遗产中重新理解过往,显示了当代中国记忆传承中的罪与罚。"② 我想,这大概是作者希望达到的思想追求,也是意图告诉批评家的内容。实际上,这部作品确实显示出"80后"历史意识的呈现特质,但从根本上来说,这还是一部趋向青春文学的作品,塑造了两个自以为是又自我中心的主人公。

我们可以清晰地看到,张悦然希望跳出青春文学的思维方式,而主要通过两位主人公交替出现的视角,深度剖析年轻一代的内心,并且试图进一步观察、理解上两代人的精神世界。小说中的主人公通过报纸、电视等媒介的二手信息,努力拼凑出长辈的生命轨迹,试图在一个宏大历史背景下展现长辈们的生活史。与张怡微小说相通的是,作者叙事的焦点落在青年人的第一人称叙事。程恭和李佳栖从童年不谙世事时的亲密,到了解事实真相后的敌对,再到久别重逢的原谅和洒脱,确实可以被认为是张悦然面对历史时有了那种"了解之同情"的态度,也显示出由狭隘到宽广的人性追求。这些都是她努力模仿前辈作家的思维模式和历史认知图式的结果。

两个青年在家庭中虽然有着千差万别的悲惨遭遇,但是有一点是不变的,就是他们都缺乏想要的爱,尤其是父母之爱,小说并不是用弗洛伊德式的精神分析写出父母之爱的缺失在他们童年记忆中留下的精神创伤,而是赋予了这一题材以"80后"的独特意义。程恭是一个基本上没有母爱和父爱的男孩子,甚至没有什么亲情。而小说中他在梦里和爷爷的对话、交往是他唯一触摸到亲情的场景。因此,当两个人轮流在作者笔下,在虚拟的对话场景中撷取记忆的片段,并清晰地理清脉络而倾诉

---

① 项静:《历史写作与一代人的心态镜像——评张悦然的〈茧〉》,《文学评论》,2017年第2期。
② 刘大先:《后青春文学的形象与贫困——张悦然笔下的自恋、躁郁和在场与缺席》,《小说评论》,2018年第3期。

出来之时，我们会发现许多在大千世界中平凡而普通的事，对于他们而言是天大的事。因为在他们的世界中，自我才是中心，故而他们关注的其实不是外部世界本身，而是自我对外部世界的反应，并寻求这种反应能够被认同。他们不要也不相信他人的"觉得"，只要"我觉得"；他们不听也不接受他人的以为，只要"我以为"。强烈的自我意识使得主人公在叙述中融入了大量的个人情感，所以每一个细节对他们来说都是重要无比的，无论是团聚是分离，是幸福是寂寞。

正因这种自我意识的强大，小说的叙事结构并没有超越个人喃喃自语。这看似是年轻人与历史对话的过程，但实际上是两个青年在进行着一场错位的精神对话。对话以"我"为中心，"你"是"我"希望中的接受者，其他的人与事都是"他者"，用来确认"我"逆流成河的感伤或无可名状的孤独的"他者"。这实际上是拉康理论意义上主体和自我的对话，而这种对话是有主体间性的，它当然是在共同完成着一个故事，但在完成的过程中却时时可见侵凌性的话语痕迹，"你"可以随时消失，而"我"依然在自顾自地讲述掺杂着现实感情的记忆。而在某一个瞬间，"我"需要一个人确证自己的情感体验和生活经历时，"你"随时会被想起，比如"从前在医院工作的人，家里都会有这种胶布条吧，你奶奶家应该也有"。

这个文本的典型性在于其症候不是张悦然个人的，而依然是这一代作家的。生命的实感和主观的想象化作文字流泻于文本之中，使这种不是对话的对话，本质上表达了孤独者的对话渴望。说到底，这些作家不是全面向历史开放，而在自我意识中品咂历史的孤独个体。人物通过懂事以后的不断追忆，确认父亲或母亲并没有爱我自己，而在自我意识的历史纵深中，确认自己是怎样委屈地度过了本应集宠爱于一身的年少时光。笔者认为，张悦然这部小说的意义恰恰不在于她触摸历史时的思想多么深，而是她依然把她笔下的人物写成以往青春感伤小说中那种"典型"的"80后"。这部小说中的人物和张怡微《细民盛宴》中的人物一样，沉浸在自己的世界里，他们看历史、看外部世界都是为了自己心中的执念，为了满足自己的情感。然而，张悦然更胜一筹之处在于，《茧》

中除了这种主观的个人意识,还让人看到他们心中无论是恨是怨,总还是有一份对记忆的回味和无可割舍的亲情。这种人物既不愿意承认,但又无法摆脱的情愫,被张悦然用恰到好处的笔力隐隐约约地展现在字里行间。

笔者认为上述两类作家都具备了进入文学史的条件,而"80后"文学能指的内容也在不断丰富。从文学史写作的角度而言,对于这样尚在行进中的文学现象,我们应首先指出其审美新质,即这些作品为当代文学发展提供了什么样的审美可能性。

三、"80后"文学的审美特质和未来可能

如前所述,与前代作家不同的是,"80后"作家实际上是把庞大的外部世界收缩在狭小的自我意识中,而这样做不可避免的结果是,他们只能从自己的经验和生活出发,把一个时代大海中的惊涛骇浪写成家庭茶碗里的杯水风波。然而,这杯水风波读来却依然有惊涛骇浪的感觉,这主要源于叙事空间的逼仄。无论是历史还是现实题材,小说的格局、气象都和叙事广度有着紧密的联系。在个人意识的支配下,小说叙事的主要空间是围绕主人公的内部世界展开的,因此在这样一哭一笑都是整个世界中心的审美空间中,任何一点伤害都可以化作巨大的暴力,而成为将杯水风波变为惊涛骇浪的审美原动力。周嘉宁、郭敬明笔下的校园暴力自不待言,张悦然笔下的暴力场面和行动虽不多但残酷,颜歌呈现出来的是他人言语的暴力,张怡微则关注到伦理上的冲突及冲突后的冷暴力。这是这一代人从成长之初就形成的叙事风格,并不会简单地就被抛弃。

比如张悦然早期小说中,人物受到伤害后的发泄让人深感这种伤害之深刻,如"璟冒着大雨去了操场。到达操场的时候,她浑身上下已经湿透了。雨水蒙住了眼睛,她已经看不清前路,可是仍旧跑"。[①] 这与张怡微的小说、韩寒的《三重门》、郭敬明的《悲伤逆流成河》的审美

---

① 张悦然:《水仙已成鲤鱼去》,作家出版社,2005年,第94页。

机制是一样的。但到了《茧》，情况似乎发生了变化。小说的暴力表面上是那根钉子所蕴含的特殊年代的人的暴力，而两家人的关系紧张也似乎是因为这根钉子而起。但实际上，更令人毛骨悚然的是李佳栖那透入骨髓的冰冷。比如在她的观念中"从我懂事起就知道我爸爸不爱我妈妈。只是因为结了婚，他们才生活在一起。我猜想婚姻就像我们的校服一样，从来都不合身，但是必须一直穿着"。她在心里"练习着冷酷的语气，把每个词削得像铅笔一样尖"，为的是"给他致命一击"。然而，那番话永远不会说出口，就像李佳栖没有对姐姐说出真相一样。这里的问题就在于，沉重的历史带来了创伤的不可弥合，但历史的"伤痕"远远不如李佳栖的内心世界更暴力。笔者以此为例，并不是要否定张悦然的历史叙事，而是要强调，"80后"的这种个人中心化的审美机制反而为当代文学透视现实和省思历史提供了一种新的审美可能。这种审美特质也许不能为所有人接受，但却真实地呈现一代人认知历史与现实的方式。

这种在文学作品中被放大个体的精神世界，实际上缩小了叙事视域。虽然这是有问题的，但我们写文学史要考虑的是，这已经成为文学发展的既成事实，我们是不是应该部分地认同这种写作方式的新意，而不只以经典文学作品的宏阔性要求"80后"作家。一部分"80后"作家提供的这种以华丽的、抒情的修辞包裹个人中心意识的小说，显示出他们的经验匮乏和成长的"未完成"，但同时显示出一种新的艺术格调。比如《细民盛宴》中，作者以现在时的理解代替对过往的复杂叙述，以自我的充分表达代替了故事的生动讲述。这种情节不足但细节尚在的精致而又贫乏的文学，未必没有它的意义。当然，这样说绝不意味着支持作家们把人物都写成冷漠的、以自我为中心的、矫情地自我宣泄的人，因为这种不乏狭隘而又略显矫情的写作也许在某种意义上更真实，也更贴近"80后"这一代人的情感、思想认知。当代文学是当代人精神世界的写照，而这代作家的自我言说方式与"80后"的精神世界息息相关。因此，如果"80后"中有这么一批人，而作者非要让他们在笔下像前代人一样活着，那么无非是为文学史提供了几个"熟悉的陌生人"而已。

在新文学百年传统中，青年形象长期关注着"我"所处的外部世界，不断打开自己的生活视野。即便是到了余华写《十八岁出门远行》，视野已经发生了明显的"向内转"，但主人公依然是努力地看着外部世界的光怪陆离，他固然有自己的心理活动，但并未沉浸于自我意识不能自拔。但"80后"是这么一代人：他们的生活经验就是茶杯里的水，他们是大时代中的"细民"，他们与时代碰撞的结果就是，触碰到自己所能触碰到的那个以自己为中心的小世界，而在弱水三千的社会中他们的生活只是一瓢水。在当下特定的文化结构中，他们已然无法介入到弱水三千中去兴风作浪，只能在自己这一瓢水中倒海翻天。

这样的现实是作家和文学史家都要面对的。我们固然承认具有社会概括力的典型化写作是重要的，而且有一些青年作家从逻辑出发的写作也能达成这样的叙事目标。但我们是不是也要承认，"80后"笔下这些自我意识强烈的孤独个体，本身也具有普遍性的审美意义？其实情感泛滥是青春的表征之一，但"情"也有大、小，是把自己置于社会中去寻找一种存在感，还是在自我世界中去确认自己的存在，这是两种不同的情感需要。"80后"的自我意识是强烈的而又是纯粹的，自我的认同感使得他们的视觉、听觉、触觉都被细腻地书写，甚至是语言中的一字一句都显示出他们的敏感。这是不是也可以被视为这一代作家的文学新质？我们同时要注意到的是，在"80后"文学中，社会空间的缩小并没有导致文本空间的缩小，那是因为生命个体的空间被放大。青年作家自身经验和对人生、对社会的理解有限，故而作品的深度有限；但好的一面是，他们会把这一代人的特点——强烈的自我中心意识——通过细腻的语言放大，并真诚而少不更事般地小题大做，往往在情感细节和心理状态上很能打动同时代的人。

笔者认为，这应该成为当代文学的一种新质，而且是由"80后"提供的。在这个意义上，批评家说"跟传统文学的低迷形成反照，大家突然发现这帮年轻人写的作品才是符合社会心理情绪期待的好作品"①，其实是有道理的。这里要强调的是，这一代人应该有他们的"怕和爱"，有他们的抒情方式，有他们的叙事伦理。外部生活经验的匮乏使得他们更为关注自己的心理经验，正是由于这一代人生活空间的缩小，他们的成长环境致使他们必然是从自我出发，以家庭为单位。所以家的书写对他们来说尤其重要。这也是为什么《细民盛宴》也好，《茧》也罢，主人公都在家的问题上纠缠不清。在颜歌的长篇小说《我们家》中，作者用异态视角展开叙事，"我"虽然是一个疯子，但依然将家庭指认为"我们"家，小说围绕给奶奶过八十大寿而曝光了三代人之间极为复杂的故事。因为作家在文本中充分舒展了情感经验，因此也较为容易获得读者的共情。

一百年前的鲁迅们作为那个时代的"80后"生活在时代的巨变中。他们是把自己放在时代里，时代的爱与痛、国家的兴与衰激发了他们的时代责任感，他们的文学主要是向外的，个体的生命经验时常与时代民族命运结合。在从那以后的新文学史上，青春文学从郁达夫、巴金到青年时期的王蒙和路遥，他们都书写青春人生，情感坎坷，家庭纠葛，工作困惑，但他们的文学或是凭生活经验的积累，或是凭预设的价值观念而在情节构设上下足了功夫。最为重要的是，前面几代作家的现实主义写作，需要作家的目光向外投射，感受到被侮辱与被损害的灵魂，而不是被忽视、被挫伤的自我。但一百年后的"80后"毕竟不同，他们从小就生活在一个以经济建设为中心，政治风云无处不在但又若即若离的年代里。从这个意义上讲，这批年轻作家要从青春写作转型，除非是像巴金、萧红、张爱玲等在年轻时既有天赋和情感，又受益于一个国家乱离与个人的理想、创伤相碰撞的年代，否则凭空要求他们转型成为他们的前辈，便只会是拔苗助长。他们即便要成长，在现在的语境下也应该是慢慢地和笔下的主人公同步告别青春，告别那份渴望被呵护而不得的惆

---

① 吴俊：《新时期文学到新世纪文学的流变与转型——以〈萌芽〉"新概念"作文、新媒体文学为中心》，《小说评论》，2019 年第 1 期。

怅，一点点结束顾影自怜，逐步理解而非旁观他人的爱与痛，感知而非想象社会的苦与乐。

基于上述分析，笔者认为当代文学史对"80后"作家的吸纳并不一定要完全地肯定他们，而是可以指出他们未来的发展可能方向。毕竟当代文学史在处理近期的文学现象时，并不可能一蹴而就形成稳定的知识，而这种暂时性的知识随着文学史的发展又会被"解释学循环"所替代或加以完善。

第三节 非虚构写作如何入史

在 21 世纪以来的文学发展中，有一个既是旧传统，又有新问题的创作现象，就是非虚构写作。对于文学史写作者而言，非虚构写作引起的学术关注是必须面对的。非虚构写作指称的是一种创作现象，而不是某个具体的文学思潮，因此，其所指范围不是由所指呈现的审美特征决定的，而是由创作主体的写作姿态赋予能指的。这样一来，非虚构写作就不单单是最近十年的新现象，而可以使我们将这一能指所能涵盖的文学史上的所指对象纳入考察范围。

一、非虚构写作的真实性与自律性

非虚构写作（Nonfiction Writing）在国外常用于指叙事性（文学性）较为突出的新闻，或者与创意写作等联系在一起。近年来，中国学术界在相关议题上的讨论颇为热闹，而不同学者所认定的非虚构作品也存在差异。从已有的学术讨论来看，非虚构写作目前还不是一个严谨的学术概念，甚至还存在着争议。理论上说，这个概念作为文学的一个分支，指的是内容以事实为主的作品，它们与虚构文学相对应而存在，但采用叙事性方式创作①。

在中国当代文学中,非虚构写作并非21世纪以后才出现的现象,也就是说现在的学术讨论中可以被归为非虚构写作的作品,许多都在这一概念被学术界讨论前就已经产生。但我们要注意到的是,《人民文学》在2010年倡导"非虚构"后,这个自在的现象有了自为性。从理论上讲,我们还是要先区分非虚构写作和非虚构文学的概念。非虚构文学严格来讲并不是一个科学的概念,还容易造成内在逻辑的混乱。因此,我们采用"非虚构写作"的概念,是一种偏重于从创作主体创作行为角度出发的命名。当我们讲文学的虚构性,是从文本客观实际出发,认为文学作品是虚构的,且常常指小说。但是非虚构写作不同于非虚构文学之处在于,它强调的是主体的写作姿态和问题意识。

在此基础上,非虚构写作的概念经常与"真实性"相关联,故而我们对非虚构的真实性也应该加以辨析。有学者认为"非虚构写作"中"真实"的标准非常重要,包括事件、人物乃至现象的真实②。但本书认为,非虚构写作的真实包含主体的真实和客体的真实两个方面:一般而言,读者更关注的是非虚构作品中对客观现实书写的真实性,也就是事件、人物和现象的真实。特别是这些作品揭示现实问题所带来的震撼,更容易让人产生真实感。这不同于虚构性写作的主观真实或者称艺术真实,它就是史实或现实事件的真实。但是,我们不能忽略的是非虚构写作毕竟是由写作主体完成的,所有的材料和细节都经过写作主体的编排和叙述。有学者指出非虚构写作中主观"介入性"使"作家的身影通常是无处不在、无时不在"。③ 因此,考察写作主体的真实对评价和阐释非虚构写作的质量至关重要。它至少应该包含两个方面:第一,主体的倾向性是否有可能遮蔽对象的某些方面;第二,主体的创作态度是真诚的,还是讳饰的。比如薛舒写《远去的人》后说:"至于文学角度

---

① Robert L. Root, Jr. *Naming Nonfiction* (*A Polyptych*), College English, Vol. 65, No. 3, Special Issue: Creative Nonfiction (Jan., 2003), p242—256.
② 李海鹏:《职业操作规范下的非虚构写作》,《北京青年报》,2014年9月19日。
③ 洪治纲:《论非虚构写作》,《文学评论》,2016年第3期。

的意义,我想,于我个人来讲,是前所未有地尝试了一次非虚构写作,不去杜撰人物,不去编织故事,就把我经历的一切写下来,这对我来讲就是文学的意义。"① 而梁鸿也强调过她要排除"先验的意识形态……以一个怀疑者,对或左或右的观念保持警惕,以一个重新进入故乡密码的情感者的态度进入乡村,寻找它存在的内在逻辑"②。正因如此,我们在辨析非虚构文本"真实性"时,其实要经由审美分析,特别是叙事分析,辨识创作主体所声称的写作姿态是否能贯彻于文本之中。

再者,我们要辨析非虚构写作的自律性问题。洪治纲认为:"就文学本身而言,这些作品无疑体现出一种反自律性的倾向,即反抗并拆解有关文学自律性范式的开放性写作。"③ 而基于上述论断,我们承认非虚构写作确实有这种反自律性的一面,但并不认为非虚构写作是完全反自律的写作。因为以往虚构性写作的写作主体本身的虚构意图是不许怀疑的,所以文艺理论讲的自律性是指作为客体对象的作品具有审美自律性。而创作者的任务是不以自己的观念伤害艺术逻辑的自洽性。但是非虚构写作是从创作主体的角度提出的一种写作意图和写作姿态,因此其依然需要自律性,且主要体现为主体的伦理自律。

这种兼具现实性和较高还原度的作品,保留了大量真实可靠的现实经验或历史记忆。当然,这种创作对于写作主体提出了较高要求,因为许多材料虽然珍贵却不具备可验证性,所以创作主体的自律意识从审美自律转为伦理自律。当作家借助叙事和修辞的策略时,对话、场景、细节、心理,都可以增强作品真实感。然而当叙事者有意识地在文本中灵活操用冲突、张力、视角、时空等技法,乃至特定的叙事语调处理,都有可能带来问题,特别是叙事者的叙事姿态以及这种叙事姿态背后的叙事伦理问题。在 21 世纪以来的当代文坛,叙事技巧华而不实的作品层出不穷。许多作家或在半空中飞翔而虚空高蹈,或在泥地里堕落而困顿挣扎。在这个意义上,非虚构写作主要依凭作家鲜活、直接的生活经

---

① 孙甘露主编:《在思南阅读世界》,第 2 辑,上海书店出版社,2017 年,第 131 页。
② 梁鸿:《中国在梁庄》,台海出版社,2016 年,第 3 页。
③ 洪治纲:《论非虚构写作的反自律性及其局限》,《文艺理论研究》,2020 年第 5 期。

验，这种创作如果写得好，则可以扭转浮躁的文学生态，使文本显出扎实和厚重之感。因此，有学者认为："所谓'非虚构'写作，是一种不再迷恋各种直观的乃至化装了的'宏大叙事'，而是将目光指向真实的生活现场，重新捕捉瞬息万变的底层生活细节的写作。"① 这是包括梁鸿在内的一众作家，意图达到的叙事目标。

国外非虚构写作的成功者认为，非虚构叙事者其实应该"成为场景的一部分，从而能够观察事件却不改变事件的状态。这能助你避免'观察者效应'：因观察而导致观察对象发生变化（该理论由物理原理有感而来）"。② 梁鸿这位准备好访谈计划和录音拍照设备的"闯入者"，即便以一个"归乡者"自居，也早已自外于自在的乡土世界。她要排除的先验观念本来是指："苦难的乡村？已经沦陷的乡村？需要被拯救的乡村？在现代性的夹缝中丧失自我特性与生存空间的乡村？"③ 然而，从文本实际的叙事效果和价值指向来看，梁鸿的梁庄书写呈现出的恰恰是这些观念。当然，也有作家尝试在记录核心事件的时候保持叙事的客观、冷静，因此，王月鹏在《拆迁笔记》中以第一人称记录完拆迁工作后，又以第二人称叙事的方式写了一节《致自己》，内中言道：

> 拆迁工作接近尾声，你突然感到一种浓重的遗憾，原本是可以更详尽地记录每一天的工作过程的，太多细节都在惰性和感慨中"浪费"掉了。没有捕捉到它们，是你的作为一个写作者的遗憾。这样的一个事件，倘若在生命中不能留下刻痕，该有多么悲哀。

从中我们可以看出在前面的叙事者实际上有意规避了之前叙事中的抒情，而将主体情感留在叙事之后抒发，既可以避免自己的主观情感干

---

① 张柠、许珊珊：《当代"非虚构"叙事作品的文学意义》，《中国现代文学研究丛刊》，2011年第2期。
② 罗伊·彼得·克拉克：《事实与虚构的界线》，载克雷默编：《哈佛非虚构写作课：怎样讲好一个故事》，王宇光译，中国文史出版社，2015年，第212—213页。
③ 梁鸿：《中国在梁庄》，台海出版社，2016年，第3页。

扰实践的真实性，又能和读者分享叙事主体个人化的真实感受。

我们强调非虚构写作的主体自律意识，并非要消减作家的自我意识，也不会抹杀叙事者的个性，而是要让在观念层面高蹈了太久的文学，回到现实世界与人生。如果写作者依然将强烈的先验观念灌注于字里行间，便会失去更为敏感、独到眼光。这种眼光不应依靠问题导向而生成，而应从那些被问题所遮蔽的闲话中而来。这恰恰需要叙事者付出更多的心血，融入、感知和理解现实。因此，非虚构写作者应该有更严格的叙事自律，成为一个艺术创造者，摆脱知识分子意识对叙事的单向束缚，真正从二元对立的思维中解放出来自己，也解放出来笔下那些鲜活生命。

二、非虚构写作的类型与问题

从 21 世纪以来国内的相关作品看，非虚构写作可以分为两类，第一类是从报告文学发展而来的，基于真实材料而尽可能降低虚构性的作品。公共性的非虚构写作尽管尽可能客观、真实地呈现某些突出问题而引人深思，但毕竟不是克制而简洁的新闻。在实际创作中，由于作家采用了某些文学手法，而容易模糊虚构与非虚构的边界。它们呈现出的共性特征有四点，即作品题材的尖锐性、问题意识的集中性、文字表达的叙事性、采访内容的真实性。这些特征或许在虚构文学作品中也有体现，但四者集中于一个文本时，便显示出虚构与非虚构写作的明显区别，而呈现出非虚构写作的思想追求与审美特质。

作品题材的尖锐性指的是和传统的精英文学相比，非虚构写作较为关注原生态的底层生活，涉及到的问题颇为尖锐，在虚构文学之中这种尖锐可以解释为作家的虚构，无关现实真实，但非虚构写作因为标举真实性，而使读者意识到这些尖锐而边缘的矛盾就是现实生活本身。例如现代性进程下的乡村危机在梁鸿的笔下呈现出来，遍及政治、经济、教育、文化、道德、环保等方方面面，而萧相风则在《南方工业生活》中用词条的方式，将在南方工厂里的生活原貌尽可能呈现，让读者看到打工人的生活世界和精神世界。而王月鹏的《拆迁笔记》更是一上来就把工作组和村庄之间的矛盾摆在读者面前："望庄搬迁工作组已经进村两个月了,全村920户居民,大多数同意搬迁,但是没有一户搬走的。从远处望过去,望庄完好如初,看不出是一个正在拆迁的村子。村人待在村里,说再等一等,就是迟迟不肯搬走,不肯腾出房子,整个拆迁工作搞了两个月,一户也没拆掉。"①

问题意识的集中性意味着如梁鸿的《出梁庄记》、张彤禾的《打工女孩》等作品,都是聚焦具体问题的写作。对于作家来说,她们面对着一个纷繁复杂的外部生活世界和人性内在世界,但是却要化繁为简,从中提取到符合自己问题意识,能集中呈现该问题的素材。正因如此,他们的写作关注特定对象时,常常注重他们的生活或心理存在哪些急需解决的问题,有什么值得书写和展示之处,而选择性忽略了生命个体其他的丰富性。这样的写作方式一方面使这类文本显得非常清晰,聚焦度和紧凑度都值得称赞,易于读者接受和理解。但另一方面,这些问题是谁的问题?到底是谁在言说?一个非虚构作家,当然可以从她所处的环境、所面对的事实,总结中国发展的教训或经验,但这些也只不过是一个知识分子的个人的理解和阐释而已。作者强势地、主观地介入叙事,将个人化的观念与情绪留给读者,加之急于表达结论的理论激情过于澎湃,往往会暴露观念的偏执与叙事逻辑的漏洞,乃至混乱。从这个意义上讲,非虚构写作者也许需要的是一种"功成不必在我"的创作心态,减少叙事时的执念,不要急于对现象进行理论命名,从而把故事讲得更有弹性,为读者打开现实的理解与阐释空间,同时保持文本的思想张力。

采写内容的真实性则要求非虚构写作提供的核心任务、事件、记录、资料等是真实存在而非主观杜撰的。例如在写作过程中,梁鸿为了写作《出梁庄记》跑遍全国11个省市,访谈了340余人。这些作品其实都存在着各种问题,但这种亲历性使得作品中相关材料具备令人信服

---

① 王月鹏:《拆迁笔记》,《当代》,2016年第1期。

的真实性。当然，也有学者对于非虚构写作这样高度依赖原材料的写作方式提出过质疑：

> 非虚构不是"反虚构"、"不虚构"，而是"不仅仅是虚构"。它需要的是一个原材料，而对这个原材料的书写和加工，还需要借助虚构和想象力。遗憾的是，大部分"非虚构"作品基本上停留在反虚构的层面上，并且将"非虚构"与"虚构"进行一种简单的二元对立的区分，这导致了一些"非虚构作品"甚至无法区别于"报告文学"，作家的主体性停留在"记者"的层面，而没有将这种主体性进一步延伸，在想象力（虚构）的层面提供更有效的行为。①

这种观点有其合理性，特别是作者指出了非虚构写作过于依赖原材料，尽管使采写内容具有极强的真实性，但写作同时还出现了一种被材料所束缚的状态。当然，这也就是非虚构写作需要辩证看待的问题。非虚构写作出于主体的伦理自律，那么主体性和想象力也许就不可避免会受到材料的规约，而实际上非虚构写作中，主体性要置于开始写作之前的观察过程，这不仅考验作家在观察生活的过程中是否能发现问题，还考验作家是否能使写作主体对观察对象全面开放。

文字表达的叙事性体现在创作者毕竟不是简单地堆砌材料，而是借由叙事完成对材料的整合。有学者提出非虚构写作的叙事策略主要体现为"元叙事"和"揭秘式"②，这是就具体策略而言。但从宏观上看，叙事性在虚构写作和非虚构写作中的区别在于，抛弃虚构使写作者面对杂芜的现实经验，不得不做必要的妥协。这种妥协使作家失去了通过虚构而组合叙事要素的审美逻辑，因而作家就不得不依靠思想逻辑建构认知图式，从而将冗杂的现实细节整合进有机的叙事文本。这便如同熵增原理一样，写作者以特定问题作为宏观量的"熵"，依靠人物和细节体量

---

① 杨庆祥：《"非虚构写作"能走多远？》，《文艺报》，2018年7月30日。
② 洪治纲：《非虚构：如何张扬"真实"》，《文艺争鸣》，2021年第4期。

的不断增加以扩大熵量。作品中细节不具备独立的意义，其意义是服务于作品的"熵"的扩张，即揭示作者预设问题的严重性，而个别的、微观的生命体与细节所带的独立的熵数意义就这样荡然无存。如此一来，文学原有的审美逻辑被作者的思想逻辑取代，而具有审美自足性的生命个体与鲜活细节，就此沦为作者所揭示的问题的材料和注脚。这也就是为什么有学者认为"非虚构文学文体应尽量少用或慎用某些修辞手段，以防遮蔽和隔离文本的意义呈现和读者的明快接受"。① 毕竟非虚构写作的意义在于求真、求准，从而直击读者的心灵。那么，与其大费周章修辞，不如尊重对象本身的语言与认知体系，而减少知识分子的、想当然的话语。

相比于这类与新闻、报告文学的相似度更高一些的作品，另一类近年来被视为"非虚构写作"的文本，则与传统意义上的传记文学（传记、回忆录）及相关材料（日记、书信）更为接近。其实在20世纪80年代起，随着一批老作家的自传、回忆录或回忆性散文的发表，一股不同于报告文学的写作潮流已经兴起，只不过在当时人们习惯性地将之归于传记文学或纪实散文。到了90年代，随着文化消费的兴起，作家的私生活进入人们的消费视野。读者不再满足于从作家虚构的文字抵达其内心，而是隐含着一种消费名人的心理，因此一批日记、书信文字在图书市场走红，其中影响较大的便是《从文家书》。而沿着这种路径，到了21世纪之后，出现了大量自觉将个人经验用非虚构写作方式呈现的作品。这类个人性的非虚构写作可以呈现出宏大历史所无法呈现的历史细节，以及言说者个体生命的内在世界，其重要的特点主要有两方面。

其一，个体经验与公共意识的交互性。在种种非虚构写作中，最为明显承载个体真实经验的应该是日记、书信一类的文本。多数作家记日记是为了记录内心世界和自己的生命流程，内容多是日常生活和私心感受。这些日记、书信往往是个人日常活动和真实想法的呈现，而借助个人记忆与集体记忆的记忆转换机制，我们从中也可以看出公共经验如何

---

① 龚举善：《"非虚构"叙事的文学伦理及限度》，《文艺研究》，2013年第5期。

以个人视角反映出来。正如林非所说的那样:"讨论处于共时性阶段的若干问题,往往会针砭得十分细致,这才具有历史的确切性;而讨论处于历时性阶段的若干问题,侧重点是在于注意进行总体把握……"① 日记、书信就对我们发现被宏大历史叙事所遮蔽的,那些"共时性阶段的若干问题"有所助益,它最大的文学价值在于凸显了时代中的个人记忆,而这份记忆其实又能带有鲜明的时代色彩。比如贾植芳说:"我只是一个普通的知识分子,不过是大时代里的小角色"②,但透过他的日记我们可以看出这个"小角色"和公共话语之间的心灵对话。

改革开放之后,许多作家纷纷出版的回忆性文字也可算作非虚构写作的重要部分。这些非虚构写作和我们熟知的作家形象也许会有明显的差异。如老鬼的《我的母亲杨沫》中对于杨沫一些私事的记载能让我们意识到,文学史中讲述的《青春之歌》与杨沫个人生活的关联其实是有问题的。丛维熙在《走向混沌》中表达的历史意识和他虚构的"大墙文学"中主人公的话语显然大相径庭。从非虚构作品中,我们也能看出即便面对相同的遭遇,不同作家的心态其实并不一样,这也就决定了他们的非虚构写作,其实在叙述时带有极为个人化的个性禀赋和历史认知。如巴金说:"我一闭上眼睛,那些残酷的人和荒唐的事又出现在面前。我有这样一种感觉:倘使我们不下定决心,十年的悲剧又会重演。"③而同样被关牛棚的陈白尘的感受恰好相反:"三年多的干校生活,可歌可泣、可恼可恨的事自然很多,但回忆总是蒙上彩色玻璃似的,因而也是如云如梦,总觉美丽的。因此,即使可恼的事吧,也希望从中找出些可喜的东西来。但不知这枝稍显油滑的笔可听使唤不?"④ 从两人迥异的态度中,我们可以看出许多作家在自传或回忆录中写自己的经历时,会有选择性地回忆和陈述过去的事实。

在一些长篇非虚构作品中,作家虽然写的是个人记忆,其实作品还

---

① 林非:《中国近代以来的启蒙主义和鲁迅》,《社会科学战线》,1989 年第 1 期。
② 贾植芳:《狱里狱外》,远东出版社,1995 年,第 1 页。
③ 巴金:《随想录》,生活·读书·新知三联书店,1987 年,第 323 页。
④ 陈白尘:《云梦断忆》,生活·读书·新知三联书店,1984 年,第 15 页。

是存在着和公共经验的对话。比如《远去的人》写了自己父亲患有"阿尔茨海默症"之后的生命流程，作者不仅记录了自己的经验和记忆，也同步展现出家人在照顾父亲过程中，态度和心理上符合人性实际的必要波动。这看起来是一个相对私人化的文本，却从个人记忆和家庭视角出发，让人看到中国日渐老龄化的过程中，那些患有疑难杂症的老人将何去何从的问题。这样的作品对于不同的读者会有不同的共鸣点，它既可以唤起家庭幸福的人对亲情的认同和珍惜，也可以勾起有类似经验的人在工作、家庭间奔忙的辛酸苦楚。

其二，个体经验真实与矫饰的辨识。在非虚构作品中，我们要注意的是甄别日记、书信作为非虚构写作的文本的真实性如何。"赵元任先生曾说过，日记有两种，一种是为自己记的，另一种是给别人看的。他认为他的日记是第一类，胡适的日记则是第二类。"① 众所周知胡适的日记，在写作的时候就考虑到发表的可能，尽管是非虚构的，但存在着言说主体自我塑造的成分。在当代中国这种现象也并非没有，比如改革开放后的作家日记有一部分很快就发表出来，如陈忠实、贾平凹、铁凝、迟子建、陈染，等等。我们固然要将之归于非虚构写作，但要从真实性、自律性的角度加以辨析。

以迟子建的日记为例，她的日记发表在记日记的第二年，多是如下内容："黄昏的时候楼下的居民区传来一片哭声，我站在窗前向下一望，见是有人家死了人，楼洞口吊着灵幡。妈妈听见那哭声，神色显得有些默然。"② 这种叙事性在陈染的日记也可看到③，而刘心武更是明确地表示在日记④出版前重新润色、删修了内容。对于这些作家而言，这些内容虽然也是非虚构的，但功能发生了很大变化。他们注入了较多的文学修辞，用近乎散文的笔法记录下流水账般的生活。因为在写作时就准备公开，所以在写的时候面对的不只是自己，还有许多"潜在"的读者。

---

① 王元化：《九十年代日记》，浙江人民出版社，2001年，第529页。
② 迟子建：《作家日记》，《作家杂志》，2002年第3期。
③ 参见陈染：《一位女作家日记》，《作家杂志》，1994年第2期。
④ 参见刘心武：《名人日记·人生非梦总难醒》，上海人民出版社，1995年。

这些内容反而更像自叙传，其史料价值始终有限，但在非虚构作品中的艺术价值还是值得肯定的。

不少非虚构写作如回忆录、回忆文章、自传等，也都存在真实与矫饰辩证的问题。按照程光炜的看法："可能更在乎历史的芜杂、丰富和细节，更带有作者本人那种价值上的'倾向性'或者某种'辩护'色彩。"① 确实，有些作家在非虚构作品中存有为自己辩护的意图，因此他们"希望通过原原本本地向人们表明他的精神性生存究竟是什么样子……为这种精神性生存辩护"②。例如在文学史叙述中几乎成了胡风集团"叛徒"代名词的舒芜，在自传中说："一涉及具体文坛，他（胡风）总是看得太差，可是我所知道的点滴情况，似乎又不完全像他讲的那样。怀疑也就慢慢地在我心里产生了。跟他坦白地一说，他火得很，结果引起很大的不满意。"③ 他以此来解释自己当年对胡风的反戈一击并非完全没有道理。其他作家的一些回忆文字，虽然说也是个人亲身遭遇，但在其中大段复述几十年前的谈话，又考虑到当时并无录音设备，因此恐怕不免有损真实性。即使茅盾曾表示，"动手写回忆录（我平生经过的事，多方面而又复杂），感到如果不是浮光掠影而是具体且正确，必须查阅大量旧报刊，以资确定事件发生时的年月日，参加其事的人的姓名"④，其回忆录也依然没能做到完全准确，沈卫威等学者还是"为《我走过的道路》考证清楚了100多处错讹"⑤。

综上所述，非虚构写作这个概念其实是可以细分为两个层面的，社会性的和个人性的。那么，如何在当代文学史中处理上述内容，如何理清种种文学样态和非虚构写作的关系，便是未来文学史写作者需思考的问题。

---

① 程光炜：《文学史与80年代"主流文学"》，《清华大学学报》，2007年第3期。
② 狄尔泰：《历史中的意义》，艾彦译，译林出版社，2011年，第28页。
③ 舒芜口述、许福芦撰写：《舒芜口述自传》，中国社会科学出版社，2002年，第219页。
④ 茅盾致周而复信，载《茅盾全集》，第38卷，人民文学出版社，1997年，第277页。
⑤ 参见余连祥：《逃墨馆主：茅盾传》，浙江人民出版社，2006年，第293页。

三、文学史逻辑的梳理与重构

基于前两部分的论述,我们认为由《人民文学》发起的非虚构写作作为一种现象由来有故,但因为这一术语是近年来才被文学界关注和讨论的,故其在当代文学研究中内涵与外延尚不周延。不过随着相关研究不断深入推进,无论从实际影响还是创作的数量与质量来看,它已经具备了进入文学史叙事的条件。正因如此,当非虚构写作已经蔚为大观时,我们的文学史写作可以改变文学史写作中长期形成的,以四分法为核心的文学文体划分方式,将非虚构写作和虚构性写作相对,作为一种独立于四种文体之外的文学脉络处理。

当然,我们这样处理并不是一种权宜之计,而是根据文学发展现状对文学史脉络加以重构。因此,出于文学史写作的严肃性和知识的准确性,我们不能因为非虚构写作所呈现出的某些跨界特征而无限制地扩张其所指范围,而需对其能指做必要的限定。这个限定首先是从创作主体的角度,主体显示出非虚构的写作姿态,其笔下的人物在历史和现实中是真实存在的,而非主观虚构的。其次,在这种写作姿态下,创作者所使用的材料应有较强的真实性,反映人物命运和事件进程的关键细节不应是主观虚构和想象的。最后,创作主体将作品视为文学,而不是史书或新闻报道等。

在这个基础上,我们可以将非虚构写作从以往的文学史知识谱系剥离出来,形成独立的文学发展线索。在非虚构写作没有进入学术研究和文学史作者的视野时,至少没有被当作文学而研究时,四分法下文学史的结构是有效的。但是随着文学观念的发展,特别是反本质主义的兴起,什么是文学已经存在着巨大争议。尽管本书的核心观点支持文学的审美本质,但本质论不同于本体论。从文学本体而言,当四种文体划分已经不能很好地解决当前跨界现象时,我们有必要重构文学史的逻辑。

这样结构文学史的好处在于两个方面。其一,避免了散文的驳杂。从前的文学史基本上是把无法归于小说、诗歌、戏剧的作品划分到散文里，这就造成了散文文体的无限膨胀。尽管早期的当代文学史还会将报告文学独立出来，但是散文中依然有很多类别而使这一文体发展规律无从总结或难以概括。与此同时，非虚构写作又不会再因为文体的驳杂而与虚构性写作的四种文体纠缠不清，毕竟非虚构写作下的作品，有的像小说，有的像报告文学，有的像传记文学。面对这样的现象，将非虚构写作独立出来，既能使其免于与小说的虚构本质冲突，又可以收缩散文的概念，使散文以美文、杂文、小品文为中心。当内容不再驳杂之时，其文体演进的规律和问题也更容易在文学史中得到有效总结。

其二，可以有机整合不同类型的作品。非虚构写作的独立使得有一些已经进入读者阅读的，以往不易归纳于一体的文类，如日记、书信、回忆录、报告文学和所谓的非虚构小说，都可以从主体创作姿态的角度出发，被纳入非虚构写作之下。如巴金《随想录》、杨绛《干校六记》、夏衍《懒寻旧梦路》、陈白尘《云梦断忆》、萧乾《未带地图的旅人》等都可以归入非虚构写作，从而使当代文学文学史的知识构架更为合理、完备。

这样一来，我们可以重新理出一条从20世纪50年代的革命回忆录到当下的非虚构作品的叙事线索。通过对不同文学史时段中不同作品的细致研究，分析不同时期非虚构写作受到哪些因素影响，非虚构写作的主体自律性和创作特征有什么同与异。在此解释学循环之中，更新我们对非虚构写作的审美认知，进而修正我们关于非虚构写作的类型和核心特点的论述，提出具体的审美评价标准。

在本章中，笔者讨论了几种已经发展比较成熟的新现象如何入史，均是一孔之见，提出来供学术讨论。除此以外，其实还有一些现象比如科幻文学、人工智能写作等，在数字人文的背景下也会有不错的发展前景，这也是未来当代文学史写作可能需要面对和正视的问题，由于其创作与科技相关联而提升了研究难度和理论要求，就留待在此领域有专精研究的学者继续讨论。

结　语

从"守正创新"
到守常思变

理工科的论文往往注重结论，然而人文学科的问题常常仅有终极发问而无终极答案，因为人文学科的学术研究不只要有知识的积累，还要有以情感与经验为基础的人文精神的传承，它的价值指向不体现在一时一地的对错之争与学术效益，而在于对意义的叩问和精神的探索。如果说自然科学是以仪器探测宇宙，那么人文学科则是以天人合一的宇宙意识"究天人之际，通古今之变，成一家之言"。① 正是在这个意义上，笔者并非不会而是不愿在最后得出一个判断性的结论，故代之以一个开放式和方向性的结语。

一、"守正创新"与人文情怀

2000年3月31日北京大学中文系建系90周年大会上时任系主任的温儒敏在讲话中提出"守正创新，发扬中文系学风纯正思想活跃的优良传统，在教学和科研上不断革新，与时俱进"。② 2002年，他在教育部中文学科教学指导委员会年会的发言中对此又做了进一步详细的阐释。之后，不少学者都引以为用并展开进一步阐析③。对于学科建设，这种

---

① 班固：《汉书·司马迁传》，颜师古注，开明书店，1934年，第225页。
② 温儒敏主编：《北京大学中文系百年图史1910—2010》，北京大学出版社，2010年，第317页。
③ 例如刘中树：《文艺学学科建设要守正纳新、守正创新》，《暨南学报》，2004年第2期；吴秀明：《我心中的浙大中文系》，《中华读书报》，2011年10月26日。

思路十分必要也很有意义,所谓守正,就是要守住一个系乃至一个学科的传统与尊严,在这个基础上再谈创新;而对于当代文学史写作,笔者以为"守正创新",尤其是守正亦可作为宏观的、根本的理念。

有学者曾讲到:"一部文学史,不仅是文学的艺术发展史,而且也是包含着各种精神、意识的发展史。"① 笔者以为,好的当代文学史不仅仅是传授知识的教材,更要能看得出编著者面对当代文学"悲壮辉煌的历史脚步"② 时,在文学史中留下的精神印记。这起码应该包含严肃的思考与求是的态度,以及一种不可磨灭的人文情怀,也即所谓"守正"的题中之义。正如伊格尔顿曾指出:"人文精神所包含的许多价值观念、意义和传统是与社会价值序列相对立的,其中富含的各种经验与智慧也是社会价值序列无法理解的。"③ 当代文学作为一个学科如此艰难地存在着,其最为独特的意义就在于它与当代中国始终保持着古代、现代文学所不具备的"对话"关系,因此,当代文学史本身也是一代代当代文学学者精神与生活的折射,书写当代文学史是我们所肩负的"观乎人文以化成天下"④ 的历史责任。

然而,令我们遗憾的是,20 世纪 90 年代的人文精神讨论并没有从根本上挽救时代精神平面化的危机,如今重提人文精神不免有建造精神巴别塔的感觉,但我们需要一种自我承诺,不是来自物质世界,而是作为一个人文学者对自身、对学术的精神承诺。当代文学和当代学术所处的体制化的学术生态场以及消费语境,使得相当一部分著史者对一时名利趋之若鹜而不惜粗制滥造文学史。

朱自清曾经把一些文学史称为"架子书",认为"青年系统的趣味与有限的经济时间使他们只愿意只能够读这类'架子书'。说是架子书,因为这种书至多只是搭着的一副空架子,而且十有九是歪曲的架子。青

---

① 钱志熙:《日暮文库 唐前生命观和文学生命主题》,东方出版社,1997 年,第 1 页。
② 此处借用石兴泽的著作标题《当代中国文学:悲壮辉煌的历史脚步》(齐鲁书社,2007 年)。
③ Terry Eagleton, *Literary Theory: An Introduction*, Blackwell Publisbers (1996), p.175.
④ 王弼:《周易正义》,韩康伯注、孔颖达等正义,载《十三经注疏》,世界书局阮元校刻本中华书局,1979 年影印,第 73 页。

年有了这副架子,除知识欲满足以外,还可以靠在这架子上作文,演说,教书。这便成了求学谋生的一条捷径。有人说从前读书人只知道一本一本念古书,常苦于没有系统;现在的青年系统却又太多,所有的精力都花在系统上,系统以外便没有别的。但这些架子是不能支持长久的;没有东西填进去,晃晃荡荡的,总有一天会倒下来。"① 事实上,改革开放四十余年来,随着高等教育体制化和学科化程度不断加深,文学史写作和教学的问题越来越多。陈平原曾指出:"学生们记下了一大堆关于文学流派、文学思潮以及作家风格的论述,至于具体作品,对不起,没时间翻阅,更不要说仔细品味。"② 笔者以为,我们亦不宜苛责学生,不少学者为了功名利禄炮制出大量的"架子书",扪心自问,有多少当代文学史的写作是出于"学术者,天下之公器"③的意识?当然有些学者有,但是更多学者编教材是为了让自己的著作成为"五年规划"的教材,成为教育部推荐教材,成为面向21世纪教材,或者用以申报各级各类教学成果奖、教改项目。事实上,不少文学史著作并非知识公器,其作者"不是为了学术去从事研究,趋时苟容以求一逞,则难免人云亦云甚至刻意歪曲,其成果的生命力必然是短暂的"。④

话说回到"守正",笔者以为如果说要一个系"守正"是守住"系格",那写作当代文学史时的"守正"就是守住一个学者起码的学术品格与人文情怀。在这个时代,格物、致知与正心、诚意的问题是摆在我们每个学者面前的基本问题。作为人文学科的学者,如果失去了起码的人文情怀,不是为了写出富有学术含金量的文学史,而仅仅是为了编一

---

① 朱自清:《论青年读书风气》,载《朱自清全集》,第4卷,江苏教育出版社,1990年,第333页。
② 陈平原:《"文学"如何"教育"》,《文汇报》,2002年2月23日。
③ 《国学保存会藏书楼启》(1904年),载马以君主编:《南社研究》,第6辑,中山大学出版社,1994年。另据上海图书馆历史文献中心所藏未刊本孙毓修的《书目考》,其中收录的有此文。当下,很多人误传为梁启超语,梁启超在《欧游心影录》中确说过此言,但梁启超此次旅欧是1918年之后,不过是借他人之语;一些词典也说是出自黄节的《李氏焚书跋》,而此文落款为戊申三月,推之则为1908年。
④ 陈伯海:《二十世纪中国文学史学之检讨》,载《百年学科沉思录》,人民文学出版社,1998年,第45页。

部获奖的教材,那么,难免学生会因为讨厌条条框框的教材而不愿接触文学文本,也学不进去。当然,之所以出现这样的现象,与编者通过编教材获得的种种好处密切相关。曾经相当长一段时间内,职称评审时教材也可算为著作,十余年来各高校相继在科研序列内取消了这一条,但是在教学序列内编教材依然可以申报各级各类教学成果奖、教材(教改)规划资助,在学科建设序列内学科评估、学位点申报与评估、重点学科申报与评估、人才培养基地申报以及本科教学质量工程、一流课程申报、一流专业申报中都承认教材作为"教研教改"的成绩。

21世纪以来,许多当代文学史著作不仅在上述情境中作用重大,而且成为"五年规划"教材、教育部推荐教材、面向21世纪教材、各级精品教材后还有不少物质与精神奖励。当然,这样的教学与学科管理机制原本都是为了推进人才培养,只不过不少文学史的编写者颠倒了其因果逻辑,将教材作为因,利益作为果。随着近年来"以本为本"成为国家的教育导向,立德树人、人才培养在学科评估中的比重猛增,各层级的高校对教材、课程也越来越重视。这些固然都是对的,也是应该的,但是如何防止不必要的学术浪费,恐怕也是我们要继续思考的。

治学者,尤其是治文学史者,若不能恪守学术底线与人文精神,而将文学史仅仅视为趋名逐利的敲门砖之一,那便必然造成其所编的文学史是东拼西凑,无甚新意的,甚至有些名家挂名的文学史也不能免俗。陈平原曾经提出:"大学校园里的'文学',作为科系、作为专业、作为课程之外,还有作为修养、作为趣味、作为精神的一面。"[①] 笔者当然不反对考虑各种评估因素,但文学史编写,特别是教材性质的文学史编写的前提,应该是真正基于立德树人的理想和教学改革创新的理念,应该将知识传递与素养提升相结合。编者应该经过审慎思考,深入研究文学史,探求如何写出有学术个性、有较高学术价值的当代文学史著,从而完善或革新当代文学史写作的学术范式,切实担起所获得的荣誉。

言及此,笔者不禁想起朱光潜的一段话:

---

① 陈平原:《作为学科的文学史》,北京大学出版社,2011年,第221页。

> 我以为无论是讲学问还是做事业的人都要抱着一副"无所为而为"的精神,把自己所做的学问事业当作一件艺术品看待,只求满足理想和情趣,不斤斤计较利害得失,才可有一番真正的成就。①

正因如此,回到当代文学史写作,笔者更愿意倡导"守常思变"。与宏观的学科建设毕竟不同,进入到具体的写史实践中,"守正创新"往往会成为一种不及物的能指,在笔者看来,具体的文学史写作若是谈守正,谁的史观、史识是"正"呢,又为何让别人来"守"呢?尤其是对当代文学史上诸多问题的认知,学界存在着根本性的分歧,正与不正都是一家之言;而"创新"似乎就更难以界定,我们的话语、理论、史观、史料有多少是受前人启发,有多少是自己独创,哪里能划分那么清楚?恰如章学诚所言:"所见出于前人,不知即是前人之遗绪……盖其所见,能过前人者,慧有余也。抑亦后起之智虑所应尔也,不知即是前人遗蕴者,识不足也。"② 因而,回到当代文学史写作的论题,笔者提出的"守常思变",也许更具可操作性。

二、守常:回到"当代文学"

21世纪以来,取代、整合、打通"当代文学"的声音此起彼伏,不论多少学者做出过怎样的尝试,以当代文学为核心命名的文学史著依然层出不穷,而值得注意的是,近年来已经有学者停止了"打通",而是承认"当代文学每过一年就增加一年的历史,而现代文学则永远定格在那亘古不变的30年"③,曾经倡导"20世纪中国文学"的陈平原也说要"重建'中国现代文学'"④。正因如此,笔者更愿意使用"回到"这个

---

① 朱光潜:《谈美》,载《朱光潜全集》,第2卷,安徽教育出版社,1996年,第6页。
② 章学诚:《文史通义·内篇二》,李春伶校点,辽宁教育出版社,1998年,第52页。
③ 刘勇:《中国现当代文学》,中国人民大学出版社,2012年,第10页。
④ 陈平原在《作为学科的文学史》(北京大学出版社,2011年)第十章中对此有详细论述。

词来面对当代文学史。这里讲的"回到"不仅仅是学术研究中"回到历史现场"与"历史化"研究,更是"回到"当代文学史本体,"回到"新中国的文学生产、传播与管理的历史框架内,立足20世纪前半叶不曾有过也无法解释的、属于当代文学史的问题;"回到"不同于"启蒙"与"救亡"之类的、属于当代文学自身的知识谱系。

不可否认,未来一个时期内"当代文学"的提法还会有争议和更新,甚至在更加遥远的将来会成为后人眼中的"古代文学"或"现代文学"。但在当下,笔者以为"回到"当代文学史,意味着我们有勇气和能力"面对"并尽量解决当代文学的复杂问题,而不是被某种概念收编进新的文学史框架中。洪子诚曾指出:"在我们生活的'后革命时代',尽管五十至七十年代文学在'现代性的压抑'的理论中,多少已经成为'文化陈迹',但是,有许多问题事实上并没有得到认真研究。所以,我觉得'当代文学'这一概念,需要'挽留'一段时间。这是我仍然要写'当代文学史'的理由。"[①] 其实时至今日,我们还是要不断"重写"文学史,就是因为我们对新中国语境下"当代文学"内在整体性逻辑认知尚显不足,希冀能够在"重写"的过程中建立起内外兼顾而更为完备的文学发展逻辑。

当然,笔者要谈的更为重要的一方面是改革开放以来,我们在"重写"的话语中绕了一圈,是时候"回到"当代文学的历史现场和文本史料之中深耕细作了。这么多年中,当代文学在拥抱西方理论(无论是传统的人文主义、启蒙、马克思主义,还是新近的后现代、后殖民、新左派)的同时,也存在着新术语生产效率极高的现象。也许,在用本质主义的历史叙述对文学史进行不断重构中,当代文学史写作也失去了本学科应有的问题意识和学术方法。基于此,笔者以为与其在一组又一组的概念、关键词中迷失自我,不如回到那看似老旧的历史学的认识中:"历史的基本特征是历史是变迁这一事实本身。本质上持久的东西并不

---

① 李杨、洪子诚:《当代文学史写作及相关问题的通信》,《文学评论》,2002年第3期。

代表历史。一切持久的事物是历史的基础、材料和手段。"① 回到我们这个学科最基本的史料与史实，在文学史研究与写作中以"当代文学"为基点的再出发显得十分必要。

三、思变：历史眼光与问题意识

借用哲学家的话说，中国当代文学作为中国文学史上最为"不确定"的一个时段，它的问题即是"从何处来"、"怎样存在"、"向何处去"三个问题，正因为不确定，在写史时才平添了不少难度。因而我们更有必要清醒地认识到"我们需要考虑到我们同过去交往时必须要穿过想象界、穿过想象界的意识形态，我们对过去的了解总是要受到某些深层的历史归类系统的符码和主题，受制于历史想象力和政治潜意识"②。只有回到历史语境中，尽可能避免意识形态有形、无形投射的翳影，才能最大限度地接近文学史发展的实际情况，历史眼光也是学术创新的基础。

如果说"守常"是要我们回到当代文学的生态场中，回到当代文学的历史发展逻辑中，回到当代文学的文本与史料中，那么"思变"并不意味着盲目求新，而是一方面要求尽可能减少某种理论的有限性对于文学史写作的负面影响，另一方面，在悬置某些偏见的基础上，实事求是地、扎扎实实地看待和叙事当代文学史的发展。当然，这并不意味着我们放弃问题意识，而去做历史材料的搬运工，但我们的问题意识一定不是盲目地"翻烧饼"。当代文学需要有文学标准，因为"没有一定的文学标准，文学史就会变得没有意义，文学史的学术价值就无从确认，文学史就会变成一般意义上的文化史或者文坛编年史"③。曾经在当代文

---

① 卡尔·雅斯贝斯：《历史的起源与目标》，魏楚雄、俞新天译，华夏出版社，1989年，第269页。
② 詹姆森：《马克思主义与历史主义》，载张京媛主编：《新历史主义与文学批评》，北京大学出版社，1993年，第21页。
③ 刘勇：《中国现代文学的多维阐释》，安徽大学出版社，2013年，第344页。

学史社会中心范式向审美转变的过程中,"重写文学史"专栏上刊发了不少否定柳青、否定赵树理的文章,这固然是以新理论审视这些作家,然而却显示了学者对于当代文学独特的历史环境和问题观照不足。正因如此,钱谷融表示:"赵树理的作品就不应否定过多,他的作品力求通俗易懂,走向大众。"① 徐中玉则表示在当代文学前三十年"更多的作家则是真诚的……如果说柳青的创作是一种悲剧,那也是诚心诚意的悲剧"。② 笔者以为,这些曾深受历史之苦的老学者的话能如此中肯,实在体现出他们的问题意识建构在深厚的学养之上,有时面对历史心存敬畏,下笔才会"犹豫不决",而这是要比简单化地肯定、否定某个作家、某部作品更难做到,也更具学理性的。正是在这个意义上,笔者谈"思变"其实如同清代石涛所言"凡事有经必有权,有法必有化"③,是指在立足当代文学基本的问题与方法之"经"的基础上,进入当代文学的"解释学循环",在史料与作品的细读中生发对于作家作品和文学环境的新认识,根据文学发展的实际状况,及时吸纳前沿成果,变通文学史的叙述结构,从而不断提高中国当代文学史的写作质量。

子曰:"书不尽言,言不尽意。"④ 当代文学文学史写作的完善需要在不断写作实践中才能实现。本书所作的历史梳理与理论分析希望对处于创新瓶颈中写作者能有所启发。囿于笔者的学识和本书问题意识聚焦的范围,书中还有许多未尽之处,也期待着有学者展开更为精彩和深入的研究。

---

① 钱谷融:《重要的是内容必须扎实》,《文艺报》,1989 年 5 月 27 日。
② 徐中玉:《对历史负责》,《文艺报》,1989 年 5 月 27 日。
③ 石涛:《苦瓜和尚画语录》,周远斌点校、纂注,山东画报出版社,2007 年,第 13 页。
④ 王弼:《周易正义》,韩康伯注、孔颖达等正义,载《十三经注疏》,世界书局阮元校刻本中华书局,1979 年影印,第 82 页。

附 释

一、"延异"是中国学者对德里达自创概念的翻译,尽管按照德里达的说法:"从字面上说,'延异'既不是一个词,也不是一个概念。"[1] 因而有学者认为在实际运用中"延异"是"以无限的差异和差异的游戏消解了中心、本质和意义,摧毁了以'中心'为基础的同一性和整体性原则,只承认差异和游戏的存在"。[2] 事实上在德里达的解构游戏中,最重要的目的是消解语词本身的逻各斯中心主义,他认为"所谓的拼音文字只能通过允许非语音的'标志'(例如标点、间距等)进入其系统才能产生意义,这不仅是因为经验或技术的不充足,更是基于其全部的权利和原则"。[3] 德里达这种看似文字游戏的做法,即将 difference 变为 différance,作为一种解构策略实则是"将它放到有在场和不在场的选择之前去思考,就必须从游戏的可能性出发将存在当作在场或不在场进行思考,而不是从存在出发去思考游戏"。[4] 延异"在每一种阐释中都面临着类似于失踪的不复存在"[5] 换句话说,德里达意识到差异的结构式存在,而在他看来,差异本身就是存在的基本方式,但差异(difference)这个语词本身的逻各斯束缚了其能指的自由流动,在这个意义上将差异变为延异,本身就赋予了差异存在的多样性。他认为"如果有一种确定性游荡在延异的踪迹中,它既不跟随哲学—逻辑学的话语序列,也不遵循其对称和反向积累的经验话语的逻辑"。[6] 因而"延异"在某

---

[1] Jacques Derrida, *Margins of Philosophy*, The University of Chicago Press (1982), p3.
[2] 朱立元主编:《西方美学范畴史》,第 2 卷,山西教育出版社,2005 年,第 424 页。
[3] Jacques Derrida, *Margins of Philosophy*, The University of Chicago Press (1982), p5.
[4] 德里达:《书写与差异》(下),张宁译,生活·读书·新知三联书店,2001 年,第 523 页。
[5] Jacques Derrida, *Margins of Philosophy*, The University of Chicago Press (1982), p6.
[6] Jacques Derrida, *Margins of Philosophy*, The University of Chicago Press (1982), p7.

种意义上消解了语词能指本身的固定性，而使其所指差异化。本书中，笔者征引此概念主要是说明二元对立式的理论结构的不断差异化。

二、西方"启蒙"思想十分复杂，李泽厚的哲学思想主要源于康德，但他对启蒙的解释显然与康德大相径庭，康德认为"启蒙运动就是人类脱离自己所驾驭自己的不成熟状态……我把启蒙运动的重点，以及人类摆脱他们所加之于其自身的不成熟状态，主要是放在宗教事务方面……"① 也就是说康德的启蒙主要是在宗教领域而不是社会学、文学领域，更重要的是他强调的是个人自我启蒙而不是知识分子高高在上，这也和康德一贯的主体性思想有关，李泽厚们实则误读了"启蒙"。话说回来，他们那种知识分子的优越感和对"愚昧"群众的轻蔑在西方曾经有过，如"思想者则必须思考、质疑和创造，他们的生活必然非常地与众不同，'非思想者'类型的人并不愿意去效仿'思想者'的生活。思想者是文化英雄，受到赞扬和尊崇，但他们并不是普通人可以仿效的对象"。② 但这只是特定知识分子在一个时段内的特征，而且早已被否定了。在西方，更多的启蒙思想家关注的不是个体自由的启蒙，卢梭、洛克、霍布斯等等都意识到没有现代国家与政府组织的有效运转，就没有人的自由的真正实现，因此尽管卢梭从哲学上提出"人是生而自由的"被中国不少鼓吹"启蒙"者频繁引用，但人们往往忽视的是后面半句"但却无往不在枷锁之中"。在卢梭的意识中，现代民族国家观念的启蒙比个体启蒙更为重要，他认为"越是政府越应该有力量来约束人民，则主权者这方面也就越应该有力量来约束政府"。③ 正是在这个意义上托克维尔发现了为什么法国人经受了"启蒙"充分的洗礼，但是结果"在为大革命作准备的所有思想感情中，严格意义上的公共自由的思想与爱好是最后一个出现，也是第一个消失的"。④ 而且到 20 世纪之后，

---

① 康德：《答复这个问题："什么是启蒙运动"？》，载江怡主编：《理清与启蒙：后现代经典文选》，东方出版社，2000 年，第 1—8 页。
② 齐格蒙·鲍曼：《立法者与阐释者：论现代性、后现代性与知识分子》，洪涛译，上海人民出版社，2000 年，29 页。
③ 卢梭：《社会契约论》，何兆武译，商务印书馆，2001 年，第 8、79 页。
④ 托克维尔：《旧制度与大革命》，冯棠译，商务印书馆，1992 年，第 193 页。

以知识分子启蒙大众的启蒙思想更是为社会学界的主流话语所摒弃，无论是施米特还是阿伦特的"秘密对话"，抑或者施特劳斯的古典倾向都是很好的例证。因此，"延安传统"中以民族国家的独立，解放处在"阶级压迫"中的劳苦大众的设想是与西方建立现代民族国家的初衷一致的，不同的是在具体社会实践中和特殊年代的主流文学中，它走向了"阶级斗争扩大化"的错误道路。但话又说回来，"解放"作为现当代文学重要的关键词之一，在社会主义文学中与意识形态密切相关，其伴随着的是政府主导下的公共权力的扩大，未必就不合理，如鲍曼所言："公共权力意味着个体自由的不完全性（incompleteness），但是公共权力的退却和消失，则意味着在法律意义上取得胜利的自由实际上的无能。"① 当然，解放本身也是启蒙与救亡的延伸含义之一，而回过头来说，中国文学界、美学界的知识分子对"启蒙"的认识相当一部分还停留在引用词典和对西方"自由、民主、平等"的理想化想象中，对西方人启蒙时代的经典著作中关于启蒙的多维阐释关照不足，对西方学界在"现代性"负面问题暴露之后关于"启蒙"的深刻反思缺少关注，"启蒙"的能指在很多时候流于空洞化。当然，他们在80年代形成这种意识已是难能可贵，李泽厚们对于中国社会的思考和判断在某种意义上讲曾经也是很先锋的，对于中国思想解放也有推动作用。

三、李泽厚在那篇著名的论文中认为，救亡"压倒了知识者或知识群对自由平等民主民权和各种美妙理想的追求与需要，压倒了对个体尊严、个人权利的注视和尊重"，而"挤压了启蒙运动和自由理想，而使封建主义乘机复活"。② 这也是为什么李泽厚后来只能出国去继续"回想"。因为虽然同样提出特殊年代封建主义复活，但是中共中央对于60年代之前的革命中反封建性给予了充分肯定，中共中央认为："中国是一个封建历史很长的国家，我们党对封建主义特别是对封建土地制度和豪绅恶霸进行了最坚决最彻底的斗争……但是长期封建专制主义在思想

---

① 齐格蒙特·鲍曼：《流动的现代性》，欧阳景根译，上海三联书店，2002年，第77页。
② 李泽厚：《启蒙与救亡的双重变奏——"五四"回想之一》，《走向未来》，创刊号。

政治方面的遗毒仍然不是很容易肃清的。"① 而李泽厚则认为所有反封建的"革命"都是对其启蒙的戕害,革命是自由和启蒙的对立面。这种二元对立而缺乏辩证的思维继续发展,使得他联合刘再复先后进行了若干次对话结集为《告别革命》,而且一再重版(笔者所引为香港天地图书有限公司2004年版,后文只注页码)批评领导人是"农民的皇帝"(54页),"迷信意识形态"(84页),"迷信战争经验"(91页),认为20世纪的中国则是"百年狂热与幼稚"(72页),进而直接高呼"要改良不要革命"(287页)。更为重要的是,李泽厚不仅反对社会主义革命,也反对辛亥革命,认为应该延续我们现在称为半殖民地半封建的晚清"中央政府",等着"大体成长"的立宪派慢慢改良(290至291页)。然而现在来看,压倒"启蒙"的因素不仅仅来自"救亡"/"革命",也不仅仅在革命时代才有,在90年代以后金钱对启蒙理想和人文精神的异化同样存在。如巴金在信中忧虑地表示:"没有想到新的号召一旦出现,大家争着下海从商,精神财富一下子又成为民族垃圾,而拜金主义披上'社会效应'的黄袍压倒一切,似乎所有严肃文学都是废物,无人过问。"②

四、顾彬的批评意见主要集中于《中国人能否撰写中国文学史》一文(林源译,《当代作家评论》,2012年第5期)。笔者当然愿意体谅他对中国社会和中国学者的恶意中伤,而之所以就如此吊诡的论文以及其文学史著花费篇幅分析,是希望善意地帮助他提高认识。他的话看似很有道理,实则是颐指气使并怀有傲慢与偏见地贬低中国文学和学人。笔者既不针对顾彬本人,也不针对他的背景,仅从其论文与文学史的逻辑和文字本身出发,为他能在汉学研究中有所进步提供一些参考意见。首先顾彬这篇文章不仅是伪命题而且前半部分离题万里,后半部分缺乏逻辑。他在文中指摘中国实行社会主义制度使文学史"关于非汉人的社

---

① 中共中央文献研究室编:《三中全会以来重要文献选编》下册,人民出版社,1982年,第819页。
② 巴金:《佚简新编》,李存光编,大象出版社,2003年,第171页。

或历史也不能提",而根本没有看到当代文学史对少数民族作家的关照,甚至于诸多少数民族文学史的出版。在他眼中中国学者外语"很差",所以无法从他这样的西方人的角度理解外国人的书,而他又认为"后殖民主义研究的代表和民族倾向明显的中国学者,要让外国学者从中国人的角度理解中国历史"是没道理的,换言之,他可以不去理解中国的文化传统,不在中国的历史语境中讨论中国文学史,而且"外语"很好的他骄傲地不接受也不屑于了解这些。那么,他说中国人不应该让西方人站在中国人的角度理解中国人的历史,中国人为何要因为外语不好不能从西方人的角度理解西方人而受到他如此的批评?这典型地体现出他认为一切应该以西方为中心的思想。事实上,他的汉语水平连《道德经》、《庄子》这样的汉学基础书都无法句读,无怪乎他只能把阿城的《棋王》与黑塞和他的小说《玻璃球游戏》联系在一起分析[①],而看不到小说中中国传统文化书写的意义与问题。其实,顾彬若能抛弃他的意识形态偏见和西方中心主义的梦,以虚心的态度扎扎实实读中国原典,认真收集资料,也许还有希望成为合格的汉学家。

[①] 顾彬:《二十世纪中国文学史》,范劲等译,华东师范大学出版社,2008年,第343页。

主要参考文献

1. [法] 布迪厄：《艺术的法则：文学场的生成和结构》，刘晖译，北京：中央编译出版社，2001年。

2. 陈平原：《小说史：理论与实践》，北京：北京大学出版社，2010年。

3. 陈平原：《作为学科的文学史》，北京：北京大学出版社，2011年。

4. 陈思和：《中国新文学整体观》，上海：上海人民出版社，1987年。

5. 陈思和：《中国当代文学史教程》，上海：复旦大学出版社，1999年。

6. 陈晓明：《中国当代文学主潮》，北京：北京大学出版社，2009年。

7. 董健、丁帆、王彬彬：《中国当代文学史新稿》，北京：北京师范大学出版社，2011年。

8. 程光炜：《当代文学的"历史化"》，北京：北京大学出版社，2011年。

9. [德] 伽达默尔：《诠释学Ⅱ：真理与方法》，洪汉鼎译，北京：商务印书馆，2013年。

10. 郭志刚：《中国当代文学史初稿》，北京：人民文学出版社，1980年。

11. [美] 海登·怀特：《后现代历史叙事学》，陈永国、张万娟译，北京：中国社会科学出版社，2003年。

12. 洪汉鼎：《理解与解释：诠释学经典文选》，上海：东方出版社，2001年。

13. 洪子诚：《问题与方法》，北京：北京大学出版社，2010年。

14. 洪子诚：《中国当代文学史》，北京：北京大学出版社，2007年。

15. 胡适：《白话文学史》，合肥：安徽教育出版社，1999年。

16. 刘勇：《中国现代文学的多维阐释》，合肥：安徽大学出版社，2013年。

17. ［法］罗贝尔·埃斯卡皮：《文学社会学》，于沛选编，杭州：浙江人民出版社，1987年。

18. 孟繁华、程光炜：《中国当代文学发展史》，北京：北京大学出版社，2011年。

19. 钱基博：《现代中国文学史》，上海：上海世纪出版集团，2007年。

20. 王庆生：《中国当代文学史》，北京：高等教育出版社，2003年。

21. 吴秀明：《中国现当代文学史与生态场》，北京：中国社会科学出版社，2009年。

22. 吴秀明：《中国当代文学史写真》，北京：北京大学出版社，2010年。

23. ［美］希利斯·米勒：《重申解构主义》，郭英剑等译，北京：中国社会科学出版社，2000年。

24. 严家炎：《二十世纪中国文学史》（下），北京：高等教育出版社，2010年。

25. 中共中央马克思恩格斯列宁斯大林著作编译局：《马克思恩格斯选集》（第4卷），北京：人民出版社，2012年。

后　记

这本书的起点是我的硕士学位论文。在浙江大学读书时，我的导师吴秀明老师给予我充分的信任和鼓励，放手让我做我想做的题目。当年的我过于猖狂而直到论文答辩前都未能达成我的原初设想。因此，我后来也很少将硕士论文的章节发表。直到参加工作以后，我回过头来重新设想这个选题，将硕士论文的废话压减，改写后作为上编和中编的部分内容，又将这几年的思考和研究付诸文字，作为中编和下编的主要内容，遂有此书。

在本书即将付梓之际，我要感谢吴秀明老师对我的栽培和关怀。本书中的个别段落吸纳了《中国当代文学史料问题研究》中我负责撰写的相关内容。每每回忆起在吴老师指导下参与该书创作的历历往事，我都感到十分幸福。我是2011年到杭州求学的，匆匆十年一晃而过，不免感慨一事无成两鬓斑，光阴如箭不回还。2013年我硕士毕业时，论文答辩委员会的主席斯炎伟师兄，当时刚调到杭州工作的洪治纲师兄，当时还青春洋溢的詹玲师姐，现在都已经和我共事四年了。在这十年中，河南大学和复旦大学的老师们时时关注着我，鞭策着我。老师们对我的宽容和照顾，我都感怀于心。然而，我的努力程度远不及老师们的期待，这也是我十分愧疚的。

在书稿修订和校对的过程中，我指导的几位同学付出了艰辛的劳动，她们是姜琪同学、沈梦同学、王纳川同学、谢其银同学、严沈幽同学（按姓氏音序排列）。我还要特别感谢我母亲对我的关爱和照顾。

这本书最终完成离不开洪治纲老师和刘正平老师对我的催促。魏无羡说人这一辈子有两句话是一定要说的，我要郑重地对他们说：谢谢你！对不起！

感谢安徽教育出版社何客先生提供出版机会，也感谢编辑团队，特别是金雯女士的辛苦付出，使我的研究成果得以面世。

书中还有许多不令人满意之处，而正如我在绪论中说的，当代文学史需要一个有效的"解释学循环"，那么我们的任务就是不是把自己的意见固定在真理的巅峰上，而是在这个循环中贡献自己可能的思考，最终共同推动当代文学研究和文学史写作走向成熟和完善。

2021年6月于杭州师范大学

泽地文库

第一辑

杭州方言研究 ／ 徐越　著

朝堂与文苑：唐宋文学论丛 ／ 沈松勤　著

中国古代小说戏曲关系史纲 ／ 徐大军　著

训诂学视角下的现代汉语辞书释义研究 ／ 周掌胜　著

中国现代新诗诗美建构与唐宋诗词 ／ 陈学祖　邓乔彬　著

江南佛学与"两浙"现代作家研究 ／ 竺建新　著

阅读史、修辞与小说创作的源初思维 ／ 郭洪雷　著

马克思主义与批评理论：走向辩证批评 ／ 刘欣　著

中国当代文学史写作问题研究 ／ 刘杨　著

合作化小说的语境与书写：以20世纪五、六十年代为中心 ／ 李佳贤　著

中国现代大学与现代文学 ／ 王晴飞　著